世界の迷路 III

なにが？ 永遠が

マルグリット・ユルスナール
堀江敏幸 訳

白水社

Le Labyrinthe du monde Marguerite Yourcenar
III Quoi ? L'Éternité

なにが？　永遠が

Marguerite YOURCENAR
Quoi ? L'Éternité : Le Labyrinthe du monde, tome III

なにが？　永遠が＊目次

単調な日々　11
降霊術師　37
軽いお世辞　77
黄金の三脚　121
裂け目　149
忠誠　187
幼年時代のかけら　207

愛のかけら　235
揺れ動く大地——一九一四—一九一五　263
揺れ動く大地——一九一六—一九一八　287
錯綜した小径　313
マルグリット・ユルスナール略年譜　355
訳者あとがき　369

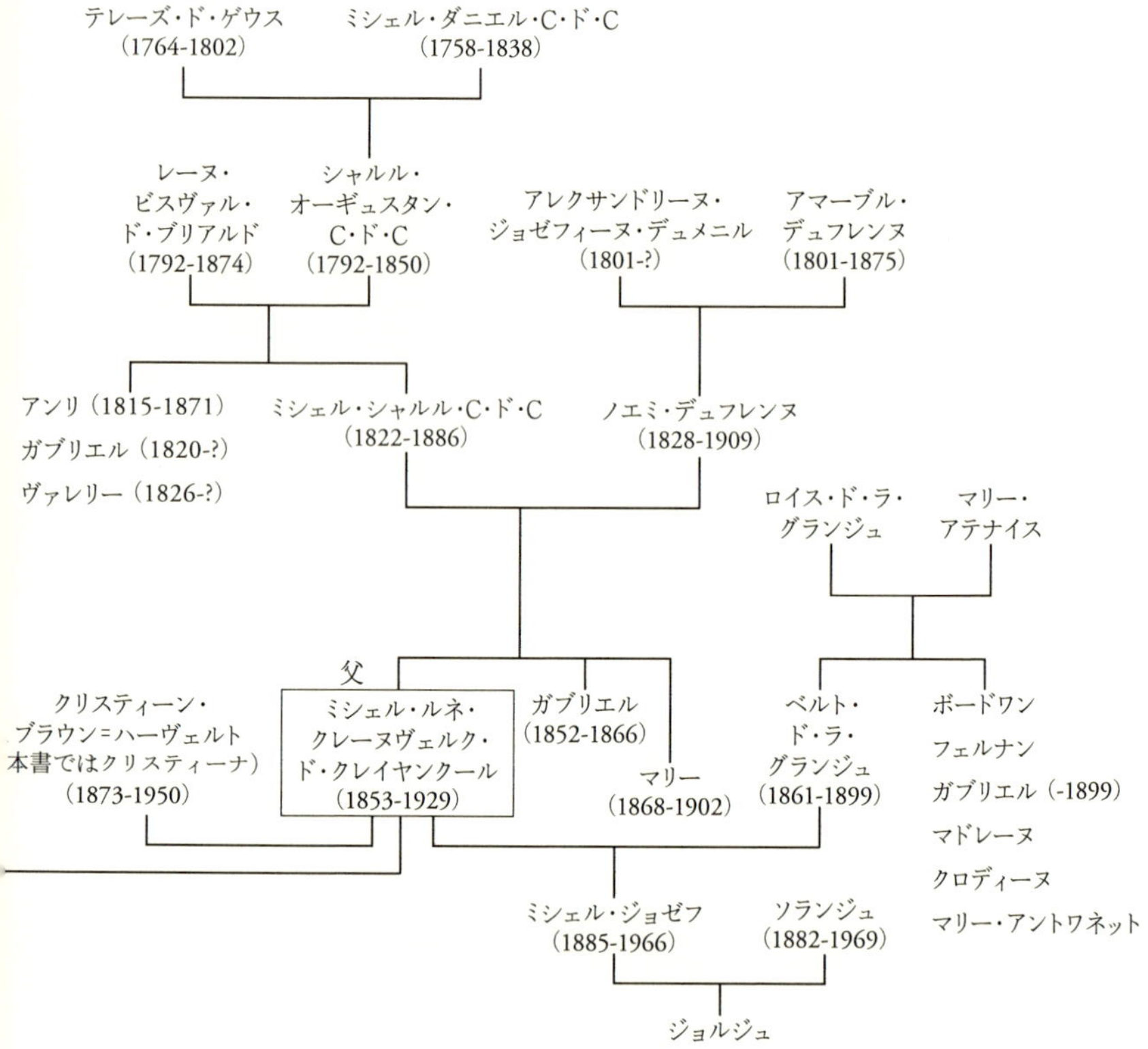
テレーズ・ド・ゲウス
(1764-1802)
ミシェル・ダニエル・C・ド・C
(1758-1838)
レーヌ・
ビスヴァル・
ド・ブリアルド
(1792-1874)
シャルル・
オーギュスタン・
C・ド・C
(1792-1850)
アレクサンドリーヌ・
ジョゼフィーヌ・デュメニル
(1801-?)
アマーブル・
デュフレンヌ
(1801-1875)
アンリ (1815-1871)
ガブリエル (1820-?)
ヴァレリー (1826-?)
ミシェル・シャルル・C・ド・C
(1822-1886)
ノエミ・デュフレンヌ
(1828-1909)
ロイス・ド・ラ・
グランジュ
マリー・
アテナイス
クリスティーン・
ブラウン=ハーヴェルト
本書ではクリスティーナ)
(1873-1950)
父
ミシェル・ルネ・
クレーヌヴェルク・
ド・クレイヤンクール
(1853-1929)
ガブリエル
(1852-1866)
マリー
(1868-1902)
ベルト・
ド・ラ・
グランジュ
(1861-1899)
ボードワン
フェルナン
ガブリエル (-1899)
マドレーヌ
クロディーヌ
マリー・アントワネット
ミシェル・ジョゼフ
(1885-1966)
ソランジュ
(1882-1969)
ジョルジュ

家系図

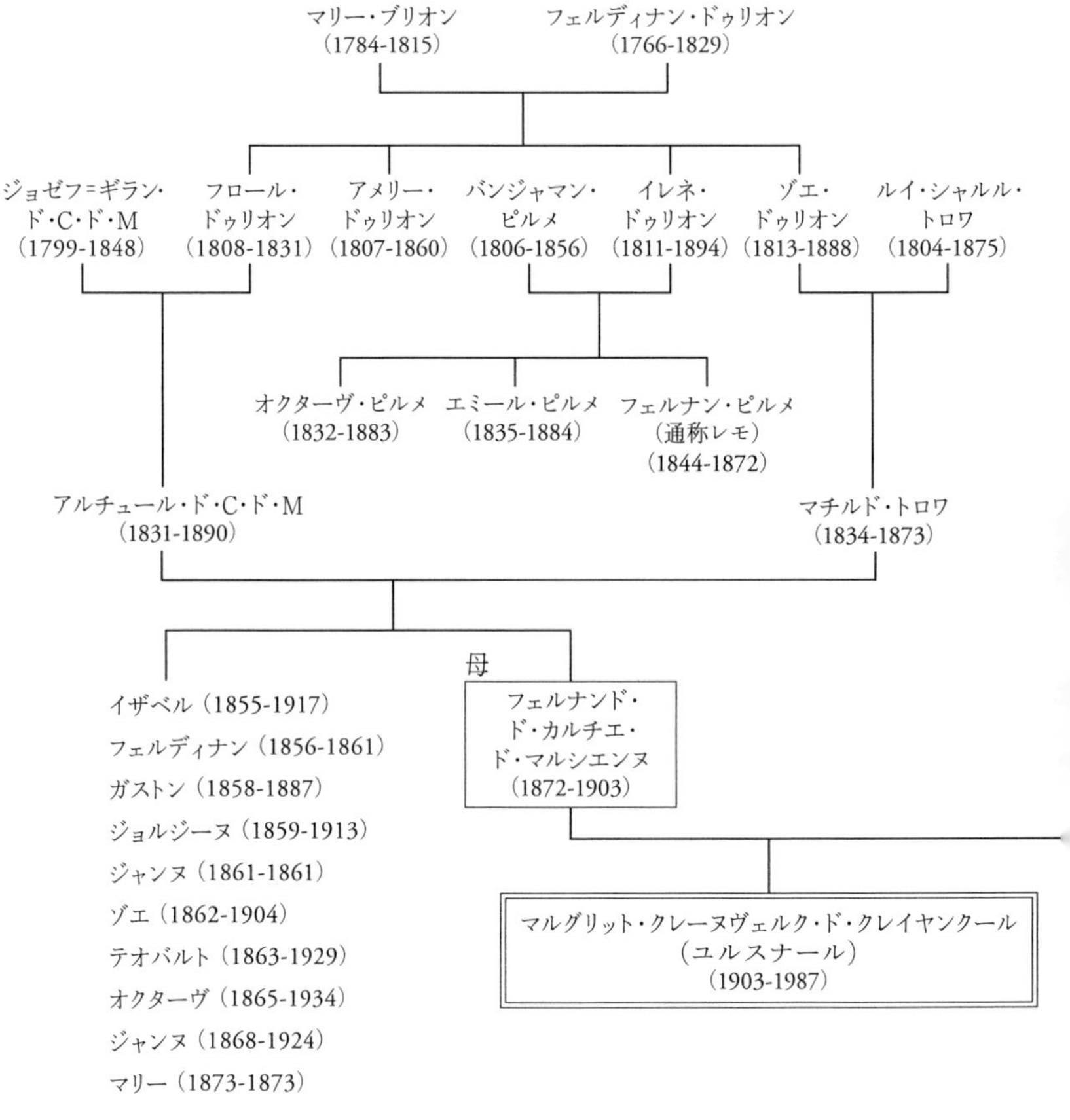
マリー・ブリオン
（1784-1815）
フェルディナン・ドゥリオン
（1766-1829）
ジョゼフ゠ギラン・
ド・C・ド・M
（1799-1848）
フロール・
ドゥリオン
（1808-1831）
アメリー・
ドゥリオン
（1807-1860）
バンジャマン・
ピルメ
（1806-1856）
イレネ・
ドゥリオン
（1811-1894）
ゾエ・
ドゥリオン
（1813-1888）
ルイ・シャルル・
トロワ
（1804-1875）
オクターヴ・ピルメ
（1832-1883）
エミール・ピルメ
（1835-1884）
フェルナン・ピルメ
（通称レモ）
（1844-1872）
アルチュール・ド・C・ド・M
（1831-1890）
マチルド・トロワ
（1834-1873）
イザベル（1855-1917）
フェルディナン（1856-1861）
ガストン（1858-1887）
ジョルジーヌ（1859-1913）
ジャンヌ（1861-1861）
ゾエ（1862-1904）
テオバルト（1863-1929）
オクターヴ（1865-1934）
ジャンヌ（1868-1924）
マリー（1873-1873）
母
フェルナンド・
ド・カルチエ・
ド・マルシエンヌ
（1872-1903）
マルグリット・クレーヌヴェルク・ド・クレイヤンクール
（ユルスナール）
（1903-1987）

主な登場人物

ミシェル・ド・クレイヤンクール（ド・C氏） マルグリットの父。フランス貴族の末裔で文学と旅、賭け事、女性を愛する自由人。

フェルナンド マルグリットの母。ミシェルの二人目の妻。ベルギーの名門の出。娘を出産した十日後に産褥熱で死去。

ベルト ミシェルの最初の妻。妹ガブリエルが亡くなった四日後に死去。ミシェルとのあいだに一男（通称ミシェル・ジョゼフ）がいる。

ロイス・ド・L男爵 ベルトの父。妻はマリー・アテナイス。二人のあいだには、ベルトのほか、ボードワン、フェルナン、ガブリエル、マドレーヌ、クロディーヌ、マリー・アントワネットがいる。

ノエミ・ド・クレイヤンクール ミシェルの母。夫ミシェル・シャルルの死後、リールとモン＝ノワールの屋敷を取り仕切る。ミシェルのほか娘が二人いる（姉ガブリエルは十四歳で事故死、妹マリーはその後に生まれる）。

マリー・ド・サシー（旧姓クレイヤンクール） ミシェルの歳の離れた妹。ポール・ド・サシーと結婚。エルネスト、ジャンヌ、セシル、三児の母。

ジャンヌ（ファン・T嬢のちド・ルヴァル夫人） マルグリットの母フェルナンドの親友。オランダ人。婚約者（ヨハン＝カール）がいたが、やがてバルト人の作曲家・オルガン奏者エゴン・ド・ルヴァルと結婚する。息子が二人いる（クレマンとアクセル）。

ジャンヌ・ド・クレイヤンクール フェルナンドの姉。身体が不自由なため、小間使いのフロイラインに付き添われ、ブリュッセルの簡素な住まいで生活する。

メラニー クレイヤンクール家の使用人筆頭。女主人ノエミの信頼が厚い。

バルブ（バルバラ） クレイヤンクール家の小間使い。生まれたときからマルグリットの世話をする。

トリーア フェルナンドが、婚前旅行で訪れたドイツで買い求めたバセット犬。

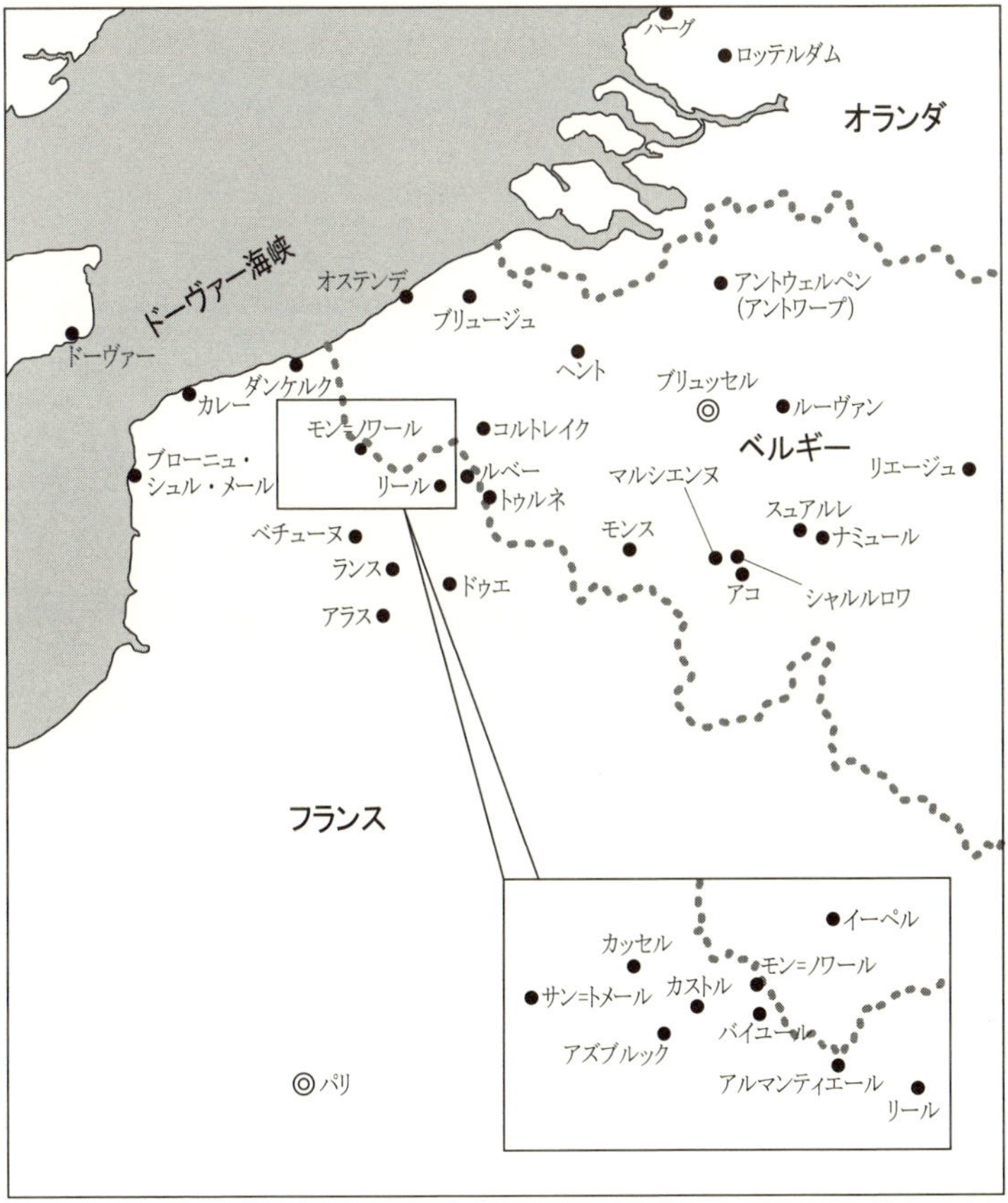

ハーグ
ロッテルダム
オランダ
ドーヴァー海峡
オステンデ
ブリュージュ
アントウェルペン
（アントワープ）
ドーヴァー
ヘント
ブリュッセル
ダンケルク
カレー
ルーヴァン
モン=ノワール
コルトレイク
ベルギー
ブローニュ・
シュル・メール
リール
ルベー
マルシエンヌ
リエージュ
トゥルネ
スュアルレ
ベチューヌ
モンス
ナミュール
ランス
ドゥエ
アコ
シャルルロワ
アラス
フランス
パリ
イーペル
カッセル
モン=ノワール
サン=トメール
カストル
バイユール
アズブルック
アルマンティエール
リール

北フランス・ベルギー

単調な日々

ミシェルはひとりぽっちである。本当のことを言えば、彼はいつもひとりだった。おそらく、ごく小さかった頃を除いて。しかし、古い写真を見ると近くに写っている姉のガブリエルは夭折してしまったし、彼が家庭生活なるものと完全に縁を切ったとき、ガブリエルの代わりになる下の妹はまだ幼すぎて頼りにならなかった。ひとりぽっちだった。ごく稀に父親と時を過ごすこともあったとはいえ、夫にも息子にも絶えて愛を示したことのない母親に内緒で、こっそり会っているような気がして。少し前まで、ふたりの妻といっしょにいたときでさえ、彼はひとりぽっちだった。最初の妻との快楽においても、あるいは口論の最中においても、また、二人目の妻との、ときに甘く、ときに苦い睦み合いのなかにあっても（生真面目すぎて、ミシェルは自分たちの関係をべつの角度から見ることができないのだ、たとえ喪の最中であっても）。ひとりぽっちだった、最初の結婚でできた息子といるときも。無愛想なこの少年とは、間を置いてごく稀にしか会わないのだが、自分の目の届かないところで、いささか現実離れした祖父母たちに育てさせたのがまずかったのだろう。生後二か月に満たないこの赤ん坊〔ユルスナールのこと〕といっしょにいても、ひとりぽっちだった。朝晩、まめに顔を出し、沐浴に手を貸して、授乳や排泄に問題はないかと尋ねたりして気にかけはするものの、当の娘はまだごく小さな動物にすぎず、紆余曲折の末に自分が面倒を見る羽目に陥ったというだけのことで、愛を注ぐ理由などはじめからないも同然だった。ひとりぼっちだった、昔、若いイギリス人の愛人といたときも。その愛人のためにフランスを見捨てて逃亡したとはいえ、唇を合わせることがどれほど偽りに満ちているか、彼はまるで知らなかった。ごくわずかな男友だちといっしょにいても、彼はひとりぼっちだった。なにかよからぬ意図のもとで連中に操られているような気がしたり、ときには騙されたり、一度などはたぶん、巧妙なやり口で裏切られたと感じたこともある。彼はひとりぼっちだった、私立公立を問わず、あちこちのコレージュや大学でも。身内の強い意向で送り込まれたそういう場で、彼はラテン語をよくし、品のよい偽善を身につけた模範的父親や、愚にもつかない在俗の教師たちに育てられた良家の子弟なるものの凡庸さを、はじめて確かめることができた。ひとりぼっちだった、軍隊でも。庶民出の人たちはやさしくて、軍服を着てもそのやさしさを失うことはなかったのだが、おなじ部屋で寝起きしている仲間が友人というわけではなかった。リヴァプールやアムステルダムの船乗りたちが集うバーでも、彼はひとりだった。そんなバーの陽気で粗野なところに触れたおかげで、当時の女性に対する気まぐれや要求の質が変わりはしたけれど。いま、一九〇三年八月、四年のあいだに二度つづけてやもめ暮らしに連れ戻されたモン＝ノワールの三階の自室で、彼はまったくもってひとり、ひとりぼっちである。

たしかに、大奥様は二階の《すばらしいアパルトマン》で権力をふるい、お抱えの公証人たちと会議を開いたりしているのだが、バロック様式の家具類とは対照的に高いところからその部屋を睥睨《へいげい》しているのは、ブルジョワのカトリック信者には必要不可欠といってもいい、お決まりの聖水盤と柘植《つげ》の木の枝を添えた十字架である。とはいえ、そんな人たちにかぎって祈ることを知らないものだ。《主人》がふたりしかいないのにこの広壮な屋敷には使用人がたくさんいて、名前も覚えられているし少なくとも顔は認識されているのだが、識別の目印は彼らが満たしている、もしくは満たしていることになっている役割においてであって、実質的にはただのロボットにすぎない。にもかかわらず大切にはされており、よほどのことがないかぎり首を切られないのは、彼らの職が終身制だからである。ときには親から子へ受け継がれることさえある。

そのヒエラルキーの最上位に君臨しているのが、大奥様付きの使用人メラニーで、彼女は主人の鍵を預かるばかりでなく、耳の役割も果たす。誰もが毛嫌いし、避けて通る存在だ。育児のいろはを知り尽くしているのは、アゼリーである。若き妻がブリュッセルに里帰りして姉や妹の近くで子を生もうと決心したとき雇い入れたのだが、亡くなった妻を世話していた小間使いで、いまでは子どもの世話係に昇進したバルブ〔前二巻ではバルバラ。本巻でユルスナールが幼少時に用いていた呼称で統一〕にその経験と知を授けるため、モン＝ノワールで夏を過ごすことを受け入れてくれたのだった。アゼリーとバルブは、屋敷で働く他の人々に仕えられながら、幼な子といっしょに、ルイ＝フィリップ様式のこの城館におけるゴシック的幻想とでも言うべき塔のなかの、大きな楕円形の部屋に住み込んでいる。その部屋とおなじ階のつづきの間で暮らしている大奥様がふたりに会いに来たり、子どもを連れて来てくれと頼んだりすることはけっしてない。他の使用人たちの話は、その子が彼らを知るようになるまで控えることにしよう。

村の司祭は食べることの好きな気のいい男で、日曜になると招かれてやって来た。この司祭殿には説教のレパートリーが三つか四つしかなく、それも神学校で必死に覚え込んだものなのだが、主題はいつも神学上の問題に関わることばかりなので、信者たちは退屈してしまうのだった。聴衆が目を覚ますのは、共和国政府に対するちょっとした批判を滑り込ませたときだけである。気のいいこの司祭は聖人ではない。一方ミシェルは、聖職者たるもの誰もが聖人であってもらいたいと考えている、あの口うるさい無信仰者たちのひとりだった。ある日（私は幼すぎてその出来事を覚えていないのだが、のちにミシェルが話してくれた）、大ミサの最中、聖体奉挙を少し過ぎたあたりで、村の教会に雷が落ちた。信者たちは火事を恐れてすぐに逃げ出した。司祭は、司教がおいでになったときのための肘掛け椅子にへたり込んで、気つけのために聖体拝領のワインを一杯所望する。

「司祭殿」とミシェルは重々しい口調で言った。「雷に当たっていれば、さぞや立派な死を遂げられたことでしょうに」

司祭は唖然としてミシェルを見つめる。聖体顕示台《オステンソリウム》を手にしたまま死ぬことなど、彼にとってはなんの意味もなかったのだろう。

とはいえ、その陰鬱な夏のあいだ、ミシェルがわずかに人間的なぬくもりを見出したのは、ひとりの聖職者のもとである。親しくなったのはモン＝デ＝カ修道院の院長で、ふたりの男は院長室でいっしょに煙草を吸いながら少なからぬ時を過ごす。このトラピスト会修道士は、聖職者用語で言うところの「下界」に長くいたことがある。将校として普仏戦争に参加したのだ。命令、命令撤回、そしてスダンの戦いへと到る混乱ぶりを院長は生き生きと語ってくれるのだが、何歳か下になるミシェルは、パリ・コミューン兵士の大量処刑や、ルイーズ・ミシェル〔一八三〇―一九〇五。パリ・コミューンの立役者のひとり。無政府主義者として知られる〕とロシュフォール〔アンリ・ロシュフォール。一八三一―一九一三。ジャーナリスト、政治家〕のニューカレドニアへの追放処分に対して、聞き分けのない小学生みたいな憤りを感じたことしか覚えていない。修道院長のほうは、おそらくそうした処分に賛成の立場だったのだろう。しかし、三十年も前の犯罪的愚行を取り上げて対立するなんて、じつに空しいではないか。政治的な事件が立てつづけに起こり、浜辺に砕け散る波のように消えていく。私たちはそれにぞっとさせられたし、もう少しで怒濤のなかに引き込まれるところでもあった。結局、私たちが相手にしているのは、ものごとの巡りなのである。

もっと個人的な感懐に話を移そう。ミシェルは煙草も消さず、テーブルのへりに腰掛けて告解をしている。実際には告解というよりもひとり語りだ。ミシェルの過去には曖昧な点が多々残っているのだが、それはたぶん、彼以外の人間のほうがずっとうまく解き明かせるたぐいのものである。ところが、そのべつの人間というのが司祭なのだ。修道院長は悔い改めよと無理強いすることもせず、ミシェルに罪の許しを与える。彼にはこの訪問者が命《めい》に従うはずなどないだろうということを、痛いほどわかっている。そもそも、あのようなラテン語の言いまわしが、行動と感覚と欲望——満たされたり満たされなかったりの欲望——の世界とどんな関係があるのか？　ミシェルには、それらを言葉の篩《ふるい》にかけることで、ひどく単純化してしまったことがよくわかっている。彼は困惑しつつも、カトリック信者と無信仰者の、まして司祭と無信仰者とのあいだには建物の出っ張りのようなものがあって、それは避けようがないと感じている。その無信仰者は、家の伝統や洗礼によってカトリックとつながっているだけで一度も神を信じたためしがなく、また自分が信じているのか信じていないのか自問したことさえないのだ。途方に暮れ、不安げな顔で、自分が非-信者であり、なにか支えになるものを空しく外部に求めているのだと想像してしまうのは、まったきカトリック信者の陥りやすい誤謬である。むしろその逆のほうが真実に近いだろう。修道院長にはいくらかこうした誤りに陥っている節がある。この寡夫の苦しみ（といって、院長がただ大袈裟に考えているだけなのだが）をうまく使って、神のもとへ、自身が頭のなかで神だと思い込んでいる存在のもとへ連れて行こうとしているのだ。フランスでは、説得というものが、パスカル的な賭の、ほとんど猥雑といってもいい形を取ることがままある。「なにを失うというのかね？　われわれが真実のうちにいるのであれば、正しいほうにつくのがいいに決まっている」。この種の論法にミシェルは心のなかで悪態をつき、一日一回、わずかな時間でも宗教的実践にあて、毎日数分ずつそれを延ばして行きなさいといった忠告には、さらに耳を貸そうとしなくなる。

「では、神父殿、宗教的になるということは、酒飲みになるようなものなのですか？」

「まさしくそのとおりです」と修道院長は応じる。こんな喩えに怖じ気づきはしない人なのだ。

ミシェルはモン＝デ＝カ修道院を訪れる間隔を少し空けるようになる。とはいえ、いくらかきつくもあるこの山登りを、耕作地と木々に囲まれている踏み固められたこの平らな広場を彼は愛しつづけている。広場の端には小さな居酒屋があって、人のぬくもりが感じられるのはそのおかげなのだが、そこから展望できるのは平坦な地平線だ。修道服と頭巾から判断するかぎりみなおなじに見えるトラピスト会の修道士たちが、畑を耕し、雌牛たちの乳を搾り、きれいに櫛の入った大きな馬たちをゆっくりとした足取りで引いていく。彼らがたがいに沈黙の戒律を守り抜いていることを、ミシェルは羨ましく思う。なぜなら、その戒律があるだけで、男たちのあいだの（さらには男と女のあいだの）諍いの大半が取り除かれるからだ。人生が空しく、ばかばかしいほど複雑に見えるようなとき、ミシェルはひとりごちる。自分が生まれ育った階級において《宗教》と呼ばれているもののための場所が、心のなかのどこにもないとしても、またそれを信じようとする気持ちがまったくないとしても、すべてを断ち切った男が平穏に生き、死ぬことができるのは、ここなのだと。熊手の先で堆肥を混ぜ合わせている修道士が、べつの土地では「サドゥー」やバラモン教の修道者たちによって明らかにされている事柄をミシェルに教えてくれる。面白いことに、私が最も愛した男性のひとりが、おなじ場所でおなじことを、何度も語ってくれたものだ。思いちがいでなければ、ミシェルもその男も、修道院に一週間以上いることはまずないだろう。若き日の作家モンテルランがそうであったように。理由はわからないのだが、彼もまたそこにいたことがあり、あと少しで、大きく開けられた馬車用の門を越え、二頭の美しい農耕馬を引く修道士の美しい笑みに惹かれて、僧院のなかに入り込むところだったのである。

《コンブおじさん《プチ・ペール・コンブ》》ことエミール・コンブ〔一八三五―一九二一。フランスの政治家。一九〇二年、首相となる。カトリック教会を規制し、政教分離を立案〕の急進主義に脅かされた修道院が、国外退去するか、少なくとも国外に避難先の確保できる領地を手に入れる時代が来ると、トラピスト会修道士たちは、領地を守る最低限の修道士を現場に残して国境の反対側に逃げ場を探すことにした。出て行くのか行かないのか？　ウイかノンかだけを言えばいい、これほど単純な問いでも、はっきりした答えが得られるとはかぎらない。フランスにおける宗教結社の危機を扱った本を私は何冊か読んだのだが、立脚点がどこであれ、いずれも多少の偏りがあって、共和国と教会の不和をなんとか水に流そうとしたり、逆にその影響を大袈裟に言い立てたりしていた。当の修道院で得られた情報は、曖昧なままだった。五十年の月日と二度の大戦を経たいまとなっては、その土地に居座っている現住人自身、なにが起きてなにが起きなかったのか、もう確信が持てなくなっているようだった。規模の大小はべつとして、これまでの人生において、私はいくつかの史実を明らかにしようと試みてきた。しかしそこで痛感したのは、過去の出来事について言われたり書かれたりしてきた事柄は、どれもこれも部分的には誤りであり、つねに不完全で、つねに再編されているということだ。特別な事例にこれ以上長くかかずらおうという気にはなれない。だから、ミシェルにとってまだ生き生きとした思い出として残されていることを、つねに反体制側にいた男の心を揺さぶりつづけた思い出を転記するに留める。たぶんそれも、部分的にはまちがっているのだろうけれど。

ミシェルはドレフュス派だったが、卑劣と思われる話についてはあまり詮索しなかった。だから、嫌がらせを受けている神父たちに賛同していると言っても、永遠の命や現世の命をめぐる彼らの考え方が自分の意見と必ずしも合致しているわけではない。むしろミシェルには、それについてなにひとつまとまった見解がないのである。修道士たちの小さな群れの一部が、《自発的に》出立する。そのために選ばれた日は、まさに待ちかねた大いなる一日だ。地元の農場経営者はこの旅立ちに反対である。修道士が立派な乳牛を所有していても、その乳牛だけではすばらしいチーズを作るのには不十分であり、牛乳に関しては、修道院こそが近隣の村に住む他の農家にとって、最良の顧客だからである。乳牛の所有者たちは、この優良な顧客が村を出て行くのを見て腹を立て、あるいは無念に思う。司祭連中が出て行くことに賛成なのは、獰猛な急進主義に染まって、お偉方に気に入られることばかり気にしている少数派である。

モン＝デ＝カの山上の、居酒屋と修道院のあいだの開かれた空間に、みなぎゅうぎゅう詰めに集まった。ご想像のとおり、居酒屋は大にぎわいである。秩序を保たねばと、ノール県の副知事が軍の分遣隊に付き添われてやって来た。みな待機している。（歴史上の大きな出来事の四分の三は、いつも、そしてどんなところでも、待つことで過ぎて行ったのだ）。礼拝堂の扉は開いている。灰色に塗られた貧しい礼拝堂には、十字架への道を描いた色刷りのリトグラフと、趣味の悪いいくつかのオブジェがみすぼらしく飾られている。かくのごとく、この礼拝堂は「美」に対する憎しみ、もしくは無知というより、物事の外面に対する静かな無関心を示している。しかもこのとき、誰ひとりとしてそこへ祈りを捧げに行こうと考えている者はいない。修道院の扉は閉じられている。すぐ近くの石臼に腰を下ろしたミシェルは、カンカン帽をかぶり、じつにエレガントな夏の出で立ちで、五分おきに大きな声をあげている。

「自由万歳！」

繰り返される叫び声に副知事は怒り、明らかに居心地悪そうにしている。

「ド・C殿、なにゆえに《自由万歳！》などと叫びつづけておられるのです？」

「私の知るかぎり、共和国のもとでは、《自由万歳！》は煽動的な叫びではありません」とミシェルは応える。

しかし扉は開かれる。旅行鞄を抱きしめている平服の僧たちの、いささかみすぼらしい一団を率いてぬっくと立っているのは修道院長である。一八七〇年戦争の、ナフタリンの臭いのする軍服を取り出し（そのあいだに少々太ったものだから、よけいにベルトの締まりがよい）、胸に《勇士の勲章》をこれ見よがしにぶら下げて。秩序の維持を課された分隊は、自動的に捧げ銃をする。このささやかなどんでん返しがミシェルを魅了し、副知事を混乱に陥れる。司祭たちが優位に立ったのだ。ド・C氏の喜びは、その小さな勝利がまとった軍隊的な相貌によるところ大である。かつては恋愛沙汰で逃亡したり、伍長さながらの権威主義を本能的に毛嫌いしていたではないかと難じても詮ない話で、この元少尉には、軍隊に対するやさしさがわずかに残されているのだった。

村にはなにほどの価値もない。そして村にしてみれば、ミシェルなど物の数ではない。念頭に置いておくべきは、ド・C氏の人生の三十年近くが、村からずっと離れたところで過ごされたということである。この何年かはつまらない陰口が広まっているはずだが、それも小声で囁かれているだけだ。下層階級の人々にとってミシェルは、代行者に金利を回収させている城主様（まだこの言葉が使われている）の息子にすぎない。寛容な人物であることは、衆目の一致するところだ。藁の束に火がついたり、雨に濡れて台なしになったり、家の誰かが亡くなったり、牛が死んだりすると、ただちに紙幣を一枚添えて励ましの言葉をかける。《これで、足りるかね？》と。彼がただの間抜けに見られないのは、体力があって、突然怒りの発作を起こしたりするさまがひどく印象に残るからだろう。日曜日の大ミサには義務として出席することにしていて、終わったあとは、村議会の面々の繰り言や農家の人々の泣き言に辛抱づよく耳を傾けたり、居酒屋で一杯おごったりする。しかし彼がこの人たちにとって親しい仲間になることはけっしてないだろうし、友人になるなどということはさらにないだろう。苦い経験を通してミシェルは、フランスにはインドとおなじように身分制度が存在することを学ぶ。慈善協会の会長として自分の仕事を大切に考えてはいるのだが、会員たちの慈悲心や連帯感のまったき欠如に彼は面喰らっている。貧しい人々を相手にしているのであれば、そうした不寛容なエゴイスムを認めてもいい。しかしここの農民たちの暮らしは安楽で、なかには金持ちもいるのだ。彼らの慈善協会はバイユールの銀行に相当な額の口座を持っていて、一部はド・C氏の施しに負うているのだが、そこから金を引き出そうとすると、最も幸薄い人たちのための、ごくわずかな額であっても、彼らはいつも苦々しげな顔になる。残りの人々、つまり不精者や頭の弱い者たちに対しては、以下のようなフランスのことわざがつねに用意されていた。「天は自ら助くる者を助く」

ミシェルはイギリスで、大衆の手厚い支持を得た慈善団体が機能しているのを目の当たりにした。彼らは受け入れた資金を順番にばらまいていくのである。あとでまた寄進者の寛容さに訴えることになりかねないとしてもだ。ミシェルはこのフランスの片隅に同様の制度を取り入れようとする。だが審議会のメンバーは聞く耳を持たない。困窮している未婚の母たちに産着を支給するという彼のアイデアはある者の失笑を買い、ある者の心証を害す。程度の差こそあれ、彼が遭遇する障害物は、トルストイの小説の登場人物がぶつかるものとおなじだった。彼らは農民の世界に新しい視点を持ち込もうと努めるのだが、相手の世界を理想化するあまり、それが都市の小市民階級とおなじ程度に偏狭だとは口にしづらくなっている。ミシェルは村長になろうとか、くだらない政治的工作にもっと深く関わろうなどとは考えもしない。人々を変えようとするには、ある点まで彼らに似なければならないからである。

　少なくともミシェルは、村と城館のあいだによりしなやかな関係を成り立たせようと心を砕いている。年に一度の名士たちの夕食会は長らく守られてきた古い伝統行事で、七月十四日になるとリールから総菜屋を呼ぶならわしになっている。ずっとのち、私はその日に、塔の大部屋の上から、テラスに三々五々散らばった赭《あか》ら顔の殿方の姿を見かけることになるだろう。ド・C氏は彼らに葉巻を差し出していた。私はといえば、プチ・フールとサクランボのグラッセの皿を待っている。必ず持って来てくれることになっていたからだ。しかしなによりもミシェルが固執しているのは、サン＝ジャン＝カペルの村で暮らす家族連れのために、城館の庭でピクニックをすることである。遠慮まじりではあれ、みな陽気に振る舞う。後年、私が館の小さな女主人の役を任される年頃になったとき、子どもたちが何組か招待されているのだが、もう八十歳を超えているのに、果樹園の林檎の味をまだ覚えている者が幾人かいる。彼らは私の玩具を見せられている（玩具を集めていた時代があるのだ。いまそれを先回りして話している）。ことに電気で光る仕掛けの、ルルドの洞窟。これは信心深い従姉からのプレゼントなのだが、この人のことは幸いにも覚えていない。私立学校の尼僧の小さな生徒たちみなに、なんとか草の上でロンドを踊らせようとする。しかし結局ミシェルがなにをしても無駄だったのだ。心の寛いこの地主様についての人々の記憶はあまりにぼやけており、二十歳も若くて犬に噛む骨すら与えたことのない息子のほう〔ミシェル・ジョゼフのこと〕と混同されてしまうからだ。マダム・ノエミは、もう少しはっきりしたイメージを残している。ノエミのことになると年老いた証言者たちは口を噤《つぐ》みがちになるのだが、繊細かつ微妙な言いまわしで述べられることもなくはない。「あのお方は、息子さんよりずっと城主様という感じでしたよ。下々の者には、あまり声をお掛けにならなかったですからね。クリスマスになると、赤いウールのペチコートと厚い下着をお配りになったものです」

城館《シャトー》を中心とする社会はほぼフランス各地で見られるものだ。しかし、由緒ある貴族はほとんど残っていない。にもかかわらず、自分たちはまだそのような階級に属していると、誰もが、ときには大真面目に信じている。モン＝ノワールじたいがそうであるように、城館はたいてい王政復古のよき時代に由来するもので、要するに持ち主が遡れるのもその時代までということだ。最も古い家系は十八世紀の地方長官か官吏の子孫で、ご先祖が私腹を肥やし、あちこちで貴族の肩書きを買い取ったり復活させたりしたのである。近隣の愛すべき小さな村々に、彼らは中庭も庭園もあるような、重厚なルイ十四世様式か典雅なルイ十五世様式の城館をいくつも所有しているのだが、ほとんど新築か大規模な改築がなされているあの鼻持ちならない建物ほどにはそれらを評価していない。とはいえ、この新しい建物のおかげで、彼らは《シャトー年鑑》にランク付けされているのだ。ある一族——正真正銘の高貴な一族だが——は、コルネイユの娘の子孫であることを誇りにしている。正当な理由があってのことではあれ、コルネイユと言っても小学校で習った退屈きわまりない長台詞の思い出しかよみがえって来ない。この階級の人々は、本当に真面目なら「ラ・クロワ」紙、少し名が知られていれば「フィガロ」紙しか読まない。しかしＧｙｐ〔シビル・ガブリエル・

〔マリー・アントワネット・リクティ・ドィ・ミルボー（一八四九―一九三二）の筆名〕は大いに人気がある。

城館では、よく食べる。美食はミシェルの蔑むところではない。けれども、食を大切にすること、とくに女性たちが食を重んじていることに対して、質素な料理を愛するこの男は嫌悪を感じている。バイロン同様、美しい女性が顎を動かしているのを見るのは、あまり喜ばしくないと考えているのだ。丸々とした身体の線が自慢の、色香に溢れた某夫人は、食事を終えるたびに好んでこう言った。「わたくし、ちょっと気持ちが悪くなるくらいまで食べるんですのよ」。男たちはマダムのあまりに豊満な胸元について、悪意なしに評を加えている。この点で大変恵まれているふたりの姉妹には、当人らのあずかり知らぬところで、《前のガイヤール》と《後ろのガイヤール》という渾名《あだな》が付され、殿方の大半が、自分はまちがいなく触ったと述べ立てた。また、べつの女性は、今度は美食とはなんの関係もなしに、《二人前》と呼ばれている。こうしたきわどい冗談は、もちろんすべての猥談がそうであるように、肉欲を蔑視するブルジョワ的でお堅いカトリック的背景から生じている。彼らの言うように（性的な抑制が、それだけで考えうる全ての美徳を体現してでもいるかのように）、人は自分が貞潔であることを自慢したりしないものだ。そのうえ、完全な貞潔は、男性の場合は不能ではないかと、女性の場合は、どこか目に見えない欠陥があるのではないかと、疑われかねない。しかし、夫婦生活にとどまっているというのは、結局、リスクのない放蕩にふけるのとおなじことだ。風習は法律よりも重要であり、慣例は風習より重要なのだ。当時、司教区には、寡夫で、しかも一家の長である司教がひとりいた。トラピスト会修道士の院長と同様、かつては《浮世》に生きた人である。聖職者が妻帯していたことが周囲をいささか気まずくさせる。よきカトリック教徒は、彼らが童貞であることを無意識のうちに望んでいるからだ。うるわしきM夫人の取次人が「……司教殿とそのご令嬢様方」と呼びあげざるをえず、そのつど当惑しているさまが目に余って、司教はこの辺で手を打ってお言いなさいという笑みを浮かべてこう提案する。「来訪を報せるときは、むしろこうお言いなさい……司教殿ならびにその弟様の姪御様方」。この微妙な表現の差が上層階級と下層階級とを分かつものだが、喫煙室での下品な言動は、ティーテーブルのまわりでこの御婦人方がおしゃべりしているサロンにも侵入してくる。刺繍入りのナプキンを口に当てて噴き出しながら、彼女たちは機知に富んだ男言葉を小声で繰り返す。隣にいた若い青年について「残念ですわ」と声が上がる。他の連中より愛想がよくて繊細だが、俗に言う《自然に反した趣味》があり、逮捕歴があって、これが由々しきことなのである。むろん、醜聞などなければそれに越したことはないからだ。「残念だわ、もう手を握りに行くこともできないんですから。あの方に背を向けるのは危険なのよ」。ド・C氏は、その青年にはいいところもあると思っていたので、異を唱えるために家に招こうと考える。しかしノエミがうんと言わない。彼女は年に四回の《ポルト酒》の会を除いて、誰も家に呼ばないのだ。まして評判の悪い人間から手をつけることはないだろう。

ミシェルは美しいM夫人に目がない。彼女の細い腰つきはこの地方の誇りのひとつである。パリの一流の仕立屋から取り寄せている、ボディラインを強調した黒い衣装は賞賛の的だ。細かくカールした髪は、色あせることのないブロンドである。麗しきこの寡婦の、唇の薄い口からは、ときにユダヤ人、イギリス人、プロテスタント信者に対する辛辣な批判がこぼれ出る。この三つのカテゴリーのいずれにも属していないド・C氏は――うまく説明できない理由でイギリスに長期滞在をしたことがあるとはいえ――、夫人の家で歓迎されている。そもそもふたりは、第七親等のいとこ同士なのだ。フランス国王の帰還を誰もが待ち望んでいるこの階級にあって、麗しきM夫人はボナパルト主義者であることを鼻に掛けており、数年前からブリュッセルで亡命生活を送っているジェローム皇子〔ジェローム・ナポレオン・ボナパルト、ナポレオンの一番下の弟にあたる〕を何日か招いたりした。しかし夫人の領地の一端は国境に接しているため、皇子は半分ベルギー側にまたがる館で寝泊まりすることになる。到着の翌日、M夫人は皇子に、馬車でひと回り致しましょうと申し出る。ボナパルト一族の男は、北フランスの民衆からかくも熱い歓迎を受けるとは予期しておらず、内々にしてあるはずの逃亡がこれほど知れ渡っている状況に不快な思いをしつつも、道路の両端に植えられた楡の木々の下に整列し、地にひれ伏すようにして挨拶してくれる村人たちを見て歓声をあげる。「マダム、皇位継承者がこんなに関心を持たれているとは、想像もしておりませんでした」。彼女は尊大な口調で答える。「殿下、この者どもは、わたくしの臣下でございます」。ミシェルは時々、コルセットの張り骨の砕ける音が聞こえる怖れをものともせず、このか細い腰に腕をまわしてみたいという誘惑に駆られる。しかし、いったいどれほどの数の留め金を外したり毟りとったりしなければならないことか！　M夫人の熱狂的信奉者たちは、彼女が従僕にやさしい態度を示しているのを非難する。しかし従僕はたぶん、さほど煩雑な手続きを踏まなくとも彼女に近づくことができるのだろう。

これがあの豊満な某夫人であれば、それほどの努力は要求されまい。だが彼女には夫があり、息子があり、義理の父母がいて、城館で食事をする大勢の使用人がいる。ド・C氏が招かれる食事会での名誉招待客は、教皇大使とその秘書。頼りになるのは、保守的社会の選り抜きたちだ。信心に満ちた話題が取り交わされる。教皇の指輪に誰が接吻することになるのか。会話はさまざまな話題をほのめかしつつ広がっていく。サン・ピエトロ寺院というあの傑作、体つきがほとんど聖人のように見えるレオ十三世〔一八一〇－一九〇三。在位一八七八－一九〇三〕の長命、ガリバルディに対抗してローマ防衛に参加した叔父や従兄弟たちの敬虔な思い出。

某夫人はこうまで言ってのける。わたくしはもう永遠の都をどうしても見たいとは思いません、聖座に属さなくなってこのかた、あの都市はもう他と大差ないものになりましたからと。聖職者である前にイタリア人である招待客は、笑みをこらえる。わかるかわからないかの笑みだ。とくにお別れは儀式の様相を呈する。某夫人は、ふたりの小さな娘を階下に呼んで大使の祝福を受けさせる。儀式が長引いて、旅行者たちは遅刻してしまう。彼らはバイユールでリール行きの列車に乗り、リールからパリ行きの特急に乗らなければならないのだ。某夫人の息子はぐうたらな学生で、夕べの宴のあいだは幾度かあくびをしたりしたのだが、繋がせておいた伝統的なランドー型馬車の代わりに、この地方で二台目の（一台目はド・C氏のものだった）ディオン・ブトンで名誉招待客のふたりを駅までお送りしましょうと熱心に申し出た。それから三十分ほど、まだ教会のお香の匂いが漂っているサロンに、いくらか不安な時がつづく。あの礼儀正しい高位聖職者とその連れが、パンクや（この新しい機械を使うときは、なにからなにまで心配なのだ）、さらに悪ければ事故などの不都合を被らなくて済みますようにと……。

そこへ、エンジンの爆音が中庭に響き渡る。大きなサロンのドアが少し開いて、小馬鹿にしたような顔が両開きの扉のあいだを抜けて来る。

「あの連中、もうちょっとで列車に遅れるところだったぜ！」

無礼な息子の笑いが一同に伝染する。道徳的な雰囲気は泡のようにはじけ飛ぶ。北フランス訛りで話しているこの人々は、教皇大使のイタリア訛りを馬鹿にする。ある紳士は、教皇大使の秘書は美男にすぎるから正直者なわけがないと思っている。御婦人たちは、あの人は痩せすぎだと考えている。信心深いカトリック教徒で、しかしほとんどジャンセニスト的なところのある男性は、教皇はフランスの事情に首を突っ込みすぎだと辛辣にコメントする。いずれにせよ、あの方はローマの司教に過ぎないんですからね、と。

二時間前に夕食を取ったことなど嘘のように、豪華な軽食が運ばれて来る。某夫人は身をかがめてフォワグラのサンドイッチをひと皿取り、それをド・C氏に差し出す。まるでうっかりしていたかのように、彼女は開いた胸もとを支えている肩紐を結び直さなかった。効果はない。胸がどういうものか、みなわかっているから。ミシェルが田舎のドン・ジュアンになることはないだろう。

重苦しい夏が過ぎ、霧深い秋がやって来る。冬に状況がよくなる気配はない。昨年の冬は、産褥で死ぬのを怖がる若い妻〔ユルスナールの母フェルナンド〕の願いを聞き入れてブリュッセルで過ごしたのだが、まさにその恐れていたことが起きてしまった。これからやって来る冬は、リールで過ごされるだろう。生後五か月の子どもを連れてリヴィエラへ長い旅に出るなど論外である。その頃リヴィエラまでは、リールを発ち、パリのグランド・ホテルとマルセイユのノアイユ・ホテルでそれぞれ休みの一泊を入れて、ほぼ三十時間かかった。いちばん好きなもの、つまり太陽に燦々と照らされた国々をこうして一時的にせよ諦めるのは、賭け事の放棄をも意味した。賭け事はこの男にとって、他の男たちにとっての放蕩とおなじく必要不可欠なものである。それからまた、モンテ＝カルロの輝かしいサロン、男心をそそる女性、あるいは美しい女性たち――金では買えないと思われている――とのかりそめの恋によって退屈な日々に持ち込まれたほんのわずかなロマネスクを、イタリアへの短い遠出を諦めることと同義だった。イタリアではジェノヴァ、フィレンツェ、またナポリ。どこでもいいけれど、かつてはフェルナンドと、こちらでは教会を、あちらでは画廊を訪ねたりしたものである。おそらく、ずっとのち、ミシェルは当時まだ小間使いたちの腕に抱かれて泣いていた小さな娘の手を取って、ボボリ庭園〔フィレンツェの、メディチ家別邸に属する庭園〕を案内することになるだろう。

それはどうでもいい。少なくとも当座は、無こそがすべてに対する答えだという人たちがいるのだ。ミシェルはモン＝ノワールで、いわば私的なトラピスト修道会を組織する。私たちの個性、あるいは個性だと信じられているものの四分の三を構成しているあの羨望や欲望に否を唱えること、希望を捨て去ること、もはやなにも持たず、何者でもなくなって、ただ単に存在しているとだけ感じられることは喜びなのだ。朝六時、本を読んで眠ったベッドをミシェルは離れる。ものごとが清潔で、夜に洗われたように見えるこの時間を彼はいつも愛した。安定の悪い本の山が、ナイトテーブルの上で斜塔のような効果をあげている。このとき、彼はモンタランベール〔シャルル・ド・モンタランベール。一八一〇―一八七〇。フランスのジャーナリスト、歴史家、政治家〕の『西洋の修道士たち』を読み終えようとしている。長大な作品で、私は一度も読んだことがない。ただ、ミシェルの禁欲主義的な気の持ちように、なんらかの関わりがあるようにも思う。おそらくかつて父親のミシェル・シャルルが着ていただろう古びた寝巻の上に裾の擦り切れた外套を羽織り、サバト〔スリッパ〕を履いた足を引きずりながら、彼は朝の暖炉の火を熾すための重い石炭バケツを取りに降りてくる。石炭を好むのは、それが地元の産物であり、少なくとも木々を燃やさずに済むからだ。とはいえそれで厳しい状況がなくなることはない。彼が石炭で熾している火は、炭坑の醜さや貧しさと切り離すことができないのだ。モン＝ノワールでは、太っちょのマドレーヌとちびのマドレーヌというふたりの小間使いが、毎日、部屋のひとつひとつに石炭か薪を運んで来て、脇に抱えている古新聞の束で火をつける習わしになっている。おかげで《ご主人様たち》が起きる前に、空気はほのかにあたたまっている。ミシェルはこの女たちが自分のために重いバケツを持って階段をふらふら上がって来るのを好ましく思っていない。老婦人が運ばせている薪や、塔にある子ども部屋の暖房に使う石炭は大目に見るとしてもである。おそらくまた、ふたりの太った娘が暖炉の前にうずくまっているのをベッドから眺めるのが嫌だったのだろう。あるいは階下に降りたあと、この娘たちが生意気にも、ご主人様には遠慮というものがなくって、などと周囲に吹聴しかねないのを恐れていたのだろう。火がついて、炎があがる。役立たずのインクで黒く汚れたその古新聞を燃やすのは、悪くない。

少しすると、ミシェルは第一従僕のセラファンが置いてくれる朝食のプレートをドアの前で受け取る。セラファンは主任格のメラニーととても仲がいいのだが、ミシェルは彼の質の悪い煙草とワインボトルの底に残った澱《おり》の臭いが我慢できない。プレートには、ボル一杯のカフェオレ、角砂糖が数個、それからいつもの自家製パンのタルチーヌが載っている。(使用人のあいだでもメニューは変わらない)。ミシェルは新聞の帯封をするりと抜くのだが読むことはめったになく、たいていはどうでもいいような郵便物にざっと目を通すだけだ。お悔やみの手紙——大半は『完璧な秘書』の例文の丸写しのように見えた——が徐々に減っているのはありがたいことである。老夫人は、封をした短い手紙でしばしば息子と言葉のやりとりをする。それは朝食とおなじプレートに載って届けられた。電線の設置があいかわらず遅れているとか、ある農夫が小作地にいつも遅れてやって来るのだが、お前ならなにか言ってやれるかもしれないとか、そんな内容である。しかしミシェルは、父親とちがってノエミの使用人ではない。折り返し、そのプレートに手紙を載せて回答する。

まだほとんど日の昇らないうちに彼は部屋から降りて来て、公園を《大回り》するか、それが面倒な朝には《小回り》する。夏の終わりには、煙のような蒸気が畑から立ちのぼる。十月を迎えるとすぐ、白い霜が時折、地面を覆うようになる。壊れやすいこの層の上を歩くのは楽しいものだ。雌牛たち、つまり城館と村の雌牛たちが草原で草を食《は》んでいる。ミシェルは草の茂る坂道を下りながら、群れを従えた羊飼いに会う。厩舎の近くの囲い地では、朝の涼気に元気づけられた馬たちが数頭跳ねまわっている。一頭の美しい牝馬に目を向ける。フェルナンドがこの馬に乗ることはほとんどなかった。とはいえ、彼は以前ほど馬に乗らなくなっている。乗馬は彼にとって、あまりに多すぎる死者たちの記憶と結びついているのだろう。森のおなじ小径を判で押したように行ったり来たりするのにも、おそらく飽きてしまったのだろう。いま彼には、鞍を置いて馬具を取り付けられ、男女を問わず最良の騎士がまたがった馬よりも、乗り手なしで朝のギャロップに出て、この爽やかな緑の海の上を波のように揺れ動いている馬のほうが千倍も美しいと思える。

フェルナンドの愛犬トリーアは厩舎に住んでいる。ノエミが城内で飼うのを望まないからだ。ミシェルのあとをそのトリーアがついてくる。いっしょに鍛冶場のほうへ降りていくと、もう煙が出ている。ごく幼い頃から、ミシェルはこの場所に惹かれていた。当時の鍛冶職人はふいごを自由にいじらせてくれたのだ。いま彼は、現在の職人が馬に蹄鉄を嵌めるのを手伝っている。蹄の焦げた臭いは恐ろしくてなかなか消えないものだ。それでも、興奮状態の動物を抑えたり、おびえている動物を落ち着かせたりするのが好きなのである。鍛冶職人はミシェルに蹄鉄の作り方を教えてくれた。のちにその蹄鉄を城館の入口に下げることになるのだが、いかにも性格をあらわしているとでも言おうか、彼はそれを、さしたる考えもなく裏返しに置いた。結果的にこの自称お守りは、凶兆の徴となる。蹄鉄工は多少なりとも友人と言える村で唯一の男で、ひどく怒りっぽい性格がミシェルといい勝負だった。ある日ミシェルは、鉄の定規をひとりで打つと決心する。手助けは鉄床とハンマーに精通しているこの男の悪態とアドバイスのみだ。その定規を私はまだ持っていて、時々使っている。長方形の丈夫なバーで、数学的な均整はほぼとれているものの、目ではわからなくても稜に沿って指を滑らせていくと、人の手で引かれた線には否応なく生じる見えない歪みがわかる。このなめらかな素材からはどんなにわずかな鉱滓も取り除かれていたので、四分の三世紀来、ほとんど使う機会のない定規には錆ひとつ浮き出ていない。小さな鉄から大きな鉄へと話を移せば、そこから私は、デリーのクトゥブ・ミナール〔高さ七二・五メートルの尖塔。一二〇〇年頃に建立された〕の周辺に百五十年前から建っている、あのごく簡素な軍旗立ての鉄柱をしばしば思い浮かべる。時の流れや厳しい天候によっても柱上が浸食されなかったのは、たぶんおなじ理由によるのだろう。つまり、鉱物的に混じりけのない管を造るために何年も費やしたであろう鍛冶の名工の、誠実な仕事ぶりのおかげだということである。美しく見せるには質朴すぎるその人工物を鋳造するために、ミシェルはどのくらいの時間を費やしたのだろうか？　いずれにせよ、彼は人生の定規というか、生活の規範については一度も考えたためしがなかったと私は確信している。

　ノエミと差し向かいになるのを避けるために、ミシェルは昼食を取らない。でなければ、村で食べる。夜、老婦人は自分の部屋で給仕をさせ、ミシェルは本を片手に夕食を済ませる。

　とはいえ、なにか夢中になったり熱中したりするものがなくては、人は生きていけない。いまミシェルが入れあげているのは機械である。それがどれほど大きな出来事だったか私たちはもう忘れてしまっているのだが、自動車の発明は、世紀の変わり目に生きる男にとってひとつの奇跡だった。若きプルースト〔実際には語り手〕がバルベックの空に最初の飛行機が上昇していくのを見て感極まり涙した時代から、七、八年しか経っていない頃である。以来、私たちは、じつに多くのテクノロジーがあらたな勝利を収めるさまを目の当たりにしてきた。しかしそれによって人間が、そして人間の条件が必ずしもよい方向に変わることはまるでなかった。それだけに、いまになってみると、あの熱狂ぶりには苦い後味が残っている。ミシェルが調子の悪くなったダイムラーを点検させるためにバイユールから修理工を呼んだとき（いまやバイユールには、修理工がひとりいるのだ）、そこいらのカフェの常連で、いつもドミノに興じているといったタイプのご老体がふたり立ち止まり、ぴくりとも動こうとしない奇妙な機械をじろじろ見つめて冷笑する。

いる。それは理由なきことではない。

「そいつが未来の動力になるとは、どうも思えんな」。ふたりのうち、年上のほうが言う。

「馬鹿者め！」とミシェルは不満を口にする。このふたりの阿呆には先々が見えていないと彼は考えている。それは理由なきことではない。

ただし、プルーストとミシェルが見据えていた「先々」とは、彼らよりほんの少し先にすぎない。いま現在の満足と明日の利益を考えるだけで、明後日の、また次の世紀のことを少しも考えようとしないのは、万人の過ちである。マルセルは、コヴェントリー、ドレスデン、ヒロシマのように空から降ってくる死を、そしてまだ私たちの未来と言える時代のずっと先に設置された世界の終わりを、ましてや人為的に近づけられた国と国とのあいだの憎しみと競合意識によって、平和だということになっている時代に生じた壊滅を予見してはいなかった。町中が渋滞し、道路は毎年内戦の結果に匹敵する死傷者で覆い尽くされ、エンジンから吐き出される排気ガスは肺を汚染し、敷石を砕き、木々を殺す。世界は石油の力にひれ伏し、大洋は掘削や死をもたらす黒潮に汚染される。ミシェルはそこまで予見していなかった。さしあたり彼の印象は、道路があるかぎり、四方八方に広がる世界を自由自在に移動できるというものだ。曲がらないレールの上を走っていく鉄道が増えれば増えるほど、煙に満ちた騒がしい駅、景色の上に吐き出される黒煙が増える。アルベルチーヌとノルマンディーを散策するマルセルも、北フランスの敷石の上をぶっ飛ばすミシェルも、《交通の発達》なるものはふたつの戦争よりもさらに破壊的であり、スピード狂が追い抜きをする機会をさらに与えるため、彼らがあれほど愛したフランスの道路沿いの美しいポプラや美しい楡の木々がなぎ倒されてしまうことが見えていない。また、彼らは知らない。ふとその気になったときに立ち止まり、人通りのほとんどない道路を通って、これほど近くにあるとは想像もしなかった場所にたどり着くそのすばらしく魅力的な自由が、ほどなく高速道路の閉所恐怖症的な厳密さに取って代わられてしまうことを。高速道路は、はるか手前の表示板で予告され、かつての鉄道のように赤と青の信号に統治されている許可された場所からでしか外に出られない。人間の創り出したものが最終的に奇妙なほどあっさり似通ってしまうことも、彼らにはまだ理解できていなかった。

さしあたって、ミシェルはガソリンと空間に酔っている。このすぐれた騎兵は、自分がすぐれた運転手であることを発見する。車は、足下で、両脚でまたがっていた馬の感覚に取って代わる。頭がよく、しっかり訓練された馬に乗っているときとおなじように、人はエンジンと力を合わせて動くのだ。ミシェルはまた、すぐれた整備士でもあることを示す。このあらたな情熱は、レースカー狂の息子と彼を近付けさえする。ミシェル・ジョゼフは全速力で突っ走るような運転をするのだが、友人となったこの父親の、器用かつ向こう見ずな運転には敬意を払っている。なにしろカーヴでは路肩すれすれに曲がり、二台の重そうな荷車のあいだを引っかけることもなく傷ひとつつけずにすり抜けていく絶妙のタイミングをはるか手前で悟り、ライバルとなる運転手――自動車が希少だったこの時代には、運転手そのものも希少な存在だった――の顔つきしだいで横柄になったり礼儀正しくなったりし、遊び感覚で追い抜きをしては、十年のあいだになにひとつ壊さず、犬や雌鳥や、あるいは恐れをなしている村人たちの集団の誰それをひっくり返すこともなかったと自慢するのだ。村人たちは車を見ると、家禽類のような声をあげながら大急ぎで道路を渡る。

工具箱を持って路肩にしゃがみ込んだり、潤滑油でべとつき、埃で顔を灰色にしながら車の下に潜り込んだりしているこのふたりの男たちには、たがいに話すことなどなにひとつなかった。しかし仲のよい友だちとしてファンベルトを交換し、キャブレターを掃除する。共用の玩具のおかげで、ミシェル・ジョゼフは父の後妻がいま頃になって生んでくれた義妹のせいで、老婦人ノエミ――ミシェル・ジョゼフは彼女のいちばんのお気に入りである——が冷笑を浮かべて言い放ったように、自分が経済的に《真っ二つ》にされたことを一時的に忘れている。ミシェルは、この陰鬱で粗暴な少年がフェルナンドにとっておぞましい存在であり、死に瀕している実の母の枕許に来さえしなかったことを思い出さないようにしている。べつのところで述べたとおり、最後の非難は不当である。ベルト〔ミシェル・ジョゼフの実母〕の身に起きた悲劇的な、謎のままに残されている死は、十五歳の少年の心を動かすよりも、感情を抑制するほうに働いたのだ。

しかし、機械に対するこの熱烈な愛は、万能鍵のごとく通用していく。運転手のひとりで、女たちのお気に入りの美男子であるセザールが、ほどなくモン＝ノワールの大奥様のところで二十五年前から御者をしているアルシードに伍して、その隣に居場所を見出すことになる。自動車が機械的、構造的に完成されていくことにミシェルはもう興味を持たなくなる。たぶん機械も女性とおなじで、扱いやすくなると疲れてしまうのだろう。尾羽打ち枯らし、自分の好きなロールスロイスやビュイックを奢ることもできなくなった晩年には、ミシェルは四輪の貸馬車で十分だとして、悲しみも見せない。馬車に乗り、いわば思慮深いゆるやかさで、愛する南仏の、少なくとも内陸地のまだほとんどひと気のない道路を彼は走りまわることになるだろう。通りがかりに、時間をかけて草の一本一本に目を留めることに幸福を感じながら。

降霊術師

とはいえ、何日もモン＝ノワールから逃げ出すことがある。よく知っている屋敷がふたつあって、ミシェルはそれぞれに惹かれているのだ。ひとつは東のほう、ブヴィーヌの近くのフェ。もうひとつは西のほう、グリ・ネ岬とダンケルクのあいだのグラン・ゲ。どちらにも、おそらく文字どおり亡霊が棲んでいる。しかし彼がそこへ赴くのは、これら亡くなった人たちのためではなく（ミシェルに降霊術師的なところはまったくない）、そこに行けばまだ会うことのできる何人かの生者への、忠誠心によっている。フェでの滞在は回数も多く、ベルトとその妹のガブリエルに囲まれてじつに楽しかった。ガブリエルの遺体は、小さな教会に埋葬されている。遅くともメロヴィング王朝時代に創設され、革命のとき完全に破壊されてしまった僧院の名残りだが、もうすっかり老朽化しており、彫刻のかけらや横臥する女性像の破片によって、何世代にもわたる女性の死者たちがここに運ばれ、腐敗していったことがわかる。ほがらかなガブリエルが、祖先も何人か含まれているそんな女性たちに思いを馳せたことは、おそらく一度もなかっただろう。遺族がここを選んだのは、若くして離婚した女性をどこに埋葬すべきか、よくわからなかったからにすぎないのだ。ミシェルがその墓まで出かけて物思いにふけることはまったくない。ガブリエルの面倒は生前ちゃんと見たのだから、それで十分である。指輪をしたまま死んだベルトに関しては、バイユールにあるド・C家の広壮な地下墓所にきちんと葬らせたが、陰鬱な場所だけにミシェルは一度も行ったことがなく、彼女の死後も足を運びたくないと思っている。

しかしフェの小径には、妹たちのなにかがまだ漂っている。男爵夫人は、事故のずっと前に、ふたりの幽霊が手を取り合って公園をさまよっているのを目にしているのだが、いまもその姿が見えるかどうかはよくわからない。たぶん見えないだろう。この間に積み重ねられた五年の月日は、五世紀にも等しく感じられる。にもかかわらず、残された者はよく持ちこたえた。十九世紀の石組みに十八世紀の石がわずかに埋め込まれている大きな建物も、それなりの仕方で耐えていた。きちんと手入れされていない庭園に、もはや往時の面影はなく、男爵がファサードの前で丹精込めている何本かの薔薇の木を除けば、花壇が園芸というものをほぼ完全に軽んじているのは明らかだった。そもそもファサードじたい、漆喰もペンキも、ミシェルがベルトと結婚した頃からまったく塗り直されていなかったのである。

男爵夫人、つまりマリー・アテナイス〔ベルト、ガブリエルの母〕は、ほとんど年を取っていないように見える。いずれにせよ、黒々とした鬘を付けているかぎり、真偽のほどは断定できない。われらがカルメンの横顔は、たぶん少し尖った感じになってはいるだろう。黒い目は黄色く照り返り、ずっとなにも食べていない獣の目のようにぎらついているので、彼女とロイス男爵との暮らしが檻のなかのそれに等しいものであったらしいことはまちがいない。ただしその檻の柵を、彼女は時にあっさり越えてみせた。スペインの血だけでなく、彼女にはロマの血も流れている。後者のほうがより濃くて、私たちがけしかけた戦争のさなかにスペインからマリー・アテナイスのご先祖を連れて来たのはフランスの連隊長だが――ミシェルがいつの時代にも女神に捧げられていると信じていたその場所に――、彼が持ち帰ったのは愛だけでなく、猫のように優美な狡猾さ、つまり身体を征服したいという粗野な欲求だった。

こうした本能が、少しばかり娘たちにも伝えられた。生き延びている娘のなかで、美貌の持ち主はマドレーヌひとりである。彼女は絶対に結婚しようとしなかった。それは退屈な田舎の隣人たちに対する蔑みでもあり、一家の女たちの悪評がいまや周知の事実だったからでもある。典雅で慎重な若い城主の息子たちがマドレーヌに望んでいるのは、せいぜい木々の幹に手紙を隠してやりとりするか、夜、下草の生い茂る場所で落ち合うくらいのもので、厄介な事態に至りそうな一線を越えることはない。彼らがマドレーヌと名字やベッドを分かち合うことはないだろう。L・ド・Lのお嬢さん方は、もはや結婚の対象になるような娘ではない。マドレーヌはいつもエレガントに服を着こなしているが、それは彼女ならではのもので、ほとんど流行に負うていない。一家の財産はますます目減りしている。衣装はブヴィーヌの仕立屋か、せいぜいリールから取り寄せられる程度だ。マドレーヌにはなにかしら呪われた王女のようなところがある。彼女は市場でこぶしほどの大きさのリスザルを買った。手回しオルガンの奏者が手荒に扱っていたものだ。そのリスザルがほとんど一家の守護神になった。森のなかで、マドレーヌの肩にその小さな動物がちょこんとのっている写真を私は持っている。森はほどなくジャングルのようになる。不幸にも、例年より厳しかったとある冬のあいだに、寒がりの友は死んでしまった。

性欲はあるので、それを満たす手段を彼女は見つけなければならない。愛人に選んだのは——あるいはたぶん、男爵夫人が彼女に与えたのだろう。なにしろかつてのカルメン女史は、いまだそういったことすべてに首を突っ込んでくるのだ——、いくらか騙ったところのあるハンサムな村の若者で、彼は男爵夫人とふたりの娘たちに対しては、好きにして構わないとのお墨付きをもらっていた。というのも、足が不自由で魅力に乏しい哀れなクロディーヌが姉の残りものを受け入れるのは、やむをえないからだ。ことがなされていたのは、年老いた庭師のバラックだった。そのあいだ、庭師は村に住む女房のところに泊まるのである。

ただひとり、通称トニーことマリー・アントワネットだけは、野性的で陽気な無垢さを保っている。驚いたことに彼女は、四十をとうに過ぎた男爵夫人によって生み落とされた。十五歳になるその少女は、いわば規格外である。お転婆で、いつも乗馬ズボンに破れた開襟シャツという格好のまま木に登り、カササギを巣から取り出し、裸馬に乗り、農民たちと干し草をひっくり返しに行くことに喜びを見出している。日に焼けたその顔は、当時、お嬢様としては好意的に見られてはいなかった。髪はぼさぼさで、ちょっと不良っぽくて、ちょっと妖精みたいなところのあるこの娘は、のちにすばらしくブルジョワ的な結婚をすることになる。しかし貴族の家系に関してじつに厳格な父親は、それを認めてくれなかったらしい。結婚相手は地元の実業家で、彼女にとっては良き夫であり、夫にとって彼女は良き妻だったが、何人かの子をもうけたため、フランスのジュディット〔八四三頃—八七〇。シャルル二世の子。八六二年にフランドル伯ボードワン一世と結婚〕とイギリスのエゼルレッド〔八四七—八七一。サクソン王〕の、ほとんど神話的と言っていい血——自分の身体にその血が流れていることで、男爵は少なからぬ幻滅を和らげられていた——が、いまもフランスのこの地方に流れている。

マドレーヌは、男爵の知らないうちに子を生んだ。少なくともそれがみなの信じたがった話だ。しかし男爵自身は、ずっと以前から、火を見るよりも明らかなことを見ない術を磨いてきた。だから、生まれたばかりの女の子が遠く離れた村に里子に出されたことを彼は知らない。もしくは、知らないふりをしている。仮に知っているとしても、彼にはどうでもいいのだ。女の子はそれから修道女たちのもとで育てられ、ずっとのちに、どこかの女子修道院の作業所の監視員という慎ましいポストを見つけてもらった。マドレーヌは二度とその子に会わなかったが、人が思うほどさみしがりはしなかった。どう見ても彼女は、母親である以上に恋する女だった。

ところが、この子どもが、二十一年ほどのち、ふたたび亡霊のように姿を現し、まだ生きていた男爵夫人に遺産の取り分を要求したのである。マドレーヌはそのあいだに亡くなっていた。男爵夫人は、みずから述べているとおり、この亡霊をきっぱりと追い払った。家族のあいだでは、《問題の人物》は誰かよからぬ者、おそらく社会主義者の弁護士か誰かの手に落ちたのだろうと推測した。彼女に味方したのは、一族から離れたところにいる身内のひとりだけだった。喜んでその正体を明かしておきたい。つまり私の異母兄である。ベルトの息子であり、《問題の人物》の実の従兄に当たる彼は、この件に関してひと言述べておくべきだと判断する。それはよくないとまわりは暗に諭す。どこの誰だかわからない女から生まれた《問題の人物》には、いかなる法的権利もないのだ。異母兄は正義の名において激しく抗議し、面目をほどこす。だがこれ以上首を突っ込むなら、男爵夫人とその子どもたちの共同相続遺産の取り分をいずれ失うことになると、彼ははっきり伝えられる。説明によれば、亡くなった実母から彼はなにひとつ相続しないというのだ。たしかにミシェルは妻の持参金を食いつぶしてしまったが、持参金そのものがごくわずかだったことは公にされていない。ベルトが最後の病に苦しんでいたとき、ミシェルは人から金銭的な援助の申し出をされるほどの状態だった。彼がそれを拒んだことは付言するまでもない。ミシェル・ジョゼフには狡知に長けたところがあり、そういったことにすっかり気づいていながら知らないふりをしている。それにまた、母の一族には分け合う財産より借金のほうが多いのではないかとの疑いを抱いている。しかしこの冷酷な若者は、ときにロマネスクな慈悲心を示すことがあって、招かれざる者に対する近親者たちの下劣な振る舞いが、彼をひとりの騎士に仕立てあげたのである。一件落着となったものの、《良家》には誠実さがあってしかるべきだという彼の信念はすっかり揺らいでしまった。父親がそういうものを信じていない男であるだけに、息子のほうには執着があったのだ。

男爵は安らかに息を引き取ろうとしていた。数年前から患っている心臓病はもう旧敵のようになっていて、ともに生きることに慣れていたのだが、悲しい出来事が起きるたびに病状は悪化していた。息子たちについては、ひと言も語らなかった。ずんぐりしたボードワンは、過激な意見をおおっぴらに口にする飲み仲間と村で酒をくらい、その姉妹たちと寝ていた。ボードワンの大言壮語はあいかわらず有名だったが、いまではそれをがなりたてるのではなく、ぶつぶつ言っているだけだ。二番目の息子フェルナンについては、もうなにも言うことはなかった。若き船長としてこっそり女性を乗り込ませ、社を馘になりかけた時代から数年が経っていた。以後、彼は最も尊敬される船長のひとりとなったが、のちに陸にあがり、最近まで町でいちばん評価の高い美容師だったお気に入りの心やさしい女友だちと、リブルヌで日々を過ごしている。男爵はかつて息子が海軍に入ることを夢見ていた。それが現実のものとならなかったことを、心の隅でいまだに苦々しく思いつづけているが、ボルダ号の試験に失敗したことは遠い昔話になっていた。おまけにフェルナンはけっしてフェには来ないので、辛辣でとげとげした物言いをされずに済んだ。

この手の宿痾《しゅくあ》によくあるように、終わりはあっというまに、そしてほとんど前触れなしにやって来た。じつのところ、男爵の身体には何年も前から病の兆候があった。ただ、頭のほうがうまく立ち回って、ずいぶん前から幾度も繰り返されて来た苦しみの徴を軽んじていた。男爵はもう馬に乗らない。乗馬をすると腰が痛くなる。それに、替え馬を所有して、法的に認められた国王がフランスに戻って来る日のために、旅装具を一式、準備万端整えておくことが唯一の贅沢だった時代はとうに過ぎた。死ぬまで家系に忠実だったこの王党派は、フランスに王政復古など起こらないことをいまでは得心している。さらにもうひとつ、生きているのが嫌になるくらい、深く意気をくじかれることがあった。農地を世話する力が失くなったのである。ボードワンに代わりを務める能力はない。しかし村人たちには、曲がったことの嫌いなこの一徹な男に対する忠誠心のようなものがある。小作料が支払われ、仕事がなされる。

男爵は、例の薔薇の木を、まだかろうじて育てている。ある日、少し嫌な感じのする、やや太り気味の、物乞いと万引きが半分ずつ混じっているような、しかし顔立ちの整った浮浪者が、柵を押して城館のテラスまでやって来る。いくつか悪行を重ねていて、この地方では誰もが知っている男だ。麦わら帽をかぶり、アルパカの上着を着ている年老いた男爵が、近くで「マレシャル・ニール」と呼ばれる品種の薔薇の世話をしている。浮浪者は男爵に、五スー必要なのだと説明する。

「おまえのような輩にやる金はない」。剪定ばさみを動かす手を止めずに男爵は言う。

そして、その時代にはもう、自分のというより祖父のスタイルに近い、どこか堅苦しくて大仰な物言いをする。

「情けないことだ！　雨露をしのぐところさえないとはな！　自分が生まれた村の名誉を、おまえは傷つけてるんだぞ」

浮浪者が苦々しく皺を寄せた口の端から、吸い殻が垂れ下がる。

「じゃあ、あんたにはいつだってそういうところが、つまり家ってものがあると思ってるのか？」

男爵はそれからさほど生きられず、一九一四年に道路をふさぐ難民たちの群れに囲まれることもなかった。

のちに見ることになるむごたらしい出来事を除けば、男爵の死は立派なものだった。彼は何度も階段で息を切らして、立ち止まらなければならなくなった。そこで、家でじっとしていることに決めた。周囲を見渡し、おそらくはマリー・アテナイスと寝室をべつにするようになって以来はじめて部屋をじっくり眺めてみて、極端に飾り気のないことに気づいたのだが、それは何年か守備隊にいた頃の、むき出しの仮宿舎の雰囲気を思い出させた。立派な家具のいくつかは、かなり前にもう、ふたりの息子の借金をすぐ返済するために売られてしまったのである。古いルイ＝フィリップ様式の簞笥、光沢の失せた燭台がふたつ、そしてベッド。これはほとんど野営用の折りたたみベッドだったが、男爵はそこに座面が低く背もたれが長いヴォルテール椅子を付け加えた。もう横になって眠ることができなくなっていたからである。部屋の隅にはまた、あの避けがたいおまるが置かれた。使用人が食事を運び、掃除をしてくれた。夜中に少なからぬ発作を起こして呼吸困難になりながら、手の届くところに呼び鈴があるのに誰も呼ばず（女たちがめそめそ泣くのを聞くくらいなら、ひとりでくたばるほうがましなのだ）、男爵はこれで終わりだと理解した。彼は一度も神を信じたことがなかったし、またこれから信じはじめようともしなかった。大ミサに出席し、復活祭の聖体拝領を自らに課してきたのは、生まれのよい男たる者、人に範を示さなければならないからであり、宗教は社会のよき秩序を保つのに必要だからである。最後まで自分の役割に徹するべく、彼は村人たちに、終油の秘蹟に参加してくれるよう頼んだ。簞笥の上には、白いナプキンが敷かれた。ふたつの燭台はその日のためにぴかぴかに磨かれ、男爵夫人が朝晩その前でお祈りをしている十字架がそのあいだに置かれた。人々は順々に入ってきたが、あまり音を立てないようつとめた。使用人たちは廊下の最後列に控えていた。

背筋をぴんと伸ばして肘掛け椅子に座り、天気のよい夏の日だというのに膝には格子縞の毛布を掛けて、男爵は、自分で《茶番》と呼んでいる聖油を使った儀式をおとなしく司祭に仕切らせ、それにふさわしい敬意をこめて聖体のパンを受け取った。よく知っている村人たちの手を握り、そうでない者たちには頷くように挨拶し、《職業上の義務》と名付けているものをやりとげたあと、それを最後にドアを閉めた。御主人様の部屋から日に三度降りてくる使用人は、一貫して、御容態はまあまあでございますと応えていた。

ある朝、男爵は亡くなっていた。

頑固で、おそらく融通がきかなくて、しかし自分自身と完璧に調和が取れているだけでなく、人生になにひとつ求めず、来世を案じることもないこの男に、ミシェルはいつもどこかで賞賛の念を失わなかった。だが終油の秘蹟のあと、二晩、あるいは三晩過ごしたあとに起きた出来事が、死の床にある者に対するあらゆる共感をミシェルから奪い取ってしまった。いつもは鉄柵からそう遠くない自分の小屋の前で鎖につながれている番犬が、現実であれ想像上のものであれ、浮浪者や畑荒らしの存在を示しうるどんな小さな物音に対してもそうするのがおのれの役割だと言わんばかりに吠えていた。先祖の狼がやるように頭を後ろにのけぞらせて、夜なかに遠吠えすることもあった。おそらくは雌狼を夢見ながら、または野性動物の臭いをかぎつけながら、またおそらく、どんな犬の神に向かってか、永遠に鎖につながれていることを嘆きながら。ある晩、その遠吠えがいつも以上に長引いて、短い眠りから病人を目覚めさせ、森のなかでフクロウの叫びが人を怖がらせるように恐怖に陥れる。朝方、ミシェルは銃声を耳にした。吠え声は、苦しみ、自分が死ぬことを知っている動物特有の、悲痛な遠吠えになった。ミシェルは中庭に降りた。背骨を折られた動物が、鎖をいっぱいに伸ばしたあたりの地面に、血だらけで横たわっていた。朝の灰色のなかで、その血も灰色に見えた。ミシェルは首輪を外し、少なくとも自由の身で死ぬんだと錯覚させてやった。ほどなく、死はなされた。

男爵は、部屋の隅のカラビン銃を手にするために起き上がったのだ。ことを済ませたあと寝直して、あるいは座り直して、とどめの一撃を打つこともせず、しばしば眠りを妨げられた動物の苦悶の声を聞いて大いに満足し、自分が死に瀕しているからこそ、生と死という行為を完遂するだけの力がまだ残っていたことに、そしてまた、肘掛け椅子に座り直しても動悸ひとつなかったことにご満悦だったのだ。じつのところ、男爵はそのような殺戮を犯すことで、自分自身を撃ち殺していたのだろう。

埋葬は男爵にふさわしいものだった。残された指示に、みなが正確に従った。彼は白木の棺を注文し、農場でいちばん古い荷車を二頭の雄牛に引かせ、それに乗せて墓地へ運ぶようにと命じていた。しっかり磨かれた荷車は、木の葉と枝に覆われていた。すでに収穫を終えた畑と刈り取りの済んだ草地のあいだをゆっくり通り抜けた。こうして、自分だけの中世から一度も外に出なかったこの男は、田舎らしい荘厳さをもってご先祖たちに合流したのである。

グラン・ゲは、フェとほぼ対照的である。丁寧に切り出された石組みの壁、左右対称の窓と張り出しのある家は、十七世紀の美しい別荘に見られた飾り気のない静けさを保ち、寸分の狂いもないバランスと広々とした部屋のおかげで、卑小さや仰々しさからは免れている。古い肖像画の数々は無名の画家たちが描いたもので、大した芸術的価値はないのだが、すべて塗り直しも後付の紋章もない本物である。あちこちに掛かっている行政官や将校の肖像画は、一種の完全無欠さで観る者の心を打つ。たぶんその完全さは、生きているモデルに備わっていたものだろう。しかしグラン・ゲの栄光はその庭園にある。村人たちは、すでに三世代前から、それを《サシーの狂気》と呼んでいる。ポールの曾祖父、祖父、そして父は、ポール自身がそうであるように、吝嗇とは言わないまでも《締まり屋》だったことで、もしくはいまもそうであることで有名だが、この地方では、隅々まで熊手で掃かれ、折られた枝一本落ちていない砂利の小径には金が敷き詰められていてもおかしくないと言われている。城館から延びている五本の並木道は、大きな森を過ぎって星形の図形を描いている。うち二本は、これもまた一族の領地である文字どおり森のはずれで止まっているが、そのはずれに立つと、飛び跳ねる牝鹿の姿や、猪のでっぷりしたシルエットが遠くに見えることがある。三本目は村に、四本目は教会のある丘に、最後の一本は海に通じている。海まではずいぶん距離があるため、はっきりわかるというより漠然と見分けられる程度なのだが、館の名はその海に負うている。快晴の日に強く念じると、遠くに対岸の敵を、つまりイギリスが見えるというくらいだから、おそらく海軍に属したことのある祖先の誰かが選んだのだろう。名門ではあれ、国王の四輪馬車に乗ってヴェルサイユの都に上ろうという野心など少しも持ち合わせていない地方貴族たちは、神話に取材した裸体像も噴水もない、ルノートル風の庭園をここに造ったのだ。花の多いイギリスの公園が大好きだったミシェルは、フェの無気力さを難じていたのと同様、花が咲かないこの土地のつまらなさをジャンセニスムのせいにしている。しかし招待客にランドー型馬車で庭園をひと回りしてもらったり、馬に乗れる人たちであれば、下草の生える森の苔むした乗馬道を散策してもらうのが、一族の男たちの喜びであり自負なのである。ポール・ド・サシーはその伝統に、いつまでも忠実だった。

まだとても若かったマリーは、ここで既婚女性としての暮らしに入った。状況がちがっていたら、彼女は修道院に入っていたかも知れない。それも、おなじように熱い善意を持って。兄妹の年齢差は大きかった。ミシェルがほぼ十二歳になった頃、それまで産児制限をしていた両親が――人の数が増えて世の中を窮屈にするのを恐れたのではなく、というか彼らがそのような問題を考えたことはほとんどなかったのだが、遺産分配が細かくなりすぎるのを避けるためだった――モン＝ノワールの坂道で馬車の車輪に轢かれ、十四歳で亡くなった姉〔ガブリエル〕の代わりになる女の子を、もしくは男の子を作ろう決心した。事故の際、ミシェルは軽い怪我を負っただけで城館に戻り、母親に凶報をもたらす人となってしまった。十三歳か、あるいはもう少し上だったか、どこかのコレージュに入っていたとき、赤ん坊（不幸にも女の子だった）が生まれた。つづく数年、ミシェルはその子の姿をほとんど見ていない。夏休みも、自分がいると母がいらだつと感じて、できるだけ滞在を短くするよう手はずを整えていた。とはいえ、この赤ん坊もほとんど愛されていないことを確認するだけの時間はあった。

のち、すでに放蕩息子となっていた人物が家に戻ってきたわずかな期間を利用して、リールの最も洗練された写真館で一枚の記念写真が撮影された。一家の何人かが集まって、反逆の徒が家に戻って来たことを証明しようとしたわけである。わずか数日の滞在に過ぎなかったが、映像を定着する装置は、トルコ絨毯のうえに横になって、寄宿生らしい質素な黒い靴下を履いた細く長い足を組んだ少女、かしこまったふたりの親、つまり寛大な父親と高圧的な母親、そして夢見がちな表情の若い男、当時のミシェルの姿をとどめている。この写真のことを思い返せば思い返すほど、ノエミは彼にとってネメシス〔ギリシア神話で人間の思いあがりに対する神罰を擬人化した女神〕に、メデューサになっていく。なぜ兄も妹も、母親というより継母に近いこのような邪険さにさらされているのか？　マリーが亡くなった愛しい娘でないことを、ノエミは恨んでいるのか？　最愛の娘を殺した大事故でかすり傷しか負わなかったがゆえにミシェルを恨んだのとおなじように？　盛りを過ぎた自分に難産を強いたとの理由でマリーを許さないのか？　口やかましいこの女性は、死んだ娘しか愛していなかったらしい。ミシェルは幼少時代のおぼろげな逸話をあれこれ思い出しながら、あんなに嘆き悲しまれた姉も、亡くなってからはとくに愛されたわけではなかったのではないか、とさえ思う。そんなふうになった原因はすべて、リールとモン＝ノワールの夫婦生活のなかに隠されている、と彼は見ている。

さらにのち、脱走兵となってフランスへの帰国を禁じられながら、地方当局者の厚意で二、三度国境を越えることに成功したミシェルは、はじめての夜会服に身を包んだ魅力的なマリーに再会した。しかも彼女は、じつに飾り気がなかった。ふつうその年齢では、臆病になったり人に気に入られようとしたりして、なかなかそうはなれない。数か月が経って、瀕死の父親にこっそり会いに戻ると、彼女はその有能な看護人になり、ノエミのぎすぎすした世話や修道女たちの鈍重な奉仕には素直に従わない老人に、やさしく受け入れられていた。

アルバムのページを、さらにめくってみよう。ミシェルはマリーの結婚式に参席している。三十歳くらいの新郎は、当地のまことに由緒ある名家の出なのだが、ミシェルからは半分しか気に入られていない。いくらか陰鬱なその顔は、自分に多くを要求しすぎ、誘惑されるのをたえず恐れている人々に特有の、ぎこちない表情を浮かべている。「ポールは気むずかしいの」。花嫁は美しい笑みを浮かべて認める。しかしマリーは進んでその男を選んだのだ。もしくは、親族の選択を聞き入れたうえで、自発的に選んだのである。ルルドへ旅したとき、彼らはたがいにボランティア看護士の任に着いたことを明かした。おかげでマリーは、相手の慈悲心が自分のそれに匹敵するかもしくは凌いでいると、大いに賞賛の念に駆られたのだった。病人たちを運ぶ列車で長い時間を過ごすうち、ふたりのあいだには、婚約者同士としては当時めずらしい、一種の親密さが芽生えた。結婚式からの帰り、ミシェルは、夜、古くからいる鉄道員に気づかれて挨拶されながらもこっそりベルギー国境を越え、グラン・ゲに向けてすぐ発って行った新婚夫婦のことを想い浮かべて、あのキリスト教徒たちの初夜はどのようなものになるだろうかと考える。彼は思う。禁欲的でもの静かなポールは、たぶん自分が愛されているよりもずっとマリーを愛し、なにはさておき彼女を欲している。二十歳のマリーは、ひとが誰かの肉体を欲しうるなんてまだ想像もしていないけれど、想像していないのとおなじ程度にじつは欲しているのだ。しかし、おそらくこの模範的キリスト教徒は、自分にとってなによりまずひとつの秘跡にほかならない存在に、熱い官能を、もしくは人間としてのやさしさを過度に込めたくないと思っているだろう。

ついに恩赦が下って、フランスへの道が開かれると、ミシェルはかなり頻繁にグラン・ゲに赴いた。彼は音楽家のように注意深く耳を傾け、どんな小さな不協和音も聞き逃すまいとする。しかし、そんなものは存在しないか、すでに和音に変わってしまったらしい。マリーは三十路に差し掛かろうとしていた。子どもはふたりいて、三人目が生まれようとしている。おびただしいファセットがあって、くるくると態度を変えるその男、ただし水晶ではなくジェット〔黒玉。水中で樹木の幹が化石になったもの。琥珀についで硬度が低い〕をカットしてできたようなその男の奇妙さに彼女は慣れてしまっていた。宗教と政治に関しては、夫の指示を受け入れている。そもそもこのふたつ以外のことは知らないのだ。夫はもちろん、自分の世界からプロテスタントとユダヤ人を排除している（この二種類の人間と親しく付き合う機会を、彼は一度も持たなかった）。禁書目録に載っている本には指も触れない。ずっとのちには、ミシェルといっしょにダリュ通りにあるロシア教会の、合唱隊の歌を聞くのを拒むことになるだろう。ローマ教会から分離したそのような場に自分がいるなんて、まちがいなく神のお気に召さないだろうと思ったのである。また他方では、レオ十三世がフランスのカトリック信者に、共和国政府に対してあまり反抗的にならないよう忠告していることを知っていたからでもある。彼にとっては、麗しき某夫人の招待客たちにとってと同様、このなんでも屋のような法王はもはや単なるローマの司教にすぎない。ポールは慈善事業のためなら、惜しみなく金を使う。しかしマリーは、年老いた女乞食や母に捨てられた私生児のために、ごくわずかな金さえ夫から引き出すことができずにいる。組織化された施ししか信じないこの男は、グラン・ゲの教会の真向かいに無料診療所を開き、毎週軍医に来てもらって、病人や軽傷兵を診察してもらうようにした。そのあいだ、マリーは包帯を巻いたり、咳をしている子どもの胸にヨードを塗ったりするのを厭わず手助けする。しかしこの慈善家がマリーとおなじくらい人から愛されることは、ついになかった。

彼の吝嗇は、村の物笑いの種である。たとえば、最高の仕立屋がカットした地味なラシャ製の、ただしルイ十八世治下の教会参事会の面々が着ているような服をつい連想してしまうたぐいの古着を従僕に与える。けれどその従僕が、与えられた服を仕立て直して、てかりをきれいに取り、傷んだ箇所を裏返して着ているのを認めるとそれをまた奪い取って、仕立屋に払った分だけの金を与えたりすることもあったらしい。また、パリの高級菓子店の、古いボンボンの箱をとっておいて、少し白くなりはじめたチョコや、誰かがひと口囓っただけで最後まで食べなかった角の欠けているチョコレート・ボンボンを、そこに少しずつ溜め込んでいるという噂もあった。さらに口の悪い者になると、ドラジェを嘗めて出てきたアーモンドを並べているのだと断言するようなありさまで、しかもそれは貧しき者たちのクリスマスに自分が与えた施しものなのだ。この世捨て人は、自宅ではとことん洗練された食べものを要求するくせに、人に出されるといらないと言ったり、気のなさそうに料理に差し入れた銀のスプーンを、すぐにまた置き直すのである。グラン・ゲのセントラルヒーティングに火が入るのはいつも少し遅すぎ、消されるのは少し早すぎる。だからマリーはウールのセーターを着ている。吝嗇ぶりがたとえ本当であっても、それですべての説明がつきはしない。なぜなら彼はつねに腹を空かせていたからで、食料というこの神の恵みが消えないよう、最後の最後に、マリーか子どもたちの皿に乗っている、まだ手の付けられていない卵やお菓子を口に入れることにしている。貧しき者たちに囓られたボンボンを集めるときのような倹約ぶりだが、それはまた、謙虚さと、官能の抑制と、意思の厳しいしつけの徴でもある。手紙のレターヘッドや宛名書きの文字を見て、それが資本運用を任せている公証人からの、もしくは健康状態が気がかりな肉親からのものだとわかっても、ポケットに突っ込んでなんとか我慢し、翌日になってようやく開けてみる。性急さ、好奇心、欲望に譲歩することがないのだ。ときに放埒にもなるこの禁欲主義者は、愛に関してはおなじように行動していないのではないか、とミシェルは疑っている。

階級的にはとても近いこの男女を、眼に見えないかすかな亀裂が引き離す。マリーと結婚したために、ポールは子どもたちがマルタ騎士団員の資格を得るのを諦めなければならなかった。ノエミのひどく野卑な祖父が、闇資金をめぐる事件に足を突っ込んでいたとの噂があったからだ。アヴェンティーノの丘の、美しいローマ様式の邸宅に住むマルタ騎士修道会の総会長は、そんな風評に影響されたのだろうか？　私にはわからない。そもそも、マリーとの結婚によって子どもたちが奪い取られたという資格じたいを、ポールは本当に有していたのだろうか。貴族の権利にからむ言い分はどれもこれも、つねに蜃気楼の領域に属している。とはいえ、もっと微妙なニュアンスの数々が、表向きとても仲のいいこの夫婦のずれを浮き彫りにする。ポールの両親は、当時まだ美しかったコート・ダジュールで冬の数か月を過ごし、パリの正統王朝派に属する由緒正しい人々を足繁く訪れていたが、彼のほうはその機を利用してあちらでは美術館をめぐり、こちらでは風光明媚な場所を嘆賞し、サン・ジェルマン大通りでは古い邸宅を訪ねた。そういう館には、必ずしも最良とは言えないものの、田舎貴族の館で見られるよりたくさんの、しかもずっと知的に展示された美術品が山のようにあるのだ。ポールは何度もローマを訪れた。マリーはたった一度、新婚旅行の時しか行ったことがない。とくに忘れがたいのは、教皇が引見を認めてくださったことだ。その後は、子どもたちがいるために、グラン・ゲから動くことができずにいる。ポールは聖体大会が開催されたのを機に、短期間ポルトガルに滞在し、この国の農婦の美しさや、まくし上げた袖からのぞくむき出しの腕――かつてナザレの聖処女のように、頭にのせた、水の一杯入った素焼きの水差しを支えている腕

──のことを、好んで話題にした。マリーはこうした讃辞を、美を愛でる心にはみな少々やましいところがあると疑ってでもいるかのように、いくらか気まずい思いで聞いている。ポールは遺産に関する係争をいつも二つ三つ抱えていて、なじみの実業家に相談するためしばしばパリに出て行くのだが、それを利用して画廊をまわったり骨董屋をのぞいたりすることがある。なにかを手に入れるためではなく、ただ好きなだけで、ルノアールやモネを見に行くことさえある。実際あれこれ買い集めたところで、どうしようもないのだ。芸術作品が彼にとって意味を持つのは、グラン・ゲにあるいくつかの美しい家具や悪くはない絵画のように、何世紀もまえから一族の所有物であった場合のみなのだから。ある晴れた日、彼はマリーに贈りものを持ち帰る。白いリボンが結ばれている、横長の形のカルトン。女性なら誰でもそうであるように、マリーもまた、そこにお金は使わないとはいえおしゃれを好んでいる。当時の贅沢のひとつであった、襟ぐりが開いていなくて細かなプリーツの入っているブラウスかなにかだろうか、と彼女は期待する。しかし薄葉紙のあいだから見えているのは、澄んだ、光沢のある、和らかなやさしい色調の布地で、梅の木の陰気な枝がその上にくっきり浮かんでいた。花冠はほとんど開いておらず、寒さで凍えているように見える。一本の枝に小鳥が止まっている。マリーはエキゾチックな布を開く。それはあの明治時代の、花模様をあしらったスタイルのゆったりした絹の着物で、かの地では人間国宝と公式に認められている現代の偉大な芸術家たちが、いまだその秘密を守りつづけている。マリーは驚きながら、日本の文学を信ずるならばそっと涙を拭うために使われる長い袖や、腰を締めるために織られた銀の糸の輝く帯を眺める。帯の生地と色は、洗練された趣味によって、衣装の色と好対照をなすように選ばれている。ポールは妻に、この衣装はパリでネグリジェとして流行っているのだと説明する。しかし若き妻はまるで息が止まったように、顔を真っ赤にして泣きじゃくる。

「わたしを小娘みたいに扱うなんて！　わたしを小娘みたいに扱うなんて！」

母親の教育のもと、彼女はブルジョワ的な良識のなかで育った。品のよい女性は、朝方は、頭の先からつま先まで、良質のウールか、首や手首にぴったり合わせたタフタの服を着る。あるいは時流に遅れないよう、せいぜいスカートや簡素なシャツブラウスを着る。子どもの世話を自分でしなければならない場合には、薄いエプロンで身を守る。マリーがそれらをすべて着替えるのは、《お出かけの》夜、慣習どおり舞踏会用のデコルテか、いちばん目立たない、できれば地味な色合いのディナー用ローブを身につけるときだけで、夜は白のフランネルかバチスト地の服を着て過ごすのだが、いかなるものであれネグリジェは許されていない。着物は、マリーにとって、身持ちの悪い女たちのリクライニング・チェアや閨房を連想させる。火事になったり子どもが病気になったり、万一非常事態が発生して、貞淑な女性が起き抜けの姿をさらさざるをえなくなった場合には、ペチコートを履いてショールで肩を覆うのが好ましい。これなら誰からもあだっぽいと難じられることのない身なりである。おそらくポールは、恥ずかしがりの連れ合いが完全な裸の状態でいるところを一度も見たことがなかっただろう。マリーはアジアの女性が放埒だと思い込んでいる。彼女たちがキリスト教徒でも王妃でも手管に長けた芸者でもないとの理由からだが、自分と似たような羞恥心を持ち、服を着ないでセックスするのを嫌がるということを知らない。着物は丁寧にカルトンに畳まれ、押し入れの上に入れられる。おそらく、まだそこにあるだろう。

とはいえ、彼女が人生の前でおどおどすることはほとんどない。だからこそミシェルも、ベルトとガブリエルの死という、自身の存在に埋もれているあの謎めいた逸話を、彼女にだけは自分から微に入り細に亘って話したのである。おなじ頃、ミシェルはフェルナンドにも話すだろう。ただしそれは、二人目の妻となる女性には打ち明けておくべきだと判断したからにすぎない。それにマリーは、家族のなかで、この外国人女性（ベルギー人！）との、しかも比較的財産の少ない相手との再婚に賛成してくれた唯一の女性だった。マリーはミシェルが幸せになって欲しいと思っている。そして法的に結ばれている状態というものを信じて、ミシェルがもう一度それを試してみることに賛同する。息子のミシェル・ジョゼフはコレージュを移ることになり、転校が完了するまでの世話をマリーが引き受けてくれることになった。当然ながら、ミシェル・ジョゼフにとって、この叔父夫婦の家の居心地はよいものではない。ふたりの振る舞いは、キリスト教初期の夫婦のようなのだ。ミシェル・ジョゼフは、彼らのまわりに診療所のホルマリンの臭いが漂っているように思う。一方で、若者の傲慢さはポールをいらだたせ、マリーを傷つける。マリーはこの若者に、何年も前からグラン・ゲに仕えてくれている者たちに対して、横柄な口の利き方をしてはいけないと叱る。彼らがもう一ランク上の、家族の一員として扱われることを切に望んでいるからだ。すでにポールが、時々高圧的な物言いをして彼らを不安にさせているためでもある。さらに青年のちょっとした色恋沙汰に、将来を慮って心配になる……もし自分の息子が……。ミシェルは彼女を試すためにこう尋ねる。

「エルネストが六歳じゃなく十七歳だとして、厨房の女の子を妊娠させたりしたらきみはどうする？」

じっくり考えてマリーは応える。

「神に祈りつづけるわ。あの子がその娘さんと結婚するよう説得する力を、わたしに与えて下さるように」

彼女はミシェルに、甥っ子を迎えに来てほしいと控え目に頼んだ。ミシェルは言われたとおりにした。

一九〇一年の五月、マリーは、自分にとってヴァカンスと言えるもの、唯一のヴァカンスと言えるものを手に入れる。二週間、リールの修道院で黙想の会に参加するのだ。御婦人たちが集まり、ほぼ引きこもりの生活を送る。お祈りをし、修道院の礼拝堂でのおつとめに参加し、瞑想し、あるいは宗教書を読んでいるうち時が流れていく。また、この御婦人方は、談話室や庭でのちょっとした会話のあいだも、夫や、子どもや、使用人や、社交界の気晴らしについて語ったり、家族の写真を見せ合ったりすることをそれとなく抑えている。静寂が支配している。少なくともマリーにとって、それは内的な沈黙でもある。能弁な聖職者たちによる講話がつづくと、この敬虔な人々のなかには信仰の真実に対する興味が掻き立てられるらしい。不遜にもマリーには、ほとんど世俗的な口調で語られるこうした説教が自分のなかに満たしてくれるのは、空虚で潤いのない感情にすぎないと思えることがある。しかもそれは、教会の医師たちが予見し、いずれはもとに戻るとわかっている一時的な体力の衰えのようなものだ。彼女はいつものお祈りを唱え、ロザリオの柘植でできた珠をつまぐるのだが、意に反して集中力を失うことがある。唇や指を機械的に動かしているうち、彼女はどこかここではない、言葉もしぐさもなく、自分が存在していることじたいに驚くような世界へと連れて行かれる。そうと知らずに、ほとんどいやいやながら、しかもこの集まりの指導者さえ察しないうちに、彼女は念禱状態に達していた。

小雨のぱらつくある午後遅く、灰色の個室の書き物机を前にして、彼女はぼんやりと目をあげる。グラン・ゲの机の上には古い鏡が載っている。しかしここには鏡がないので、自分の姿を見ることができない。おそらく目の前に鏡があっても、そして偶然そこに映った姿を目にしたとしても――そもそも、ふだんから鏡を見ることはほとんどないのだが――、必要以上に自分を見つめることはないだろう。まぎれもない自分であるその女性、ありのままを謙虚に受け入れているその女性が彼女の視野には入っていない。黒く太い眉、笑みをたたえたような青い目、頰骨が高く、慈愛に満ち、毅然とした口もと。やや大きめのこの顔に、どれほどすばらしい若さと真実が宿っているかを彼女は知らない。そもそも、肉体というこの形をどうすべきなのか？　彼女は自身の行いを省みる。単なる道具にすぎないはずの身体を、わたしは味わいすぎたのだろうか？　ついこのあいだの、参加の義務がある県主催の舞踏会で踊りすぎただろうか？　夜の夫婦生活さえ、子どもたちとの草上のおやつでさえ罪の機会となりうるのだ。マリーは、ポールがパリで高級娼婦（着物を着ているあのみだらな女たち）に会って、洗練された愛の秘儀を教えられたのではないかと思うことがある。はじめのうち、その性戯を彼女は拒んだ。しかし彼女の霊的指導者は、受け入れなさいと助言した。よき妻たるもの、配偶者に対してはなんの疑いも抱かぬようにしなくてはならないし、とにもかくにも、男たちの行動は理解不能なのだ。彼女はある田舎の隣人女性に対して慈愛の念を持たなかった。鼻持ちならない人だと思ったからだ。とはいえ自分も小間使いをわけもなく邪険に扱ったことがあるし、治療所で看病しなければならない病人たちの傷に嫌悪感を抱いたこともある。ポールがいくらか素っ気なく返事をするたびに、マリーの目から涙が溢れる。自身にとって悲しみでありいらだちでもあるこの徴が、べつの女性にとっては夫婦喧嘩と呼べるものに相当することを彼女は知っている。時が経つにつれ、まるで夏の日のように静かで単調な幸福、これほど多くの貧しい人々が苦しんでいる世界において、前代未聞の特権とも言えるわが身の幸福を、彼女はあまり評価しなくなる。しかし、欠点のない自分でありたいと願うのは、傲岸なことでもある。精一杯やればそれでいい。これまで以上に努力しようと彼女は心に誓う。だがほどなく、たったいま考えていた事柄をもう考えられなくなっていることに彼女は気づく。思念が消え失せていく。修道院の朝は早い。このままでは眠ってしまう。

機械的にペンを手に取り、インク壜に浸す。便箋は開いた書類鞄のなかに入っている。「愛しいポール」。いや、ポールに言うべきことなんて、なにもない。「愛しいミシェル」。いや、兄のことなどとくに考えてはいない。「愛しい子どもたち」。いや、手紙を書き送るにはあの子たちは幼すぎるし、打ち明けるべきことなどなにも見当たらない。「愛しいママ」。いや、無理したって意味がない。母親に言うべきことなど、なにもないのだ。そもそも、二週間の瞑想生活のあいだ、家族に手紙を書くことは勧められていない。突然、彼女は真っ白な紙を手にとって、ほとんどなにをしているのかわからないまま、自分自身に宛てて、神に宛てて書きはじめる。

「わたしたちの心を神にお返しする時が訪れるまで、唯一確かなものであるその時を怖れて、わたしたちの生を長引かせないように致しましょう。わたしたちをまちがいなく土埃のなかに横たわらせる避けようのない一撃を受けたとしても、理性も愛もない動物のように倒れないように致しましょう。いずれわたしたちは死ななければならないのです。あらかじめ、すべてを予見しておかねばなりません。わたしには自分がいつどのように死ぬのかもわかりません。だからこそ、わたしにとって大切な人々を救うために、わが命を神に捧げます。

わたしたちはみな、死に不意打ちされるでしょう。大切なのは、自分の命を捧げたということなのです。わたしたちのすべての行動を、神において、神によって、そして神のために行うことなのです……」

彼女は便箋に署名し、それを封筒に滑り込ませ、舌先で糊を嘗めながら閉じると、こう記す。「わが瞑想会の決意、一九〇一年五月」。それから手紙を書類鞄の仕切りに入れる。手紙は、彼女が亡くなったあとに発見されるだろう。

一九〇二年一月三十日、午前八時頃、マリーは子どもたちの食堂でもある小さなサロンに腰を下ろして、上の子ふたりがチコリコーヒーをほんの少し垂らしたホットミルクを飲み、タルチーヌにかぶりつくのをじっと眺めている。この子たちは行儀もよく、テーブルの下で蹴り合ったりしないし、スプーンで皿を叩いたりもしない。下の女の子は二歳くらいで、母親の膝の上にのっている。暖炉の火がぱちぱちと音を立て、ルイ十六世時代の小さな振り子時計が時を刻んでいる。突然、新しい密猟監視人――リューマチの痛みがやわらがない父に代わったばかりの、十六歳の少年――が駆け込んで来る。あまりに昂奮していて、おそらくは充塡された銃を玄関口に置くことさえ忘れている。マリーはそれをやんわり咎める。しかし彼は叫ぶ。

「早くおいで下さい、奥様！　見にいらして下さい！　猪の大群が、霧のなかの、大通りの先の森を横切って行くんです」

田舎ではよくある光景だ。グラン・ゲでは猪はめずらしいものではない。しかし、群れをなして移動するさまとなると、そうお目にかかれるものではない。マリーはブラウスとウールのスカートの上に丈の短いオーバーコートを羽織り、底が木でできている靴を履いて、ポールがリスボンで買ってきてくれた黒いショールで頭を覆う。そのあいだに小間使いが、母と外出できる年の子ふたりをあたたかい服でくるむ。一行あげて、冬の朝の冒険に繰り出す。若い密猟監視人を従えてマリーが先頭に立ち、幼いエルネストとジャンヌの手を取っている。数歩後ろに、耳ざとく報せを聞きつけた小間使いたちと従僕がいる。誰ひとりとりこの気晴らしを逃したくはないのだ。ド・サシー氏は書斎で仕事をしていたのだが、少し離れたところから彼らを追う。カラビン銃は手にしていない。彼は猟師ではないし、狩りの季節ではない。殺すのは秋だけで、それもごく稀にしかやらない。招いた客たちに敬意を表すためだけのことだ。

まだほとんど明けはじめたばかりのその日は、寒くて静かである。大きな木々の下に、薄暗く湿ったところがちらほらとある。それ以外の場所では、足音が響いた。大きな道の砂利と芝生に、わずかな雪が散り積もっている。

突然、まだ霧の漂う森のはずれに、力強く鈍重な四つ脚動物がはっきり見える。これだけ離れて靄に紛れていると、まるで先史時代の動物のようだ。手つかずの自然のなかでのこうした出会いには、幻想的なものがある。自分がその牙の届かないところにいるのを冷静に把握してのことではあれ、鼻先で木の根を探している猪を間近で見ても私たちが驚くことはないし、ただおもしろいと感じるだけだろう。ところが森の一角をこちらからあちらへと移動してゆく力強い動物たちの群れは、逆にこの世の、べつの時間に属しているように見える。そこではまだ、獣たちの前で人間が神々の存在を感じているのだ。若い密猟監視人は歓喜して飛び跳ね、昂奮のあまり巨大な野性の豚たちに発砲する。どれか一頭を狙ったわけですらなかった。

ほぼ同時に、あるいはほんの一秒後に、マリーが子どもたちの手を握ったまま崩れ落ちる。樫の木の幹に当たって跳ね返った弾丸が、彼女の心臓を直撃したのである。おそらく自分を殺した銃声を耳にする暇もなかっただろう。

ド・サシー氏が急いで近づき、怖がるというより驚いているふたりの子どもの指を母親の手から引き離し、小間使いのほうへ追いやる。それから完全に力の抜けた若い女性を、地面に仰向けに横たえる。まぶたをあげ、医者のように思慮深い注意を払いながら、唇に息を、ブラウスの下に心臓の鼓動を探る。命は、どこにもない。マリーはずっと前からそうしていたみたいに、霜をまぶした砂利の上で眠っているように見える。

彼はまた立ち上がり、取り乱して泣きわめき、啜り泣いている小間使いや使用人たちに、落ち着け、死者を静かに見守るのだと命じ、そのうちひとりを庭師のもとに行かせ、事件を伝えて即席の担架を作るのを手伝ってくれるよう頼む。弾が発射されるとすぐ、彼は若い密猟監視人を目で探した。少年が銃を投げ捨て、グラン・ゲと村を隔てる森を全速力で逃げて行くのが目に入った。指示を出すとすぐ、ポールはもうなにもしてやれないマリーのもとをいったん離れ、少年のあとを追って早足で歩く。泣いている女たちから見えないところまで来ると、彼はただちに、その根の節のひとつひとつを知り尽くしている樅の木の下で駆け出す。村のはずれで彼はユスタッシュ（それが若い密猟監視人の名である）の両親のあずま屋に、少年とほぼ同時にたどり着く。

ポールは扉を押し開け、薄暗がりで目が見えなくて立ち止まり（鎧戸は、その地方ではどこもそうだが、半分閉じられたままになっている）、通気の悪い石炭ストーヴの臭いに喉をやられたように感じる。ストーヴの上でコーヒーポットが沸き立っている。両親は震えながら、部屋の三分の一を占めている大きな夫婦のベッドの向こうで寄り添うように座っている。ユスタッシュは自分の狭いベッドに突っ伏すと、泣きじゃくる。両手で頭を抱えて叫んでいると言ったほうがいいかもしれない。ド・サシー氏が近寄る。

「なにも怖がらなくていい。おまえのせいではない。たしかに、命を待たずに発砲するべきではなかった。しかし弾を跳ね返らせたのはおまえではない。それは神のなせるわざだ。このまま私に仕えるがいい。罰しようなんて思う者はひとりもいない」

そして、出て行く前に、呆気にとられている両親におなじ台詞を繰り返す。起きあがった少年は、理解できずに彼を見つめている。ポールはもう一度近寄ってぎこちなく少年の額を撫で、そして立ち去る。

それからは死んだ妻のことにかかりきりだった。葬儀が執り行われたのはようやく翌週になってからのことで、近親者が集まり、ミシェルとフェルナンドがそのとき滞在していた南仏から戻れるよう計らったのである。ノエミはリールからやって来たが、下の娘の非業の死は、三十三年前に起きた上の娘の死とはちがって、彼女を動揺させることはなかった。人の死にもう涙を流さない年になっていたのだ。とはいえこのノール県全体に、口さがない話が広まろうとしていた。以前の事故の折に流れた噂話がまた浮上してきたのである。敬虔な人々はこのふたつの悲劇的な最期が、かつて移民たちの財産や教会の資産を土台にして築かれた巨万の富に対する報いだと考えていた。これは神の正義の基本概念にもとづくものだが、ポールの意識の奥にもそんな迷信が入り込んでいたのかもしれない。

埋葬を終えたあと、ミシェルとフェルナンドは、数日間リールで足を止めた。一週間と経たないうちに、ポールはふたりと合流した。ポールはマリーが最後に認めた決意書を持参し、義兄に読ませた。どう評してよいのかわからないままミシェルはそれをポールに返した。ほとんどマリーに会う機会のなかったフェルナンドのほうは、眼に涙が浮かぶのを感じている。いつも手にしている宗教書の、いくらか飾り立てた調子とはあまりにも異なるその文章に心を打たれたからだが、おなじくらいの畏怖を感じたからでもあるだろう。男だけになったとき、ポールは方眼紙に記された一通の手紙をポケットから取り出した。文盲の人たちによくある仰々しい文体で書かれており、綴り字のミスがあちこちに見られた。それによれば――書いたのは女性である――、亡き男爵夫人様が下記の者のもとにお姿を顕された、ただし重要なお話はどうしても最愛のご主人様の前でしかなさりたくないと仰っておられるとのことらしい。千里眼を持つ女占い師、マダム・アルシノエ・サンドゥ、バティニョル大通り十八番地。ポールの手は、椅子の肘掛けの上で震えている。

「そんな話を信じるのか?」嘲りが表に出ないよう抑えながらミシェルが尋ねる。

「わからない。ぼくは魂の不死を信じてる。だから死者たちとコミュニケーションが取れないと先験的に考える理由は、まったくない」

ミシェルはその考え方を正しいと思う。

「しかし教会は交霊術を批判している」

ポールはうんざりしたしぐさをする。

「交霊術だろうとなかろうと……ただ」。彼はまるで辛い告白のように付け加える。「ぼくは、怖いだけさ……」

「いっしょに行ってやろうか?」

実際、それがポールの望んでいたことである。ふたりの紳士は、突然のパリ旅行にもっともらしい言い訳をこしらえて、リールから朝の列車に乗り込む。


到着は夜である。小雨が降り、冬のパリならではのぬかるみができていたが、彼らにとってそれはノール県の冬を引き延ばしたようなものだった。街灯が「光の都市」の敷石に黄色っぽい反射光を投げている。グランド・ホテルに旅行鞄を預けると、ふたりはすぐ辻馬車に乗って、バティニョル大通り十八番地に連れて行ってもらう。

バルザック以来幾度となく繰り返されてきた描写は手短に済ませよう。急な階段があり(もっとも、幸いなことにアパルトマンは中二階にある)、ぶよぶよ太った女性がのろいしぐさでドアを開けてくれる。足下はスリッパで、花柄のガウンを羽織り、ポマードと揚げ物と色あせた花束が混じった、どこにでもありそうな匂いがする。プチ・ブル的な客間の中央に、ビロードを貼った小さな円卓がひとつ置かれていた。

ミシェルはそこで霊を呼ぶのかと思ったが、そうではなかった。可哀想な御婦人がこれから話すことになる、どうやら子どもたちに関わるらしい内容の重要性にあらためて言及したあと、降霊術師は何度も瞬きをし、首筋を肘掛け椅子の背にかけたレースにもたせかけ、ほとんどなんの前触れもなく何度か溜め息をつくと、期待されたとおりの、細かい痙攣に似た動きを見せただけでトランス状態に入っていく。遠くなった声で、彼女はあの事故の場面を詳しく語り出す。ある冬の晴れた朝、黒いラシャのアマゾネスに羽根飾りのついた帽子をかぶった伯爵夫人は、不器用な猟師に心臓を撃ち抜かれて美しい栗毛の愛馬から落ち、羽根飾りのついた帽子が地面に転がり……。ミシェルは立ち上がる。

「こんなくだらない話をいつまでも聞いてることはない。出よう……」

多少の悔いを残しながらも、ポールはミシェルに従う。突然目覚めた女占い師は、彼らが出て行く音を聞きながら罵詈雑言を浴びせかける。ミシェルと義弟は言葉を交わすこともなく滑りやすい舗道を歩く。新聞売りのキオスクの前を通りかかる。一部買ってポールに見せる。ミシェルは棚に置かれている「プチ・ジュルナル・デュ・ディマンシュ」紙をしばらく眺め、当時はまだ、少部数の新聞に写真図版は使われておらず、色刷りのリトグラフが大手を振っていた。赤と青がうまく重ならずにはみ出しているこのエピナール版画の、堕落した娘のごときリトグラフが一週間の雑報を彩り、今回のような《上流階級の》話題に、ジョルジュ・オネ〔一八四八―一九一八。フランスの大衆小説家〕の小説に出てきそうな雰囲気を与えていた。

「きみの占い師がどこにネタを探しに行ったか、わかるだろ?」

ミシェルはずいぶん前から、新聞雑誌に馬鹿げた過ちがあっても、それがセンセーショナルに書き立てたりでっちあげたりしがちないつもの傾向によるのでなければ、あるいは、単に読者の強欲や愚かさを満足させる必要があってそうなったのではない場合には、もう驚きも面白がりもしなくなっている。ポールはその忌まわしい図版を、片手で押し戻す。

「これはこれでぜんぶ理解できる……でも、彼女がトランス状態に入ったとき、一瞬、顔が高貴になったような気がしたし、よく似た声みたいなものが……」

「ちがうね、ぼくにはなにも見えなかったし、そんなもの聞こえなかった。でも、こういうケースじゃ、バティニョル大通り十八番地にマリーの幽霊がやって来るなんて話をでっちあげるより、目の前の人間の心を読んだほうがよほど簡単じゃないか。きみはあの女の正面に座っていた。だったら、どうしてあいつはきみの胸の奥でマリーの幻影なり声の響きなりを探ろうとしなかったんだ？」

「たぶん、きみの言うとおりだ」。ポールは悲痛な声で言う。

雨がさっきより強くなっている。紳士たちは歩を速める。ミシェルは義弟に、カフェ・ド・ラ・ペで、たっぷりした料理を食べさせようとする。


なにも否定はしないかわりに、幻想や嘘にとって都合のいい事柄についてはたっぷり時間をかけて検討する慎重な懐疑論者の観点からすれば、ミシェルは正しい。しかし《まだしも受け入れられそうな仮説》、つまりミシェル自身、認めるとしてもぎりぎりのところでしかない仮説を受け入れたとしても、それ以外の可能性が複雑に展開していかないというわけではない。ポールは狼狽しつつも、いくらか謙虚にそれを認めたのだ。あの世と呼ばれているところの薄暗いマグマのなかでは、勇気を出して縁を歩いても、ぬかるみで足を取られて沈んでしまう。とはいえ、さまざまな関係が成り立ちうるのもそこなのであって、こうした関係は、いかがわしい仲介者や、胡散臭くて下品きわまりないのに、どこか説明しようのない才能によって《前代未聞のもの、そして不可視のもののすぐれた導き手》となっている人たちのおかげで生まれる。それはちょうど、他の誰にとっても愚か者か軽蔑すべき輩にしか見えない男の喉が、すばらしい歌の導き手でありうるのとおなじことだ。ただ、つねに疑わしいその手の経験に、得るところはあまりない。ド・C氏が、この時だけではあれ教会の勧めに賛同してポールをそこから遠ざけたのは、正しい判断だった。

とはいえ、マリーが最後に記した決意書を前にすると、どうしても自分が揺れる大地の上にいるような気がしてしまう。わずかに開かれたこのドアは、最も具体的な現実と、さまざまな神秘のうち最もはかないもの、すなわち時間の両方につながっている。畢竟、永遠とは時間がべつの仕方で現れ出てきたものにすぎない。しかし私たちがこのふたつの概念と保っている関係は円の直径と円周の関係のようなもので、かぎりなく近いと同時に、適切な解法はまずないものなのだ。鈍重な懐疑主義に陥らないかぎり、私たちは認めざるをえない。マリーはここで、たぶんそうと知らずに敷居を踏み越え、また踏み越えたことすら忘れて、タルススのパウロが言ったように、《鏡の中で、おぼろに》〔「われら今鏡をもて見るごとく、見るところ昏然なり」『コリント前書』第一三章一二より〕自分自身の死を見てしまったのだということを。マリーが倒れたように、しかし理由もなく愛もなく倒れた動物たちに触れた一節は、はっとするほど強烈で、かつ痛ましい。強烈だというのは、それがあの朝見られた猪の群れを暗示し、その猪たちのほぼすべてが、いつの日か、マリーがこうむったような非業の死を甘んじて受ける運命に置かれていることをほのめかしていると思われるからであり、痛ましいというのは、それが被造物を前にしたキリスト教的な魂の、じつに横柄な態度を暴き立てているからである。《誰が知っているだろう》と『伝道の書』は言う。《獣の魂が地の下に降りてゆくことを》〔旧約『伝道の書』第三章二十一「誰か人の魂の上に昇り獣の魂の地にくだることを知らん」〕。死に見舞われた動物たちがみな、《死ななければならないから、理由もなく愛もなしに》死ぬだなどと、いったい誰がマリーに保証しているのか？ 彼女は自分の子どもたちに対して動物が見せる、あのしばしばヒロイズムにまで推し進められたやさしさを、主人に対する犬の忠誠を、苦しみを共にする仲間を前にした馬たちの、辛抱強い愛情を認めるべきだったのだ。いったいどんな権利があって、生き、そして死んでいく他の存在よりも上に立つ位置を彼らから奪っているのだろう？ いや、彼女はなにも奪い取ってはいない。身のまわりに広まっている様々な意見に、ただ従っているだけである。

犠牲についての言及も、ほぼおなじくらいこちらを当惑させる。一見したところ崇高だが、この時代錯誤的な前提は、神もしくは神々をめぐる忌まわしい概念と切り離すことができない。生贄にされそうになったイサクや、祭壇の上で倒れるイフィゲニア〔ラシーヌ『イフィジェニー』を参照〕が証しているのは、人間における理性の欠如そのものである。しかしマリーの死は、厳密に言えば犠牲ではない。彼女は死を予見していたとはいえ、自らそれを望み、引き起こしたとは思われない。たとえばそれは、ヴェトナムの平和を得るためのミサの最中に命を捧げたアメリカのカトリック司祭たちが、おのれの死を望み、それを引き起こしたのとは事情が異なる。彼らはおそらくその意志によってかなり死期を早めたのだ。マリーはそうやって自分の怒りと恐怖を犠牲にしつつ、しかたなく神の意志に従うだけで満足していたはずだし、それでもう十分なのである。しかし彼女が《自分にとって大切な人々》のために得たいと望んでいた数々の功徳に可換性があるかどうかは、私たちのいるこの世界では必ずしも明白ではない。先に触れた、積極的と言っていいほどに命を捧げたカトリックの司祭たちは、実際に亡くなっている。にもかかわらずヴェトナム戦争は長引いたし、ある意味ではいまもなおつづいており、平和に変わり損ねて傷口は化膿している。マリーにとって大切な人たちがどうなったかは、追って述べることにしよう。とはいえ、彼らの人生は、みなの人生とおなじように、どうにかこうにかつづいたようである。犠牲についてどこまでも深く突き詰めてみて言えることは、タントラ密教が代弁してくれている。タントラ派ではまず、奥義を極めた者がすべての被造物に益するべく、一種昂揚した状態のなかで命を捧げ、赤いチューという完全な孤独のなかで執り行われる夜の儀式のあいだに、すべての被造物にむさぼり食われる準備をする。そして一年後、おなじ場所に戻ってきて、黒いチューを完遂する。それを通して、彼は自分が何者でもなく、犠牲として捧げるものなどなにもないことを確認するのだ。

当時はまだはじまっていなかった自分の人生の、その後の長い年月を通して、私はずっと、間歇的に、また事実少し離れたところから、マリーが大切にしていた人々——奇妙なヴィジョンによって我を忘れるほど昂揚したマリーが、彼らの幸せを自分の死の錘にしつつ、死後もなんとか助けてあげたいと望んでいたあの大切な人々——を追う機会を得た。このささやかな人々の集まりが、マリーの善行からどんな恩恵を受けたかは明らかではない。彼らはより幸福になったのでも、より不幸になったのでもないし、おなじ国、おなじ社会階級の、おなじ時代に属している大半の人たちよりすぐれていたわけではないように思われる。マリーが事故の日に小さな手を握っていた少年と少女は、成長し、年をとり、そして死んだ。エルネストは第一次世界大戦の兵士だったが、大いに勲功を称えられ、勲章を授与された。私の父がルドワイヨン〔パリ第八区にある三つ星レストラン〕に招いたとき、エルネストはごく自然な貪欲さで、フォリー・ベルジェールの開演時間に遅れないよう、ちょうどいい時間に出て行こうと考えていた。そのときの姿を、私はいまでも覚えている。六十歳になったエルネストは、少しばかり田舎っぽいところはあったものの、真面目で上品な男になっていた。人は彼のことを、かつて自分の父親を話題にしたように、つまりフランス紳士のイメージそのものとして語っていた。ジャンヌ〔マリーの長女〕は《私たちの一族》の内部で結婚して、トゥーレーヌで暮らし、そこで子孫を残した。それ以上のことを私はなにも知らない。あの悲劇の朝、母親と家を出るには幼すぎたセシルは、二十五歳の頃、宗門に入った。彼女の半生はローマのとあるフランス修道院で過ごされ、引退すると——教会にも引退があるのだ——、フランスに帰国して亡くなった。彼女に会ったのは、教会に入る前の、ほんの二、三度のことにすぎない。つっけんどんな、気難しい人に見えた。こちらは当時十三歳で、向こうはそんな年頃の従妹に興味などなかったのだ。セシルは穏やかで思慮深い老修道女として人生を終えたようである。ときどき、司祭になったエルネストの息子を介して、彼女から心のこもった言葉をもらうことがあった。ふたりの天職は、マリーのたっての願いによるものだったろう。また、このようなカトリックの環境で、天命がおのずと大きくなったということもありうる。ポールのほうは、およそ二年後に館の隣に住んでいた女性と再婚した。その女性の気取った態度を批判したことを、マリーは恥じていたものだ。生まれがよく、いささか薹《とう》の立ったこの女性は、実際、最も高貴な階層の人々の話し方や挙措の極みを自分のものにしていることを自慢に思っていた。言うなれば、彼女はそれらに磨きをかけていたのである。ちょうど甲高い声で話しつづけて、声を研ぎ澄ませていたように。夫婦仲はよく、子を授かった。彼女はポールとおなじく、「アクション・フランセーズ」〔一八九四年に創刊された反ドレフュス派を中心とする極右の新聞〕の考え方に賛同していた。夜、ふたりはいっしょに、敬虔なプロテスタントの夫婦が聖書を読むようにその新聞を読んでいた。ド・サシー氏は、かつて教会の人間が口にしていたような妻の尻に敷かれる夫といったタイプで、とくに肉体関係によってふたりの妻と立てつづけに結ばれたのだが、些細な事柄については、後妻の言うことを聞くようになっていたらしい。とはいえ身の周りには、あの愛想のない、醒めた感じの、気むずかしいほどの礼儀正しさからなる砂漠のようなゾーンを死守していた。たぶんそのなかでなら、自由を感じることができたのだろう。第一次世界大戦中、グラン・ゲは占領下にあったため、夫妻はパリに構えていた、豪華だが地味な家具付きの広壮なアパルトマンに身を落ち着けていたのだが、よき慣習に従って、とりあえず浴室に貴重な薪を蓄えておくことで意見の一致を見ていた。ドイツ人はむろん嫌われていた。ドイツ的な、強大な組織力に対する敬意はいまだ存続していたものの（この育ちのよい人々のあいだでは、わざわざ身を落としてまで《ウィルヘルム》の話をすることはない）、フランスが苦しんでいた病の大部分は、政教分離と共和国の悪習に由来していた。すでにフランスには、異論のない徹底抗戦主義と愛国心の下に隠れたほとんど目に見えない裂け目を通して、一九四〇年にのしてくる精神状態に似たなにかが透けて見えている。

二人目のド・S夫人は、ダンタン大通りにある自分たち夫婦のアパルトマンから、数百メートルほど離れた私たちのアパルトマンまで、時々すたすた歩いてやって来た。私たちのところは、おなじくらい広壮だが、フランス窓がべつの建物の中庭に面しているため、陽はそれなりに入った。その建物の壁には蔦がからまり、中庭には百合の花の形に刈り揃えられた柘植の花壇があった。しかしこの建物はもう存在しない。ともあれそこにはほとんど家具がなかった。五年前、モン＝ノワールを売った頃にここを借りていたミシェルは、本当に必要なもの以外置く気になれなかったのだ。

ド・S夫人がやって来ると、ミシェルは古い外套にくるまり（ダンタン大通り十五番地のセントラル・ヒーティングも止められていたのだ）、周囲にいろいろ本を積み上げて読書していた。シェイクスピアであったり（《あの人は外国の本を読み過ぎなのよ》）、ゲーテの『親和力』であったり（《いまはドイツ人の本を読んでらっしゃるんですね》）、彼女にとってこれは恐怖の極みだったが、ロマン・ロランの『戦いを超えて』（《非礼なことに、フランスを断罪している、あのスイス人！》）だったりした。当時ロマン・ロランはよくスイス人と勘違いされていた。上流階級の人々は、一介のフランス人が自国の責任とドイツの責任とを、ごまかしなく明確に分けて考え得るとは想像もしなかったのである。ミシェルが私に読むようにと貸してくれたこの本、時流に反する思想というものの初体験となったこの本は、彼にとって偽りの海のなかの錨となっていた。金で雇われたジャーナリストが、あるいは集団ヒステリーを共有している自分たち自身が、周囲にそれを増大させ、たくさんの人々をその海のなかに突き落としていた。ミシェルはまだしもフランスのほうを愛していた。少なくとも、勇気あるひとりのフランス人が、どんなに批判されてもこの混沌としたまやかしの世界に向きあおうとしていたからである。またべつの時には、ド・S夫人が貸してくれた推理小説を読んでいることもあった。

　しかし訪問者をとりわけいらだたせ、今度という今度ははっきり顔に出させてしまったのは、勉強机に並んでいた私の本だった。ギリシア・ラテン語の辞書類、プラトンの対話篇の対訳本、それからウェルギリウス。ラテン語をいじるのは慎ましさに反すること〔ボワローの『詩法』の詩句のもじり〕であって、ギリシア語もまたそうであろうことは周知の通りだ。ミシェルは二人目のド・S夫人に、ギリシア語が福音書の言語であることを指摘した。しかしすでに彼女は、ユイスマンス〔ジョリス・カルル・ユイスマンス。一八四九―一九〇七。フランスの小説家〕の『大聖堂』や『修練者』に目を留めていたのである。私はこれらの本から中世絵画のステンドグラスに関する知識を得ていた。教養のない者がたいていそうであるように、彼女は偶然目についた単語ひとつだけで本の価値を判断していた。たとえその単語が酒に酔った管理人の台詞であっても、作者の見解を表現しているように見えてしまうのだ。だがド・S夫人は、そんなふうに判断する言葉の前後を読んでいなかった。彼女が飛びついたのは、ある登場人物が《魂のいかれた牛》を食べなければならないと愚痴をこぼしている会話の部分で〔『修練者』第十四章のバヴォワル夫人の台詞〕、それは当時人気を博していたユイスマンスのほとんど商標のようになっている、あの気取りとレアリスムの同居した言葉で書かれていた。訪問者の苦笑も故ないことではなかった（《それが娘さんに与えてらっしゃる精神の糧なんですね？》）。右翼の人間であるバレスにはほっとしたものの、ダンヌンツィオやフォガッツァーロ〔一八四二―一九一一。イタリアの小説家〕となるとまた外国人扱いで、トルストイは無知な田舎者を演じる男にすぎないのだ。しかしこれらの本が精神の糧かどうか、私に意見を求めはしても、それをはっきり言わせる意志もないと知ったとき、親切を装おうとする彼女の気取りはぴたりと止まった。すでにサン=フィリップ=ドュ=ルールで目論んでいた儀式は、なかなか実現しなかった。しかしミシェルは、私に自由でいて欲しかったのである。

この戸籍原簿を閉じる前に、私に関わる出来事をひとつ報告しておかねばならない。ちょうど十四歳になったばかりの頃だった。その年もつつがなく過ぎていった。数か月前、軍隊における永遠の友好関係という民間伝承にもとづいて、アメリカが三年遅れでドイツに宣戦布告をしていた。《ラファイエット殿、ただいま参りました！》〔一九一七年七月四日、パリのピクチュス墓地にあるラ・ファイエット将軍の墓の前で、アメリカのスタントン大尉が口にした言葉〕。アラビアのローレンスがアカバを制圧し、イーペルの三度目の闘い、イソンゾの十度目の闘い、ヴェルダンの二度目の闘いでは何度も砲撃が繰り返されて四肢がずたずたにされ、血が流れた。モン=ノワールはもう四年前から英国の参謀本部に占拠され、私たちの所有物ではなくなっていた。そのあおりで空爆に遭い、煉瓦造りの建物はもはや一個の骨組みにすぎなくなっていた。なお悲劇的なことに、その周りをまだ骸骨と化した大きな木々が取り囲んでいたのである。ミシェルはそうしたことにほとんど触れなかった。彼にはカタストロフィ——いまでもつづいている——が世界に襲いかかり、人間の理性を奪い去ったように見えていた。私自身はほとんど動揺していなかった。パリではっきり戦争が感じられるのは、休暇中の軍人たちの存在を通してのことだった。彼らは色あせたホライゾンブルー〔第一次大戦時のフランス軍の色〕の軍服を着て、シャンゼリゼのベンチに腰を下ろし、習慣をほとんど変えていないらしいパリの男たちや、実際にどうなのかはべつとして、自分たちの目には気をそそるように思えるパリの女たちが目の前を通って行くのを眺めて、短い休暇を過ごしていた。とりわけ夜、暗がりに立っていた娼婦たちは、しばしば夫を亡くした妻に扮していた。

　ミシェルは、リヴィエラや行きつけのカジノへの郷愁をごまかすために、アンジャンに出かけて何日か過ごし、あらためて緑に身を委ねる（休養する）ことにした。木々の緑とカジノのテーブルの緑。ミシェルが戦時のコインで控えめに運を試そうとしているあいだ、私はカミーユと森を散歩していた。カミーユはベルギー人の小柄な小間使いで、私たちのもとに残った使用人の最後のひとりだった。彼女はいわば、私の母方の伯母、ブリュッセルに住んでいるジャンヌ伯母の贈りもので、開戦当初の陰鬱な日々を私たちと共に過ごしていた。私の異母兄の家族を訪ねたときはベルギーの海岸沿いを逃げなければならなかったし、パリに戻る前には、イギリスで一年におよぶ厳しい滞在を強いられた。この十七歳の赤毛の少女は工場労働者の娘で、とにかく陽気で親切だった。そして若い雌山羊のように明るかった。私にとってカミーユは、その五年間における、同年代の、あるいはほぼ同年代の仲間だった。休暇中の兵士と彼女は婚約していた。前線にいる彼のもとに短い手紙を送っていたのだが、私が書くのを手伝った。それ以外の時は、婚約者が直面している危険のことなどほとんど考えていなかった。うまく想像できなかったのだ。戦争だからといって、小さな湖の畔に沿って植えられた木々の下の小径で遊ぶのを妨げられることはなかった。木の葉の影が路上で動いている。私たちはその影の上を歩いたり、前年の秋から残された、乾燥してかさかさ音を立てる葉っぱの上で足を引きずったりして楽しんでいた。木々の薄いカーテンを透かした向こうに小さな湖が汚れなく広がり、白い小舟が浮かんでいたが、その大半は幌に覆われ、岸の杭に繋がれていた。持ち主はたぶん、塹壕にいたのだろう。そのとき、突然ふたりの散歩者が小道に現れた。上品な、かなり年を召した男女で、おそらくは喪服だと思われる黒衣を着ていた。しばらく前からそれとなく私を観察していた御婦人のほうが、すぐ手前で立ち止まって尋ねた。

「あなたは、マリー・ド・サシーの娘さんではありませんか?」

「いいえ、姪です、マダム」

「あの方と私たちは、大の親友でした。お兄様がひとりいらしたことを、いま思い出しましたよ」

できるかぎりの注釈を加えたが、このふたりの人物にとって大切なのは、マリーだけのようだった。彼らの名前を、私はいまだに知らない。

彼らは遠ざかって行った。黒衣の婦人は一度振り返って私を見た。なにを見ていたのか? その頃撮った私の写真がある。本を片手に、パリのバトー・ムーシュの手すりに寄りかかっている。うなじのところでポニーテールに結んだ長い髪が、釣り鐘型の小さな麦わら帽子から飛び出していて、おそらくは青と白だと思われる、縞の入った平織地のワンピースが膝のあたりまで達している。顔は麦わら帽子の影に隠れてよく見えない。あれから私は、三十歳頃のマリーの写真をおなじ年頃の自分の写真と比べてみた。ミシェルにミシェル・シャルルの相貌があったのと同様、そこには当時の伯母の顔立ちがあった。厚い眉毛の下の澄んだ眼、高い頬骨、広くてやや四角い額。逆に、ふたつの顔の下半分には重なるところがない。とにかくそれ以後、部分的な相似はずっと目立たなくなる。年月の跡が、この顔を一変させてしまったのである。

軽いお世辞

あらたな夏、少女が生まれてから二度目の夏がはじまる。ミシェルはそこになんの期待も抱いていない。これまでとおなじように公園を散歩し、おなじように農夫たちと他愛のない会話を交わすことになるだろう。それがマダム・ノエミとできるだけ顔を合わせないための口実になる。ある朝、ミシェルは自室のドアの下に置かれた朝食のプレートを取り上げる。すでに記した光景だが、いま彼が腰を下ろしているのは、マントルピースのある部屋の隅ではなく十字枠のガラス窓の前で、正面にまだ雑草の刈られていない坂道が見える。プレートに置かれた地方紙を、帯封も解かずに屑かごに投げ入れ、高利貸の勧誘広告か出入りの商人の請求書が入っているとおぼしき二、三の封書も同様に投げ捨てたところで、一通の、黒く細い線で縁取られた封筒に手を止める。育ちのよい人々が喪中の友人たちと連絡を取る際に使うものだ。美しい、傾きのある文字は、それが女性の手になることを、より正確には聖心女子修道院《サクレ・クール》か受胎告知修道院のような、どこか排他的な寄宿学校で勉強した上流階級の女性の手になることを示していた。文字はフェルナンドとたいして変わらなかったが、彼女のほどひょろ長くはなく、もっとしっかりした感じで、明らかにドイツ由来の、兜飾りとそれを支える壮麗かつ複雑なモチーフの紋章が入った黒い蠟で封印されている。ミシェルは指で破ったりせず、注意深くそこにナイフを滑り込ませていく。たぶん捨てずに取っておくことになりそうな封筒だということを、彼はすでに感じている。

読まれたのは、以下の文面である。

「ムッシュー、お手紙を認めながら、どうしても身体が震えてしまいます。

わたしが大の親友のひとりだったフェルナンドの死を知ったのは、つい最近のことでした。ほとんど覚えていらっしゃらないでしょうけれど、おふたりの結婚式で、花嫁の付き添いをつとめさせていただいた者でございます。お会いしたのは、その日だけです。

それから何か月も経たないうちに、今度はわたしがドレスデンで結婚いたしました。相手はバルト人で、自動的にロシア国民ということになります。わたしたちは彼の家族が住んでいるクールラントで二年ほど過ごし、そのあとサンクト・ペテルブルクに、さらにドイツに移り住みました。訃報はお送りいただいているかもしれませんが、わたしの手元には届きませんでした。オランダに帰ってやっと、フェルナンドが亡くなった折の状況と、彼女があなたにお嬢さんを遺していったことを、母から教えられたのでございます。お腹に子どもがいるとフェルナンドが報せてくれたとき、わたし自身も身籠もっていました。そこで、たがいに約束を交わしたのです。もしもわたしたちの身になにかが起こったら、残されたほうが子どもの面倒を見ましょうと。お嬢さまのそばで母親代わりになりたいなどと申せば、いかにも空しく、思い上がりも甚だしいということになるでしょう。わたし自身、いまではふたりの息子を抱えておりますから、これまで以上にそのことを痛感しております。しかし、お嬢様をひとり育てるという、伴侶に先立たれた男の方にとってあまりに重い責務を果たしておいでになるあなた様がお望みになるなら、いくらかはお役に立つことができます。

たぶんご存知でしょうけれど、母がスヘフェニンゲンの森に大きな家を持っておりまして、わたしたちは春夏の、よい季節をそこで過ごしております。庭に建つ別棟をお客様のために使っているのですが、母が人を招くことなどもうほとんどなくなってしまいましたので、現在ではいつも空き家同然です。もしお嬢様とそのお世話係の方を連れて、夏のあいだしばらくその家で暮らすことに賛同していただけたら、母もわたしもまことに嬉しく存じます。気を張る必要などない環境ですし、海辺のよい空気はお子様のためにもよろしいでしょう。主人も全面的に賛成してくれておりますので、喜んでくれることと思います。ただ、音楽家としてかなり忙しくしているため、不在になりがちになることをあらかじめお許しいただきたいと申しております。

わたしはあと二週間ほどパリに滞在いたします。どうぞご意向をお知らせください。そして、心からの気持ちを信じてくださいますよう。機会があれば、もっと早くにそれをお伝えしたいと思っておりました。

ジャンヌ・ド・ルヴァル」

ミシェルは寝室を行ったり来たりする。まるでこの単調な行き来が、時の遡行を助ける振り子の動きであるかのように。そう、およそ四年前の十一月、曇り空の日にフェルナンドと結婚したとき、彼の眼前にピンクのビロードを着た、すばらしく美しい女性が現れたのだった。ジャンヌ・ド・ルヴァル〔『追悼のしおり』ではモニック・G嬢として登場〕……。実際、フェルナンドは、その後ジャンヌと何通か手紙のやりとりをして、この女友だちがバルト人の男爵と結婚したことをミシェルに話していたし、ついでにその若い女性の人生の、もっと古い時代の逸話もいくつか、さりげなく教えたりしたのだった。そんな話をどれもぼんやりとしか聞いていなかったミシェルが、いまあらためて耳を傾けている。彼は子どもを連れてスヘフェニンゲンに出向くだろう。松林のある浜辺に逗留するというこの計画は、まるで乾き切っていた感情がすべて生き生きとよみがえりはじめたかのように、彼を一種の甘美な郷愁で満たした。

ミシェルは、夫がしばしば不在になるというその文言に、ふたりきりになる機会も少なくないことがほのめかされているのを読み取っただろうか？　それはわからない。手紙にはなんの飾り気もなかった。それゆえに、彼はもっと先へと踏み込むことができない。たしかに、かつては彼も花嫁の美しい付き添い人を前にして、もっと早く出会っていればよかった、そうすれば喜んで花嫁の役を彼女と取り替えていたのにと冗談まじりに呟いたものだが、もとよりありえない話だから、いつまでも引きずられて妄想に耽ることはなかった。そうこうするうち、ミシェルはジャンヌを忘れてしまったのである。いま彼は記憶をよびさます。美というこのあまりに希少なものの前で彼の心を支配している感情は、敬意である。ジャンヌに対する敬意は、彼の心のなかで、情熱そのものの炎よりも長く生きつづけることになるだろう。

ジャンヌの半生を、つまり父が彼女の近くで過ごしたそのスヘフェニンゲンでの数か月に先立つ彼女の人生を、伝え聞いた何年かの思い出であいだをつなぎながら呼び起こしてみよう。主たる情報源は、ミシェルそのひとである。彼は死ぬまでジャンヌのことを語って止まなかったが、彼女にまつわる細々とした事実は、たぶん知らずにいただろう。しかしフェルナンドはそれを知っていた。ふたりの女性が取り交わしていた手紙、そう頻繁にやりとりされたわけでもない手紙を盗み読むなどということは彼の規範に反していただろうし、そもそも文章のなかでは、どちらもあまり深いところまで心の内を明かそうとしていなかった。それはまちがいない。ずっとあとになって、記憶のワインをたくさんの水で薄めたとおぼしき高齢の御婦人方から、私は慎重な、ときに肝心なところをぼかした逸話をあれこれ聞かされた。ただし、大人として近づき得た唯一の機会──二十歳で大人だというのであればの話だが──に、ド・ルヴァル夫人の口から直接聞いた事実もある。この年代記を記すにあたって、ごく例外的にではあれすでにおこなってきたとおり、空白を埋めたり輪郭を強調したりするために、少なくとも横顔か斜めうしろから見た顔がジャンヌに似ていて、ほぼ同様の──ジャンヌの体験を追認してくれるような──状況下に置かれていた幾人かの女性に借りた細部を用いることになるだろう。もっともこの方法は、たくさんの人々のなかから、おなじ血族、もしくはおなじ精神の種族に属した人間を選ぶという条件下でしか受け入れられないのだが……。とはいえ、第三者から耳に入れた、多かれ少なかれ不完全でとりとめのない話、散歩中になんということもなく語ってもらった話、あるいは食器を片付けたあとのテーブルに肘をついてぼんやり聞いたたぐいの話は、いつも私たちには不十分である。タピスリーの穴を埋め、割れたコップの破片を接ぎ直さなければならない。『北の古文書』のなかで、私は長いあいだにわたってミシェルから聞き溜めた話の細部を七つか八つ採用させてもらった。息子をイギリス人の愛人と別れさせ、英国のどんな淫乱女よりも深く魅了してくれそうな、若くて高貴で貧しい女性とフランスで結婚させるべくロンドンまでやって来た彼の父親に関するものだ。老いたるムッシューはまた、その最後の旅を利用してボンド・ストリートでちょっとした買いものをし、ロンドン塔を見てまわり、ブラウン・ホテルの快適さを満喫するつもりだった。最後の一滴までエキスを搾り取ったこれらの情報は、『北の古文書』に十ページほどの材料を提供してくれたが、明らかにほのめかされていること以外の要素、もしくは登場人物の素材に属していないものはなにも付け加えなかった、とは思っていない。そういう含みを持たせたうえで、なおいっそう綿密な注意を払いながら、ジャンヌの存在をその磁界のなかにあらためて位置づけてみたい。

母親のファン・T夫人は、十六歳になった娘に、フランス語の最後の仕上げをさせるため、ブリュッセルの聖心女子修道会に一年間あずけた。それが誤りだった。というのも、十八世紀以来、オランダ、ロシア、あるいはオーストリアの良家で話されていた、上澄みを移し取ったようなフランス語は、ベルギーの修道院のフランス語などよりずっと純粋だったからである。しかし、おそらく、こんなふうにベルギー(母親たちはパリを怖れていた)のカトリック教育施設を選んだのは、オランダにおけるプロテスタントの慣習からジャンヌを出してやりたいと望んでのことだったろう。

ジャンヌには、なかなか慣れることのできないものがあった。いくらか甘ったるい信仰心、花やレース紙で飾られた祭壇、とくにもう、あのような少女たちにさえ顕著な、上流階級特有のつまらない野心、ベルギー社交界に見られる例の激しいスノビスム。このスノビスムは、おそらく十九世紀の新興国であるベルギーにおいて、あまりにも多くの成り上がりと、あまりにも多くの良家の子孫が、たがいに激しくなすりつけあってきた結果生まれたものだろう。あれこれの肩書きや名前の由来も、フラマン語の大文字の〈DE〉に対比させられる、フランス語の小文字の〈de〉の正確な意味も、もうよくわからなくなっていた。寄宿寮には、ジャンヌのたったひとりの友人となり、また友人でありつづけた生徒がいた。それが、フェルナンドだった。

美しいオランダ娘より少し年下で、世界といえばエノーやサンブル゠エ゠ムーズしか知らない少女にいかにもふさわしく、もっと木訥《ぼくとつ》だったフェルナンドが気に入られたのは、たぶん、いくらか熱狂的なところのある感受性、花々を愛でる心、動物たちへの愛、まぶたがやや縦に長い緑色の眼、ときに美というものに似ることのある、あの一種の繊細さのせいだったろう。若きフェルナンドは、もっぱら外面的な事柄に夢中だった。礼拝堂の百合、聖母マリアを讃える儀式、聖心の祭、クリスマスの生誕群像——思春期の少女にとって、こうしたもののまわりには将来の母性を感じさせるなにかが漂っている——、日々の暮らしに敬虔な小説のごとき味わいを、胸に沁みるような要素をもたらしてくれる聖人崇拝、スペインの聖処女さながらに彩色され、着飾られ、剣を佩用《はいよう》することもある聖母たち。だから、若いルター派の少女のむき出しの情熱にフェルナンドは驚かされる。幸いにも、あるいは通常よりおとなしい宗教教育の成果なのか、ジャンヌは聖書をこうした詩的な見せかけに対比したりしなかったし、すべての真実が、まさしく「書物」と呼ばれている一冊の本のなかに含まれているとは信じていないようだった。かつて教育係を務めていた老女たちは、長いあいだ、歯の抜けた口で、あのふたりの生徒のあいだには特別な友情が存在していると囁いていた。ともかくそれは、愛撫するようにやさしく熱っぽい親密さだった。お手本もなく、小声で胸のうちを語り合うこともなく、禁じられている本を読んだりもせず、私たちの誰のなかにも潜んでいる深い性愛の知識——それを怖れたり否定したりすることを教わっていなければの話だが——だけを頼りに、エロチシズムに含まれているすべての秘密を再発見していくのは、若さの奇跡のひとつである。そこに含まれているのはたいていの場合、そのまがいものにすぎないのだが、こうした官能の啓示を証明するには、老嬢たちのおしゃべりだけではあまりにも弱い。ジャンヌとフェルナンドがそれを知っていたかどうか、あるいはふたりで垣間見ることがあったかどうか、私たちにはけっしてわからないだろう。

ファン・T嬢はオランダに帰った。母親がひどく寂しがったからである。彼女の勉強は、リベラルな説教をする、一家と親しいW牧師の厚意に満ちた指導のもとでつづけられた。まわりでは、複数の言語が話されていた。二つ三つ、このうえなく美しい文学作品が手に置かれたが、おそらく敬意以上のものが吹き込まれることはなかっただろう。ファン・T嬢にとって、感動は書物から自然発生的に沸きあがってくるものではなかった。同時代の文学についての知識は、どんなテーブルにも放り出してあるような小説程度で留まっていた。嫌われないだけの、よい趣味を身につけていたのである。音楽の知識は良家の子女に期待されている以上のレベルまではいかなかったが、その美貌、身だしなみに備わった生来の優雅さ、そして――これはとても稀なことだが――慎ましさとやさしさをともなった物腰、また、これはまちがったことではあるけれど、通常は醜い女性にしか期待されていない率直さのおかげで彼女は賞賛され、愛されていた。慣習に従って、彼女は慈善バザーから慈善バザーへ、スケート遊びからスケート遊びへ、大きな木々の下でのお茶会から母親監視下の舞踏会へと梯子する。舞踏会には装飾電球が張りめぐらされ、冬の庭の棕櫚《しゅろ》の木々の下に冷たい飲みものが用意されていた。育ちのよい若者たち、あるいは少なくともそのように見える若者たちが、彼女の腰に腕をまわしたり、手にすばやく接吻したりするような大胆さを示すことはほとんどない。当時の彼女の官能と心の動揺については、なにもわからない。たぶん、わからなさという点で言えば、彼女自身がいちばんわかっていないだろう。結婚の申し出が殺到する。この若い女性には遺産がついてくるのだからなおさらだ。娘のために話を決めるのは母親である。ファン・T夫人は、娘が二十歳になるまで結婚させたくないと考えている。とはいえ、ド・A伯爵の申し出は拒まず、挙式はあくまで二年後にと強く主張する。ド・A伯爵はその条件を受け入れる。

さしあたり重要なのは、登場人物よりも背景や枠組のほうだ。この国の美術館を訪ね、傑作を見てまわる絵画愛好家たちを除けば、大半のフランス人にとってオランダは未知の土地である。とりとめもなく、漠然と思い起こされるのは、山のように積まれたチーズ、何ヘクタールものチューリップ畑、ゾイデル海の部分的な干拓、アムステルダム港の港湾設備、巨万の富を持つ銀行家やビール醸造業者、ガラス張りの個室の向こうでもはっきり目立つようにピンクのカルソンを履いた娼婦の街の、ピトレスクな光景。当時そういうものがあった界隈には、まだセックスショップも黒革のブティックもなかったし、麻薬捜査の訓練を受けた警察犬などいなかった。今日のアムステルダムをもっとよく知っている人々が思い浮かべるのは、宗主国の首都に逆戻りしてきたインドネシア人たちである。おかげでこの都市には『千一夜物語』の色彩が戻りつつある。かつてゲットーのおかげで存在していたものだが、いまではもうそれじたいが粉砕されてしまった（とはいえ、雷に打たれた土地ではたいていそうなるように、様々な地方からやって来た新世代と言ってもいい多様な人々や小さな集団が、しばしば不幸の跡地に舞い戻って来る。パリのマレ地区のような、フランスや中央ヨーロッパの虐殺されたユダヤ人が抜けて空っぽになった古い土地に、マグレブ系ユダヤ人が戻って来たのとおなじ道理だ）。極左扇動家のプロフォ〔オランダ一九六〇年代のカウンターカルチャー運動の一端〕を思い浮かべる人もいるだろう。とうに忘れられてはいるものの、彼らは平穏なノール県になおくすぶっている暴力の徴候でもあった。あるいはヒッピーを想い浮かべる者もいるだろう。六十年代には、死体を前にしているみたいに、人はこのヒッピーたちをできるだけまたぎ越え、文字どおりその上を歩くように無視していたものだが、いま彼らはコペンハーゲンやヴァンクーヴァー、ゴアのほうに押し返されている。私は昨日もゴアで、あるいはどこだったかわからない港や別世界の浜辺で、彼らの姿を認めた。熱帯の太陽を浴びているにもかかわらず、以前よりいくらか青い顔をしていた。学識ある者は片手で数えられるほどしかいない。しかし彼らには、画家によってしか知られていないこの国にも、個有の小説家やエッセイスト、そして秘密の詩人がいることがわかっている。この人たちが表現している言語は、自分の世界の内側でしか理解されないものである。フランスでは、ボードレールだけが、幻覚かと思えるほどの精確さでオランダを夢見ていた。ボードレールの詩に描かれている雲に隠れた太陽や湿った空は、今日なお私たちが眼にしているものであり、ジャンヌとド・A伯爵が一九〇〇年頃に見ていたものだ。

しかし、社会生活は複雑な現実である。政治を動かし得るほど財力のある重苦しいブルジョワのイメージは、周囲に奢侈《しゃし》と緊縮をともども行きわたらせながら、何世紀も前から私たちについてまわっており、どのような「市民軍の出撃」や信徒団体の「祝宴」にもそれはあって、聖ミカエルのように美しく若い旗振り役、まだ脂肪と金銭で太っていない若い旗振り役が、そのイメージをあちこちでさまざまに変化させてきた。商人で構成されたこのブルジョワ階級の横には、二つのグループが残存していることをほとんどの人が知らずにいる。一方は、神聖ローマ帝国にまで遡る古い貴族であり、他方は小都市出身のエリート層、つまり司法官、将校、行政官、オランダの歴史においておなじく知られた名を持つ人々である。ド・A伯爵は、このうちの前者に属していた。伯爵はフローニンゲンとドイツの大学で学問を修め、学びたいと思ったことだけを厳格に学び、狩猟はあまり好まないとはいえ王侯貴族の狩り出しに毎年参加して、イギリスでは狐を追う立派な騎手でもあった。ハーグの家とアーネム——海岸沿いとはまるでちがってヒースが茂り緑の囲い地が点在するオランダの真ん中にあるアーネム——に構えた屋敷に、「偉大なる二流画家」の絵画を何点か所有し、そこに時々、上流階級の人間にはさらに知られることの少ない画家たちの作品を加えていった。ブーダンの水彩画、スーラのデッサン、初期のモンドリアンの一枚。パリの十五区に、趣味のよい家具でまとめられた小振りなアパルトマンを所有していることでも有名だった。彼はマラルメの姿をうっとりと眺め、ヴェルレーヌの謦咳《けいがい》に接したのである。冬らしく灰色に覆われた大都市、ガス燈を光の暈《かさ》が取り囲み、馬たちが雨のなかで煙り、ぬらぬらした敷石でしょっちゅう滑って転び、起き上がれなければ否応なしに鞭で打たれるか屠畜場に送られるあの大都市を、伯爵は知悉していたにちがいない。それはまたフレンチ・カンカンと酒場にいる艶めかしい娘たちのパリであり、公爵夫人と下層階級の人々が共存するパリである。後者は悪く描かれるのがつねだが、プルーストだけは例外で、彼はやがてこういう人たちの世話をすることになるだろう〔プルーストは、下層階級の若者たちと付き合うようになり、秘書や使用人として採用した〕。ド・A伯爵について知られている醜聞はひとつしかない。それだってまんざらでもなさそうなものだ。某大使館参事官の奥方との逢瀬が原因で、決闘をしたというのである。三十八歳にして彼は、その言葉のフランス的な意味においてもイギリス的な意味においても、完璧な上流階級の人間だった。前者においては上流社会の一員、後者においては上流社会を見た人という意味で。

何年も前から、伯爵との結婚を狙っている者たちがいた。彼を娘婿として迎えることになるファン・T夫人は、だからひどく妬まれている。

婚約期間が長く、未婚女性が比較的自由だったこと、ともかく当時のパリよりはずっと自由だったこともあって、ジャンヌとヨハン＝カールは片時も離れない間柄になっている。ジャンヌが彼に負うものは大きい。彼女のために本を選んで、貸してくれるのだ。アルベール・サマンの詩。その詩がつまらないと思う点で、ふたりの意見は一致する。ポーヴル・リリアンことポール・ヴェルレーヌの、『言葉なき恋歌』と『叡智』の二冊は、ふたりにとってこのうえない歓びとなる。ピエール・ロチと彼の描く中東は、物憂げだがまるで砂の上を馬でゆっくり走っているかのように気持ちを和らげてくれる。メーテルリンクの『貧者の宝』と『叡智と運命』。その神秘主義とモラリスムは、豊かで澄んだ古代の水源から引かれた水のように、一滴ずつ美しい調べを奏でながら流れてゆく。当時所有していた縮約版のオスカー・ワイルド『獄中記』と、メランコリックな肉欲にとらわれて身動きのとれなくなっているスウィンバーン〔一八三七－一九〇九。イングランドの詩人〕。若きリルケのいくつかの詩は、心に永遠の震えを残した。ふたりはこれらの本について語り合う。ジャンヌはなにごとも、先へ先へと進めていくたちなので、メーテルリンクからはじめてエマーソンを読み、ノヴァーリスに手を付けて、善を定義するのにこれほどの言葉が、神を意味づけるのにこれほど多くの象徴が必要だということにただ驚く。ヨハン＝カールはジャンヌをイプセンの芝居に連れて行き、上流社会の因習的な考え方に代わるものを示そうとする。しかし当人は、ジャンヌがノラの運命を夢見ているとき、もうバーナード・ショウの『カンディダ』〔一八九五年の作。イプセンの『人形の家』の影響下に書かれた〕で胸が一杯になっている。ふたりはいっしょに音楽会に行く。つまりヨハン＝カールは、そうと知らずに、もうひとりの男のために、和音をもってしか自分を表現できない男〔のちに登場するエゴンを指す〕のために、彼女を準備しているのだ。

　彼らは美男美女で、一見、とてもよく似ている。オランダでは、黒い髪と黒い眼に思いのほかよく出会う。世界に開かれているこの国では、たいていの場合、それは異国の血が一滴混じっている証なのだ。ヨハン＝カールにもその血が流れている。十八世紀初頭、祖先のひとりがピョートル一世のお供でザーンダムにやって来て船大工の技術を学び、皇帝がロシアへ帰ったあともそこに残った。ジャンヌの祖父はバタヴィアの行政官だった。彼はある将校の娘と結婚したのだが、その娘もインドネシアの上層階級の女性と将校の結婚によって生まれた子だった。マレー諸島の血がわずかに入っているおかげで、ジャンヌには黄金色の顔と、あのクレオール人特有のやや無気力な感じが漂っていたが、自分でその特徴に気がついたら、顔を赤らめたことだろう。彼らは連れだってアーネムの近くにあるド・A氏の領地に赴く。荒れ地を背景に、ジャンヌは彼から乗馬の手ほどきを受け、少し頭のおかしい、年老いた伯母を紹介してもらう。その伯母なる人は、当時一族の屋敷に住んで、彼を跡継ぎの王子のように扱っていた。ふたりは時々、遠出の距離をのばすことがある。地方のホテルか田舎風の旅籠屋に泊まると、ジャンヌは、ヨハン＝カールの隣の部屋で、すっかり安心して、ドアに鍵もかけずに、穏やかに眠る。ヨハン＝カールは婚約者を大切に扱う階級の出なのだ。なにが大切にされないかは、またべつの話である。しかし結婚前のこうした付き合いのなかに、官能がゆっくりと入り込んで来る。砂地に腰を下ろして、ヨハン＝カールは彼女に、ダルマチアの島々やノルウェーの海岸の話をする。人っ子ひとりいないその海岸で、一糸まとわぬ姿になって泳ぎ、海という完璧な衣を堪能したのだと。殿方も御婦人方も、錨が刺繡された黒かマリンブルーのウールの水着を着ている時代に、それはかなり稀な快楽である。ジャンヌのほうは彼に、子どもの頃からの習慣を語る。機会さえあれば真っ暗闇のバルコニーに、寝室のドアからそのまま目の前の庭に全裸で出て行って、形のない闇を、皮膚を浸すその夜の匂いを、また風の甘さと強さを、全身で味わったのだと。ほんの数刻の、眠りに就く前の禊ぎの儀式のようなものだ。数週間後、彼らはテクセル島にいた。その頃からもう、浜辺や砂丘は避暑客に埋め尽くされていたのだが、ちょうど家族連れがやって来る前の、とても静かな時期だった。砂でできた崖のようなところに建つホテルで、彼らはほとんどふたりきりである。真夜中、ジャンヌは音を立てず、じかに砂丘に面しているフランス窓を開ける。まばらに生えているごわごわした草に、素足が嬉しそうに触れる。はるか遠くから吹いてくる風が、和らげられた波音をかすかに運びながら、やさしく彼女に息を吹きかける。大気と水は、太陽のもとでよりも完璧に彼女を包み込む。そのとき、砂地とおなじ高さにあるもうひとつのドアが軽く軋む。ヨハン＝カールがそこにいる。だが、姿は見えない。相手にこちらの姿が見えないのとおなじように。未知の、けれど望んでいた感覚に対する恐怖が、ほんの一瞬、彼女をわずかにかすめる。ヨハン＝カールが近づくと、それはすぐにおさまる。品よく、またみだらに服を脱いだり床に落としたりするようなつまらない真似はしないで、肌と肌を、肉と肉を接して抱き合うのが望ましい。相手を愛しているとの確信がさほどあるわけでも、身体を委ねたいという欲望が必ずしもあるわけではなく、彼女はただ、欲望に欲望をもって応えているだけだ。立ったままだったふたりは、抱擁を解かずにひざまずく。彼は彼女に、彼女は彼に寄りかかる——、まるでそれぞれが、なまあたたかい岩に寄りかかっているかのように。言葉もなく、声をあげることもなく、彼女は頂点に達する。聞こえてくる彼女の低いあえぎ声と男の息切れの大きさは、波や風の遠い響きとほとんど変わらない。交歓が終わるとふたりは身を離す。彼女はひとり、望んだとおり寝室に戻る。

おなじような逢瀬を彼らは二、三度重ねた。それはヨハン＝カールが暮らしている、あるいはむしろ暮らしていないと言うべきハーグの街中の、風通しのいい夜の荘厳さとは無縁な家でのことだった。この家は近々、来るべき結婚に備えてすべての歪みをただすことになるだろう。寄せ木細工の古い床の接合部に手を入れさせ、経年劣化で少し傷んではいるものの、ダニエル・マロ〔一六六一―一七五二。フランスの建築家〕による青地に白のスタッコ細工がところどころ見られるようにする。ヨハン＝カールは、寝室にはオランダ風にカーテンを取り付けず、光がふんだんに入るよう求める。ガラス窓の枠のなかにあるのは、正面の屋根の上の、長方形にかぎられた大きな空だけだ。その明るい陽射しをジャンヌは気に入っている。ふたつの身体はもうたがいに学ぶものがなにもなくなって、ただ隣り合って横になり、存在しているという事実を静かに味わっている。しかし若い女性の眼には、この状況にどこかしらしっくりこないところがあるように見える。ファン・T夫人ならたぶんわかってくれるだろうし、同意しさえしてくれるだろう。だが言語のタブーは道徳的な命令よりも強く、母親にそんなことは話せない。またジャンヌの内には、こんな感覚が根強く残っている。官能にそっと身を委ねることと放蕩の、つまり過剰さとのあいだにはひとつの深い淵があるのだが、その深淵はときに髪の毛一本ほどの太さしかないのだと。

しかし、最初の亀裂が現れたのは、肉体の結合よりずっと前のことで、それはほとんど気づかない程度のものだった。問題は肉体よりも、魂と名付けられたあのよく知られていない物質のほうにある。魂に比べれば、肉体はまだしもふたりを手っ取り早く近づけてくれるのだ。それにしても、あれほど多くの哲学者や詩人たちが魂を語りながら、その縁にさえたどり着けないなどということがありうるだろうか？　ほんの短いあいだではあれ、ヨハン＝カールが、なにかにほんの少し触れただけで皮が剝がれて血が出るかのようにいらだち、無気力になることに、ジャンヌはごく早くから気づいていた。そういう瞬間に陥ると、何度もおなじ質問をして注意を促したり、椅子から立ち上がってテーブルにチップを置いたら外に出てくださいい、前に止まっている車の近くまで行ってくださいと、腕に手を置いて頼んだりしなければならなかった。ごく短いあいだなので、きっとよそ事を考えていてぼんやりしているだけだろうとジャンヌは考える。しかし、ほかにも厄介な徴候の現れる頻度がしだいに高くなり、周囲から不満の声が上がりはじめる。招待状に返事を出さない。あれほど洗練された洋服のセンスを持っていながら、招かれた晩餐会にぞんざいな恰好で出掛けて行く。時々、若い女性の前で、相手が知っているとは思えない卑猥な言葉を使う。当然ながら、言われた女性たちのほうは、繊細な男性が、洗練された自分のイメージを無理やり遠ざけようとしている、という程度にしか受け取っていない。また、こんな噂も漏れ聞こえてきた。ヨハン＝カールが、とある王子の言葉に、粗野な罵りをもって返したというのだ。それもトランプゲームの最中や、王子が時に、仲間内でのように手荒く扱われるのを楽しむことのある厩舎でではなく、みながたがいに監視の眼を光らせているあの公的な儀式のひとつで。一族はヨハン＝カールの浪費ぶりに不安を感じて、誰か補佐役を付けようとしている。とくに嘆かわしく思われているのは、敬うべきあの「小さな巨匠」たちの絵画が捨て値で売られ、代わりに頭のいかれたヴァン・ゴッホの何点かが買われたことである。百五十年のあいだずっと、ド・Aの屋敷の、ふたつの飾り戸棚のあいだのおなじ場所を占めてきた御先祖の、たとえ取るに足らないものであっても敬うべき肖像画を、彼がゴミ屑さながら破棄したことを知ったとき、みなの堪忍袋の緒が切れる。

ヨハン＝カールが、じつはこっそり詩を書いているとジャンヌに打ち明けたのもこの頃である。どうせ剽窃だと非難されるか、自由な表現と過激な思考だけで人を驚かせるたぐいのしろものさ、と彼は言っていた。いつか、せめて何篇かは見せてくださいねと彼女は言う。いささか軽率だった。奇妙なことに、彼は翌日、端がめくれ上がって黒ずんでいる、ほぼ完全に焼け焦げた紙の束を彼女に贈る。ほとんど読めない文字がいくつか、青白くて脆い紙の真ん中に残っているのだが、もうあらかた灰同然の物質に変容してしまっている。ヨハン＝カールは、暖炉に溜まった熾火の上に原稿を置いて、ホロコーストが完遂される直前にピンセットで取り上げたにちがいない。眼にいっぱい涙を溜めながら、彼女は残骸を眺める。失われたこの詩篇に、惜しまれるほどの価値があるのだろうか？　それはわからない。しかしジャンヌの心を乱したのは、彼自身がそれを悔いていないことのほうだ。さらに、もうひとつのエピソードを彼女は生涯忘れないだろう。ある日浜辺で共に過ごす歓びを味わっているとき、ヨハン＝カールは、彼女の首飾りを作るために貝殻を拾った。翌日、彼が持ってきた貝殻には細い革紐が通してあった。首に結んでくれたそのきつめの革帯をどこで見つけたのかと彼女が訊いてみると、ほのかな笑みを浮かべて、ずっと前から持っていたと白状する。以前、淫売宿の、女性を鞭で打って楽しむ部屋の床で拾ったのだ。ジャンヌの最初の反応は、憤りと哀れみである。

「放っておきなさい」と彼は言う。「女性は受け取る義務があるものだけ受け取ればいい」

数日のあいだ、彼女はその首飾りを付けていた。しかし、使っているうち、ほどよいあたたかさの肌でこすれて、その革紐が染められているのではなく、穢らしきものをぞんざいに塗りたくっただけの品だとわかった。おかげで白襟のひとつが黒く汚れてしまった。ジャンヌはその革紐を捨てたが、罪のない貝殻は取っておいた。

近親者に疑念を抱くなどということは、かりにあったとしても、ほんの数えるほどしかないものだ。あまりに身近なこの男性についても同様である。愛人となり、婚約者でありつづけたこの友人、昨日の段階でもまだ、生涯結ばれているのが当然と思えていたその男が、少しずつ、どういう人物なのかほとんど定義できない人間になっていく。自分の身体と振る舞いのなかにしっくりおさまる存在ではなくなって、最終的に、一種の磁場になる。彼女が思っていたよりもはるかに複雑な、物質と震えの複合体になる。結婚が近づいているために、自由と孤独でできた存在の均衡が失われているのではないか、とジャンヌは考える。

「どうしてもと仰るのでなければ、結婚は取り止めにしましょう」

「なにを言うんだ」と彼は答える。「計画したことは、しっかりやり遂げよう」

年老いた狩り場の番人が、主人の命にてきぱきと応じなかったとの理由で打擲され、放置されたあげく死んでしまったという話や、尾ひれをつけてあちこちで口にされた、公衆の面前で王子に侮辱的な言葉を吐いたという、上流階級の人間にはもっと衝撃的な例の逸話、それからジャンヌ自身にもいったいどういうことなのかまるでわからない、もっと漠然とした他のいくつかの出来事に不安を感じて、ヨハン＝カールの家族は幾人かの精神科医に助けを求めることにした。X叔父の家での食後酒のひとときが、思いがけず診療時間に変わった。斯界の権威はみな、どこか精神病院で一か月ほど休みを取るよう忠告した。いつもの使用人に囲まれていれば、ド・A氏は《まるで自分の家にいるようにくつろぐ》ことができるだろう。のちにピランデッロの『ヘンリー四世』〔一九二一年に発表された戯曲。二十年前の落馬事故のあと、自らがヘンリー四世だと信じるようになった男の話。彼の取り巻きたちは、しかたなく側近を演じる〕が自宅でくつろぐことになるのとほぼおなじ理屈だ。それは、ド・A氏が一度も自分の家と呼びうる場所を持とうとしなかった事実を忘却に付すに等しかった。

そんな提案をしたら、ヨハン＝カールは例のごとく激怒するだろうと誰もが思っていた。いまやどんな些細なことでも彼の怒りを誘発していたからである。ところがそれは杞憂に終わった。悪天候の海で揺れに揺れて疲労困憊し、外からはわからない吐き気に襲われた人のごとく、彼はその狂気を受け入れる。まるで錨を下ろすかのように。やがて一か月が数か月になり、使用人が看護師に取って代わられていくさまを、取り乱すこともなく眺めている。ジャンヌと母親は伯爵が心を病んでいることについて長く口を閉ざしてきたが、とうとう曖昧なお悔やみのような言葉や、「誰がそんなこと信じられるでしょう?」「精神を病んだって、いったいどんな病気なのです?」といった問いの試練に耐えなければならない時がやって来る。あんな娘婿をお迎えになるなんて、あのような婚約者がいらっしゃるなんてと母娘をさんざん羨んでいた人たちが、よくわからないとはいえ危険を感じさせるほどおかしな兆候があったのなら、狂人扱いされる前になぜもっと早く気づいてやらなかったのかと、いまやこぞって非難している。ファン・T夫人はつねに神のご意志に静かに従う。だから表に出さない嫉妬心にもとづくこうした憐れみの情を、穏やかに受け入れる。ジャンヌの女友だちは、表向き彼女がいちばん幸せになれるよう案じつつ、もうあんな病人とはなんの関わりも持たないほうがいいと忠告してくれるのだが、彼女は耳を貸さず、毎週彼のもとを訪れる。しかしその精神病院は人里離れた地方にあるため、汽車を乗り換え、車を待たせておかなければならない。ジャンヌは近隣の旅籠屋で夜を過ごすようになる。すると周囲は、婚約者の体調がよかった頃のふたりの性的関係が適切なものかどうかについては一度も疑念の声をあげなかったくせに、看護師を買収してこっそり病人と落ち合うのを許してもらっているのだと意地の悪い憶測をしながら、彼女の行動をあしざまに言う。ジャンヌはほどなく、さらに大胆な決断を下す。精神病院から数里離れたところに位置するド・Aの城館に身を寄せたのだ。ヨハン＝カールの年老いた伯母が涙を流さんばかりに熱く迎え入れてくれる。この伯母は、自分とジャンヌを除く親族たちが、ヨハン＝カールに奸策を弄していると信じていた。ジャンヌはこうしてほぼ毎日、かつて友人であった人物が幽閉されている建物へと赴く。

たしかにド・A氏は、ジャンヌがいてくれることを、ほとんど喜んでいないように見える。しかし、彼女が帰るたびに、深い悲しみにとらわれる。看護師たちの話を信じるなら、ジャンヌが来ない日は途方に暮れたように建物を歩きまわり、窓ガラスに額をぴたりとつけて外を眺めているという。彼女はもう顔も名前もわかってもらえない完全な記憶喪失の数刻に慣れてしまった。この人には、わたしのことなどもう、手の届かない心の奥に残された思い出のひとつでしかないだろう。でも、その思い出というのは他のすべてを忘れてもなお残るような、大切なものだと彼女は思う。それに、どんな場合にも、彼はいつもの礼儀正しさを失わない。彼女の名を思い出した時には、ファン・T嬢に車をお出ししてくださいと慇懃に頼んでくれる。ジャンヌをファーストネームで呼ぶことは、これまでもほとんどなかった。以後、それが彼の口をついて出てくることはない。ただし例外はある。雨風の強かったある日、いつもそうするように、看守に付き添われて公園をひとまわりする彼に付き合ったときのことだ。

「ジャンヌ、濡れているよ。着替えなさい」

にもかかわらず、三十分後に彼女が男性用の部屋着を不器用にまとって――その建物には女性用の着替えなど置いてなかった――戻って来ても気づかない。ジャンヌがピアノラで弾いてくれる曲に合わせて、ヨハン＝カールはぼんやりと椅子の肘掛けの上で拍子を取っている。「もういい。十分だ」。明らかに、その音楽を弾いてくれているのが従僕のひとりだと思っている。おそらく、そう思ってくれているほうがまだしもいいのだろう。ジャンヌは自分が、コンソールテーブルに置かれたド・A城の小物に、家族の紋章で飾られた本に、あの小型の置き時計に似ているような気がする。記憶の扉が開くようにとまわりの人間が置いたものたちを、彼は手の甲でぱんと床にはたき落とすのだ。

院長はジャンヌに興味を抱いて、何冊かの本を、とくにフロイトの初期作品を貸してくれる。これらのテキストのおかげで得られた知見もないわけではないが、専門家たちは、自分自身がまず仮説として提示したことを、あまりにも性急に定説と見なすきらいがあるように彼女は思う。しかもヨハン＝カールの担当医たちは、この破滅的な状況の原因についてはっきりしたことを言わない。三十七歳の男性の精神の、ほとんど突然と言ってもいい崩壊を説明するのに、学生時代に罹患した梅毒が原因だと言うだけでこと足りるのだろうか？　どうも疑わしい。イプセンのオズワルド〔『幽霊たち』の主人公。一八八一年作。腹違いの妹を愛して自死する〕が母親の目の前でいきなり馬鹿になるのは、舞台の上だけの話である。ヨハン＝カールの先祖には、頭の弱い叔父や気の触れた遠縁の親戚といったおなじみの人物がいる。しかしヨハン＝カールのようなタイプの狂人を極秘文書の底に隠している家族はほとんどいない。赤十字の講義を受けていたジャンヌが思い浮かべているのは、当時は診断のむずかしかった、膿瘍もしくは腫瘍による脳の病だ。心に衝撃を受けただけで魂全体が動転してしまうなどということがありうるのだろうか？　外交官夫人に対する恋物語は、すでに遠い話だった。ジャンヌは一種神聖な恐怖を抱きつつ、黒い革紐のことを想い浮かべている。その手の場所に彼が出向いたのは、強迫観念ではなく単なる好奇心だろう。わたしにもいくらか罪があるのだろうか？　気むずかしい男性につまらない女だと見なされ、断罪されたということなのだろうか？　そんなふうに考えることじたい、自分を過大評価している証拠になってしまう。ジャンヌのなかでは、人を愛する心を持った女性は、ただ相手の役に立つことしか求めない。だから、自分の気配りや、病人が注射をさせたり鎮静剤を飲む気になるよう仕向けてきた手管など大したことではないと、困惑しながらも徐々に気づかされることになる。

とくに彼女くらいの年になってみると、苦々しいほど頭が冴えわたる瞬間があって、人の役に立とうとすることが時にどれほど空しく横暴であるかを思い知らされるのだ。
クリスマスの頃、事件が起こる。不用意に花束とお菓子を両腕いっぱい抱えて、連絡なしでやって来た老齢の伯母に、怒り狂った病人が殴りかかろうとしたのだ。ジャンヌにその種の事態は生じていない。とはいえ、医師たちはこのまま来訪をつづけることに反対する。彼女は重く沈んだ思いを胸に、母のもとに戻る。

ファン・T夫人が取った行動は、当時の上流階級の、独立心旺盛で財力のある女性たちがかなりの頻度で実践していたものだった。ヨハン＝カールやジャンヌの周囲に流れていた風評が鎮まるように、アンシャン・レジーム〔フランス革命以前の政治体制〕の若者たちが行ったグランド・ツアーの女性版に相当する旅を敢行しようと決心したのである。もっとも、先の噂はたちまち他のカップルの他の噂に取って代わられてしまったのだが、この旅は環境や考え方の変化を必要としている娘にその機会を与えるためでもあったのだ。たしかに以前ほどの自由はなくなっていた。日傘を差し、プリーツの入ったリネンローンのブラウスを着た若い女性には、かつての麗しい騎士のように、ヴェニスでは淫売宿、リヴルヌでは大衆浴場に通いつめ、フランスでは放蕩者らと、イギリスでは紳士たちと賭け事をして大金を失い、刀剣か拳銃で決闘を行ったかと思えば宮廷内の庇護者のおかげで内閣の秘密に通じ、著名な科学者や碩学の実験に足を運んだり踊り子たちとのささやかな夜の食事に夢中になったりするような特権もない。こんな気晴らしを列挙するのは、女性というものがどれほど自由のこちら側にとどまっていたかを示すためだ。他方、男たちは時代の流行に見合う自由を得ていた。とはいえ、女性たちが実行したこのグランド・ツアーにも、得るところや魅力がないわけではなかった。

ツアーは中央ヨーロッパ、北欧のプロテスタントの国々を中心に、保守的な上流社会のなかで行われるのだが、そのあちこちで自由思想が顔をのぞかせつつあった。もっともそれは、科学が進歩し、人が思っているほどには共有されていない善行が広まり、はかないものではあれ平和と呼びうる状態がいつまでもつづくと思われていた時代においては、ほとんど無害と見なされていた思想である。ファン・T夫人は、大使館、宮廷（彼女はオランダ王妃付きの女官をつとめていた）、自身も友人も属していた慈善教会、もしくは学会と、ほぼどんなところでも出入り自由だった。ヴェニスやヴェローナまで脚を延ばすことにしたのは、ジャンヌに少しイタリアを見せておく必要があったからだが、ツアーの二年間は、まずドイツ語圏、あるいはフランス語圏スイス、およびヨーロッパの地図上で当時は堅固かつコンパクトにまとまっていたドイツで過ごされる。夏場は息抜きに、コペンハーゲン、ストックホルム、あるいはスウェーデンやデンマークの島々に遠出する。ウィーンも訪れてみたが、軽薄にすぎるとの判定が下された。御婦人たちは、ボー・オ・ラック〔チューリッヒの高級ホテル〕、グランド・ホテル、オテル・ダングルテール〔パリの高級ホテル〕、あるいはオテル・デ・キャトル・セゾンと、あちこちのホテルに腰を落ち着ける。やがて自分たちなりの習慣ができてくる。流行りの仕立屋の上客になり、教会には正式な席が確保される。美術館の守衛はジャンヌが通り過ぎるのを見て挨拶をする。舞踏会はたくさんある。ジャンヌは踊るのも凍った池でスケートをするのも好きだ。ヨハン＝カールは、墓に入った死者のように、いつもの別棟で、人生から隔離されたままあの深みへと少しずつ下りていく。思い出は誰も苦しめることなく、そこに残っている。

御婦人たちは、冬のあいだずっと、ドレスデンに滞在している。ファン・T夫人の従兄がこの都市で領事をしていたからだ。優雅な石の夢のごときバロック的な都市がまだそこにはあった。しかし半世紀も経たぬうちにここは地獄と化すだろう。逃げ惑う者たちが溶けて煮えたぎるマカダム舗装の街路や道路に脚を取られて動けなくなり、命ある状態で火あぶりにされている動物園の高貴な動物たちが、いわば恐ろしい死の回転木馬のなかを悲鳴をあげながらぐるぐる回ることになるだろう。戦争捕虜となって重労働を課せられた友人がのちに語ってくれたところによると、彼は爆撃から身を守るために人々が避難していた防空壕を片付ける役目を仰せつかり、二十ばかりの遺体を発見したのだが、いずれも壁に背をもたせかけたままベンチに座っていて、ドアを開けたとたん流れ込んできた空気で崩れ落ちたという。しかし人類がこの悪夢を見るのは、四十三年後のことでしかない。その頃にはジャンヌ自身もとうに亡骸になっているだろう。さしあたって、彼女は何事もなかったかのように生活している。

外出しない夜には、ジャンヌは本を片手に、暖炉のそばに腰を下ろす（良心的なホテルには、まだ寝室に薪で熾す火があった時代である）。ファン・T夫人は娘の正面の肘掛け椅子に腰を下ろして、なにか宗教書を読んでいる。ジャンヌは夢想にふけっている。彼女は読書家だ。行く先々の土地の、歴史や芸術作品に興味を持とうとする。ファン・T夫人は、娘がいつも知り合いの司祭たちの案内で病院や牢獄を訪ねるのを是認している。精神病院では、看護師が彼女に患者の話をしてくれる。看護師は患者の地獄を生きなければならないから、医師より事情に通じていることがあるのだ。彼女たちの話を信じるなら、女性のほうが男性よりも狂暴で、抑えつけられていた欲望や怒りがまるで淫らな涎のように、立派な年配の御婦人方や、そんなことに詳しいなどと想像もつかないようなブルジョワのお嬢様方の口から溢れ出てくるという。逆に、男性患者は、白いかぶりものをした女性たちのいる前では、可能なかぎり自己を律している。彼らはたぶん、この女性たちのなかに、一度も得たことのない良妻賢母の姿を見出そうとしているのだろう。病院のスタッフはみな、月夜の晩に患者たちの心が乱れることを知っていた。ところが医師たちは、そんなものは中世の時代からある大衆的偏見だと考えていた。患者たちは叫び声をあげたり歌をうたったりしながら、窓の鉄格子にぶら下がる。まるで、この世では他の誰もが忘れてしまって、もうなんだかよくわからなくなった儀式を自分たちだけが記憶しているとでも言うかのように。改悛した売春婦たちが入っている施設を訪れたジャンヌの目に映るのは、どれもこれもおなじ、やさしそうで偽善的な顔ばかりである。その顔は、非の打ち所がないと思われている従姉やその同類の顔と大差なかった。老人ホームは牢獄である。この牢獄に入っている狂人たちは、犯した罪よりも、罪を犯すに到った性格や状況によって烙印を押されている。ジャンヌには、いま自分に見せられているのが、きれいに磨かれ、しばしばチュールで覆われた窓を通した世界でしかないことが判っている。しかしどこへ行っても、その窓からのぞいているほんのわずかな景色が示してくれるのは、取り返しのつかないものばかりなのだ。

　では、彼女になにができるのか？　女であるという条件が、彼女の行動を制限している。しかし、ドレスデンでの母娘の、最もすぐれた案内人であるニーデルマイヤー牧師や、陽気で親切な好人物のオランダ領事の心が自分よりも開かれ、思慮に富んでいることは絶対にない。それはわかっている。周囲で実践されているルター主義を信じるのを、ジャンヌは止めた。それどころか、いたるところで制度化され、生きられているキリスト教のドグマさえもう信じていない。あるいは完全には信じていない。少なくとも、べつの仕方で信じている、としておこう。ただし反抗的なところは微塵もない。慣習に従って、彼女は最終的に、ルター派の教会で成人として堅信を受けることに同意する。そうでもしなければ、母親はショックを受けたことだろう。

まだ肌を刺すような寒さの残る春の頃、ジャンヌと母親はドレスデンでひとりの若いバルト人を紹介される。お抱えのオルガン奏者が去って欠員が生じたところに、ニーデルマイヤー牧師が臨時の代用奏者として雇い入れたのだ。前任者はミューラーとかいう人物で、教会参事会のための「聖バレンタインの祈り」や「夕星の歌」などにしばしば中断されはするものの、毎週、判で押したような宗教音楽を律儀に演奏して高い評価を得ていたのだが、給仕をなりわいとする下層階級の女性と結婚したために調和を乱した。黒ビールと給仕女が彼の命取りになったのである。対するにこの金髪の、繊細で育ちのよさそうな若者にそのような心配は少しもなかった。プロシア人らしく四角張ったところがあって、御婦人方の手に触れながら、聞こえるか聞こえないかくらいの音で踵をかつんと鳴らして挨拶をする。いくらか青白い顔をして、なるべく目立たないようにしているこの青年は、由緒ある輝かしい名のおかげで、三十年戦争の軍旗に匹敵する雰囲気をまとっていた。それがなければ、ほとんどひと目に付かなかっただろう。

　彼の一族は、何ヘクタールもの森と、作物の種類は乏しいながら耕作可能な土地を有し、男の跡取りがたくさんいる豊かな家系で、つねに脆弱だったバルト海沿岸の地方が旅順港での敗北〔一九〇五年。バルチック艦隊が日本軍に撃滅されている〕によってさらに大きく揺らいでいたその当時、ロシア政府に敬意を表されつつ、抑圧されてもいた。リガの音楽院の修了証があったエゴンは自由にロシアを離れ、ウィーン、パリ、そしてチューリッヒで音楽の勉強をつづけることができた。学生たちは、美術館の聖母マリア像やラファエル風の小天使など、イタリア芸術の最もよく知られた作品を鑑賞する機会を与えられ、これら名品の前で希望を抱いたり落胆したりしたのだが、そうした勉強の出発点ともなり到達点ともなっていたのがドレスデンだったのである。エゴンの仕事はすでにいくらかの成果をあげていた。チューリッヒとパリで、フルート、オーボエ、ピアノのための小品が一ダースほどの愛好家に賞賛された。とはいえ、残りの者はあくびをし、口笛を鳴らして不満を表明した。彼の家族には偏見があって、エゴンが有料のコンサートを開いたり（まだそのような幸運には恵まれていなかったのだが）、レッスンをしたりすることに反対していた。しかし、レッスンに関しては命に背くこともあった。ドレスデンでは、音楽を教えて十分な報酬を得ている者も珍しくなかったのだ。ニーデルマイヤー牧師からの雀の涙ほどのオファーは、愛してはいてもそこで暮らしたいとは思わない国に帰るのを遅らせるのに、ちょうどいいタイミングでやって来たのである。

ジャンヌと彼は、ドレスデンの上流階級の、いささか仰々しいパーティ会場に顔を出す。ダンスは巧みだがワルツを好まない彼は、ジャンヌとシュトラウスのアリアに合わせてトゥールを踊る。ある晩、ベルヴュホーフの、ガス燈の灯がもうあらかた落とされた音楽サロンで、彼はすっかり従順になって、自作の曲をひとつふたつ、ジャンヌのために弾く。おそらくジャンヌは、エゴンにとって理想の聴衆なのだろう。ごく一般的な意味において、彼女にはほとんど音楽の素養がない。だから定められた形式に固執することもないし、形式がないといって批判する力もない。ジャンヌには、拍を取ることが音楽そのものと重なり合い、楽音が馬場を走る馬のごとくめぐり、秩序ある馬群となって行進でもするようにつづいていく様が聞こえすぎるくらいに聞こえる気がする。ふたりともはっきり理解していないのだが、ここでのリズムや調性の自由は、これから先、大胆な形でなされる因習への抵抗の前触れなのだ。しかしこの執拗に繰り返され、同時に孤立している音からは、あらかじめ企まれた攻撃的な要素がいっさい排除されているらしい。音は、雪や大量の枯葉を貫いて伸びてくる春の茎のように硬く、ふたりの恋人のあまりに長引いた関係さながら、不協和音のおかげで悲痛な響きになったかと思うと、軽い葉ずれの音のように甘美なものになった。ジャンヌにはわかる。これは印象派の巨匠にとってそうであったように、海の波や庭の小道を音の表面に投影しているのでも、ロマン派の作曲家の音楽にあるように、自身の幸福と不幸を遠慮なくコンサートの聴衆に広めることでもなく、一時的にひとつのフォルムを空間のなかに課してくるバロックやゴシック様式の、広大で目には見えない建築物のようなもののなかを取るに足らない通行人としてさまよい歩くことでもないのだ。自分たちの脈よりもゆったりしたひとつの現実に、また、すべてを否定し、すべてに取って代わるような、感情の吐露も象徴もない聴覚の世界にすばやく自分の音を合わせること。そのほうが、賞賛することよりも、理解することよりも、あるいはただ愛することよりも大切なのだ。あと少し遠くに、とはいえつねに無限の遠さに身を置けば、行き着く先は沈黙しかないだろう。

彼女は人を愛している。はじめてのことだ。ヨハン＝カールは教育係であり、生き方の師だった。ものごとを杓子定規に考える社会のなかで育った敬虔な母を持つ娘の脳内に、あっという間に蓄えられた単純すぎるくらいの無垢を奪い取ってくれたのである。ヨハン＝カールを通して学んだ社会での経験は、保護ニスのように彼女の皮膚に張り付いている。だがそれは、当時ふたりを守ってくれた婚約者同士という肩書きに少し似ている。ヨハン＝カールは彼女の伴侶であり、時に愛人でもあったが、相談相手ではけっしてなかった。彼の精神が破綻し、何か月も献身的に尽くしたあとでさえ、ジャンヌには彼が友人だったという確信がない。また、これからもけっしてないだろう。

ところが、エゴンの傍にいるとすべてが変わる。以下につづくページで私は、一九〇〇年代の愛をめぐって、いまでは大洋とおなじくらい汚染され、《神》という言葉とおなじくらい効果がなくなってしまったこの言葉をしばしば使うことになるだろう。あるいはほのめかすことになるだろう。とはいえ、エゴンの愛は波の音が貝殻を満たすようにジャンヌを満たし、貝殻が砕けるまでそのなかで響きつづけるだろう。彼らの出会いは、それぞれの人生にひとつの意味と、核になるものとを与えたのだ。エゴンはコンディトライ〔カフェを併設したケーキ店〕のテーブルの真向かいにこの若く美しい女性が座っていて、実の姉か男友だちでなければなしえないような態度で話を聞いてくれることに感嘆する。味気ない、あるいは気をそそる女性たちの顔から自分は目をそむけてきた。しかしこんな女性はまったく予期していなかった……。この人にとっては、心と感覚と魂は連動しているのだ。いずれにせよ、ジャンヌはあまりに女性であり、あまりに時代の流れに忠実だったから、自分のことを愛しているとまだ告白もしていない男性を愛することに対して顔を赤らめずにはいられない。眠れぬ夜が恥ずかしくて、ジャンヌは外に出る。誰かを誘惑するというあのすぐれて女性的な気晴らしを、彼女は毛嫌いしている。エゴンの美しい顔を見つめすぎないように自分を抑え、もっと長く手を触れあっていたいとの思いに抗う。エゴンはおずおずとたずねる。毎日お会いすることはできませんか、あるいは、少なくとも一度ふたりで町の外に遠出して、愛する野原や土手をいっしょに心ゆくまでめぐってみませんか。訊ねながら、彼が唇を震わせていることに彼女は気づく。

　このほぼ連日におよぶ遠出は、学生たちの慎ましいお出かけのようである。ヨハン＝カールの時代には当たり前だった贅沢と快適さを並べ立てたら、エゴンの自尊心を傷つけることになるだろう。朝の汽車か汽船に乗ってふたりは町を出る。ザクセンスイスの、アルプス特有の景色が見えるところまで行くときもあるのだが、たいていはエルベ河の流域や丘の中腹にある村に出掛けた。なにもかもが、ふたりを大いに愉しませる。古びた塔、厳しい気候のせいでなかば廃墟と化した建物、朽ち果てた大聖堂さながらの納屋、やさしい羊たちの頭を埃と陽光と藁くずが後光で包み込んでいる飼育小屋――羊たちは食肉処理場で命を落とすことを運命づけられている――、石の天使たちが天に向かって指を差している忘れられた墓地、森の動物、牧場にいる家畜たち。寒い夜が終わる頃、まだ朝早いうちに発つのは、選んだ場所へ夜が明ける前にたどり着くためだ。実際、何度か目的を達したことがある。世界は若々しい。彼らの二十五年は十八年にしかならない。田舎育ちのエゴンは、野原で成長する雑草や穀物の名前をジャンヌよりよく知っている。早朝、農夫たちがまだ家で眠っている時間に、牧草地に沿った小道でふたりは足を止める。こうして雌牛たちが楽々と仔を産み、仔牛が四肢を震わせながらはじめて立ち上がろうとする場面に立ち会う。彼らはまるで神の教えのように、大きな母牛の穏やかさを受け入れる。母牛が水桶に使われている木の幹のほうへ向かうと、そのすぐうしろを仔牛がふらつきながらついて行く。胎盤がまだ少しぶら下がっている。新しく生まれた仔は、母親の乳房を探ろうとするのだが、うまくいかない。彼女がまた草を食べはじめてしまったからだ。翌日、エゴンとジャンヌがおなじ時刻に、おなじ場所に戻ってくると、母牛は草を反芻し、仔牛は熱い乳房にたどたどしくむさぼりついていた。彼らにとっては、すべてがまるで世界の黎明期にそうであったように、みずみずしく、魔法のごとき純真さをまとうのである。しぶしぶ町へ戻る前に、宿屋で夕食を取ることがあった。土地のヴァイオリン弾きの演奏に合わせて、若い男女が踊っている。だが軋む床を踏みならす音で、かすかに流れる音楽がほとんど聞こえない。エゴンは時々その楽器を貸してもらう。すると、田舎風のダンスが野性味溢れた陽気なものになる。安いヴァイオリンを村の弾き手に返すと、彼は輪舞のいちばん端の少年か少女の手を取り、ジャンヌもそこに引き入れる。メランコリックな若き夢想家は、こんなときよく笑う若き神となる。ある晩、羊たちが通り過ぎる丘の上で、エゴンは彼女を離れ、大股で歩いて、角の反り返った最も美しい牡羊を、つまり群れの王を捕まえる。自分の星座が牡羊座であることを彼は知っている。力強い獣は抵抗する。灰色の巻き毛の塊と、この日は短い農夫風のキュロットを履いて生の腕をあらわにした若い異邦人のあいだで、ほとんど神話的な闘いがなされる。エゴンは強力な角を持つ目の前の捕虜を、押したり引きずったりする。人間とそのシンボルとしての動物は、たがいにつかみ合ったまま距離を縮める。しばらくのあいだ、ジャンヌは怖れを感じている。人間と動物とが神々であった太古の時代に由来する、聖なる恐怖にかられて。牡羊の縞瑪瑙《しまめのう》のような眼が、暮れ方の薄闇のなか、青い眼のすぐ近くで輝いている。彼女は自身の弱さを羞じてすぐに元気を取り戻し、厚い毛並み、縦に筋の入った角、動物の思考がそこで練り上げられる頑固な額に両の手で触れ、汗が筋になって流れている男の額をハンカチで拭う。男はようやく捕虜を解放し、ジャンヌが傾斜面を降りるのを助ける。

またべつの晩、さらに遅い時間に、ふたりは森をよぎって細い道をたどり、駅に向かう。そこで小さなローカル列車に乗ることになっているのだ。ところが森は魔法にかけられた藪のように見える。目の前に、突然、十六歳ぐらいの少年の姿が浮かびあがる。木こりか薬草摘み、あるいは蝮獲りだろう。少年はちょうど家に戻る支度をしていたところだが、その姿があまりに美しいので、目にしたとたん、ふたりとも息を呑んだ。まるでグリムかアンデルセンの童話に出てくる登場人物のようである。頬が生き生きとしたピンクに染まり、髪はブロンドで、エルフか妖精の、森で道に迷った王子や王女を不思議の国に連れて行く者たちの髪を思わせる。少年はふたりに、少し歌うような声で駅の方角を示してくれただけなのだが、魔法はなかなか消えず、エゴンは踵を返して、その若い神が枝々を分け、森の真ん中に延びるいつもの道を、牧神のように走りながら帰って行くのを眺める。

ふたりだけのためにあるこれらの日々のなかでも、最もすばらしい一日が、エゴンの提案から生まれた。森の真ん中に、ぽつんと開けている空き地まで出かけ、そこで夏の一日を、なにひとつ逃さぬよう心を集中し、ひと言も喋らずにじっとして過ごすのだ。明け方、ドレスデンから河港へ運んでくれる汽船の桟橋に立って、彼らはこれまで何度も、空を渡る雁の大きな鬨《とき》の声を耳にすることがあった。河港からは徒歩で散歩をつづけることになる。しかし昼なかの林間の空き地は、歌う小鳥たち、いつもそこにいるけれど巣作りのために木立ちに逃げ込んで出てこない鳥たち、渡りと渡りのあいだのこの季節は餌に襲いかかってひたすら食べまくる鳥たちのものだ。時々、アオゲラのコツコツと繰り返される打刻音が、この鳴き声のコンサートのなかで、将来の抱卵に備えた避難所を掘ろうと急いでいる建築作業員みたいな、職人らしい音を響かせている。トリルがじつに高いところから降ってくる。枝々のあいだにぶら下がった一匹のリスが、いらだたしげに、乾いた軋みのような音を立てている。夜が近づくと、森の小さな住人たちはいっそう大胆に、あるいは動かずにいるふたりの人間などもう恐れてはいないように見える。もぐらは木の根元を掘り、息もたえだえの野兎がなかば草に身を隠しながらレースをつづける。生まれたばかりの子どもたちの隊列を引き連れたハリネズミの母親の姿を、ふたりは笑みで示し合う。幹のあいだから光が斜めに差し込んで来ると、ふさふさした毛のように茂る苔から生え出ている、半透明の金色がかった若芽がもっとよく見えるのだが、それらはほとんど不可視の触覚であって、この緑の敷きつめられた谷間にもう少し長いあいだ掌と指を押しつけていたらふるふると震えることだろう。たがいの契約に背かないよう、ふたりは言葉を交わすこともなく、手と手を取り合って立ち上がる。ジャンヌの運命は、そんなある午後に決まる。こんなにも長いあいだ口を閉じたまま共にいられる人と、ずっといっしょに暮らしていたいと思わないなんてことがありうるだろうか？

プロテスタントとしてのよき教育に仕込まれた慈善活動が、町なかで落ち合うための恰好の口実になる。人道主義的な思想がこの世紀初頭の流行であり、大衆の教育というものが人々のなしうる最も偉大な社会奉仕だと見なされていたから、これはなおさら受け入れられやすい。ニーデルマイヤー牧師は、お抱えのオルガニストに、素行の悪い若者たちの更正施設で週に一時間の授業を課した。無愛想で粗野なことも少なくないこうした少年たちに、エゴンは辛抱強く誠意をもって接する。また思春期の子どもたちがいくらかでも音楽に親しみを持てるよう気を配る。その姿にジャンヌは感嘆した。少年たちが知っているのは、ババリアオルガンか町のオルフェオン〔男性勤労者によるアマチュア合唱団〕の歌、もしくは場末の酒場のアコーディオンくらいのものである。ジャンヌは、鍵盤を拳で叩き壊した喧嘩っ早い少年の手首をぐいとひねるときのエゴンも、おなじくらいすばらしいと思う。ある日曜日、ジャンヌは、いつも無報酬の助手という肩書きで通っている精神病院にエゴンを連れて行く。ちょうど復活祭の頃だった。ふつうではない女性たちを集めて、コーヒーとクーヘンを振る舞った。演目には、ひとつふたつの軽音楽と手品師の出しものが含まれている。女たちは小声で歌いながら頭を軽く揺すっていたのだが、ひとりがステップを踏みながら踊りはじめる。エゴンが手品師に出番を譲り、昂奮したその女性の近くに腰を下ろすと、彼女はしなを作りながらこの身なりのよい若い紳士の肩に顔を乗せる。ところがクーヘンとクリームコーヒーがたたって、嘔吐してしまう。エゴンはその老けた顔を拭いてやり、当惑することもなく自分の服をぽんぽんとはたく。

　数刻ののち、行きつけのコンディトライでその日の出来事を振り返る。いつもどおり、話は現在から近い過去へと滑らかに移行する。ふたりの親密さは、そんなふうに織りなされてきたようである。

「さっきの、少しおかしな女の人のことで……話しておかなければならないことがある。十八の時、ひとつの季節が過ぎていくあいだずっと、ぼくは祖母の面倒を見なければならなかった。少しずつ耄碌《もうろく》していくんだ。もちろん使用人は何人もいた。でも、あまり信用できなかった。兄たちもね……。祖母のことは大好きだった。鳥のこと、植物のこと、ときには本のことだって、ぼくはほんの少ししか知らないけれど、ぜんぶ祖母から教えてもらった。祖母は小さな、弱々しい、でも正しい音で歌っていた。子どもだった頃は、長いこと彼女のベッドで眠ったものさ。祖母はひとりで寝ていたからね。彼女の夫は、禁欲的というか厳格というか、たぶんあまり女性が好きじゃなかったんだろう。寝室にはもう四十年も前から入っていなかったらしい。祖母は笑って、今日の、あの女の人とおなじように小声で歌っていた。なんとか気持ちを鎮めてやれることもあった。でも、ふつう人前ではしないようなしぐさを、幾度も繰り返すことがある。スカートを何度も股に挟んでしわくちゃにするのさ。あのおかしな女の人を見ると、祖母を思い出すんだ」

ジャンヌには、彼と分かちあう価値のあるような思い出がほとんどない。勉強のこと、家や浜辺での遊びのこと、愛犬のこと、鳥小屋の小鳥のこと、少女たちの輪舞のこと、片足跳びの競争のこと。みな色あせたラベルみたいなものだ。たしかに心に刻まれた瞬間はある。たとえば（九歳くらいだったはずだ）、砂の上に立って、いまが何日の何時なのかも判然としない状態で、神のなんたるかもよくわからないまま《神様！》と叫んだ瞬間を。では、いまならそれがわかっているのだろうか？　ともあれ、彼女はエゴンならあの子ども時代の熱狂を理解してくれると信じている。そこには、他のあらゆる熱狂がすでに含まれていた。ヨハン＝カールのことはあまり話す必要もない。エゴンは察している。自分が相手にしているのは、サロンに出入りする処女ではない。彼にはそれが、よくわかっている。

エゴンの幼年時代や思春期の思い出、少なくとも自分の口から語ってくれるかぎりの思い出は、祖母の話とは裏腹に、黄金に輝く伝説のようである。それらの思い出は、ドイツでのふたりの散歩にまっすぐつながっている。ノール県の良家の息子たちがみなそうであるように、彼もまた森や農地で暮らす、ほぼいっさいの拘束から解き放たれた人々のあいだで成長し、ヒースの生えた荒れ地や草原で子鹿のようにぶるっと身体を震わせ、城館の小道からいったん外に出ると、一刻も早く池で水浴びしようと小さな服を剝ぎ取るように脱ぎ捨てた。明け方であれば、いつもその池のほとりに老女がいて、ル・ネックを見かけなかったかと彼に尋ねた。ル・ネックは湖に棲む美しい白馬で、平らな水面を蹄で叩き、いななくかわりに歌いながら現れるのだ。夏、月影さやかな夜には、農場の男たちが釣りに連れて行ってくれる。よく覚えているのは、偶然出会った若い日雇いの農夫のことだ。その農夫は、子どもだった彼がすぐ眼の前にいる蝮になんの疑いもなく身をかがめているのを見て、いきなり抱きあげてくれたのだ。すべてが新しく、すべてが許され、野良犬に嚙まれることもミツバチの子に刺されることもいっさいない、恐れを知らぬ時代。掘っ立て小屋に住む老女たちが、薬や食べ物をわけてくれた。ずっとのち、エゴンは村の少年たちの遊びや、踏みつぶされる危険などものともしない曲乗りの仲間に入れてもらった。そして、彼らが頑固な家畜を連れて行くのに手を貸した。おなじように裸馬に乗り、たてがみにしがみつき、ひたすら励ましの声をかけ、素足の踵で蹴りを入れた。馬は少しも動かなかった。それに比べて、小学校に通っていた頃の思い出はあまり美しいものではない。家族が絶対なにも知りたがらないような、あるいは、本当のことはたぶん知らずに終わっただろう出来事がいくつもあった。「ぼくはあまり大切にされていなかった。ほかに六人も兄弟がいたからね」

リガのコンセルヴァトワールで勉強していた十九歳の時、ある娘との関係が突然深刻な事態に発展した。それまで彼が知っていたのは、いっしょにブルーベリーを摘んだり、こっそり籠をひっくり返したり、顔や手をわざと汚したりして、半分は笑いあい、半分は喧嘩をしているような、取るに足らない清純な恋ばかりだったのだが、その日、ふたりだけで荒れ地にいると、愛らしい百姓娘の顔がこわばる。恐怖に怯えた眼の瞼が涙でむくんでいる。妊娠二か月。彼女はエプロンの下のコルセットを彼に触らせる。「親に殺されるわ」。彼もそれを疑わなかった。どこかの反体制派グループの中核を担っている、厳格きわまりない農民たちの一家なのだ。

「あなたの子だったの?」

「とんでもない。父親が誰なのかも彼女は知らなかった。どこかの若い男、たぶん、兄のなかの誰かだろうね。とても美人だったから、みんな彼女を欲しがっていた。ある晩、この状況に我慢できなくなって、とにかくまだ間に合ううちにと、小さな町の、子どもを堕ろしてくれる女のところへ連れて行くことにしたんだ。まずは歩いた。それから覆いつきの二輪馬車を走らせ、リガ行きの汽車が停まる駅で客車に乗った。びくびくしてた。彼女のためにね。その奸策がもとで死ぬ可能性もあったし、こちらだってもう警察に密告され、投獄されて、袋だたきにあうだろうと思っていたから。若い領主として免責特権があることも、ほぼどんな場所だって、非合法の行いは、そう思われているよりずっと合法的だということも、まだわかっていなかった。でも万が一、ロシアの警察が……。その晩、堕胎をしてくれる老女に彼女を委ねた。善良そうな人だったよ。とにかく、要求される額を払えるように、祖母の引き出しから金をくすねておく必要があった。その子は明朝まであずかると言われてね。なんて夜だったろう！　居酒屋をはしごしたんだ。村には居酒屋が四つあったから数は足りた。怪しまれるような真似はしなかった。居酒屋で出会ったのは、他のどんな場所でも会ったことがないような連中だったからね。サンクト・ペテルブルクやパリの最下層民なんて、戸口にランタンが吊してあったりする人口三千人のその小さな町の人に比べたら、なんでもない。

翌朝、彼女を引き取りに行くと、準備は整っていた。何枚も服を重ね着して、青白い顔をしていたけれど、これなら帰り道も耐えられると老女は請け合ってくれた。実際、彼女は耐え抜いた。でも、生きて連れ帰ることはできないんじゃないか、と思う瞬間もあったよ。なにも知らない親の家から数キロ離れたところにある、彼女の姉のところに置いてきた。そう、そのあと何度も会った。翌年の冬、彼女はべつの地方の農夫と結婚した。いま頃は子どもが二人か三人いるはずだ」

「じゃあ、その女の人とは一度も……」

「いや、一度はね。堕胎手術をした老女を訪ねる前の週のことだった。ぼくらは苔の上に腰を下ろしていた。彼女は、なにか贈りものをしたがったんだ、つまり身体で……。その段階ではもう子どもができる心配なんてなかったからね。彼女はじつに、本当に美しかった」

「おなじ言葉を話す、おなじ階級の娘さんたちとはどうだったの？」

「何人かとは。隣に、カーリンという名の娘がいたんだ。ぼくの地方では、五十里離れていても隣人なんだよ。よく知られた裕福な家庭の、ひとり娘だった。親は、カーリンを結婚相手に望んでいた。いっしょに舞踏会に行ったよ。とにかく舞踏会はたくさんある。彼女はずっとうちの実家にいたんだ。ぼくが出て行ったあとでさえ、両親はしばらく、戻って来て彼女と結婚するんじゃないかと思っていた。美しくて、ナイーヴで、善良に見える娘だった。ぼくらは、愛し合っていた」

「じゃあ、どうして？」

「ぼくが自分みたいな男とカーリンを結婚させようとしていたなんて、きみも思わないだろう」

その晩、ふたりはそれ以上話をしなかった。

数日後、真夏の月曜日のこと、エゴンとエルバ島行きの蒸気船に乗って、どこか海辺の宿で夕食を取るために彼女が正装していると、殴り書きの短い手紙が人づてにまわってきた。体調不良でエゴンが合流できないという。少しだけ、あのひとのところに行ってみようか？　部屋はわかっている。オルガンを弾いているルーテル派教会の三階の、使用人部屋のような一室だ。回廊の窓は、修道院みたいに、司祭館の庭に向かって開いていた。花壇からよい香りが漂って来ていた。ドアは掛け金で閉じられているだけだった。暑さと闇で、彼女はすぐに息が詰まりそうになった。十字枠の窓を開き、鎧戸を押し開けて、地味な色の、大きなカーテンを端まで大きく開いた。ごく小さなその部屋は、乱雑を極めていた。紐を通しかけた短い編みあげ靴が短靴の上に投げ出され、朝方着ていたまだぬくもりの残っているシャツが丸められている。お気に入りの農民風のシャツを着るつもりだったのだろうけれど、着替えはまだ途中で、裸の肩に袖が半分通されているだけだ。エゴンはうつぶせになり、両手で顔を覆って啜り泣いていた。不安に駆られたというより、ジャンヌは心を動かされてベッドに腰を下ろした。エゴンがひどく涙もろいことを、彼女はもう知っていた。泣き声を通して、こんな言葉が聞こえたように思った。

「ジャンヌ……。きみにはもうずいぶんひどいことをしてしまった……なんの覇気もないあの世界の連中がぼくらの外出についてあれこれ言っているなんて、知らなかった。お母様はさぞ……いや、ぼくの評判が傷つけられているわけじゃない。思うに誰も……ただ、話したとおり、ぼくはカーリンに、自分みたいな男を選んで欲しくなかった」

「カーリンはきっと、ありのままのあなたを愛していたと思うわ」

ジャンヌはベッドに沿ってだらりと下がっているエゴンの手を持ち上げ、自分の手に包む。エゴンは間を置いて、指を広げたり閉じたりする。ジャンヌが指を絡める。彼はされるがままにする。そして、強く押しつけられる彼女の掌の力に、もっと強い力で応じる。この身体の生命線、感情線、運命線が畝を描いているらしいふたつの平原が、もはやたがいにきつく張り付いた感受性豊かなふたつの表面でしかなくなってしまうまで。彼らの婚礼は、まずふたつの手の、この滑るような絡み合いだったのだ。エゴンがジャンヌのほうに起き上がった。誰かが部屋に入って来そうな気配があった。ジャンヌは冷静さを失わずに鍵を掛け、寝室の秘密を守った。しかし十字枠の窓と鎧戸とカーテンは、大きく開いたままだった。彼らの周囲に、十分な陽はけっして差さないだろう。ようやくはじまりかけた親密さがその上で破れてしまいかねない、水面すれすれにのぞいている岩礁のようなこの瞬間を、彼らは予期し、望み、怖れていた。ところがそれは逆に、明るい幸福の時だった。少なくとも、この時が、彼らの人生の一端を明るく照らしつづけてくれたのである。

エゴンの思いとは裏腹に、ファン・T夫人はこの結婚に賛成した。その名の威光、青年の音楽的才能、そして誰もにふりまかれる魅力が、一族の抱える財政状態の不確かさを補っていた。ごく簡素な式をドレスデンで行うことが決まる。ファン・T夫人は、ヨハン＝カールの精神が崩壊したとき、オランダで口にされた、悪意ある、もしくは単に馬鹿げた噂に対して、おだやかな無関心を通していた。ジャンヌが示したほとんど挑発的な献身ぶりも夫人は知っていたが、上品ぶった人々から厳しい非難を受けるか、あざ笑われるかのどちらかだった。もうどうでもいいことだった。しかし母と娘は、今度の結婚式の折に、庭の奥で箒に掃かれて舞い上がったゴミ屑みたいに、またぞろそんな陰口が出てくるのを望んでいなかった。とはいえファン・T夫人は、なんとしても国に帰って、お抱えの銀行家や公証人と話し合い、ハーグの家とスヘフェニンゲンの別荘を改装するよう取りはからおうとしていた。それにジャンヌの婚礼の衣装を一式、新調しなければならなかった。一八九七年から一九〇〇年までのあいだに、流行が変わってしまったからである。ジャンヌは鳥の羽や毛皮を拒んでいたので、冬のマントと夜の衣装に問題が生じていた。

予期されていた数週間が二か月に延びた。ほぼ毎日、少なくとも一日のはじめに、ジャンヌは自問する。ずっと心にあった、少なくとも心にあると思っていた大事な計画を、今日こそ実行に移すべきではないかと。つまり、あれ以後のヨハン＝カールの暮らしがどうなったのかを確かめに行くのである。医師たちによれば、ここ数年変化はないとのことだった。激しい発作は稀になり、手持ちのインクナブラ版〔初期の木版活字本）に、そっと蔵書印を押しつづけている。ジャンヌが会いに来ることに関しては、なんの不都合もない。ただ、彼女が誰だか認識できなくなっているということもありえた。結局、ジャンヌは思いとどまった。認識してもらえるかどうかは重要ではなかった。ふたりの心の奥にあるなにかが、おそらくずっと、ともに過ごした時を覚えていてくれるだろうから。しかしヨハン＝カールには、それらの出来事に対する具体的な名を、とくに日付を記憶しておくことなどどうでもよかったのである。それでも、ある日彼女は運転手付きの車を借りて、精神病院ではフジェール館と呼ばれている建物の窓の下を、止まらずにゆっくり走ってもらった。ヨハン＝カールは看護師と向き合って、テーブルに腰を下ろしていた。カードゲームに興じていたのだった。

ドレスデンから帰る数日前、ジャンヌはひとりで、ハーグからブリュッセルまでの道のりを、当時はマホガニー製で赤い絨毯が敷き詰められていたサロン式特等車でたどった。フェルナンド・ド・Cの結婚式に出かけたのだ。たったひとりの付き添い人となることを快諾していたからである。霧雨が降っていた。窓ガラスに頬をつけて、車輪に運ばれていく音に耳を傾けていた。喜んで出席することにしたフェルナンドとミシェルの、幾度も検討された結婚式にではなく、自分自身の心の中心点に向かって。彼女が想い浮かべていたのは、あの小さな寝室――そこに幸福の圏域を見ようとすると、じつに大きく感じられる寝室――にいるエゴンでもなければ、仕事机で五線紙の上に二分音符や四分音符を書いたり、その頃ふたりが好きだった本を、たぶんシレジウス・アンゲルスかショーペンハウアーの論考を、少し眉根を寄せて読んでいるエゴンでもなかった。ジャンヌは、エゴンその人だった。あの手帖や本の上に置かれた彼の手だった。ガラスに映った自分の顔を見ながら、ジャンヌは自分がブロンドの髪でないことに驚いていた。エゴンにはなんの遠慮もなく自由でいて欲しかったし、向こうにもそれはわかっていた。夜、エルベ河の河岸沿いを、どのようなものかわからない出会いを求めて、エゴンは歩いて行く。ジャンヌはそれに付いて行った。彼の内側にいるのだから、姿は見せずに。そういう出会いについては苦しむまいと、あらかじめ心に決めていた。突然、際限のない喜びが彼女を充たした。オルガスムの喜びとは異なるものだった。身体の奥深くを揺るがしはしなかったからだ。それはむしろ、果てたあとの、ベッドのなかでの睦み合いのような喜びであり、身を委ね、恍惚とし、そこにいると同時にもうそこにはいない完璧な状態だった。ジャンヌの頭脳は、その恵みを冷静に鑑定したが、自分にふさわしいものだとは思えなかった。彼女の定義では、恵みとはひとつの奇跡であり、敷居を越えることであり、両性具有的存在との完全な一体化だった。しかしなぜ、ハーグからブリュッセルに向かうこのプルマン寝台車のなかでそれを感じるのだろうか？　エゴンがいま、自分のことを考えてくれているのだろうか？　似たような感覚を抱いてくれているのだろうか？それを確かめようとは、けっして思わなかった。他者の幸福の時間は、他者だけのものだから。自分たちの不幸が、自分たちだけのものであるのとおなじように。ともかく、出発前、ドレスデンの駅まで母娘に付き添ってくれた領事とその妻が目を丸くするなか、これから旅立つジャンヌのヴェール越しに、彼らはキスを交わした。ふたりの唇には、レースを介して触れあったこの時の感覚が、消えることなく残っていた。

身体の不自由な伯母もジャンヌという名だったが、彼女の家はあのにぎわしい上流社会の面々を受け入れるには狭すぎた。このジャンヌもフェルナンドも、ほとんど誰も招かないと誓っていたのに、結局面倒になってあらゆる人を招いた。教会と市役所に向かうため、狭い通りにはもう車が何台も並んでいた。みないらいらしていた。フェルナンドはまだ上にいた。美容師は、なかなか言うことをきかないフェルナンドの髪を、ヴェールを着ける前になんとか調整しようとしていたのだが、その美容師が手にしていた焼きごての臭いで、フェルナンドの気分が悪くなっていたのである。ド・C氏は、まだ近くにいた。フェルナンドは、レースに覆われた肩にタオルをかけたまま彼を呼んで、ジャンヌに紹介した。

ファン・T嬢は、血の気が多くて頑丈そうな身体つきの、婚礼の日に集まった人でごったがえした家で明らかに居心地悪そうにしているこの四十七歳の男性に、たちまち魅了された。当時のミシェルはハンガリー風のスキンヘッドで、どうしても忘れられない英国にならって、長い口髭を垂らしていた。ジャンヌは、フェルナンドが手紙で説明してくれた外貌にもとづいて、もじゃもじゃした眉の下にあるちょっと魔法使いのような眼や、おおむね冒険家として人生を送ってきた上流社会の男性の手に目を留める。そこには指が二本なかった。しかし、くつろいでいて、礼儀正しくもある彼の挙措は、完全に上流社会の、フランス的なものだった。ジャンヌはフェルナンドの手紙を通じて、まだ最近のことに属する悲劇的な出来事について、つまりミシェルの最初の妻の死について知っている数少ない人物のひとりだ。花嫁の少し引きつった、涙に湿っている微笑を、これ以上ないほどよく理解している。ほぼ同い年なのに、なんだかいつも妹のように見なしてきた寄宿学校時代からの内気な友人が、こんな翳りのある成熟した男を選んだのだ。とはいえ、翳りのない男などいるだろうか？　いずれにしても、よい選択だ。若きベルギー人女性に向けられた注意深い眼差しには、見せかけではない心遣いが感じられる。愛情に溢れたその大きな手は、人生においてひとりの女性を支えるために作られているように見える。

「ご覧のとおり、万事順調です」と新郎は陽気な声で言った。「一週間前、フェルナンドはまだ黒いレースを着るなんて話していましたからね」

「すてきよ、白を着たあなたって」。ジャンヌはフェルナンドに、やさしく言った。

彼らに交わす余裕のあった言葉はそれだけだった。はじめてファン・T嬢と向き合ったミシェルは、めまいのするような感嘆の念を押し隠している。それは二十年近くのち、どんな人だったかを私に話してくれたときにも、はっきり見て取れた。彼女が美しい人であることを、彼は事前に知っていた。しかしこの、蒼みがかった琥珀色の顔、ピンクのビロードの、長いテーラードスーツが控えめに輪郭を描き出している、プラクシテレスの彫刻のような身体、髪の闇とくすんだ静かな眼をなかば覆っているピンクの大きなフェルト帽までは想像していなかった。このような感動は、かつて胸甲騎兵だった彼のなかで、簡潔な悪態のひとつで言い表されたにちがいない。畜生め！　と。いまこのとき、愛嬌を振りまきながらこちらに近づいてくる、あの媒酌好きで魅力的なV男爵夫人が、復活祭のあいだの一週間、オステンデにある別荘に、フェルナンドといっしょにこの美しいオランダ人女性を招くことを思いついてくれたら！　とはいえ、もう賭は終わっていた。フェルナンドも大いに魅力的だったし、ファン・T嬢は二週間後にドレスデンで結婚することになっているのだ。それにこのふたりの若い女性には、今後も顔を合わせる機会があるだろう。退屈な市役所、寒くて陰気な教会もまた、ロマネスクな夢に浸るには不向きだった。ミシェルは慎ましく思い出す。わが気まぐれで愛しい婚約者が、《よき》慣習にどれほど反しようと、あなたの前の奥さまと妹さんの一周忌のミサに付いて行きたい、フランスの北の村の教会で、《あの悲しい出来事》について出まかせばかり繰り返す疑い深い人たちや偽善者たちのあいだで、あなたがあまりさみしくしないように、と言ってくれたことを。あれからまだ、一か月と経っていない。フェルナンドが国境を越えることなど、もちろん許しはしなかった。しかし、あの日に示してくれたやさしい気遣いひとつとっても、彼女には愛される価値がある。

招待客たちが散りはじめ、この日のために雇われた給仕たちが、大小のサロンから空のグラスと汚れた皿を片付ける。新婚のふたりが駅に向かって出発するとき、三十五歳になる身体の不自由なジャンヌ嬢は、もうすっかり酔っていたものの、決然として自信に溢れ、結婚の喜び（つまりその時代の貞節な女性たちに許されている唯一の喜び）が自分のためのものではないことにも平然として（本当にそうなのかはわからない）、玄関の石段を堂々と降り、姉妹のかつての家庭教師だった老いたるフロイラインと小間使いに支えられて、ふたり乗りの馬車のドアまでやって来る。別れの挨拶は短い。小間使いとフロイラインは、神経麻痺の発作が起きて滑りやすい敷石の上で転んだりする前に、一刻も早く女主人を家のなかに戻そうとする。お次はフェルナンドの三人の兄弟の番である。好青年たちだが、この時はいくらか酔っぱらっていて、些細なことで笑い声をあげ、派手な握手をする。ド・C夫人、つまりミシェルの口やかましい母親は、前妻とのあいだにできた、いま二十歳の、陰険でかさかさした若い息子と、新郎の妹の心やさしいマリー、そしてその冷淡な配偶者に付き添われて先に出発していた。リール行きの汽車に乗り遅れないようにするためだ。ジャンヌ・ファン・T嬢は、まだそこにいる。寄宿学校以来のふたりの友人は、心を込めて抱き合う。ジャンヌは、フェルナンドの大きな旅行用マントのポケットに、十八世紀の塩入れの容器をそっと滑り込ませる。その朝ミシェルがフェルナンドにあげた贅沢な小物だが、一日中興奮していたせいで、フェルナンドはもう二度も紛失していた。この失態をド・C氏に気づかせてはならない。しかしシャンパンと、家族的かつ社交的な別れのちょっとした昂揚と、愛情深く腰にまわされたド・C氏の腕に助けられて、期待どおりの効果が生まれた。フェルナンドの眼は輝き、唇を震わせることなく微笑んでいる。ふたりの友は最後のキスを交わす。上流社会の作法についてあれほど細かいミシェルだが、手に口づけするのは既婚女性に限るという慣習を進んで破り、向こう二週間はまだ公式には未婚女性であるにもかかわらず、ジャンヌが差し出した美しい手に、長々と接吻する。

黄金の三脚

ヴェールを脱いだあなたの身体を、わが胸に抱きしめたい
天の穹から引きはがしてしまいたい
首飾りを作るために、星々の宝をみな
あなたの瞳の輝きのもとで、星々が色あせていくのを見ていたい

あなたの前で千の薔薇の花をむしり取り
黄金でできた千の三脚で香をくゆらせ
あなたの足下で眠りたい、また、物たちの忘却のなかで
死を待ちながらあなたの顔を見つめていたい

そして、「死」が訪れるとき、わがしとねにあなたの身をかがめてほしい
すっかり目をさましたとき、喜びが得られるように
わが唇の上に生き生きとなされたあなたの接吻を

いつまでもそのやさしさを失わずにいられる喜びを

スヘフェニンゲン　一九〇四年、秋

素人の詩。とくに最初の二節がそうだ。ごくふつうの意味における素人ということである。プロの詩人なら、たとえば「天の穹」などという紋切り型の表現を避けただろうからだ。しかしまた、古い意味の、つまり愛する人ということでもある。ミシェルが書いたのはむろんこの詩だけではない。ただ、捨てずに保管しておいたのはこの一篇だけで、それを亡くなる数年前に見せてくれたのである。私はこの詩に心打たれる。たとえ作者その人と、捧げられた相手の女性を知っているからにすぎないとしても。このふたりがどのような環境にあったのかは、レトリックが駆使されているにもかかわらず、はっきり語られていない。しかし私がよき恋愛詩の特徴であるあの特異な心の震えを感じるのは、もっぱらその部分に対してだけである。

　ミシェルの側もジャンヌの側も、自分たちの関係の性質については、育ちのよい階級にふさわしい沈黙を守り通した。ふたりは愛人関係にあったのか？　ジャンヌにおけるどこか情熱的なところと、ミシェルにおける激越なものが——ミシェルにはプラトニックな愛人役など不似合いもはなはだしい——、そう信じさせる。愛人同士だったのではないかと思わせる痕跡はまだほかにもあるのだが、すでにこの作品の詩行によって秤は愛が完遂されたほうに傾くと私は思っている。最終行のほとんど夫婦のような親密さ、ことに、もう未知のものではなく、何度も嚙みしめられたような接吻の甘さを読むにつけ、ミシェルは来世に求めていた特権をこの世で味わったのだと信じたくなる。二十年近くのち、私はド・ルヴァル夫人が、ずっと以前に自分の人生から退出し、二度と自分を求めようとしなかった男の名を口にして、灰色の頬から涙を溢れさせるのを目の当たりにすることになる。二十二年後、スイスの療養所の病室で瀕死の状態にあったミシェルが、亡きジャンヌの思い出にと送られてきた籠一杯の花を見て嗚咽を漏らすのを、私は耳にすることになる。思い出というものがこれだけ長く燃え続けるのはめずらしい。それはふたりのあいだに肉体的な共謀関係があった証でもある。

上流階級のよき慣習に従うミシェルは、スヘフェニンゲンに直接赴くことができず、それに先立ってパリの住所にジャンヌを訪ね、ド・ルヴァル氏に会う。セルニュッシ通りの広壮なアパルトマンは、一九〇〇年に建造された新しい建物の二階にある。中はほとんど空っぽだ。ロシア経由で届いた木箱から、保護材の藁がたくさんこぼれ出ている。まだ壁に居場所を見つけられずにいる古い肖像画が一枚と、借りたか譲られたかしたブール〔アンドレ＝シャルル・ブール。一六四二―一七三二。フランスの家具職人〕の家具が、あちらこちらに置かれていた。家具類は一族が所有する城館のひとつから運ばれたもので、ほかにルイ十六世様式のものが混じっていたが、これはパリの新興家具店の普及品だった。ド・ルヴァル氏はお留守でございます。それが、しばしばミシェルの聞かされることになる回答だ。ド・ルヴァル夫人は、あり合わせのもので整えた居間に客を受け入れている。取り巻きにはオランダ植民地のパールグレイの地味な服を着た女性たちが含まれ、彼女たちはみなオラトワール教会の説教と慈善事業に関心を抱いている。自分の詩に曲を付けて欲しいとエゴンに頼みたがっている若いイタリアの詩人。例によって先祖のド・ウィット〔コンラッド・ド・ウィット。一八二四―一九〇九。フランスの政治家〕が自慢のジャン・シュランベルジェ、それからこの蜜壺に引きつけられた蠅のような、ロシア大使館の若い秘書官が数人。ジャンヌは持ち前のやさしさと重々しい美しさを失わずにいた。五年の歳月とふたりの子どもは、彼女をなにひとつ変えていなかった。逆に彼女のほうは、ミシェルの顔に、三年の結婚生活における理解と誤解の、そして断末魔のベッドの脇でまたも夜を明かさなければならなかった疲労の痕をすばやく見て取る。フェルナンドのことを話すには時間が足りない。その埋め合わせは、スヘフェニンゲンですることになるだろう。

ル・アーヴルの美術館に、ブーダンの小さな油絵がある。ご婦人たちの一団が、鏡のように照り返った浜辺を歩いていて、灰色の大気と灰色の海水が広がる景色のなか、様々な布地と女性の顔が混じり合いながら列をなしている。私にとってこの浜辺が北フランスのすべての浜辺の原型でありつづけているのは、《スヘフェニンゲンの散歩》。フランス語風に発音された（スヘフェニンゲンはごく平凡なオランダ語の単語でしかないからだが）この単語の、そっと引き延ばされた語尾のせいだろうか？　おなじ年の頃――まだ物心のつかない年頃だが――、自動車のおかげで移動が楽になった時代の初期に、私は時折、オステンデの潮だまりやブローニュ・シュル・メールの浜辺に連れて行ってもらい、そこに足を浸したはずなのだが、浜の記憶などなにひとつ残っていない。逆にその後も時々訪れたスヘフェニンゲンについては、昨日の思い出も一昨日の思い出も、また七十五年前の、私のものだと信じている思い出も同時に見出す。無駄な郷愁に浸る必要はまったくない。その手の郷愁において海水浴場はたいてい忌まわしいものだし、一九〇〇年頃にはもうすでにそうだったのだから。月貸し、もしくは季節貸しのアパルトマンの集まる区画は、以前より数が増えているように見えるのだが、いくつかはホテルを改修したものである。昨日までゴシック様式だった別荘が、今日はとても地球のものとは思えない外観を呈している。いずれもブルジョワたちの贅沢が生み出した醜悪きわまりないもので、そうした別荘が浜辺と道路のあいだに身をさらしている。早くも巨大なカジノができ、そこにはおきまりのドイツ風ブラスバンドとありあまるほどのまずい食べものがあったが、よく言われるように海風に当たるとひどくお腹が空くので、そんな食事でもなくてはならないものになっていた。七月、八月。夏休みの二か月は宣戦布告だ。あるいはもう布告なしの戦争でもある。私たちの時代で言うなら大型バスやキャンピングカーが、当時は列車が、海辺での楽しい時を求めてやって来る人々の群れを吐き出す。このあとにやって来るのは、灰色の軍服を着て武器を手にしたべつの集団だ。彼らは五年以上居座って、砂浜と固い土の縁に、トーチカやごちゃごちゃした針金のたぐいを残すことになるだろう。トーチカは、時が経つにつれ、大きいほうの用を足すためか、法に反する性行為のための隠れ家となった。

大戦前のこの浜を練り歩いている御婦人方は、そんなことをなにひとつ予知していない。ウエストラインを描き出し、首を支えている鯨骨が、つい最近海からあがった動物の一部であることを語り合ったりもしない。口髭の下、顎髭の上の唇から出てくる煙は、わざわざそれを求めてやってきた空気を汚している。胸の部分が錨のモチーフで覆われた縞模様の水着を着ている海水浴客が、膝まで水に浸かって、顔を波に付けたりボールで遊んだりしている。マリンブルーのウールのチュニックに身を包み、腿のなかばまで清楚なお揃いのフリルの付いたキュロットを履いている女性の海水浴客たちは、寄せる波しぶきを浴びて歓声をあげながら逃げていくのだが、海水とキュロットのお尻にたまった砂のせいで動きは鈍い。波がおびえたように退いていく頃になると、柔順そうで美しい馬たちが、貸し主の乗った移動式キャビンを干潮の浜のほうへ引きはじめる。なかば乾いた浜辺に散らばっている銀の包み紙や油で汚れた紙から察するに、チョコレートとサンドイッチの売り上げは巨富を築いているにちがいない。

考えてみると、こうした人間のエキストラは、たぶん当時のほうが醜かっただろう。日焼け用のオイルを塗り、赤銅色に焼けた今日の身体は、多かれ少なかれブロンズ像を連想させるからだ。とはいえ浜はあまりに広いので、いつの時代でも季節ごとにやって来るこの群衆など、海辺に現れた場ちがいな染み程度のものになってしまう。秋が来て冬になると、ひとの気配がなくなり、風が吹いて、すべてが一掃される。砂丘の縁に建てられた重々しい建物でさえ、苦しみ、脅かされているようだ。石膏と鋼鉄でできた取るに足らないこれらの建物も、しまいには、埠頭と堤防があちこちで食い止めてくれている、不定形の巨大な動くマッスに乗り越えられてしまうだろう。潮の流れにおいても、海岸に打ち寄せる波の力によっても、本質的なことはなにも変わっていないし、今後数世紀は変わらないだろう。裸足になり、足の指のあいだに砂が溢れ出るのを見て笑い声をあげながら前に進んでいくふたりの小さな子どもたち、つまりクレマンとマルグリット、そしてこの浜ではまだ四つん這いでぐずぐずしている幼いアクセルの三人は、世界で最初の、あるいは最後の子どもたちとなるかもしれない。

ファン・T夫人が彼らのために張らせたテントのなかで、三人の小間使いたちが——そのなかにモン＝ノワールから来たバルブも含まれている——、日もすがら、彼らが眠ったり遊んだりしている様子を見守り、子どもらしい喧嘩が起きて泣き声や叫び声が聞こえると、それをなだめる。親たちが近づくと、ウールの毛糸玉と編み針をエプロンに掻き集めて、すばやく立ち上がる。彼女たちが農家の出であれば、ちょっと片脚を引き、膝を折って身を屈めながら主人たちに敬意を表したところだろう。三人のうち誰も海水浴場の劇には加わっていない。エゴンはまだ闇に包まれている海に入って、氷のように冷たい水浴を、明け方にはいつも少しばかり恐ろしい海との闘いをすばやく済ませ、浜に戻る際は打ち上げられた海月《くらげ》たちを避けて通る。斜めから射してくる朝の光のなかで、それらは吐き捨てた大きなつばきのように見えた。ド・

C氏は海水浴をするといつも具合が悪くなるので、エゴンから半時間ほど遅れて、誰もいない海辺をひと周りするだけで満足している。ジャンヌはほとんどクレオール的な、気だるそうな肉体の持ち主だったが、この夏の休暇のあいだはその肉体のなすがままに眠り、夢を見ている。正午近くに彼女は一階に下り、籐の長椅子に横になって、子どもたちが遊んでいる様子を眺める。しばらくあとに、ミシェルか私のかつての小間使いのひとりに説明してもらった何枚もの写真のなかに、明るい色の服を着た大人たちに混じって、途方もなく大きな藁のカプリーヌ帽で陽が当たらないよう影を作り、イギリス製の刺繡の付いた長いドレスのなかでぎこちなく身を丸めているごく幼い女の子、すなわちこの私の姿が写っていた。ドレスのスカートが膨らんで、いまにも彼女を沖へ運んで行きそうだ。ブロンドの長い巻き毛の男の子は、英国水兵の夏の制服を着ている。それが二十世紀初頭の少年たちの、定番のユニフォームだった。ふたりはバケツと熊手とシャベルを持っている。三人のうちいちばん年下の子が手にしているのは柄の短いスコップだ。彼は浜辺にうずくまって厳かに穴を掘っているのだが、すぐにまた砂がそれを埋めてしまう。この子は生涯の大半をいくつものサナトリウムで満たされぬまま過ごしたのち、若くして死ぬことになる。反対に、残るふたりの眼前には長い人生行路が開けている。その路程が終わる頃、彼らはしばらく来し方を振り返りながら、自分を生んでくれた大人たちの思い出の目地をどうにかこうにか埋めようとする。しかし結局は、両親の気質をなんとか解き明かそうとする息子や娘たちの例に漏れず、いつもなにかが指のあいだから砂のように零れ落ち、説明できないものに紛れてしまうだろう。「なんと残念なことだったろうね、マルグリット。ぼくらは二十歳の時に再会して、結婚すればよかったのに!」「クレマン、あなたの最初の結婚はすぐ駄目になって、大変な騒ぎだった。四回結婚して三回うまくいかなかったと仰ってたでしょ。一緒になっても好ましい結果が出たかどうかあやしいところね。でもおたがい、どうにかこうにかやってきたと思うわ」「ねえマルグリット、クレマンがあなたの兄だって可能性はないのかい？」「それはないわ、ワルター〔突如割り込んできたこのワルターは、ユルスナールの友人で、晩年の英訳者〕。生まれた日からすると、ありえない」。こんなふうにして、私たちは今日、自分の手で、あるいはごく近い友人の助けを借りて、意味のないものに意味を与え、できることなら人生のごく初めの頃に触れ合っただけのふたつの存在のあいだの、とても薄くて魔術のような関係を説明しようとする。さしあたって、不器用だった女の子はシャベルに躓いて転び、少し膝を擦りむくのだが、泣きも叫びもせず地べたに座り込むと、もう砂の上を走る小さな蟹にぼんやり気をとられている。ジャンヌは、時折言葉を交わしたり煙草を交換したりしている男ふたりをそこに残し、熱心に世話をしてくれる小間使いたちにアクセルをあずけて立ち上がると、上の子ふたりの手を取って、ゆっくり海のほうに向かっていく。

　女の子の眼には、白く長いスカートと長いスカーフがまるで翼のようにはためいて見える。しかし写真は赤みがかってぼやけている。その白いスカートと思いやりのある手が、私の世話係のものでないかどうかは、ついに判然としないだろう。たぶんそれは、この散歩が誰もが知っているささやかな家庭的世界とかけ離れた一種の誘拐のごときもの、養子縁組のようなものであってほしいと私が望んでいるからであり、想い浮かべるとしたら、自分の上にかがみ込んだこの美しい顔、バルブよりずっとやさしい声、手を握ってくれるあの知的で軽やかな指のほうがよかったからだろう。ジャンヌは子どもたちの足取りに合わせて歩き、時々立ち止まっては、あちこちで貝殻を拾い集める彼らを好きにさせる。引き潮の土の上にはところどころ大きな潮だまりができていて、まるでひび割れた巨大な鏡の破片のように見える。子どもたちはそこで跳ねまわり、銀色に光る蝦を両手を伸ばして捕まえようとする。時折、ほんの少し遅れて、エゴンが音もなくいつもの籐の肘掛け椅子を離れ、美術館のヘルメス像が子どもの姿をしたバッカスにするようにアクセルを肩車しながら、浜にいるジャンヌのところまで下りていく。その姿が目に入るより先に、ジャンヌは彼が近づいて来るのを察する。三年いっしょに暮らしてもまだ消えずに残っているあの甘美な心の震えをもって。父親にも夫にも家長にもなりきれないこの若い男は、ひとりの神でありつづけたのだ。

エゴンはパンタロンのポケットから銀時計を取り出す。

「もうじき一時だ。ヒューを駅に迎えに行かなければ。知ってるだろ、デュッセルドルフで近々演奏会をするんだ」

「ええ」と彼女は応える。「遅れないでね」

彼らのフランス語は、距離のある《vous》と親しい《tu》のあいだを自由に行き来する。ふだんは圧倒的に《vous》を使うことが多い。彼女は気づいたのだ。自分がこの《tu》で話すのは、官能が親密に交わる瞬間よりも、おそらくもっと密やかなべつの機会においてであることを。

ふたりとも、ド・C氏の熱い視線が自分たちの首筋に向けられているのを遠くから感じている。勘ちがいである。ド・C氏は、「メルキュール・ド・フランス」を読んでいるのだ。

ジャンヌはあっさり身体を与えた。ミシェルはこの贈りものに大いなる感謝と、いくらかの驚きを味わった。一線を越えないことは、ジャンヌにとっての道徳律だとミシェルは考えていた。それがこれほど早く崩れるなどとは想像もしていなかったのだ。とはいえその道徳律が嘘や偽善ではないかと疑っているわけではない。「彼に話したのか?」「なぜ? あの人は私を自由にしてくれているのよ」「でも、彼は知ってるのか?」「そう思うわ」。人が頭で想い描いていることに完全に合致するものなどなにもない。不倫ひとつとってもそうなのだから、既婚男性との関係がいかなるものかについては、ミシェルが望んでいるほどはっきりした定義はなされて来なかった。既婚女性との関係については、フランスにおける神聖かつ因習的なカテゴリーとしての《愛》のなかにそれを雑然と組み入れるには、よほど単純に、あるいはよほど野卑にならなくてはならないだろう。（ベッドの上のモード〔第二巻『北の古文書』「宿命」参照〕はひとりの幻想的なニンフであり、魅力溢れる妖精だった。）ミシェルは彼女とロルフの関係のこんがらがった糸を一度も解きほぐさなかった。四十代の夫の演技を見きわめようとしていたのは、二十五歳の愛人であるミシェルのほうだったのだ。ミシェルには心のなかで《わがふたりの妻》と呼ぶことのある女性たちがいる。ひとりは義妹のガブリエルで、彼女は愛においてすばらしく魅力的な少女っぽいところがあり、それは当時のパリの新聞で描かれる小柄な女性の典型だった。もうひとり、先妻ベルトのほうは、陰鬱な炎に焦がれるタイプだった。しかしこのふたりの女性の生活において、当節流行のカジノや、浜辺にいくらでもいるような恋する男たち——彼女たちがとても尊大に値踏みしていた男たち——は、いったいなんだったのか？　とくにこの十五年ほど、エスコート役をつとめてくれたガレーという男はなんだったのか？　ミシェルは彼のことをまだ親友と呼んでいる。この洗練された紳士は、自分でそう述べていたとおり、女性を軽蔑していたのだろうか？　そして彼が仕えるのは、祭りのいちばん低いレベルまで堕ちてしまった不幸な女たちだけなのか、それともベルトかガブリエルといるとき、もしくはふたりといるとき、無邪気なミシェルに与えられた護衛役をふざけて演じていたのか？　これら三つの存在のあいだには、ハンガリーの平原でいっしょに馬を走らせるのとは異なる情熱的な喜びがありえた。しかし、だからといって、ふたりの女性が恋敵というより共犯者のように示し合っていた、熱っぽい愛情をうまく説明できるわけではない。秘密の裏にまたべつの秘密が隠されているのでなければ……。とにかくミシェルは、自分がフェルナンドのベッドに入った最初の男であることを確信していた。しかし、その生涯における最初の男だという確信はまるでなかった。ロマネスクなこの女たちはいつも、発作のように、あちこちで通りすがりの美男に憧れてしまうのだ。フェルナンドのそんな気まぐれについて、ジャンヌ自身はたくさんのことを知っている。ただし彼女は、それをミシェルには言わないだろう。

ジャンヌが自分のことを愛しているかどうか、ミシェルにはわからない。征服欲の強いタイプだと誤解されがちだが、この男は女性には謙虚になりすぎて、そんな自問すらできなかった。だが謎は残る。ジャンヌは淫乱でも色情狂でもなかった。あの熱意に満ちた穏やかさ、自分を満足させ、他人をも満足させようとするあのやさしい欲望がその証拠だ。ミシェルはまた、エゴンが寝取られた夫でもなければ、謝罪すべき相手でもないと感じている。ジャンヌにとって、ミシェルはほとんど未知の男であり、せいぜい昔の女友だちのやもめという程度にすぎない。数日留守にしていただけで、彼女がそんな男に自室のドアを開けるなんてことがありうるのだろうか？　彼女は枕の上で打ち明け話をするような女性ではない。「彼は知っているのか？」「あの人は私が自由でいて欲しいのよ」「それはわかっている。でも、知っているのかい？」「知ってると思うわ。口にしないだけで」。また美しい沈黙が訪れる。セックスをめぐる因習的な雑学にもとづく箴言のひとつによれば、女性の不実はしばしば復讐の形を取るという。しかし不実なる言葉はこの場合的はずれに響く。そもそもここでの復讐の対象とはなんなのか？　若い音楽家の生活に、誰か女の影があるともミシェルは感じていない。それを十分に説明できる材料を欠く男がライバルを負かすために好んで探す理由のひとつは、性的な不能である。とはいえふたりの息子はエゴンによく似ている。一時的にせよ、フェルナンドの娘の面倒を見られるのは嬉しいとジャンヌが言ってくれたとき、ミシェルは、あなたにもいつかご自分の娘さんができるかもしれませんよと繰り返したものだ。ジャンヌは首を振った。

子どもは息子ふたりでたくさんだと。こうした話題について、当時の女性たちは、女性同士でしか、またこれ以上ないほど慎重な言いまわしでしか触れなかったから、ジャンヌのあけすけな素直さは、ミシェルには賞嘆すべきものに思われた。また、ジャンヌが人の悪口を言うのを、そして上流社会にありがちな儀礼だけで人を褒めるのをミシェルは一度も聞いたことがなかった。それも賞賛すべきことだったし、ジャンヌの声に、わずかでもいらだちや嘲りが、度の過ぎた親切心が混じるのを耳にしたこともなかった。しかも彼女は、子どもたちに話しかけるとき、いかにもそれらしい口調を用いない。ミシェルは私に、ごく早い時期から、知的な議論は友人相手にしか、それも微妙なニュアンスを使うことによってしかなしえないと教え込むことになるのだが、そういう男にとってとりわけすばらしいと思われたのは、つまらない議論や、反論された自習監督が見せるような鈍い言い訳や、「ええ、でも――」「――とはお思いにならなくって?」といった言いまわしのなかで吐き出される抑制されたとげとげしさが、まったくないことだった。ジャンヌの沈黙には拒絶もない。エゴンの眼差し、無気力なしぐさ、あの説明しがたいなにかちょっとしたもの、しかしまちがいなくひとりの人物の本質でもあるもののせいで、ド・C氏はこれまでとちがう道を選びそうになることがある。しかし、夫婦の道徳に関する道義心の残滓をまだ捨て切れずにいたミシェルには、自分にとって下劣だと思えることすべてにあれほど厳しい女性が、当時の上流階級、もしくは単に社会がどう形容したものかよくわからずにいる不正な行いに対して、衝立の役を受け入れるとは想像しがたい。たまたまミシェルにエゴンの話をすることがあっても、それはこの若者の子ども時代の思い出、もう彼女自身のものになってしまっている思い出をよみがえらせるためであり、エゴンの演奏家としての、また作曲家としてのキャリアがとうとう形になりはじめたことに、少しばかり無邪気な満足感をもって言及するためでしかなかった。しかも、その成功にあたっては、彼女自身の努力とファン・T夫人の尽力、つまり母と娘が大都市の芸術や音楽の世界に出入りしていることがなにがしか寄与していたはずなのに、それについては触れないのだ。ミシェルはこの美しい裸体を一度ならず腕に抱いたが、そのような女性の人生の秘密にこれ以上足を突っ込むのは、いかにも野暮なことだと直観的にわかっていた。だが、それがどうしたというのか？　美しい夏の最良の部分があちこちで供されるなら、心穏やかにそれを味わえばよいのである。

躓きの石、それは「神」だ。ミシェルにはよくわかっている。ジャンヌはその話をほとんどしない。しかし神を自分の人生における空気そのもののように吸い込み、吐き出しているのが感じられる。彼女のささやかな書きものは貧相かつ難解で、プロテスタントの教師たちの、アカデミズムの枠に囚われた文体から知らぬ間に抜け出せなくなっているのだが、ごくわずかな友人たちのあいだにのみ流通しているそれらの文章には、じつのところ神以外の主題がない。彼女が少なくとも穢れたオカルト主義や、二十世紀初頭のぱっとしない文学のなかにあれほど広まった、安っぽい宗教的エキゾチシズムの波に飲まれずに済んだのは、ニーデルマイヤー牧師の、論理学と神学を執拗に繰り返すあの厳格さのおかげである。そもそも味気ない科学至上主義に陥るのは、彼女の性格に反している。だから、覗き屋でありスパイであり容赦ない判事たるこの神、女性的で思春期に特有の意識をあれほど怖がらせてきた神を、ただ遠ざけるだけでよしとしている。その神を、ミシェルはもう十歳のときから信じていない。しかし同時代の人間の大半がそうであるように、この巨大で煩わしい者を、深い霧で置き換えるだけで満足したのだった。その霧からはなにも見えて来ない。ジャンヌのほうは、この善良なる神を、ただの神に置き換えようとしたのである。彼女にとって神は至高の善であり、私たちみなを導いてくれる普遍的な力と至高の善を混同すれば、いずれの日か、誰も逃れることのできないジレンマへと宿命的に追い詰められる。悪を否定するか、肯定するか。

さしあたり彼女は善だけに占められている。自分を取り巻いている平和には、それだけの価値があるのだろう。エゴンのなかの神を、彼女は愛している。その結果、若きバルト人は安全な場所に置かれているのだ。ミシェルを愛するかぎり、彼女は自分にこの友人を与えてくれた神としてのエゴンを愛するのだ。夏の暑い夕べのあいだ、社交界も舞踏会も好まないエゴンは服を脱ぎ捨てる。ミシェルは若い人妻に付き添って、大使館や育ちのよい一族の館の庭で開かれる夜会へ出かける。彼もこの手の外出を少しも好んでいないし、ダンスときたらまっぴら御免なのだが、光のもと、葉叢のもとでくるくる舞うのがジャンヌであれば話はべつだ。彼女がいつもごくシンプルなドレスを着ているのは、贅沢を嫌っているからである。これ以上自分が周囲の気を惹いてしまうのを怖れて、名のあるクチュリエの型を拒んでいるせいでもある。誰だかほとんど名前も知らない、その辺の大使館員の腕のなかで、彼女は天空で軌道をひと周りする白い星のように事物のまわりをめぐっている。ミシェルはそれにちゃんと気づいている。「そういうとき、あなたは神のことを考えてるんでしょう?」「人はいつだって神を想うことができるのです」。悩ましい欲望の発作にとらわれながら、ミシェルはエゴンの隣で、自分がいつのまにかものごとを受け入れ、信用する夫の役割を演じているような気がしている。

　大いなる愛とはすべて、高い壁に囲まれた庭のようなものだ。囲まれた庭《ホルツゥス・コンクルースス》。自分たちについてまちがいなく囁かれている噂や、社交界特有の、ものごとを汚したり歪曲したりする陰口は、この三人にいっさい影響していない。彼らはたぶん、人からどう思われているのか、そのイメージを認識していないのだろう。浜辺の喧噪を完全に逃れ、海のざわめきからほぼ完璧に逃れるには、庭になっている松林の一角に文字どおり腰を下ろすだけいい。それがスヘフェニンゲンの木立の魅力である。あとはせいぜい、背景音にしかならない。そんな暑い午後になると、ヒューとエゴンの際限のないセッションが終わる。スタジオに改装されている庭の奥のあずま屋から、ヴァイオリンの鋭い問いかけに対する明快なピアノの応答はもう聞こえて来ない。エゴンとヒューは、今秋アムステルダムで行うことになっている、アンゲルス・シレジウスの詩篇に寄せたあの音楽的注釈の初演のためにおさらいをしているのだが、この詩篇こそ、ジャンヌとエゴンが共に愛した最初の本なのだ。おなじ曲が、若き妻のフランス語訳を添えて、十一月にパリで演奏されるはずである。

一時頃、エゴンは共演者に暇出しをする。あるいは共演者が自分のほうから止める。このヒューという男には少しばかり不用意なところがある。それは感受性の鋭さというより経験不足ゆえに内気になっている人特有のものだ。ヒューの英語はほぼつねに正確だが、あちこちにコックニー訛りの名残りが見受けられる。それを補っているのはわずかなエキゾチシズムだった。エゴンは食卓で口をきかない。たぶん朝の仕事でヴァイオリニストに対する誠意といらだちを使い果たしてしまったのだろう。反対にジャンヌとファン・T夫人は、この異邦人が自分たちの階級に属していないことが明白だからこそ、なおさら気を遣って話しかける。イギリス的なものには偏った見方をするミシェルも、ほとんどヒューとばかりつづけられる会話に、ひとりしかたなく従っている。不幸なことに、大新聞の音楽評でよく見られる紋切り型は、気が利いてはいるものの、すでに使い古された言葉に結びついている。ロルフがソーホーでミシェルとモードを連れまわし、半分しか席が埋まっていないコンサート会場で優待席に座らせてくれた時代に使われていた言葉ということだ。ロルフはその優待席を欠かしたことが一度もなかった。ヒューはコーヒーを飲んだか飲まないかという頃合に席を外し、すぐ近くのハーグまで行ってぶらぶらするか、いちばん賑わしいアムステルダムへ気晴らしを求めに行く。彼はこれまで一度も大陸に足を踏み入れたことがなかった。すべてが目新しいのである。《夜警》《ユダヤの婚約者》。自分によく似ているちりちりした髪のダビデが演奏しているのを聴いて泣いているサウル王、そして歓待の町々の、ピンクのカルソンをはいた小柄な女性たち。エゴンがこんな遠出に付き合うことはめったにない。彼が貪欲なまでに吸い込んでいる、松林の青々として金色に輝く沈黙は、時々子どもたちの歓声に断ち切られる。クレマンとアクセルは、ハンモックで横になっている若い父親の身体によじ登ろうとする。マルグリットも真似しようとする。ミシェルはいつも近くに控えているバルブに、声をあげて暴れている女の子を連れて行きなさいと命じる。

蜜蜂の巣からぶんぶん唸る羽音が聞こえてくるように、ひそひそした声が別荘から漏れ聞こえることもある。物音は招待客の人波が家から庭へと広がるにつれて大きくなる。ファン・T夫人は、ほとんど日常化しているこの儀式を、気前よく、しかし節度をもって執り仕切る。焼き菓子、バターを塗ったロースト肉、女主人自ら、不変の、そして極秘の割合に従って調合したセイロン茶とラプサンスーチョン茶の得も言われぬ芳香が、松脂の匂いと結びつく。ファン・T夫人が真面目な話をしている相手は、ほとんどみな年老いた受勲者たちで、彼らは地面の思わぬところに潜んでいるでこぼこや苔の下に隠れている木の根っこに備えて、杖の助けを借りている。ほどなくエゴンは、両足を揃えて上流階級の御婦人方の手に恭しく接吻しつつ、庭を去る口実を探す。ミシェルは持ち前の冗談と上品なおもねりの貯蔵庫のなかから、もう若くはないこの御婦人方を魅了するために必要なものを、なんとか見つけ出そうとする。ジャンヌはすべての人に等しく愛想をふりまく。古い陶器の宝をいくつも所有している上流の家の慣習にならって、そうした家宝と遜色ないくらい貴重な小さな手桶に、シャボンの匂いがするなま温かい水がいっぱい入れられて運ばれて来ると、ジャンヌはそこに軽く指を浸す。彼女の腰には脆そうなレースのエプロンが巻かれているが、それは撥ねや汚れを防ぐためというよりそういう役回りを示す印であって、招待客が杯を空けるたびに彼女はそれを手に取って洗い、もっときれいな水で濯ぎ、ナプキンで拭いてまた客に返すのである。

かつて海外の顧客に向けて広東で製作され、かりそめに海を渡ってきた透明な陶器を、美しい手が操っている。ド・C氏は、それを飽くことなく眺めている。ジャンヌが一連の動きをこなすときの自然な感じは、家族のなかで、そして代々受け継がれてきた仕事のなかで培われてきたものだ。愛の苦悩、精神の問いかけ、表には出ない肉体の不安とが、この時、まるでフェルメールの絵の色彩とフォルムのような調和を見せる。

ド・C氏はモン＝ノワールに自分の車を残してきたのだが、ハーグで借りたプジョーかなにかがあったので、ある日ジャンヌを連れて、水が鏡のように湛えられているデルフトの、ガラス窓にカーテンが引かれておらず、なかが澄み切った意識のように人目にさらされている家々のあいだを走ることができた。また、これは予期せぬ出来事と親密さがさらに盛り込まれた、べつの遠出の思い出だが、エンジンの故障のせいで、明け方までフェーレで足止めを食らったことがある。ふたりにとってフェーレは、そこに行こうとも考えつかない、そしてまたいつか戻りたいとも思わないような、あの完璧な喜びの地のひとつになっている。しかし、こうした車での遠出は、男たちだけで行く場合、クランクハンドルのノッチを調節したり、ゴムのポンプを使ってタイヤを膨らまそうとしたり、劣化したオイルのなかに落としてしまったビスをひとつ探したりして、泥や埃にまみれて終わることが一度ならずあった。ただし今回は、小さな港から小舟に乗って、フレシングの海岸をひと周りするためだけの移動だった。

海はどこか喧嘩腰だった。ヒューは約束の場所にいなかったが、エゴンがそれに気づいているようには見えなかった。荒々しく打ち寄せる大波に、ミシェルは《わがふたりの妻》とフリースラント諸島を船でまわった折の記憶を掻き立てられている。エゴンはその波にすっかり心を奪われている。故国の河口の、引き潮と砂堆を思い出させるものはすべて彼を魅了するのだ。一時間後、疲れ果てた船頭たちは、言われるまでもなく引き返す。陸にあがり、船頭ふたりと欠かすことのできないジェネヴァ〔オランダ・ジン〕を飲み終えると、ミシェルとエゴンは激しい風の張り手と砂の霙《みぞれ》にできるだけ長く身をさらして楽しもうと、浜を歩いて帰ることにする。たいていは言うことを聞いてくれないプジョーはそこに残して、明日取りに戻ればいい。荒天愛好家たちは横に並んで歩いている。しかし大声を出さないとたがいの声が聞こえない。

「ヒューは逃げ出しましたね」

「逃げ出していなかったら、恐怖で真っ青になっているところをご覧になったはずです。あまりいい見物ではありません」

「食卓で彼に話しかけられると、あなたは口を噤む。いないときは馬鹿になさる。音楽が習慣を和らげたりしないのはまちがいなさそうだ」

「悪しき習慣を、と形容詞をひとつ加えそうになりましたね。反論は無用です。知的で、礼儀正しくて、上流社会をご存じの方（あなたはそのすべての資質をお持ちだと保証します）が、私たち自身のほぼ隠された一角に、無理やり、あるいはまったくべつの方法で入り込んだとして、そこに腰を落ち着け、上流階級の視点ですべてを見ようとお考えだとしたら、不幸なことですよ。召使い、臣下、家臣といった人々は、年齢や容貌しだいで、相方にもなれば供給者にもなる。すべての協力者が、すべての友人が愛人と見なされるんです。ヒューの場合のように、黄色っぽい顔と脂っぽい髪をしていてもね」

「レンブラントが描くダビデも、おなじように黄色く脂ぎっていますが、それでも彼には、壁布の裏に半分隠れているサウル王を泣かせる力があると思いますよ。サウル王をそんな状態にするのは、竪琴の変奏曲だとしておこうじゃありませんか」

「サウル王は年を取っているし、頭もいかれていますﾟ」。エゴンはまるでしぶしぶといった感じで答える。

「六十歳になったら、誰のために、またなんのために泣くことになるのか、ぼくにはわかりませんね」

「あなたのコンサートは二週間後にロンドンで開かれる。共演者は必要だ。ロンドンまで彼を捜しに出かけますか？」

「誰がロンドンの話なんてしてるんです？　ヒューは仲違いしているとき、クラナポルスキー・ホテルのすぐ近くの淫売宿に居座るんですよ。あの男は尋ねられれば誰にでも電話番号を教える。宿主を言いくるめて、こちらクラナポルスキー・ホテルでございますと応えさせる。会いたいという人がいると、ホテルのラウンジで待ち合わせ、わざわざ上着を着替えて通りを渡るんです……。ぼくには彼のトレモロの、嘆き訴えるようなアクセントの付け方が、一度もいいと思えなかった。アンゲルス・シレジウスが神に投げかけた問いは、回答とほぼおなじくらい明快なはずだとぼくには思えるんです。神が応えるであろうことを、人はいつも少しだけ早く知っているんですよ」

「あなたはなぜド・ルヴァル夫人と結婚されたのです？」

「ジャンヌと言ってください。ただでさえ際どい話をしているんです。ひと言嘘が混じっただけで、吐き気がするような状況になりかねません」

「では、ジャンヌと呼びましょう。あなたはなぜ、ジャンヌといっしょになったんです？」

「愛ゆえにです。彼女はぼくが愛した最初の人です。最後の人であってほしいとも思ってます。愛せる人は多くないんだということを、ぼくは彼女に教わりました」

「アムステルダムの女装した男たちや港湾労働者たちが、そこに加わる」

「仰ることが真実だとしても、あなたが思っておられるほどではないでしょうね。かりにそうだとしても、ご想像とはべつの形になるでしょう。しかしこのことで苦しんでいるのはただひとり、ジャンヌなんですよ」

「幸せな女性は愛人を作ったりしない」

「彼女はぼくが自由でいて欲しいと願っている。自由とは双方向でしか成り立たないものだと考えているんです。彼女は正しい。少なくとも、はじめて共にしたベッドから身を起こしたとき彼女に言われたのは、そういうことです。お察しのとおり、ぼくは彼女にとって最初の男ではなかった。たぶん、やさしさも、ときには肉欲の熱も排除しないこうした自由を彼女に与えた唯一の男だったんでしょう——以前の恋人からは、それを完全には与えられていなかったんです。小さな浮気をいくつか重ねても、彼女は満足できなかった。ぼくに対する恨みか、眼には眼をという復讐欲が引き金になったとしても、今朝方から彼女が自由を得ようとしたのはそれだけが原因ではないと思いますね（ぼくらには、肉体が悪だとはどうしても思えませんでした）。嫉妬を煽るためだなんてことは、さらにありません。ぼくの性格に嫉妬なんてものはないんです」

「そのくらいにしたまえ。ジャンヌと長く話し込んだり、すぐ近くで話したりする者がいると、あなたは暗い顔になる」

「愛する人の注意が誰かべつの人間に向けられたら、寒々しい思いをするのは当然です。夏、太陽が雲に隠されたときのようにね。でも彼女は、あれこれ試してみながら、ぼくに近づくことを望んだ。ぼくがそういうことをして（いまもしています。嘘はつかないでおきましょう）、はかない満足を得ているのを知ったうえでね。それに彼女は、結婚生活の義務を果たすことを夫に期待する妻なんていう、ぎすぎすした役に、ぜったい留まりたくなかった。思うに、彼女が親密な関係のなかに、乳房の先をめぐんでもらおうとする通りすがりの厚かましい野郎とはべつの存在を受け入れたのは、あなたがはじめてです。愛人として――まちがいないでしょう――、親しい友として、おそらくはまた亡くなった女友だちの夫としてね」

「私は相談相手でも庇護者でもない、ただの友人ですよ。愛人と言ったって、なにをしても空しい夜に、誰かそのへんで我慢しておく程度の男だ。つまるところ、それほど愛したわけではない妻に死なれた、ロマンチストと思われている寡夫。私がそんな役まわりにぴったりだとお考えなんですか？」

　風がふたりの周囲で、口には出さない雑言を叫んでいるようだった。ひときわ強烈な突風に押されて、彼らは誰も住んでいない別荘の庇の下に身を縮めた。ミシェルはエゴンを、風がいちばん入って来ない角度にある、しかしもう砂の溜まったベンチにほとんど無理やり座らせ、今度は自分もそこに腰を下ろし、フェルナンドとオーストリアで買った、悪天候の日になると取り出すローデンの古いマントを広げて自分たちの身を守った。彼らはこうして、小声で、少し息を切らしながら、まるで緑のテントの中にいるかのように話していた。

「いいかい、これからこんなくだけた口調で話すのは、きみを軽蔑しているからでも、家族みたいにやさしい気持ちになっているからでもない。それをよく頭に入れておいてくれ。多少なりとも因習に則った言葉、あるいは下品で蔑むような言葉、結局のところ雨あられとつづく攻撃となにも変わらないような言葉は、期待しないでくれ。そういう文言を、聞きたがらなくもないだろうがね。きみは自分のケースが、かなり特殊だと思っている。少なくとも、その種の性向が開かれたばかりの頃は、誰もがそう考えがちだ。しかしそれについて、ぐずぐずと持って回った言い方を私はしない。きみのような事例は、アムステルダムのどこかのバーの、酒一杯とおなじくらいありふれてる。身のまわりを観察したり、自分自身を分析できる者には、それがわかっている。なにも知らずにいるか、すべて忘れるほうを好むかだけだ。もしぼくが自分の過去の残骸を漁ったら（まずそんな手間はかけないけれどね）、きみのに似た、世の顰蹙を買うような場面がいくつも出てくる。ただ他の場面に覆われて、見えないだけだ。どちらの場合でも、いろんな人の顔や身体が見つかるだろう。もう思い出したくもないが、当時の私にはそれが欲望をそそり、満足を与えてくれるように見えたんだ。もちろん女性のほうが圧倒的に多い。しかし、（二、三の例外を除いて、女ばかり追いかけていた）カザノヴァにならって、男同士の快楽は、ほとんど取るに足らないただの気晴らしで、いくらか狂った遊戯にすぎないなどと言うつもりはない。なぜなら、夫婦関係という安心できる枠内での生殖活動は例外として、私たちのすべての肉体の実践はおなじように定義されうるからだ。詭弁を弄する者たちは、まさにその点で、あれこれ細かなことを言い立てる。経験の味、大胆さ、なんらかの危険に立ち向かおうとする意志は大切だ。しかし欲望も大切なんだ（一覧表からはいつも除かれがちだが、真ん中にあるのは欲望さ）。きみに言うつもりはないが、欲望にこそ、純粋にして単純な、あるいは不純にして単純な肉欲的現実に到達するための早道が、合い言葉がある。フリーメーソンが持っているとかいないとかいうようなね。そう、あまりにも多くの馬鹿どもと野卑な連中がそこに口を挟んでくる。はっきりさせておこう。きみと私は、きみが考えているほど反対の立場にいるわけでもないし、たがいに妥協しないわけでもない。おなじ時代、おなじ階級、あるいはほとんどおなじ階級に属していて、おなじ言語のうちの二つ三つを話す。似たような、人には言えない経験をしてきたはずだ。きみより二十歳も年上だが、ともに暦を重視するような人間じゃない……。

私は典型的な女たらしだと思われてる。たしかに、退屈し、いらいらして、半ダースほどの女性を幸福にしたり不幸にしたりした。あるいはべつの、四ダース、五ダースの女性を悦ばせてきた。もっともその大半は、ただ自分の身体を与えて娼婦の仕事をこなしていただけさ。私が唯一成功しなかったのは、女に養ってもらうことだけだ。きみの年頃にはそれが必要な時もあったろう。そういう女たちについては、なにも言うことはない。私の半生は彼女たちに支配されてきたし、たぶん死ぬまで支配されつづけるだろう。しかし、もし、危険な砂堆で座礁して抜け出せる希望もないような船に、あるいは上げ潮に呑み込まれてしまう岩場で身動きが取れなくなっている船に自分が乗っていて、そこで周囲を見渡したとき、まずまずの女さえひとりも見当たらなかったら、たぶん乗組員の美青年をものにするために、また人のぬくもりのなかでその短く長い悪事の時を過ごすために、できるかぎりのことをするだろう。きみの側からすれば、男の仲間がひとりもいなかったら、同様の状況のなかで思いやりのある女の乗客を探すことになるだろうね。私たちは似た者同士だ。しかしその選択が、ちょうど古い軍隊のマニュアルに書かれているように正反対の方向に向いている。私たちはそのマニュアルで学んだんだ、その場で左へ半回転するのは右に半回転するのとまったくおなじであって、ただ逆なだけだとね」

ここで語り手たる私のコメントを差し挟むことにする。ミシェルがスヘフェニンゲンでエゴンに語った右の話、あるいは他の同様の話題も、この若い話し相手からさしたる共感は得られなかったろう。あなたが隠し通している熱情など、さして珍しいものではないと言われて相手が喜ぶなんてほとんどないのである。当時のこのふたりの男の会話から私が想い描いている概念は、どこまでも曖昧だ。しかし、先の言葉がいずれも、ほかならぬミシェル自身の口から出たものだということを知るには、私はこれ以上ない立場にある。二十年後、ミシェルはわずかな事柄を除いて、アンチーヴの、眼下に海の見えるベンチに腰を下ろしておなじ話をしてくれた。自分でそう言っておきながら、暦は逆に重要だった。一九〇五年頃のスヘフェニンゲンの浜辺で、ミシェルの眼に、この三十歳の若い男は、他の男とちがって見える未知の若者との出会いに心を掻き乱されている二十歳の娘とおなじくらい世間知らずに見えたにちがいない。ミシェルはあいかわらず娘の男友だちを軽んじていて、紹介しなさいとうるさく言うこともなかった。人生を大袈裟にしてしまうような傾向に対しては警戒するようにと忠告してくれただけである。けれど、私はすでに、夢を見るだけでなく深く考えていた。一九二八年の『アレクシス』はその結実であって、私はこの作品のなかで、自分の薄っぺらな情事を過去に押し返すために、ジャンヌとエゴンの思い出が提供してくれたアリバイを利用したのである。『アレクシス』をミシェルは死の床で読み、小さな物語の余白に《これ以上純粋な》ものはないと書きつけた。私はいまもなおこのコメントに心打たれるのだが、それはまた、ミシェルの口から出る《純粋な》という単語が、大半の父親にとっての意味といかに異なるものになっていたかを示している。アンチーヴでの会話がその後繰り返されることはなかった。どちらの場合も、ミシェルがやろうとしていたのは、乱れた精神を、もしくは感受性をなだめることである。そのために、本当の意味で奇妙なもの、受け入れがたいものなどなにもないことを念押ししていたのだ。私に提供してくれたのは打ち明け話ではなかった（ミシェルは絶対に自分の心を明かさなかった）。それは証言だった。彼が知っている人生とは、そういうものだったのだ。面識のある同時代人や著名人の性的嗜好は、弱小新聞の《風俗話》ほどにも彼の興味を引かなかった。一方で彼の個人的な、ごくささいないらだちは、あらたな偏見を生んでいた。社会的な面では嘲笑すべき、あるいは不愉快なこの《性的倒錯者》（私たちは、プルーストの時代とその語彙のなかにいる）は、たちまち風変わりで野卑な言葉で呼ばれるようになった。ちょうどあのヘブライの神の賛美者が、いかがわしい医者を《汚らしいユダヤ人》と呼んだように。ミシェルは最初、ジャンヌの夫に共感しか抱いていなかった。怒りや嫌悪はあとからやって来て、他のすべてとおなじく消し去られたのだ。

「いまの話で心に残ったのは」とエゴンはまた歩き出しながら、ミシェルの指摘の一部しか耳に入れずに（これはありうることだ）言った。誰に対しても隅々まで注意を行き渡らせるのは不可能なのだ。「あなたが三十歳のとき、まだ誰か女の人に養ってもらうことに成功していなかった、というくだりです。どうやら、それ以来、試してみる必要もなかったようですね。でも、ぼくを見てください。それがあなたが密かに下した判決ではないですか？　非合法の習慣に対するところどころカットされた先ほどのほのめかしみたいに。少しご覧になってください。ひとりの若い外国人を。立派な名前があっても世に知られているわけではなく、一族は相続によって貧しくなり、金があるときでも国外に送金できないためにさしたる援助が望めず、自分に関わる噂が広まらないかぎり、誰も知らず、なにも知られていない、エキセントリックな音楽家を。それがいまや、街中に家がひとつ、海辺にもうひとつ家があり、パリにはアパルトマンがあって、ランドー馬車を一台所有し、明日にも自動車を一台手に入れようという勢いだ。コンサートを開けば新聞で報道され、子どもがふたりと、誰もがすばらしいと賛同してくれる妻がいて、思いやりのある義母もいる。ぼくとぼくの人生のあいだには、黄金に輝く仕切りがずっとつづいていくんです。荷が重すぎてとても全部は担えないとお思いですか。そして愛さえも担えないと……。ジャンヌには、ほぼ非の打ち所のないほど誠実に、ということはほとんど卑猥なくらいに自分の話をしています。それが彼女にとって、またぼくにとっても、すべてをわきまえたうえでぼくを受け入れる方法なんです。しかし、そのせいで、愛の行為が自発的なものでなくなって、たがいに作り上げている神話の一部になってしまった。ぼくが口を噤めば、ぼくの不在が不在ではないものに、つまりは拒絶になり、閂《かんぬき》をかけられて隠されたぼくの生活の一部になるような気がするんです。それに、親密さというものは、だしぬけに小さくなるものです。まるでふたりのあいだの空気に音が響かなくなったみたいに、愛の言葉としぐさでさえ、もう意味をなさないかのように……。でも、時々思うんです、秘密を誰にも負わせず、ぼくの音楽も重要ではなく、エルバ島で溺れ死ぬことができたらと考えてしまう時代があったと……」

「だからあなたは、すべてを彼女に負わせているんだ」

「それはちがう。自分にだって負わせてませんよ」

「そんなふうにお考えなら、彼女のもとを去ることをお勧めしますね」

「一度やってみたことがあるんです。三週間で戻って来ました。もっとまずいことになりました」

もうなにひとつ言うべきことが残っていないあの瞬間に――なにも口に出されはしなかったとはいえ――、背景が変わる瞬間に達していた。彼らはいま、郊外の大通りにあるような歩道の上にいた。松林のなかに集まった広壮な屋敷のおかげで、風からはほぼ守られていた。

「あなたは正しい」とエゴンは突然認めた。「ジャンヌには、今晩戻らないと伝えてください。あなたがぼくの精神に掻き立てた、この嵐のような心を鎮める必要がありますからね。あなたの言っていることが真実なら、あなたとぼくは無に等しい」

「どちらにとっても、そのほうがいいでしょう」。ミシェルはそう思ったが、口には出さなかった。相手を打ち負かしたように思われたくなかったのである。

家に戻ると、ミシェルはジャンヌの寝室のドアの下に、メッセージを滑り込ませた。彼女はいつものように、決められた時間に下りてきた。ファン・T夫人は街へ夕食に出かけていた。ミシェルもジャンヌも多くを語らなかった。その夜、ジャンヌの部屋に入ろうなどと、ミシェルは思いつきもしなかった。

裂け目

その秋の暮れ、ミシェルは、当時としてはかなりの長旅になるモン＝ノワールからコート・ダジュールまでの移動に、少女が十分耐えられると判断した。生まれつき丈夫なほうだったし、海辺の空気のおかげで体調はとてもよくなっていたからである。まずリールに出て、かつてないほど辛辣で嘲笑的なノエミから一夜の歓待を受けたのだが、半世紀前からなにひとつ変わっていない一族の美しい館で、彼女はもう冬ごもりをしているようだった。翌日、大型トランク、帽子の函、そしてこまごまとした荷物をかかえて難儀しながら、パリ行きの急行に乗った。小荷物の一部は、娘に必要だとド・C氏が判断して同行させていた、ふたりの小間使いのものだった。ホテルの寝具によくあるなにか伝染性の病気にかからないよう、私の小さな折り畳みベッドが、マットレス、シーツ、毛布といっしょに運ばれていた。

パリで休止。二、三日あれば、ミシェルとジャンヌのあいだに、スヘフェニンゲンでの親密で穏やかな情熱がまた戻って来るだろう。ジャンヌもまた旅立つ準備をしている。エゴンに付き添ってサンクト・ペテルブルクに出向くのだ。若き音楽家の作品、バレエ《湖畔の白馬》はほとんどスキャンダラスなほど斬新なものだったが、そのリハーサルが行われることになっていたのである。オーケストラの指揮者、振り付け師、ダンサーたちのあいだでは、新人エゴンに対して賛否両論あった。しかしそのような人々からなる世界でどんな駆け引きがなされ、どんな内紛が起きているかを若い作曲家は理解していない。自分が愛する者には誰に対しても等しく忠実なジャンヌは、ロシアから戻ったら、小間使いと子どもを抱えた男ひとりの暮らしがどんなものかをこの眼で見極めるために、何日か南仏へ過ごしに行くと約束した。いつもどおり血気にはやるド・C氏は、報せのあることをひたすら信じて、例のヴィラ・デ・パルムを五冬分借りた。

いくらか荒れ果てたところのあるその豪勢な屋敷をミシェルが選んだのは、フェラ岬やダリ岬で貸し出されているいかにも陽気な物件よりも気に入っていたからだが、油断ならないカジノが隣にあって、そのカジノに附属するエキゾチックな公園の影が庭の片隅に影を落としていることにも心惹かれていた。何年も経って、私はカンヌでド・クエヴァス侯爵に偶然出会った。魅力的だがどこか信頼できないところのある侯爵は、私の作品のいくつかにすっかり夢中になっていて、許可も得ないでつまらないバレエに仕立てていたのだが、ヴィラ・デ・パルムに似た種類の建物で、十頭ほどのあの白いペキニーズ犬と仮住まいのような暮らしを送っていた。ファサードに沿ってお決まりの棕櫚が一列植えられ、その並木のあいだから自動車の行き来できる道が玄関の石段まで伸びていた。建物のなかは、大理石のテーブルがひとつ置かれた食堂があり、光沢のある塗料の塗られた籐張りの椅子が一ダースほど備え付けられているにもかかわらず、家具がすっかり取り払われているかのように見えた。広壮な居間には、ソファーがひとつと肘掛け椅子が数脚、漂うように置かれている。寝室は二つか三つあって、ダブルベッド、ドレッサー、姿見が備えられ、それぞれに不安定な湯沸かし器と銀製に見せかけた蛇口のある浴室が付いていた。倒産寸前の銀行家か初老の歌姫にでも似合いそうな住まいだが、ミシェルにはどうでもよいことだった。カジノで興奮のうちに過ごす数時間を除けば、ずっと机に向かっていたからである。

ジャンヌはミシェルに、あるチェコの本をフランス語に訳すことを提案した。英語版をふたりで読んでいたのだ。十七世紀敬虔派の文学があちこちで生み落としたような、寓意に満ちた旅行記だった。作者はモラヴィアの偉大な作家コメニウス〔ヨハネス・アモス・コメニウス。一五九二―一六七〇〕、あるいはお望みならコメンスキィ〔コメニウスの本名は、ヤン・アーモス・コメンスキィ〕としてもいいのだが、母国から亡命して、黄金時代のオランダに敬虔なる反抗家たちの小さな共同体を設立した。コメニウスがあるがままの世界についてあの辛辣な諷刺詩を書いたのは、アムステルダムでのことだったのか、それともプラハでのことだったのか？　ひとりの巡礼者が、知識を得るためにこの共同体から町に出る。それに気づいて、すぐさまへつらうように近づいて来た通行人から、すべてが美しく見えるという眼鏡を手渡され、いっさいの雑音を和らげる蠟のようなもので両耳を塞がれてしまう。最初のうちは万事順調なのだが、眼鏡の下から盗み見をしたり、聴覚を妨げている蠟をわずかでも取り除くことを覚えたとたん、すべてが崩れる。世界はたちまち壁に取り囲まれ、離れたところからは美しく見えるものの、近づくと不安を掻き立てる迷路のように入り組んだ世界として、また、叫び声とそれよりもひどい笑い声、酔っぱらいの繰り言と公共広場の香具師《やし》の口上、そして偽りの真実を吹き込もうとする衒学者たちの囁きに満ち溢れた都市として姿を現す。丈の低い家々の、開かれた扉と窓の向こうに見えてくるのは、黄金の山に腰を下ろした守銭奴、塵埃の上に座っている淫らな連中、寝取られた夫や裏切られた妻、たいていは親の名に値しないような大人たちに歯向かう子ども、地下深い独房で猿ぐつわを嚙まされた犠牲者、裁かれる側に回ったほうがまだしもと思われるような裁判官たちの姿である。眼に見えるものすべてが偽りか、ごまかされているかのどちらかなのだ。忌まわしいほど性悪な女たちがエキュ硬貨の入った袋欲しさに天秤の一方の皿に錘を載せ、もう一方に金持ちの跡取り娘を探している美しい若者たちを載せる。学者たちは、べつの学者が中身に混ぜものをして満たしたガラス瓶のレッテルをこっそり張り直している。遠く荒れ狂う海では船が沈んでいく。もっと近いところでは、敵が森の木々をなぎ倒し、城壁に火を放とうとしている。コメニウスの散文の荒々しさとブリューゲル風の対比効果は、私たちをひとつの信心深い結論に導く。つまり、聖人たちと、こう言ってよければ神を信じきった小さな集会の信者たちは、いくらかくすんだ光のもとで人間の不幸を逃れているのだ。「心の楽園」〔コメニウスの著『世界の迷路』の第二部。ミシェル・ド・クレイヤンクールによるリュトゾフ侯爵の英訳からの重訳によって、一九〇六年、リールのL・ダネル印刷所から刊行されている〕。ミシェルはこの最終章を大急ぎで片付けている。

エゴンの考えによれば（三人はスヘフェニンゲンで、この本について議論した）、この程度の悪はまだまだ初歩的なものでしかなかった。知らないうちにぼくらのなかに滑り込み、こちらでは善に、あちらでは美に混じり、あるときはこちらを共犯者に、あるときは犠牲者に仕立てるような悪とは比べものにならないよ。ミシェルはさらに激しい言い方をする。すべての悪はおのれの内に善の残滓を含み、すべての善は悪の部分を含み持っているように思うね。ジャンヌはごく若い頃、修道院時代の旧友フェルナンドとこの本を読んだことがある。ひと夏をともに過ごしたときの話だが、ジャンヌは怖さ半分の好奇心にかられて、ふたりで馬鹿騒ぎと喧嘩の絶えない都市の街並みを抜けて行ったことをうっすら覚えている。乱闘のとばっちりや吐瀉物を避けるために、スカートを少したくしあげた記憶もなくはない。最後に行き着いたのは、小さな心地よい礼拝堂のようなところだった。ここでなら街なかのように罵られたりひどい扱いを受けることがない。フェルナンド……。ジャンヌは、あまりフェルナンドの話をしなかった。ミシェルには語りたくなかったし、同様に、どちらの男にもヨハン＝カールのことはあまり話さなかった。人にはそれぞれ言葉にならない思い出があり、寓話があるのだ。加えてエゴンは七音の音階に恵まれている。彼は思いを言葉にする。コメニウスの本にはグロテスクなところも散見されるとはいえ、調子はずれの音楽の経糸として、つまり人生同様に馬鹿げていて、醜悪で、あちこちで喜びが爆発し、陽の光が差しているような音楽の経糸として役立つこともあるんじゃないか、同時にまた、歓喜に満ち、訴えかけるような合唱としてではなく、純粋な単旋律として終わってしまうかもしれない。言いながらもエゴンは、自分にはまだそんな音楽を書く準備ができていないと感じている。おそらくその準備が整う前に、一生が過ぎてしまうだろうと。

冬が少し長引いている。ミシェルはバカラで、あるいはルーレットで勝ったり負けたりする。勝ち負けにむらがあるのは慣れている。先のコメニウスに、彼は全力で取り組んでいる。刺激的だと思うところもあれば、味気ないと感じるところもある（くだらないと思うことも。ただし、信心ある者がみなそうであるように、くだらないなどという言葉をミシェルはジャンヌ宛ての手紙では使わない）。ミシェルという男は詩を何篇か書いたことがあり、出来のよいものもときにはあったのだが、たったひとつの例外を除いて、完成しないうちにごみ箱に投げ入れてしまった。フェルナンドが亡くなったあと、小説を書こうとしたこともある。とはいえそれは味も素っ気もないレアリスム小説で、第一章の終わりで中断された。ずっとあとになって、彼はこの未完の一章を私に差し出して、中篇小説に仕立て直してくれと頼むことになる——娘の名で出版することを条件に〔「初めての夜」（『青の物語』所収）を指す〕。そんなミシェルが、ようやくにして、ひとつの文学的な仕事を最後まで押し進めることをおのれに課しているのだ。単語を操り、その重さを量り、意味を探ることが一種の愛の行為であることを、彼ははじめて理解する。とりわけ、書かれているものが、他の誰かのインスピレーションを受けていたり、誰かのために約束したものである場合には。恋人としてのジャンヌが、ミシェルには愛人よりもはるかに恋しい。とはいえ、優雅な情事が、長いあいだ一度もなかったわけではない。彼はリールである人妻と出会った。夫は、毎年ルルドで担架を運ぶボランティア活動を行っていることで誉れの高い、カトリックの弁護士だった。この活動は筋肉を鍛えると同時に、天国に自分の場所を確保するための方法でもあると、弁護士は好んでそう語っていた。彼と妻のリアーヌは離婚訴訟中でもある。ミシェルはすぐさまこの若い人妻をくどいて、南仏で二週間をともに過ごした。あまり遠くないところに彼女の叔母が住んでいるので、近親者に対しては恰好の隠れ蓑になるのだ。三十歳になるリアーヌはしなやかで柔らかな肉体の持ち主だが、その体型は流行のファッションに押しつけられ、衣装はどれもオートクチュールかその模倣者たちのファッションショーで発表されたばかりのものに見えた。ミシェルはそのコレクションにドレスを数着加えてやり、慎み深く、リアーヌを家のすぐ近くのホテルに住まわせる。彼女は退屈する。ミシェルのほうは、彼女がこっそり浮気をしているのではないかと疑っている。しかしこの立派なブルジョワ女性には、リールのネグリエ通りにある自宅でプチ・フールをたくさん食べたり、出入りの業者の連絡先を交換したり、そこにいない者の悪口を言ったりする友人たちが集ういつもの《一日》が恋しいのだ。彼女は香水をたっぷりつけているのだが、清潔な肌しか愛さないこの男にはそれがどうしても我慢ならない。物語が適当なところで終止符を打たれたことに双方とも満足し、別れる。私はといえば、この女性訪問者に、まちがいなくいささか意地の悪い子どもという印象を残している。美しい御婦人にキスしなさいと命じられても、従おうとしなかったからだ。

　またしても私は、幼少時代における日付の問題に掻き乱されたまま、がらんとした広大な風景のなかにひとりたたずんでいる。そこではすべてが、ひどく近いようにも遠いようにも見える。がらんとしたというのは、文字どおりなにもないことではない。そんな風景のなかに住みついているのは、たいして重要な人たちでもないから、彼らがこちらに向かって来るのか去って行くのか、姿を見たのが今朝なのか一世紀前なのかがわからないのだ。ごく幼い頃から、私には時間感覚が欠如していた。今日でも状況はあいかわらずだ。ずっと通してではないけれど、ふた夏をスヘフェニンゲンで過ごしたこと、五冬分借りていたヴィラ・デ・パルムは、その時点から最低でもあと二、三年使用されることをいまの私は知っている。すべてが三歳から六歳までのあいだで揺れ動いている。こうした思い出を、何日のものだと正確に位置づけることができるものだろうか。他の場所でも述べたように、考慮すべきなのは、大人たちから聞かされた物語や写真が、彼らの備忘のための、もしくは偽りの記憶の役を演じていることである。とくに、これが自分のものだと思える最初の記憶の舞台――というのも、私しか覚えていないように見える記憶だからだ――は、秋である。まだ二歳半、大きくても三歳半にしかなっていなかったはずだ。ずいぶん早い日付のようだが、私にはそれを幼年時代の備忘録の、他のどこに位置づけたらよいのかわからない。モン＝ノワールのテラスで、マロニエの実のピラミッドをこしらえて遊んでいる途中で、私は夕食に連れて行かれた。翌朝まだ早いうちに、光輝く褐色の美しい球を集めたわがアサンブラージュを見に降りて行くと、すべてが神秘的なほど白くなっていた。すりつぶされた砂糖に似た冷たい物質が作品を覆い尽くしていたのである。それにつづく数年は早い時期から南仏に行くようにしていたので、ふたたび雪を見ることはなかった。つぎに雪を目にしたのは、パリで過ごした一九一〇年から一九一四年の冬と、戦争中の、イギリスでのひと冬でのことになる。しかし記憶にあるのは街なかの泥濘だけだ。そのあとに見たイメージは、森を抜けてジャンヌの墓に向かっていたときの、ひび割れのある汚れひとつないスイスの雪か、長期滞在用ホテルの玄関の扉の下で風に吹かれていた柔らかい雪くらいのものだ。私はそのペンションで、夜、一時間――何時間にも思われた――、病んだミシェルのために、なかなかやって来ない医者をじっと待ちつづけていたのだった。

夜眺めると、ヴィラ・デ・パルムは陰鬱だった。私のベッドはほとんどなんの家具もない大きな部屋の中央を占めていた。小間使いたちは部屋の隅で寝ていたのだが、そのベッドの底が軋んで薄闇のなかの私を怖がらせた。彼女たちのベッドわきのランプの光は、こちらまで届いていなかった。おまけにそのランプは早い時間に消されていたし、天井に吊された円盤型のシェードのなかの電球はもっと早く消されていた。むき出しの光が強すぎて、眼によくなかったのだ。暖炉ではひと晩じゅう薪の火が大きく燃えていて、白い壁に反射光が映っていた。その火は私を怖がらせ、またすっかり魅了した。バルブと太っちょのマドレーヌが長々と解説してくれた「レクレルール・ド・ニース」〔ニースの照明灯〕紙の三面記事のひとつに、夫だか愛人だかにばらばらにされて焼かれた女性の話があった。それで私は、毎朝その前を通る美容院のなかに見える上半身像の黄色い髪に火が着いて、蠟でできた身体が薪の上で溶けて流れるところを想像したものだ。赤く熱せられている灰の宮殿が、やさしい妖精たちのお城になるときもあった。ミシェルは毎晩のように暖炉の近くにやって来て腰を下ろし、話をひとつ聞かせてくれた。アンデルセンとグリムの童話がほぼすべて使われた。夕食前のこの儀式がなくなることはめったになかった。背の高い、愛情に溢れた、とはいえやさしい言葉を掛けることもなく、けっして叱らず、時々笑みを向けてくれたこの紳士のことが好きだったのかどうか、私にはわからない。彼は私にとってまずひとりの大人であり、生活の歯車はその人を中心に回っていたのである。ふたりの小間使いとモン＝ノワールで私に読み書きを教えはじめていた修道女たちは、遠慮なくこう告げたものだ。お父様がお亡くなりになられたら、これまでのようには参りませんよ、黒いウールのワンピースとタブリエを着た修道女たちの寄宿寮に入らなければなりませんし、たくさんお祈りをして、お菓子などほとんどお召しになれません、肢の曲がった犬のトリーアといることも禁止です、言うことをきかなかったら定規で指を叩かれますからね。「それに、異母兄さまは、お嬢さまのためにお金を出してはくださいませんよ」。死のなんたるかもよくわかっていない以上、父の死は私をほとんど不安にしなかった。それに、たいていの子どもは大人は死なないと信じているものである。私を不安に陥れていたのは、不在だった。庭の砂利の上を歩くミシェルのぎしぎし軋む足音が聞きたくて、できるだけ遅くまで起きていようとする習慣ができたのは、たぶんこの頃からである。ずいぶんあとになって、夕食後から就眠まで、ひとりの大人の女として過ごした時間に、私は当時のことを思い出した。

　とはいえ、ほぼ毎日が楽しかった。家の裏の丈高い雑草のなかで、手の入れられていないオレンジの木とレモンの木が数本成長していた。もうオレンジの実のなる季節ではなかったのだが、父は私が庭をまわる時間に先んじて葉むらの下にいくつかの実をぶらさげておき、よい香りのするその美しい宝物のところまでそっと連れて行ってくれた。たっぷりした果汁が、私の口におさまりきれずに溢れ出た。こんなまやかしにそう長いあいだ騙されていたわけではなかったが、子どもらしい礼儀によって、黄金の球はそこになったのだと信じるふりをしていた。十二月二十五日に、暖炉の前の贈りものはサンタクロースが置いてくれたのだと、できるだけ長いあいだ信じるふりをするように。屋根のあいだからのぞいている海はいつもすばらしく青かったが、ほんの数百メートルしか離れていないのに、その海は友として扱われるためではなく、ただ見とれるために作られているように思われた。時どき短い怒りに揺れるだけでほとんど動かないこの大きな水の広がりに対して、満ちたり引いたりする潮――浜辺には貝殻を、潮だまりには透き透った小蝦を残し、また、ひれ伏し、爆発し、最後には平らになって、一瞬、湿った砂に泡の刺繍の縁飾りをつけていくあの潮――から生まれるような親しみを抱くことはなかった。幾度か過ごしたあの家での冬はとても穏やかだったはずだが、岩場に連れて行ってもらってその縁を裸足で歩いたことは一度もなかったと思う。ミシェルはまだトリトンやサイレーンの物語を語ってくれてはいなかったし、ホメロスのこんな表現を私のために引用してくれもしていなかった。「凪、この良き伴侶」〔『オデュッセイア』第十二〕、まるで水平線の彼方まで広がったワインの革袋の中身のように「紫色の海」〔『イーリアス』第五〕、そして他のどれよりも感動的な「孤独な海」〔ロンサール『続恋愛詩集』第六三〕といった表現を。ほとんどいつも空っぽの、途方もない広がりを見ながら長い航海を繰り返すあいだに、私はこれらの詩句を何度も思い返すことになる。人間的でもあり神のものでもある海に、それ自身波とおなじくらい起伏のある半裸の身体が愛撫され、抱き上げられる。しかし私がこの海に見とれるようになるのはずっと先、思春期の入口に立って官能が目覚めようとする頃になってからのことだ。こんな話はどうでもいい。とにかく最初の青い層が私のなかに敷かれたのである。地中海の他の海岸で過ごした思い出によってさらに豊かなものとなったその層は、やがてハドリアヌス帝の海やカヴァフィスのユリシーズの海を私が見出す助けとなるだろう。

　さしあたって、私の愛のすべては、壁の穴から出てきてひなたぼっこをしている、痩せ細った緑色の、舌を突きだした蜥蜴たちに注がれている。他に愛したものといえば、高い棕櫚の木々にとまっている何羽かの鳩だ。ただし、鳩にまとめて会うには庭とカジノの歩道沿いまで出なければならず、すると彼らは、しつこく自信に満ちた様子で忌まわしいほど忙しなく立ちまわり、地面に落ちている立派な大麦をひと粒たりとも失うまいと、私の白い深靴の先を時々つついて来る。当時は流しの写真屋が、美しい子ども服に身を包んだ金持ちの息子や娘のポートレイトを撮影してすばやく引き伸ばし、親たちの目の前にプリントを一枚差し出したものだった。そうなると親なんてひとたまりもない。かくいう私も、こてこてした飾りの付いた縁なし帽子をかぶり、白いジャケットに刺繍のあるズボンを穿いて、新聞紙でこしらえた円錐形の袋から大麦の粒を取り出している。まさしくそれは私が与えた大麦であって、鳩たちといっしょに食べているような気になる。裏面が通信欄と住所欄に仕切られているこの種の絵はがきサイズの写真が、まだ一枚手もとに残っている。ミシェルは住所の側から書きはじめていた。パリ、セルニュッシ通り十四番地、ド・ルヴァル男爵。通信欄は空白のままだ。おそらくそのとき、ジャンヌがやって来ることを知ったのだろう。

記憶はいつも、語りすぎるか語りすぎないかのどちらかだ。リアーヌにうんざりしたミシェルは、しばらくのあいだ、ジャンヌのことをどこかの愛人でも思うように思っていた。ジャンヌを愛しているかどうかではなく、愛する価値があるかどうかが問題なのだ。彼女が列車から降り、ホームにあの黒い深靴を下ろすのを見たとたん、ミシェルは自分の記憶など、唯一にして他に代えがたいこの存在の蒼白い写しにすぎなかったことを理解した。これほど愛情に溢れた眼、これほどの穏やかさを、他のどこに見出せるというのか？　しかもこの穏やかさからは力がわき出してくるようにさえ思える。ちょうど最盛期のギリシア彫刻を前にすると、プロポーションの均衡や形の完璧さの向こうに、存在に潜むなにかしら神的なものが感じられるように。恋する男はふたたびひざまずく男になっている。ジャンヌはヴィラ・デ・パルムに身を落ち着けることを、ためらいもなく受け入れる。この家でなければ、どこに滞在しようと慎みを欠いた言い訳に見えるだろう。それに小間使いたちもこのマダムのことをよく知っていた。彼女がやって来たのは子どものためという側面もあったから、できるだけその子の近くにいることが望ましい。ミシェルはリアーヌの一件には触れずにいる。取るに足らないことなのだ。逆にバルブは、そういうお方がいたことを新参の女性に話しておこうとする。しかしジャンヌにとって、この種の気晴らしはなんの問題にもならない。ド・C氏が自分の人生を好きなように取りはからうのは了解済みなのだから。

その晩、パリのホテルにあるレストランのテーブルで、ジャンヌのほうに少し身を傾けながらミシェルは思った。この人のなかに絶えることなくくすぶっているような甘美な炎は、愛という不滅の存在以外のなにものでもないのだと。エゴンへの愛。ミシェル自身は幾度も自問を繰り返して来たが、もうそれを疑ってはいない。ふたりの息子たちへの愛。その愛は、彼らにしかない品格、将来大人の男性として身にまとうことになる品格に対する敬意と、深く結びついている。つまり兄弟がいずれなるであろう大人の男としての尊厳ということだ。そしておそらくは、マルグリットへの愛。血を分けた息子たちと亡くなった女友だちの娘を差別したりすれば、あとで悔やまれるだろうから。貧しき者、とくにパリでエゴンの助けを借りながら、毎週、何時間も世話をして過ごしている老人――パリの老人たちは、ほかよりもずっと恵まれているように見える――やオラトリオ修道会に属するプロテスタントの孤児院の少年たちへの愛。ミシェルは我知らず、そこでもエゴンの動機が無私無欲なのかどうか、つい疑わしく思ってしまうのだが、この愛徳に対する愛はまた神への愛であり、愛の実践の度がいちばん低い者ですらその名を知っているお方への愛である。ミシェルは、神への愛にべつの様相があることを知っている。ちょうど穏やかな水面に広がる同心円状の環や、夜になると空一杯に積み重なる層雲のように。ではミシェルに対する愛はどうか？　現段階においては、自分にもその価値はあるとミシェルは信じて疑わない。では彼女が出会うかもしれない（ありえなくはないのだ）べつの誰かに対する愛は？　これまでよりジャンヌとエゴンの近くにいるミシェルは、そんなことがあっても問題にはならないと考えている。しかし本当に心を開いた打ち明け話はなされない。これ以上薄っぺらなお愛想を言いあったりすれば、たちまち、このレストランにいる上流階級の、慎ましやかなざわめきと同レベルに堕しかねない。

「あなたの左、ふたつ目のテーブルに、イレーヌ大公妃〔一八六六―一九五三。ドイツ皇帝ヴィルヘルム二世の妻。血友病の保因者だった〕がいらっしゃいますよ。頭を下げているあの赤毛の女性です。あの方の言いまわしを借りれば、昨日、運試しにと、私から五〇ルイお借りになりましてね」

「エゴンも私も、皇族の方々とはあまりお付き合いはないんです」

とはいえ、皇帝ご夫妻に若い音楽家が拝謁した折、彼らは皇帝ともその后とも、慣習に則った言葉を交わしたことがある。皇帝は実直で、整ってはいるがいくらかありふれた感じの、将校はかくあるべしというように抑制の効いた顔立ちだった。お后のほうはじつに威厳があるものの、息子の血友病のことが頭から離れず、神経質な英国人女性によく見られるように唇が小刻みに震えていた。上位勲章をちりばめた男たちと、ダイヤモンドやトルコ産の巨大なターコイズで指を覆った女性たちに取り巻かれていたが、夫妻は彼らになんの関心もない。生まれながらのルター派だから、どちらも東方正教会のきらびやかさを本能的に拒むところがあるのだ。ジャンヌは地上の国家の威光に捧げられていることがあまりにあからさまな教会に眉をひそめているが、結局はエゴンともども、合唱隊のほとんど性的な陶酔、子どもたちの澄み切った声、そして大人たちの低く男らしい声の誘惑に屈してしまうのだった。彼らは首都に広壮なアパルトマンを所有していて、最年少の衛兵隊員であるエゴンの弟と共同で使っているのだが、ごく稀に一族が上京して来ると、そこがみなの住居になる。夫妻が知っている庶民といえば、そのアパルトマンのこびへつらうような従僕たちか、逆に首都のへりの、いつもおなじ場所に陣取っている何人かの乞食たちだけだった。時折、のちに西洋社会で知られるようになる人物の名が、ジャンヌの話のなかをほとんど気づかれることなく通り過ぎていく。たとえば、まだ流行の美男でしかないフェリックス・ユスポフ〔一八八七―一九六七。ロシアの貴族。ラスプーチンを殺害したことで知られる〕。それから、我こそはあらゆる恩恵を受けとる器なりとうそぶきながら、脆弱な皇太子をついに治療できなかった浅ましい僧侶。いまや金まみれになっているこの男は、彼らの邸宅からほど遠からぬところに住んでいるのだが、ある日、《若き男爵夫人》にお目通しいただきたい言ってきた（女と言えば誰でも追いかける男なのだ）。使用人たちはあられもない悪態をついて彼を追い払った。といって、聖職者どもの卑猥さに比べればそれほど度外れたものではなかった。

会話を弾ませるには、この手の逸話がいくつかあれば十分である。ミシェルは、同世代の教養ある男たちの多くがそうであったように、まだ魔法でもかけられたように未知のままだったこのロシア社会に関することすべてに興味を示している。彼のなかでは、ウクライナで過ごした春と冬の、忘れがたい思い出がそこに加わる。それは——むかし過ごした土地ではありがちなことだが——、ひとりの男の思い出によっていっそう感動的なものになっている。つまり例のガレー事件〔第二巻『北の古文書』「宿命」、二八五頁以後を参照〕に登場する、賭博者にして放蕩者、フン族さながら巧みに馬を乗りこなす、ウクライナの大地主であったハンガリー人の男爵のことで、この男はミシェルの生涯における最もロマネスクな人物のひとりでありつづけていた。ミシェルは彼を模倣する。あるいは、多くの点において彼の行為を受け継ぐ。心が屈して自殺を考えるようなときでさえ、お手本になっていたのは、アドリア海沿岸の、岩場の多い小さな海岸アバツィアでガレーがものの見事にやってのけた自死だった。波の音に和らげられた銃声が、わずか一発。遺体は潮の流れに運ばれ、二度と見つからない。ミシェルがジャンヌにガレーの話をしたことは一度もなかったが、迷宮の回廊は交差するものだ。ジャンヌの知らない、しかし母方の血筋によってロシアの血が入っているこの男は、おそらくミシェルが彼女の最初の手紙に興味を抱くにあたってなにがしかの役割を果たしている。というのも、バルト人との結婚によって得た、薄くもあり濃くもある血縁関係によって、ジャンヌはロシアと結びついていたからである。

その冬、ペテルブルクでのジャンヌとエゴンの生活は、劇場を中心に、というよりバレエを中心にまわっていた。楽屋裏での付き合いが、ふたりにひとつの世界を、いまだ賛否両論あって少なくとも現場ではほとんど無視されていた、新しい舞踏のダイナミックな世界を開いてくれたのだ。半世紀にわたってバレエ芸術を牛耳ってきた偉大な振り付け師プティパ〔マリウス・プティパ。一八一八―一九一〇。フランス生まれの振付師〕は、高みに立って歯牙にも掛けなかったが、二、三年のうちにこの新しい舞踏はヨーロッパを席巻することになる。新しいスタイルと言えば、エゴンのバレエ音楽もまさにそのひとつで、若き振付師フォーキン〔ミハイル・ミハイロヴィッチ・フォーキン。一八八〇―一九四二。ロシアの振付師〕からは熱い賞賛を得たものの、譜面の奇妙さゆえに音楽に合わせて躍るのがむずかしく、男女を問わず、多くのダンサーの意気を挫いてしまった。《湖畔の白馬》をめぐっては、いくつもの隠謀が企てられた。一方の忠誠心は、他方が見せる敵意に比して大きくなった。パヴロワ〔アンナ・パブロワ。一八八一―一九三一〕をプリマドンナに登用することとは諦めなければならなかった。まだ若すぎてほとんど出番がなかったし、あったとしても一段下に見られているような舞台に出るのがせいぜいだったからである。主役はイーダ・グレコフという、粗暴なまでに美しい娘に与えられたが、彼女の奔放な性格が作品をところどころ変容させてしまった。主役を演じる男性の選択についてはさほど争いが起きなかった。エゴン生来の魅力と、ミシェルにも思い当たる節のあるジャンヌのまぎれもない優美さが、諍いの火種を消すのに大いに役立った。ダンサーと一部の観客の熱狂は、作品よりも（エゴン自身も、いまではとくにその欠点を認めている）、愛するか憎むかの選択しかない、まったく新しいスタイルのほうに向けられたのである。少なくともエゴンは、底の浅い妥協だけはしないでしのぎきった。たとえば極東の芝居についてあれこれ情報を集めていたのだが、その情報をもとに、湖の波は光や鏡のゆらめきではなく、何メートルもの白いモスリンにくるまれた端役たちを使い、彼らを押し分けたり足を踏みつけたりする馬の横腹にぶつかっていく生きた波で表現するべきだと主張した。批判を浴びたのは、湖のほとりの教会を出たとき信者たちが演じた、鈍重で調子はずれのポーランド舞曲と、わざわざ土手道に出てきた彼らに、そんなことをすれば魂が堕落しますぞと陰険な脅しをかける風変わりな司祭だった。半裸どころではないイーダのまことにがさつな登場の仕方は、スキャンダルを巻き起こした。長く白いたてがみ、白い蹄、そして岸を掃くように動く長い尻尾だけで表現された美しすぎる白馬は、はねたり半回転したりしてすぐさま水際へ連れて行かれる恋する女性の、思わせぶりなしぐさに呼応している。彼女は馬の横腹をよじのぼり、古い絵画に描かれた雄牛にさらわれるエウロパみたいに臀部のほうに身を横たえ、首にしがみついてまるで水草の束みたいに運ばれて行き、最後には落馬して足で踏みつけられ、その姿をはっきりさらすかと思うと今度は白いモスリンの大波を浴びて身を隠す。それを交互に繰り返すのだ。ふたりのダンサーの跳躍は、ほとんど神秘的な哀調を帯びた曲を、半獣神とひとりの女性による死に向かう求愛行動に変えてしまったのである。

予定されていた何度かのリハーサルは、古い様式を好む者たちが幕の下りる前に退席するという出来事を除けば、つつがなく進んだ。エゴンとジャンヌは、上流階級における代わり映えのしないお世辞や、判で押したような反対意見を聞くのにうんざりしている。どちらもほとんど変わらないくらい皮相的なのだ。しかし、ロシア的な激しさと率直さが勝利を収めた。作者と演技者たち、そして舞踏愛好家の一群のなかでふたりが掌握している友人たちは、なかなか離れがたそうに見える。かくて、急遽、ささやかな夕べが催される。官能的でディオニュソス的な炎は、舞台から現実の生活へと燃え移る。劇場でよりも大胆な身振りで、これまでにないほど肌をあらわにしたイーダが、馬の愛人にまた官能的な誘惑を繰り返している。というのも、半馬神たるアントン・ガルサイアンは、白色顔料と白墨を漆喰のように塗りたくっていたので、いつものようなタイツを履くことができなかったからだ。厳格な女性信者たちは、ウオトカを少しばかり飲んで刺激的な巫女になる。執拗に反復される音楽とカーペットの上で踏み鳴らされる鈍い足音のせいで、ジャンヌの酔いはシャンパンを数杯飲んだときよりずっと深いものになっている。彼女は誰かに——たぶんエゴンに——どこかアルコーヴのようなところに連れて行かれて、たっぷりした黒のドレスのホックを外されても抵抗しない。その少しあとに現れたアントン（本当にアントンなのか？）には、唇を貪欲に這わせるままにさせておくだろう。その貪欲さには、しかし、敬いの心も消えずに残っている。

ふたつの黄金の天球が胸に押しつけられるのを、ジャンヌは感じる。イーダが突き出した乳房である。この種の両性具有的なパーティから彼女は無理に離れようとはしない。時が止まる。このわずかな数刻は、おそらくひとつの夢だ。それはしかし、ジャンヌの人生に消しがたい位置を占めることになるだろう。夢が繰り返されることを望んでいるわけではない。といって、そこから逃れようともしない。誰かが明かりの一部を消した。顔に影ができるくらいには残して。ジャンヌはいつも、愛のなかにひとつの儀式を見ていた。身体と身体がこんなふうに和解することで、わたしはエゴンに近づいているのだ、と彼女は思う。とりわけ、肉欲的に。エゴンはいつもこの種の乱交に魅了されてきた。それはわかっている。自分とは対極的なエゴンの存在が、彼女を他の亡霊たちから引き離す。ジャンヌを抱擁するため、彼はそっと愛撫するようなしぐさでイーダを押しやる。その愛撫によって、インドの女神の、あのふたつの胸の彎曲が浮き彫りになる。イーダが消えたさみしさより、エゴンというこの若者がすべての女性に対して示す感動的な賛辞をジャンヌは感じる。ふたりきりになったいま、エゴンは無意識にワイングラスを拾い上げる。ひびは入っているが、割れてはいない。どちらも眠気に襲われている。ジャンヌはエゴンのベッドの隣に置かれたベッドで、静かに眠る。

この一夜の情景がミシェルに語られることはなかった。あまり話しやすい出来事ではないのだ（ゆがめずに書くこともまたむずかしい）。彼女にとっては、他のどんな夜とも異質なこの一夜について、ミシェルは結局なにも知らずにいる。ミシェルに理解できるはずがない、とジャンヌは苦々しく思う。たぶん彼女はまちがっているだろう。短い沈黙のおかげで（というのは、この映画のような情景が、彼女の脳裡に再生されているあいだに、べつのわずかな言葉がふたりの口に上ってきたからだが）、ミシェルは突然、その理由はわからないけれど、頭のなかで思い返したばかりの、十二年前に数か月を過ごしたウクライナの村へ連れ戻された気がした。ジャンヌがミシェルに想像させることのできなかった、あるいはあえてそうしなかったシーンと似たような情景が、もっと陰気で、もっと下品な背景のなかで展開していく。村の公衆浴場として使われている、形の悪い角材でできたあばら屋での出来事だ。一月か、たぶん二月のことだったろう。教会の祭りの前夜だった。全員がそこに出向いた。フランスからやって来た三人も含まれていた。屋内の空気は沸き立つようで、ずいぶん時間が経ってから、ようやく蒸気の向こうに肌理《きめ》の粗そうな裸の姿形が見分けられた。ベンチに沿って人影が激しくうごめいている。幾人かの男女が、樺の木ででき た笞で身体を叩いて血をあたため、他の人々よりずっと赤らんだ肌に汗をかいている。夜の闇の底で、ぼさぼさの髪と髭が、大量にまとまったもじゃもじゃの毛の固まりみたいに見える。男性ひとり女性ふたりのフランス人たちは、当初、怪訝な眼で、おそらく敵意をもって見られていたが、薄暗がりのむせ返るような暑さのなか、おなじように裸になったおかげで他の人々と対等の関係になっている。誰かがミシェルに冷たい水の入った手桶を渡す。ボトルが一本まわされ、ほどなく空になって取り替えられる。時々、男たちが何人か外に出て雪に触れ、涼を取り、用を足す。冷気が少し、彼らといっしょに戻って来る。みなに押されるかっこうで、三人の外国人は離ればなれになる。ミシェルは何度もガブリエルの短く甲高い笑い声を聞いたように思った。城館に戻れば、人から人へたらいまわしにされたと言い張るだろう。けれど、たぶん彼女は嘘をついている。ベルトは出てくるなり、最後に飲まされたブランデーを何度か吐き出した。ミシェルは、金髪の、もしくは褐色の髪をした尻の軽そうな若い娘のことを思い出そうとしている。髭面の父親だか夫だかが、ぶつくさ言いながら連れてきた娘だ。性に関わる話はいつだって打ち明けにくいものだが、恋愛関係に陥っている男女のあいだほどむずかしいことはない。最初は、かなり突っ込んだところまで話をする。目の前に口を開けているその深淵の深さ、測ってみたい気もするその深さに、双方ともまだ確信が持てずにいるかのように。ところが、それからあっという間に、打ち明け話のなかに愛撫とおなじような慣れ合いが生じて、完全に心を許すことも、身を任せることもできなくなる。カップのコーヒーが冷める。食事は、終わる。

季節もまた終わろうとしていた。ミシェルはジャンヌに賭博の手ほどきをしていた。彼女はたった一ルイ硬貨でも、偶然の手に委ねるのを拒んでいた。常連たちの引きつった顔、あるいは無気力な顔が嫌でたまらなかったのだ。彼らはどうやら希望や怖れなどもう超越していて、機械的に賭け金を置いたり置き直したりするだけだ。そして、なにが言いたいのかまるでわからない、冴えない顔つきの人々、つまりもっと数の多い短期滞在の旅行者たちは、減らしたり増やしたりする額を旅費に盛り込み済みだった。彼らにとって、賭博など他の遊びと変わらぬ暇つぶしにすぎないのだ。クルピエのレーキが、ミシェルの手前に金貨を押しやる。それを集めている姿を見て、ジャンヌはミシェルの人としての器の大きさが、肉体的にもいくらか失われたように感じる。ミシェルはすぐさまそれを察して、海岸沿いか内陸の後背地に遠出しようと提案する。まだ手つかずの、ほとんど形を変えていない地方の風景のなかを、馬に乗ってゆったりと進む。子どもも時々ふたりに付いていく。この穏やかなリズム、左に右に急ぐことなく流れていく美しい土地に、私は長いあいだ郷愁を感じることになるだろう。ジャンヌがエゴンを難じることはまったくなかったのだが、ミシェルの度を過ごした浪費、まるでテント住まいの外国人みたいに暮らしているあの不便で豪勢な別荘、大事なことがしばしば抜けている使用人についてはそれとなく批判を口にしそうになる。愛情を込めて、ジャンヌは彼に思い出させようとする。フェルナンドが生きていた頃は、バカラもルーレットもなしで過ごしたでしょう、と。

「わたしにもおなじようにできないの？」

「あなたは、たまにしかいっしょにいてくれないからね」

今回のパリ滞在は、いつもより長かった。ジャンヌはミシェルに、完成した翻訳をパリの大手出版社に見せたらどうかとアドバイスしていた。「新フランス評論」〔一九〇八年創刊の文芸誌〕はまだこの世に生まれていない。しかし、ジャンヌは原稿の唯一の写しをジャン・シュランベルジェに貸し与える。彼女の家でミシェルもすでに会ったことのある、プロテスタントの青年だ。若きシュランベルジェ夫人はジャンヌの従姉で友人でもあるリンダ・ド・ビィラント夫人ととても仲がよく、リンダは夫人と絵を習っている。ジャン自身も内向的な小説や詩を書いているのだが、ほとんど読まれてはいない。この小さな世界には、さまざまな計画が渦巻いていた。ジャンが想い描いている夢は、文学的善意のすべてをひとつの雑誌に結集させることだった。その雑誌は、少し年上の、ほぼ友人といってもいい、やはりほとんど読まれていないアンドレ・ジッドの手で取りまとめられることになるだろう。コメニウスの辛辣なモラリスト的口調は彼らの好みと合致している。しかし本として世に出すとなると、またべつの話だ。ミシェルにとっては、どんなに揺るぎない大手出版社も単なる紙の商人にすぎない。十七世紀の神秘的なボヘミア人に提供されうる場所が彼らの刊行目録にあるか否かを問うこともなく、ミシェルはただアルファベット順に訪ねていく。前もって書状で面会の約束をするわけではないから、ほぼどこでも受け入れられずに門前払いを食う。社交界からやって来た未知の男にわずかな時間を割いてくれるところがたまたまあったとしても（彼らにしてみればミシェルなどその程度の男でしかない）、カルマン・レヴィ、ファスケル、ペラン、そしてプロンといった版元の責任者たちが興味を抱いてくれることはまずありえない。

とうとうミシェルは、最も好きな雑誌であり版元である「メルキュール・ド・フランス」の編集部に受け入れられる。ヴァレット〔アレクサンドル・ヴァレット、「メルキュール・ド・フランス」の創始者〕のテーブルに分厚い原稿を置いてたっぷり数ページを音読し、残りの部分をみごとに要約してみせ、その場で意見を聞かせて欲しいと言う。ミシェルは相手が原稿を自分で判断できるよう、その束を渡すことにかろうじて同意する。急いでいるのだ。明後日にはパリを発つことになっていたからである。原稿審査委員会の意見を聞いてみないことには、なにもできないとヴァレットは主張する。そもそもこのコメニウスなる人物を、フランスではひとりかふたりの専門家を除いて誰も知りませんし、大赤字になるのはまちがいないでしょう。かまいはしない。印刷代は自分が負担する、とミシェルは持ちかける。当時の「ル・メルキュール」がこの種の交渉を受け入れていたかどうか、詳しいことはわからない。いずれにせよ、ヴァレットは首を縦に振らなかった。リールに戻ると、ミシェルは印刷屋に作品を持ち込み、五百部刷らせて半分をジャンヌに送る。彼女が多少の嫌悪を感じて賭博場から離れたのと同様、いくつかの出版社訪問が失敗に終わったせいで、ミシェルはパリの文学的料理で手を汚したような気になっている。数年後、『心の楽園』はエゴンのとある音楽作品の経糸に利用されるのだが、無調音楽の時鐘がまだ鳴っていなかったこともあって失敗に終わった。その時はもう夫妻と仲たがいしていたため、ミシェルは事実をすぐには知らされなかった。そもそも、どうでもいいことだったのだ。さらにずっとのち、七十代になってから、ミシェルはひとつの国家となったチェコスロヴァキアの文化大臣から、チェコの愛国者によるあの傑作をフランス語に訳したことに対する、じつにすばらしい礼状を受け取った。枯れたと思っていた若木がまた葉をつけたのを目にしたかのように、彼はとても喜んだ。ともあれ、ジャンヌは亡くなっていたが、ミシェルはそれを知らずにいた。

その夏、スヘフェニンゲンでの数週間はことのほか穏やかだった。エゴンは留守にしていた。スペインでもいちばん人の訪れない地方を旅して、古いイベリアの音楽を採取していたのだ。草刈り人、「番人《グアルディアネス》」、もしくは孤独な散歩者たちの奏でる、ローマによる征服や聖歌よりも古い単調な旋律の音楽、ルネサンス時代の《フラメンコ》よりも、あるいは純粋な形ではめったに聞かれなくなった《カンテ・ホンド》〔神秘的な情念を表現する深い歌、の意〕よりずっと前に、中央アジアから部族とともに入って来た歌。しかし野性的なまでに土着の色が強いこの国の最も辺鄙な一角においてさえ、もはやそうした歌のリズムが老人たちの喉から出てくることはなかった。他のどこでもそうだが、この頃から一九一〇年までのあいだに、道行く者が歌うことを忘れはじめたのだ。聖週間の行列の時には、あちこちで《サエタ》がその原義のとおり鋭く喉からほとばしり出てくるのだが、自然にわきあがったということになっているこのサエタの短い祈りに似た歌は、しばしば外国人向けのホテルの周辺に集まった群衆から発せられている。ほかには、ガボール山脈で時々キャンプファイヤーに使う藪を刈っているふたりの老女の口から、使えなくなるほどつぶれてしわがれた単旋律の歌声を聴くことができただけだ。グラナダのみすぼらしいカフェでは、年老いた女性歌手の赤すぎる口もとから哀歌が聞こえてきたが、それはあまりに傷ましく、すべてのリズム、すべてのモードからはずれて、傷ついた獣の呻き声のように終わった。パリの民俗学者でドゥレクリューズなる男がこの地の言葉に通じていて、エゴンの巡礼のお供をしている。ミシェルはほどなく、ジャンヌの心が最も動かされるのは、手紙が届けられたときであることに気づく。蠟封を取り払って封筒を破る、そのいささか熱に煽られたようなしぐさ、最初に急いでざっと読み通し、そのあと一行ずつ、ときには隣りにいる者のために声に出して読み返すうち、徐々に輝きを増していくその表情を見ていると、ミシェルは自分とエゴンとの関係に、ある種の苦悩が、それまで晴れ渡っていた空に暗雲が立ちこめたように思えてくる。しかしジャンヌがミシェルに語るエゴンは、いつも曇りない光のなかにある。

　ヴィラ・デ・パルムで、ミシェルはジャンヌの右の踝にちょっとした腫れがあることに気づいていた。また、ここに来てからの三か月におよぶ夏のあいだ、彼女が庭から浜辺へつづく不揃いな階段におずおずと足を置いたり、砂地に掘られた穴や海からあがった流木のかけらを避けたりしていることにも気づいている。ちょっとした事故があってフランスに戻るのが数週間遅れたというのが彼女の説明だが、ミシェルはその遅れがもっぱらエゴンの成功によるものだと思っていた。実際には、彼らはエストニアにいるエゴンの実家に帰省していたのである。ドレスデンで結婚式を挙げたあとに訪れて以来、ふたりは両親に会っていなかった。領地の隣の小さな村の、市の立つ日に、彼女は人波に押されて、凍り付いた地面で転倒した。四輪馬車の車輪が一方の脚の下部に乗り上げて踝を砕き、ひかがみに長い傷を負わせた。それがすぐに化膿したのである。幸いにも馬車の荷は軽かった。エゴンは、移動する馬車の揺れをできるだけ軽減するため、とりあえず城館よりも村に近い、管理人の住む古い家に、ジャンヌを落ち着かせることにする。それに彼には、自分の親族にとってジャンヌがいまだ《外国女》でしかないことがよくわかっている。怪我人の存在は、実家でなら当然得られるはずの世話や気遣いではなく、混乱をもたらすことになろう。

　ジャンヌを移り住まわせた建物はいくらか田舎風だが、大きな屋敷の重苦しい贅沢さよりも彼らはずっと気に入っている。都合してもらったふたりの小間使いたちは、なにも考えていないような善意に満ちている。タリン〔エストニアの首都〕にいる医師が可能なときに往診に来てくれる。そしてすぐに親しい友人となる。

エゴンは上階の大きなベッドを下の階の主室に運ばせる。この部屋だけに鋳物のよいストーヴがあったからだ。彼はジャンヌのそばで夜を過ごすためにキャンプ用ベッドを借りて作曲と読書に没頭していたが、ついうとうとしてしまうことがあった。悪いほうの脚が痛んで、無意識のうちに漏れ出てくるジャンヌの呻き声（けれど彼女がそれを知るのは、ずっとあとになってからである）がその眠りを掻き乱した。ジャンヌが地面に脚をつけたり、松葉杖の助けを借りて跳ねるように歩いたりしなくて済むよう、エゴンは毎日、彼女を浴場まで抱きかかえていく。そこには浴槽の代わりに滑らかな木の盥とおまるがあった。おまるは、小間使いたちが空にしてくれた。人肌のあたたかさがどれほど大切かを心得ているエゴンは、毎晩、少しのあいだだけ、悪いほうの脚に触れないよう気をつけながら、左側からベッドに滑り込んだ。転んだときに打撲を負った顔を、ジャンヌが見なくてもいいよう気を遣って、彼は小さな姿見を壁からはずした。ようやくその鏡で顔を見たいと頼んだとき、彼女ははじめて、エゴンが毎晩、打ち傷で膨れて血の気のない頬にキスをしてくれていたことに気づく。恥ずかしかった。それから感謝の気持ちが湧いてきた。ひかがみの傷はなかなか癒えない。エゴンは毎日その血の膿を拭き、洗い流し、乾かし、医者が置いていった薬を塗ってから包帯を巻いた。彼女はドレスデンでエゴンが口にした、「身体から出るものはなにひとつぼくを嫌がらせたりしないよ」という言葉を想い浮かべる。これ以上ないやり方で、エゴンはそれを彼女に証明してみせたのである。

しかし、ミシェルに話すときには、こうした細部の多くは沈黙のうちにやり過ごされた。その手の話は、ときに肉欲に関わる細部以上に内輪なものに思われる。「あの人は、文句のつけようのないくらい大事にしてくれました」。彼女はこう言い添えるにとどめる。ほぼ八割方治って、包帯をした脚を地面につけたとき、一歩前に進むたびに必ずエゴンが肩を貸し、腕で支えてくれたのだ。この辛い冬の終わりの思い出は、かつて失われ、いまはもう完全に復活したエデンの園、つまりドイツの春の思い出につながっている。まだ雪の残るあの風景のなかで、エゴンは彼女のために見つけ出す。風で地面に投げつけられた、美しい樺の樹皮の破片を。その裏に、彼は音符を刻むのだ。木の下で成長し、その熱のおかげで早々と生まれた苔の輪を。家からそう遠くないところにある、氷の覆いを逃れた小川を。その小川のほうに向かってエゴンは一歩一歩彼女を導いていくのだ。そしてまた、巣穴から出てひなたぼっこをしているマーモットを。同時に彼女は、それまで自分にとってほとんど謎めいていたエゴンの国の景色や人々となじみになっていく。エゴンといっしょに遊び、彼とおなじようにいま三十歳から三十五歳になっているかつての少年たち。以前ふたりを食事に招いてくれたことのある、もう古い切り株みたいになってしまった老女たち。小型の四輪馬車で散策しているとき、ジャンヌは、おなじく四輪馬車に乗って小さな子どもたちに囲まれているカーリンとすれちがう。エゴンの元婚約者と言ってもいいカーリンの一行と出会って、ジャンヌは一瞬、息子たちとずっといっしょにいられないいまの境遇を、苦々しく、悔しく思う。しかしエゴンは、彼女にとって愛人であり息子であり、おない年なのに弟であり、そして神なのだ。時に、エゴンはまちがいなく空から落ちてきた神だとさえ思うことがある。

ジャンヌはミシェルに対する誠意から、心のうちを密かに揺り動かしてきた苦しい思い出を、もう打ち明けたりしなかった。たぶん、そんなふうに動揺することじたいまちがっているのだろう。彼女がエゴンに認めている性的な自由に、眉をひそめている女性もいる。しかしそのうちいったい何人が、酔いつぶれた夫の帰宅を不平も言わずに受け入れているだろうか。とはいえジャンヌはいつも、肉欲の嗜好には、あらかじめ天に定められたものと、自らの意志で選びとるものが混じっているように思われた。そこでは肉体とおなじ程度に、精神が関与しているのだ。逆に、酔いはそのいずれをも曇らせる。明け方、ペテルブルクのアパルトマンまで泥酔したまま弟に連れ戻され、階段をよじのぼり、服を脱ぎ、ベッドに横たわるのを手伝ってもらっているあのエゴンは、もはや人間的なところなどなにひとつ残っていないボロ布のごとき存在にすぎなかった。貴族の子弟たちとの夕食会で酔いつぶれるのは、べつに大したことではない。翌日には忘れてしまっているからだ。しかしこの村では話がちがってくる。小間使いたちしかいなくても、一、二時間程度なら大丈夫なくらいジャンヌの怪我が回復してくると、エゴンは、夜、それを利用して城館まで家族に会いに出かける。結局、それがこの旅の目的なのだ。エゴンは幾度も、今度は泥酔状態ではなくすっかり興奮して、不自然なほど目を輝かせ、まずこんなときにしかしないような意味不明の話をする。批評家や愛好家たちから受けた賛辞に対する減らず口、自分の楽曲をけなそうとする連中への皮肉交じりの嘆き、いくつかの作品をめぐる野心的な計画。まだ十分練られていないけれど、それらはもう出来あがっていると考えているのだ。この愚かしいおしゃべりは眠りに就くまでつづき、ひと眠りすると、ようやく彼は馬鹿馬鹿しい行いから立ち直る。ただ、そこに到るまでのあいだ、ちょうど階段で躓くことがあるように、エゴンは言葉に躓くことがあった。また、ジャンヌのほうに曖昧に手を伸ばし、不器用に口づけをすることがあったが、それは愛の戯画でしかなかった。朝、ジャンヌの赤い目を見ると、「ぼくの家族の男たちはみな酒飲みさ。奴らといっしょのときはどうしようもないんだ」とエゴンは言う。しかしジャンヌを傷つけているのは、まさにそうした屈託のなさだった。「きみがそんなにすまし屋だとは知らなかったな。でも嫌われないよう、慎むことにするよ」

事実、たいていは節制している。しかしフランスに戻ってからでも、何度か揺り戻しがあった。友人たちがヴェルサイユで開いた夕食会で、さあテーブルに着こうというとき、エゴンは理由のわからぬまま表情を曇らせ、ジャンヌの具合がよくないからもう帰らなければと言い張った。おなじ夕食会に出ていたミシェルは、エゴンが買ったばかりの幌付きオープンカーに乗って、ふたりが不安げに帰って行くのを主催者といっしょに目で追っている。ついさっきまで震えていたエゴンの両手は、ハンドルを握ったとたん力を取り戻した。鍵盤の上でもそうなることがあるのだ。ジャンヌはエゴンの震えが止まったことを確認したものの、帰り道をひどく怖れている。夜になってエゴンは、サンクト・ペテルブルクのダンサー、ガルサイアンがやって来ることを直前になって知ったんだと打ち明ける。「どうしてもっと早く教えてくれなかったんだろう？　あいつがいたら頭がおかしくなる」「わたしのせい？」小さな集まりが演じた、公演のあとの夜の不行跡を想い浮かべながらジャンヌが言う。「ちがうよ。きみにはなんの関係もない、ただの諍いさ」。とはいえ、帰宅して彼が最初に見せた反応は、大事にしていた粘土の花瓶を割ることである。ウオトカを一杯あおると、ぐったり倒れ込んで彼は泣き出す。この出来事について、ジャンヌはもうなにひとつ知ることはないだろう。しかしヴェルサイユで不意に帰ると言い出したあのときから、ミシェルには真実をすべて隠すことができなくなる。

この苦い水薬に、少しずつ広まっていく嘘の後味が加わる。エストニアでの数週間、エゴンは夜、ドアに錠は掛けず、ラッチも閂も下ろさないでくれと頼むことがよくあった。帰ったとき、眠っているジャンヌを起こさないようにするためだ。しかし彼女は、一度だけ、真夜中過ぎに、父親とチェスをしているか、母親とのカードゲームが長引いているのだろうと思いつつも、怖くなって閂を下ろした。午前二時頃、エゴンは酔っているというより顔を火照らせて戻って来る。まだ霜の残る白い森を歩いて抜けてきたおかげで、気分はすっきりしているものの、ジャンヌが敷居の向こうに立っているのを認めてエゴンはいらだつ。

遠ざかっていく若者たちの話し声と笑い声が聞こえる。森林管理人になった古い友人の声も混じっていたように彼女は思う。

「ヨナスと夜を過ごしたの?」

「きみには関係ないことだ」

このときは、それ以上の話はなにもなかった。だが翌日――、

「昨日の夜はヨナスといっしょだった。でもきみが考えてるような意味でじゃない。あいつには友だちが何人かいてね。氷の上に熱いシロップを注いだり、雪の山のなかに両腕を広げて仰向けに飛び込んだりして遊んでたんだ。天使の真似ごとさ……。暗がりで、どこかくぼみの底のぬかるみに足を取られて、長靴はそのまま捨ててきた。ぼくが裸足で帰って来たところ、見ただろう? 霜焼けはその罰だ」

「誰に課された罰だっていうの? そんな言葉は使わないで。クレマンを叱るときにだって使いません。トナカイの皮のサバトをすぐに履いてらしたでしょう。長靴は、敷居のところでお脱ぎになったと思ってました」

「昨日の晩は、きみのはずれさ。でも二晩前に訊いてくれてたら、きみの言うとおりだったよ」

そんなふうに、ほとんどへりくだるようにすぐさま前言を覆したからといって、彼を恨んだりはしない。けれど、ルイ十五世様式の大きなサロンでチェスをしたりカードで遊んだりしたという作り話は崩壊する。スヘフェニンゲンにいるとき、ジャンヌはドゥレクリューズ教授からの丁寧だが凡庸な手紙で、バルセロナに立ち寄ったあと、フランツ・フォン・シュトルベルクとかいう、数年前からヨーロッパを渡り歩いている若いババリア人が、ふたりの民族音楽愛好家に加わったことを報されていた。エゴンはその三人目の旅行者の存在を、自分宛の手紙では語っていなかった。そこでようやく、いつも質素なエゴンから、金銭

援助の願いが何通か届いたわけを理解したのだ。ジャンヌはエゴンの無心にひどく驚いていたのである。

愛しいエゴンがすっかり日に焼け、やるべきことをいっぱい抱えて自分のもとに帰って来ると、新しい相棒についてなにも口にしなかったことには驚かないようにしながら、さもこだわっていないふりをして、あの不器用なドゥレクリューズからの手紙を見せる。

「その人も音楽家?」

「いや。でも愛想がよくて、スポーツができるし乗馬もうまい。いっしょに、たくさん馬に乗った。この冬にパリで会えるさ、ソルボンヌでまた勉強をはじめるだろうから」

彼女は口を噤む。いずれにせよ、かつてはそうしてくれていたとはいえ、誰と行動を共にしたのかを、こと細かく知らせる義務など彼にはなかった。だがふたりのあいだに存在していた完璧な信頼関係は崩れ去った。ある秋の夜、ミシェルがモン=ノワールに戻って以来(モン=ノワールでは、ミシェルは絶対に友人たちを招かなかったし、友人どころか誰も招待しなかった。ノエミがあいかわらずの調子だったからだ)、そしてひどく寒がりのファン・T夫人が、十月の午後の涼気に身をさらすのをやめて以来、エゴンは夢見がちに、とりわけ好きなハンモックで横になっている。するとこんな言葉が自然と口をついて出る。

「セルニュッシ通りに戻るのは嬉しいな。ともかく、パリには心が一部残してあるからね」

「フランツがいるから?」

「そうじゃない。ただパリが好きだって言いたいだけさ」

すべてが嘘っぽく響く。ヨハン=カールの、閂を掛けられて閉ざされた世界にジャンヌは入り込むことができなかった。同様に、当初はあれほど開かれているように見えた小径を、彼女はついに行き来することができない。日当たりのいいところでしか生長できず、花を咲かすこともできない灌木があるけれど、エゴンはそれとおなじようなものだ。ならば、このわたしは？　あの人にとって、わたしは甘美な薄闇にすぎないのだろうか？　喜びの可能性が、あるいは少なくとも軽やかな歓喜の可能性が身のまわりから減って来ると、エゴンはすぐに口を噤み、意気消沈する。にもかかわらず、彼が最良の曲を作るのはそういうときなのだ。たとえばノヴァーリスを下敷きにした《夜への讃歌》もそうで、この作品をめぐっては一種の栄光という言葉を口にできるほどの賞賛を浴びている。しかしエゴンは、乗馬であれ森のなかの遠出であれ、偶然の出会いであれ名を明かさない夜ごとの情事であれ、なにはさておきそうした荒々しい自由に――いまなら理解できるのだが――、それらがぜんぶ混じり合ってちょっとした危険の味付けに酔いしれた状態になったときにしか、そのレベルに達しない。彼にとって危険とは、当時はまだ告白できなかった生活、おおっぴらにされたら非難を浴びかねない存在の一部の塩に当たるものであり、人生の価値のすべてとまではいかないまでも、その美となるものなのだ。セーヌ河沿いにある、建設途上でなぜか放り出された建物――階段には手すりもなく、床はもうぐらぐらになっているか、歩道橋のようなものになりかわっていた――のことを、何度話してくれたことか。あの冬、おなじ強迫観念に取り憑かれた男たちがそこで出会っていたのだ。「ピラネージ〔ジョヴァンニ・バッティスタ・ピラネージ。一七二〇―一七七八。イタリアの画家、建築家〕の世界さ」とエゴンは請け合った。できるだけ物音を立てないようそっと帰ってきた気配を察して、ジャンヌは少し時間を置いてから、エゴンがひとりになりたいときに使っている隣の寝室に入る。ふたつの部屋のあいだには、パリの建築家の気まぐれで設けられた段差があって、できるだけそれが軋まないようにする。エゴンがもう死んだように眠っていることはわかっているのだ、徒労に終わることもある長い夜回りのあと、寝るときは必ずそうするように裸のまま腕を十字に広げ、ベッドの両端から長い手を垂らすようにして。こんなときにキスをしたり身体に触れたりするのは、たがいの契約に反することになる。ジャンヌはエゴンに近寄りもせずに退く。《苦悩の人》、と彼女は思う。ただし、カトリックの友人たちには冒瀆と思われるだろうこの言葉に気まずさを覚えながら。エゴンの肉体を引き受け、その欲望と幻想を意識的に満足させようとした男がいる。その男のせいで、彼は夜の都市で、肉体が冒しうるすべての危険を冒すことになったのだ。

自分たちの階級の社交の席にありがちな、軽い飲酒癖がそもそもの発端であること、孤独な愛人探しにおいては、出会いの儀式、あるいは待機の儀式としての《一杯》がつきものであることを、彼女とて知らないわけではなかった。しかしアルコールはしばらく前から、彼の生活のなかでもうなんら決定的な役目を果たしていないように思われる。このところジャンヌは、無知に似たもの、それはまた無垢でもあるのだが、自分がなにかを知らずにいるとの思いに不意打ちを食らったまま、いつの間にか立ちこめてくる臭いに肉体的な不安を感じることがあった。その臭いはとても消えやすくて、隣の寝室の窓を開け放てばたちまちなくなってしまう。興奮剤であれ鎮静剤であれ、そうした臭い付けはそれじたいカムフラージュか副作用的なものにすぎない。望むと望まないとにかかわらず、彼女が感じている怖れはひとりの人物の周囲をまわっている。その人物が不吉か否か、誠意をもって断言する勇気が彼女にはまだない。

エゴンがパリで再会したこのフランツという男の暮らしぶりは奇妙なものだった。一文無しに近い状態かと思うと、突然金まわりがよくなるのだ。当人の弁によれば、十六区にある友人のアパルトマンで二年間暮らしていたのだが、友人のほうはその後ドイツに帰った。こうして気ままに暮らしていられるのは、両親から相続した絵画を売ったおかげだという。しかしこの都市では、とくに外国人たちの小さな社会においては、最後にはどんなことも人に知られてしまうのだ。フランツの両親（父親はバヴァロア皇国の慎ましい役人である）はまだ存命で、巨匠の絵画が自宅の壁を飾ったためしなど一度もないことが明らかになる。こんなふうに嘘で固めたブロセリアンドの森〔円卓の騎士物語に出てくる伝説の森〕では、そもそも自由に使うことができたと称している財産の形が以前と変わっていた。売却して小さな財をもたらしたとされているのは稀少な切手のコレクションであり、大学への登録もまだなされていない。ジャンヌはパッサージュ・ダンフェールの近くに借りているという家の通りの名も番地も知らない。エゴンはまだこのできたばかりの旅の道連れを、ジャンヌに紹介していなかったのである。そのかわり、誰かが仕事の用事で会いたいと言ってきたときのために、あるいは子どもたちになにかが起きた場合に備えて、電話番号を教えてくれた。きっとその家で何時間か過ごしているのだろうと彼女は推測する。ある日、外国人興行主との約束を完全に失念していたことが判明する。ところが連絡してみると、エゴンはその場所にいなかった。もしくは電話に出ようとしなかった。ほどなく彼女は、フランツがパリ近郊の田舎家にねぐらを確保し、食器も一式しつらえていることを知る。そこは芸術の庇護者として当時もてはやされていたイギリス人女性の持ち家で、ずいぶん前からエゴンはその庭と温室を褒めそやしていたのだが、この種の世界はあまり信用できないと思っているジャンヌはなるべく足を向けないようにしている。冬、エゴンはしばしばこの家に出かけて、たいてい夜を過ごす。ジャンヌの不安はますます大きくなる。しかし例によって、一方ではその周囲に小さな偽善の、他方ではちょっとした告げ口の網の目が出来あがっていった。どちらも等しく残酷なものだ。彼女は嘘をつかれる存在になってしまったのである。このところ、イギリス人女性の魅力的な付き人が、「週末、あまりおさびしくお感じになりませんように」と呼ばれもしないのにやって来たり、ルンペルマイヤーの店〔リヴォリ通りにあった著名なティー・サロン〕に招いてくれたりする。この女性の眼には、皮肉な輝きがあるように思う。ある晩、ジャンヌは彼女に言い寄られる。だがそれには応じない。フランツに関することは、もちろん、ひと言も発せられない。

おまけに状況が一変する。エゴンがとうとう友人を紹介してくれたのだ。彼はやがてセルニュッシ通りの常連となる。ジャンヌに取り憑くこの亡霊は、ありふれた若者だ。美男だが、その美には筋肉質なところと柔軟なところが共存している。どういう眼をしているのかはきちんと説明できない。ジャンヌのほうをまっすぐ見てくれないからである。ほとんどいつも花束を抱えてやって来るのだが、たいがい庇護者であるイギリス人女性の家の花で、その社交界における出世欲を彼はこきおろす。ジャンヌはすぐに話題を変える。機嫌のいいときには、自分のことを二十六歳と言ったり三十歳と言ったりするこの青年は、ほとんど子どものような優雅さをまとっている。クレマンとアクセルは、彼が銀の盥に薔薇の花を浮かべるのを、屈み込んで、わくわくしながら眺めている。花弁に包まれているその薔薇はスカートを穿いたバレリーナのようで、ひとつひとつに、ぴんと伸びたもう一本のべつの薔薇の茎が刺さっている。これが上半身にあたるわけだ。踊り子の一隊は前に進んだり後ろに引いたり、わかるかわからない程度に触れ合いぶつかりあって、盥の外から伝わるほんのわずかな動きにも揺れ動く。ときには沈むものもある。その花冠を操りながら、フランツはときに田園恋愛詩風の、ときに暗黒小説を思わせる口調で自分語りをする。ぼくは私生児なんだ、父の顔は誰も見たことがないけれど、たぶんロマの血を引いていて、ぼくが巻き毛の黒髪で、眼に奇妙な虎斑があるのはその証拠だと思うんだ。しかしロマ云々はすぐに忘れられ、翌日になると、二十歳で亡くなったはずの実姉が、十四歳のとき近親相姦で生み落とした子になっている。十三歳で学校を去って（退学になったと言うこともあった）、しばらくは大きなホテルで使い走りをしていた。それがエレガントな売春宿になることもあった。十九歳の時、ラインラント地方で、イプセンのソルベイグ〔『ペールギュント』に出てくる金髪の娘〕さながら、自分の帰りを待っていてくれるやさしい農家の娘と結婚した云々と。語らないときには、ほとんど乱暴なまでに黙り込む。エゴンがそこにいるとひそひそ声のおしゃべりをはじめて、不意に笑い出したりするのだが、ジャンヌがそばにやって来たとたん、ぴたりと止めてしまう。エゴンはもう彼女のために立ち上がることさえない。わたしが来ると話を止めてしまうのね。若き妻がそれとなくふたりを難ずると、エゴンはかつてヒューに示したような、あの傲岸な蔑みをもって応える。「こいつがきみにおぞましい話を報告するいわれはないよ。シャツやネクタイの話だけ聞いていればいいんだ」

しかしジャンヌには、年下の男のなにかが、年上のほうに悪い影響をおよぼしはじめているように見える。劇場で芝居がはねたあと、隣に座っている太った女性がハンカチで隠しながら鼻を啜っているのを、フランツが大笑いしながら指差すと、エゴンも大声で笑う。以前なら、まずやらなかったことだ。暴力的な行動にも彼女は動転する。ある晩、レストランで待っているエゴンと落ち合うため、いっしょにタクシーに乗ろうとしたとき、乗車拒否をしたか、住所がわからないとでも言ったらしい運転手をフランツは地面に突き落とし、めった打ちにしようとした。彼は通りがかりの人たちの手で引き離され、ジャンヌの小さなハンドバッグから取り出された一ルイ金貨のおかげで事はまるく収まった。ジャンヌは思い出す。自分が転んだ日、彼女を傷つけた御者をエゴンがあやうく絞め殺しそうになったことを。もっともあのときの反応は、しかるべき理由があってのことだった。フランツはいまや勝手気ままに振る舞っている。ある日、馬に乗ってひと回りしてきたフランツがシャワーを浴び、腰から上は裸のまま出てきて隣室へ残りの服を取りに行こうとしたとき、ジャンヌは乳頭を囲むように、人造宝石の飾りがぶら下がっているのを眼にする。望んだわけではないにせよ、得体の知れない野蛮な通過儀礼の徴をいきなり取り押さえたような気がして、吐きそうになるのを隠しきれぬままエゴンに報告する。「なんでもないよ」と彼は言う。「思春期にありがちな、他愛ないマゾヒスムさ」

エゴンは、はじめて人を愛しているのだ。一時間だけのパートナーには漠とした善意しか感じないなどとうそぶいていた頃のことを、彼女は覚えている。ときにそれは漠とした憐れみであり、快楽のゲームによってとりあえず中和された一抹の敵意でもある。エゴンにとって、愛することは、愛する者を満足させるための、あるいは完全にひとつになったという証拠をふたりのどちらにも与えるための、一種の献身的な行いだと思われた。そこに肉欲は含まれていない。もしくは最低限の役割しか果たしていない。きみのことを愛してる、とエゴンはジャンヌに言ったものだ。

ひと晩だけの通りすがりの男を誰でもいいから愛するなんて空しいと、エゴンは感じたのだろう。まだこんな話を洗いざらい自由に語り合うことのできた頃、ジャンヌは、あなたはそうやって他人と自分のあいだに境界線を引こうとなさるのよとエゴンを難じることがあった。こんなふうに他人を拒むのは、ピューリタニズムのひとつの形への、また自分の生活から誰かを、あるいはなんらかの行いを遠ざけたいという欲求への回答ではないか、とはいっても、そうした欲求をこの人は自ら進んで捨て去ることはなかっただろうとジャンヌは思う。ところがいま、彼は他の人と同様、無慈悲な愛の虜になっている。そしてこの情熱は、彼女には理解もできず、愛することもできない男に向けられているのだ。「あいつにはびっくりさせられることがある。でも自分の感覚であれこれ試そうとしているのを、ぼくは認めてやってるんだ。完全な肉体でできたこういう美しいオブジェを、生涯探し求めて来たのさ」。フランツは、本当にそれほどの存在なのか？　ジャンヌは自問する。それじたいはありふれていて、ほとんどどうでもいいような偏愛、青年期のはじめの欲望が過ぎてしまえばたいてい雲散霧消してしまう程度の偏愛の数々が、いったいどんなふうにして、ある者にとっては存在そのものよりも重要なひとつの生き方になり、考え方になっていくのだろう。どんなふうにして解放の形式に、あるいは逆に隷属の形式に、もしくは両者を行き交う形式になっていくのだろう。そこにあるのは、あの必要以上にやろうとする欲望なのだろうか？　おのれの限界まで行こうとする情熱、つまり、すでにお金があるのにもっと金持ちになりたくて疲弊している男の、作品のためなら自殺しようとする芸術家の、もっとよく「神」を理解しようとして身を滅ぼしてしまう神秘主義者のような情熱なのか？　ならば、このわたしは？　わたしもまた、一種の明晰な錯乱の虜ではないのだろうか？　エゴンはジャンヌを解き放ちもし、鎖につなぎ止めもしたのである。

忠誠

「ローマに行くとき、フランツも連れて行っていいかい？」

なるほど彼らは五月に二週間、ローマで過ごすことになっている。聖チェチーリア音楽院が、エゴンのコンサート・プログラムに《夜への讃歌》を二度も取り上げてくれたからだ。ジャンヌはエゴンの唇が神経質そうに震えているのに気づく。まだ結婚する前、ドレスデンで、お会いできるかぎりお会いしたいのですと申し出たときに見せた震えとおなじように。人の運命の、なんとすばやくめぐることだろう！　だがジャンヌは知りすぎている。もし嫌だと言えば、この内気な物腰が、たちまち忿怒に、あるいは冷徹な怒りに変わってしまうことを。いま相手にしているのは、単にひとりの男ではなく、音楽家なのだ。その心を掻き乱すわけにはいかない。

「好きなようになさって」

「フランツが時々おかしなことになるのは知ってるさ。でも約束する、きみを心配させるようなことは、なにも起きない。あいつも自制してくれるよ」

たしかにフランツはみごとに自分を抑えた。エゴンやジャンヌがほとんどいっしょにいなくても、ひとりにされても、それでむっとすることなどないくらいに。フランツを自分たちに引き入れるような真似を、エゴンはなにもしなかった。美術館や教会などにあの男は興味がない。街中をぶらついたり、ボルゲーゼ公園で馬に乗ったりして時間をつぶしているだけだ。ローマを一度も見たことがなかったジャンヌは、サン・ピエトロ大聖堂の豪華さにいくらか幻滅している。十九世紀正教会のカテドラル、これもまた神の栄光というより国家の威光のために建てられたカテドラルの、仰々しい様式を思い出させるからだ。しかし彼女は、サン・タレッジオ、サンタ・サビーナ、《サンティ・クアットロ・コロナーティ》のような古い小さな教会で長いこと瞑想に耽り、おそらく自分なりの仕方で祈りさえするだろう。エゴンは時々、彼女に付き添ってくれる。ふたりはこうして、はじめて旅行に出かけたときの雰囲気を取り戻す。ある午後のこと、彼らは車を借りてハドリアヌス帝の邸宅跡、ヴィラ・アドリアーナへ行くことにする。ヴィラはまだ今日ほど改修の手が入っておらず、観光客の雑沓にも侵食されていなかった。その静けさに、また、十八世紀にこの領地の所有者だったフェデ伯爵によって糸杉の植えられた、長く厳かな大通り「レ・ゾンブル」に通じる一種の凱旋道路に彼らは魅了される。庭園の小径を通すために黒い穴が開けてある、ほとんど落剝のない巨大な壁。真新しい状態に見せるために管理人たちが掃き清めている、あのうっすらと土に覆われたモザイクタイル。往時は水に囲まれ、いまだ滑り溝が見える旋回橋で岸につながっていた大理石の小島。ここは、眠り、勉学に励み、おそらくはまた恋をするための隠れ家だった。そして、いたるところで静かな田園地帯に開かれている見晴らしのよさ。ふたりは完全に参ってしまう。かつてこのすべてを整備した男については、なにも知らない。ただその人物が大いなる旅人であり芸術の愛好家であったこと、戦争よりも平和を好んだこと、ひとりの男を愛し、その男が死ぬのを見届けたことを除いては。こんなわずかな情報でも、彼らは十分夢見心地になれる。

帰途、車を待たせてある出口に戻るため、糸杉の径に差し掛かったとき、ジャンヌは突然、奇妙な幻覚にとらわれる。反対方向に向かう観光客、陽の落ちる前の最後の一行のなかに、ミシェルの姿を見たような気がしたのだ。まちがいなく、ミシェルだわ。絶対にミシェルよ。パナマ帽をかぶり、軽やかなニット――今日は暑いのだ――を、かつて英国紳士が衣服を身につける前にしていたように、わざわざ光沢を消して長く愛用してきたニットを着ている男。目尻に細い皺が走ってはいるものの善意にあふれたたくましいその顔には、わずかに笑みが浮かんでいる。手にしている細い鋼鉄の柄の、握りに艶のある杖は、ジャンヌがよく知っているものだ。ミシェルはふざけて、必要とあらばこれは防具にもなるし、攻撃の武器にもなりうると言っていた。彼女は覚えている。美しい景色を眺めるときや、海に浮かぶ小舟を目で追っているとき、ミシェルが好んでよくその杖に寄りかかっていたことを。見つめているうち、彼はジャンヌの目の前を通り過ぎて行った。彼女は踵を返して、すでにたどってきた径をほとんど駆けるようにして戻り、大半の観光客より頭ひとつ大きい、早足で歩いていくその姿を認める。廃墟の径にもう一度入り、ポイキレ〔彩色回廊〕の高い壁の前をふたたび通って池沿いをまわり、カノープスと呼ばれる長い水路の、なかば崩れた奇妙な礼拝堂のあるほとりまで行く。あの時分、カノープスに長方形の大きな池はなかった。これはそのあと掘り直して水を張ったもので、当時はまだ斑岩の敷石の破片があちこちに撒かれている、いくらか沈んだ地面という程度にしか認識できなかった。いまそこには、丈の低い雑草が生えていた。ようやく小島の前に彼女はやって来る。そこでちらりとミシェルの姿が目に入ったような気がする。柱の土台の下をぶらつき、途中で断ち切られたままどこにも通じていない階段のひとつに、彼はいままさにのぼろうとしている。でも、あれはミシェルではない。他の誰かでもない。わたしは、無から亡霊を作り出してしまったのだろうか？　自分のなかのなにかが、救いの手を差し伸べられ、慰められ、救済されることを必要としている。そんな気がする。でもあの亡霊は、わたしのためになにもできない。そもそもミシェルがそこにいたとして、なにを頼めばいいのだろう？　ド・ルヴァル夫人は少し恥じらいを含んだように、少し疲れたように、沈みゆく太陽が金色に照らし出している糸杉の径を、一歩、また一歩戻っていく。出口でエゴンを見つける。車で待っていてくれたのだ。

「知ってる人を見かけたような気がして」

彼女はそれ以上、この件については口にしない。彼もまた、それ以上、問うことはない。

この逸話は、どうやらミシェルも知らずに終わったらしい。私はジャンヌの古い女友だちから、これを聞かされたのだ。「いつの日かハドリアヌス帝について、なにかを書く」という私の計画――二十歳の頃、ヴィラ・アドリアーナを訪れた際に浮かんだ計画――を、まだ自分しか、そしてたぶんひと息に打ち明けてしまったミシェルしか知らなかった時代のことである。一九〇九年五月にヴィラ・アドリアーナでド・C氏の姿を認めたのはジャンヌの思い込みだった。そもそもミシェルがそこを訪れたのは、十五年後、いっしょに行ってほしいと私が頼んだときなのだから。人物と時間の位相のあいだの鏡の戯れ、想像と既成事実のあいだの反射角と入射角は、みなあまりに薄暗く流動的で、言葉で取り囲んだり定義したりするのは容易ではない。そんなものがあると口にしただけで、グロテスクだと、滑稽だと思われかねない。ここではそれを偶然と呼んでおくことにしよう。この言葉なら、説明が足りなくてもわかってもらえるから。とはいえ私はいまもなお、ジャンヌがまさにその地で幻覚を見たということに驚嘆している。

不幸は、数日後に起きた。聖チェチーリア音楽院でのコンサートは、企画者側の期待をさえ上回る完璧な成功を収めた。奇妙に厳格で純粋なあの音楽が、愛を持って受け入れられたのである。翌日、夫妻はオランダ大使館で夕食を取った。現大使が古くからの友人だったのだ。帰りは夜遅くなったというのに、エゴンはフランツをともなって、美しいローマの夜をできるかぎり長く味わうためにあらためて外出することにした。彼らが向かったのは、当時の言葉で控え目に述べたとしてもひときわ顰蹙を買うような、しかしよく知られていて、それなりに流行していた悪所とでも言うべきところである。その晩、警察の手入れがあった。エゴンとフランツは警察署でふたたび顔を合わせた。名も知らない人々が大勢いて、エゴンがローマの社交界で顔だけ、もしくは名前だけ知っている男も何人かいた。当時のイタリア警察――たぶんどの時代でも大差ないだろう――は、賄賂を受け取っていないかぎり、時には受け取っていてもなお乱暴だった。数時間の後、エゴンはふらふらの状態で解放された。しかしフランツは麻薬の所持とその取り引きに関わる罪を問われて拘留された。朝方、エゴンはホテルに戻った。ジャンヌはずっと待っていた。これまでにもよくあったことだ。ジャンヌがすでに見抜いていることを彼はわずかな言葉で報告し、行き来できるようになっているフランツの寝室と自分の寝室から、禁止薬物や疑われそうな品の痕跡を消し去る手伝いをして欲しいと、ただそれだけ頼んだ。アンプルや注射器といっしょにあった白い粉、刻み煙草に似た大麻の原料が水洗の音とともに消えた。媚薬らしい錠剤もいくつか捨てた。ジャンヌは、エゴンがきみのためにそれを使うと言うのを、一度も受け入れたことがなかった。ジャンヌの口から非難がましい言葉はひと言も出なかった。ただ、怖れていた事態のひとつが現実になったこと、それはローマでもパリでもいつかは起こりえたということだけはわかっていた。

その朝のうちに、不在者の寝室の家宅捜索が行われた。《シニョール》と《シニョーラ》は、きわめて丁重な扱いを受けた。夜、フランツを擁護するためにエゴンが選んだ官選弁護人がやって来て、ド・ルヴァル夫妻と、罪に問われている彼らの秘書の件について協議した。弁護人は一度ならず戻って来た。なにより厄介なのは、蒐集家として知られるスパダ伯爵なる男——エゴンはおなじ一斉検挙で逮捕されたその男と社交界で会ったことがある——がすぐさまフランツの姿を認め、窃盗容疑で再提訴したことだった。伯爵は二年前にも一度、彼を提訴していたのである。実際、フランツはこの趣味人と一年近く親密に過ごしたあと、ポートフォリオから十八世紀イタリアのデッサンを三枚くすねて行方をくらましていた。ティエポロの小さな紅殻画《サンギーヌ》一枚と、劇場建築の名匠ビビエーナ一族のデッサンが二枚。理由ははっきりしないのだが、フランツは、やる気のない、もうどうでもいいといった、ときおり見せる例の態度ですぐさま罪を認めた（何度も殴られたせいで自供が早まったのだろう）。いずれにせよ、麻薬取引は明白な事実で、多くの顧客の証言があった。盗まれたとされるデッサンに関しては、スパダ伯爵の署名入り弁済証明書を提供できる骨董商がいると言ってフランツはその名を口にしたが、この受け取りは明らかな偽造だった。残る謎は、誰が伯爵の署名を真似たかということである。フランツは芸術作品に無知だった。狡猾な骨董商が売り上げの大半を懐に入れていたというのもありえない話ではない。

「ジャンヌ」。ふたりきりになるとすぐ、震えるような、いつもと変わらぬ内気そうな声でエゴンが言う。「フランツが子どもじみた真似をしたことは、よくわかってる……」

「その事件があったときには、もう二十七歳だったのよ」。ジャンヌが穏やかに応えた。

「……子どもじみた真似をね。でも、スパダ伯爵が訴えを取り下げたら、訴状の一部は消えてなくなる……刑期だってずっと短くなる。ヴェネチア派のデッサンが三枚、そのうち一枚がティエポロの手になるとしたって、大した額にはならないだろう。きみさえよければ……」

「伯爵はそのデッサンにご執心だったわけですし、フランツを恨む理由がまだ他にもおありなんでしょう。訴えを取り下げられるとは思えません」

「やってみるだけのことはある」

「いいえ」。彼女は疲れた様子で言う。「わたしはフランツに、小さくはない額のお金を、（なんと言ったらいいのかしら？）よく貸してあげていました。事情があってあなたに直接頼めないときにね。でもこれほど高額になると……こんなことに母を巻き込みたくないんです。それに、子どもたちのこともあります」

「きみの首を絞めかねないよ」と彼は言った。

脅し文句の激しさそのものが、彼から力を奪っていた。いま口を開いているのは、エゴンではなく彼のなかの悪魔だった。

さっきの話とはべつに、あまり高額ではない金がハンドバッグからしばしば消えていたことを彼女は言わずにおいた。そんな些細な盗みのことなど、エゴンは信じようとしなかったろう。

ジャンヌは派手に騒ぎ立てられるのを怖れていた。しかしその一部は表沙汰にならなかった。大手の新聞は、事情を知っている人々にはそれとわかるように、慎ましくイニシャルを記すに留めた。当時噂されていたとおり、例の夜の逮捕者のなかに、この《特別な》世界における著名人が幾人か含まれていたため、あまり公にしないで欲しいと上層部からお達しがあったのである。オスカー・ワイルドの事件〔一八九五年、オスカー・ワイルドは男色をとがめられて投獄された〕から、まだ十年しか経っていないのだ。告発しようとする者たちも用心していた。大衆の目の前でいまさら醜聞を掻き立てても意味がないということである。わざわざそこに手を触れるのはほとんど礼を失する行為だと思われていたし、近づけばかなりの人々が足を取られてしまう怖れがある。見せかけや偽善が山とあるなか、新聞や雑誌で有名な音楽家の助手として名指しされたフランツは、ほとんど贖罪の山羊のようなものだった。

予定されていたいくつかのレセプションは、主催者が突如、遠縁の親族の喪に服することになったり、ローマを留守にすることになったりして中止になった。寸刻を争うように、ド・ルヴァル夫妻のもとを訪れる者もいた。ジャンヌとエゴンはこうして、正真正銘の儀礼の形を、皮肉な、もしくは不健康な好奇心の形をあまさず観察することができた。ある晩の夜会に、ジャンヌはしかたなく出席することになった。体調が悪いので自分は顔を出したくないとエゴンが言うからだ。万事礼儀正しく過ぎたが、いくらか気詰まりな形態ではあった。家に戻ると、エゴンが嫌悪に満ちた薄笑いを浮かべて指摘した。

「化粧をしたんだね」

たしかに、めったにないことだが、彼女は少しだけ口紅をつけていた。エゴンはさらに注意深く彼女を見つめた。

「嬉しいんだろう？　あの可哀想な若者を厄介払いできたんだから。八年近くもきみの嘘に耐えてきたことを思うと……女性と暮らすなんてことは……言ったはずだろ、ぼくはたぶん、信じようとしたんだ、つるつるして味気ないその身体、その肌――甘い肌だってきみには言ったよね――、とてもやさしいその愛撫が好きなんだって……きみが感じてるような愛は、ただのやさしさにすぎない。愛は暴力に、怒りに、情熱的な憎しみみたいなものにもなりうるんだ。きみはそんなこと想像もしていないだろ……おまけにその暴君的なまでの甘美さ、表には出さないその欲望、その貪欲さ……」

「エゴン、わたしはあなたになにか要求したりお願いしたことなんて、一度もないわ……」

「じゃあきみは、自分の眼がなにか嘆願したりしてなかったと思ってるのか？　きみの手が少しでも触れれば、ぼくの人生はきみのものになる。そう思ってなかったのか？　この何年か、きみがぼくを怖がらせなかった日は、一日として、一瞬とてなかったよ……」

ジャンヌは夜会用のコートの皺を伸ばしながら、なんとか自分を抑えた。エゴンの怒りは冷酷さに変わっていた。

「こんな話は退屈だ。おやすみ。ひどく眠い」

彼はジャンヌに背を向けた。彼女は自室に戻り、開け放たれた窓の前に腰を下ろした。正面には高い白壁があった。なにかが彼女のなかで、粉々に砕け散っていた。愛ではなく、自分の人生について思い描いてきたことが。わたしは精一杯つとめてきた。エゴンが言うように、わたしは本当に貪欲な、思いやりの下にエゴイスムを隠しているような女だったのだろうか？　いま、ものごとを判断するために残っているわずかな力を駆使してわたしは感じる。この常軌を逸した男は、わたしたちの過去を打ち砕き、まるでガラスみたいに足もとで踏みつぶしてしまったのだ。幸せ、つまり相互の信頼、夜の悦楽、朝のさわやかさ、子どもたちとの遊び、ともに見たすばらしい景色。みな、あるにはあった。でもあの人は、そのすべてに、ひとにぎりどころかいくつもの憎しみと嫌悪を投げつけたのだ。汚れはいまだに消えない。もう、そうした過去の出来事をすんなり話すことなんて、二度とできないだろう。では、現在のなにを、未来のなにを話せばいいのだろう？　現在とはつまり、この人を錯乱させている怒りと屈辱のことだ。はじめて本当のことを言ってくれているのだとしたら、話はべつだけれど。そして未来とは、明日、クレマンとアクセルが忘れられてはいないと安心できるよう、玩具を買いに行くこと。また、やはり忘れられていると感じさせてはならないマルグリットのために、イタリア人形を買いにコルソへ行くこと。そして明後日のコンサートが破滅的なものにならないよう、エゴンの眠りと食事をそれとなく監視することだ。

エゴンはいっさいの来客を禁じていた。しかしジャンヌは、スパダ伯爵の名刺だけは渡すべきだと考えた。エゴンは来訪者を自分の寝室に通させた。喧嘩でも起きるのではないかとジャンヌはびくびくしていたが、部屋と部屋を仕切る壁越しに聞こえてくるのは、抑制の効いた、穏やかな、つまるところほとんど友愛的な話し声だけだった。伯爵をホテルの玄関まで送って戻って来ると、エゴンは言った。

「きみは正しかった。伯爵が訴えを取り下げることはないだろう。でも、彼は上流社会に通じた礼儀正しい男だ。話ができて嬉しかった」

とはいえ、エゴンの顔色はひどく青かった。ふたりの男のあいだになにがあったのか、彼女はまったく知らなかった。しかしエゴンにとっても、過去の一部は回復できないほど砕けたように見えた。彼がフランツの話をすることはもうないだろう。出発前、ジャンヌは、小包か名刺に名を記す程度でもいいから、牢に入っているあの人にひと言残しておかなくていいの、とたずねた。エゴンは、いいんだ、と軽い身振りで応えた。


二度目のコンサートの成功はめざましいものだった。この都市の最も高慢で傲岸な、暗黒世界と関わりのある貴賓席にはちらほら空きがあった。政治関係者や大使館の面々もまた出席を控えていた。ところが音楽好きの人々が大挙してやって来たのである。下世話な好奇心にかられてやって来た聴衆がいたことはまちがいない。それでも、音楽がすべてに打ち勝ったのだ。ピアニストの演奏はこれ以上ないほど抑制され、強度に満ちていた。まだ大半の人々には奇妙に映る、あの意表を突く音楽形式が熱狂的に受け入れられたのは演奏のたまものである。氷のように冷たく、火傷しそうなほど抽象的な場所に達したかのごとき感覚をみなが味わった。そこで入念に作りあげられた歌には予測できない屈曲があり、避けがたく、計算不能な、ほとんど死に近い純粋な音程があった。エゴンは新聞・雑誌に、大切なのは人を面喰らわせるような新奇さを求めることではなく、ひとつの音楽様式において、たとえば中国の典礼音楽などに見られる最も古く最も本質的なものを取り戻すことだと、一度ならず説明してきた。しかし、通じた試しはなかった。いつものように人は賞賛するほうを、そして場合によっては理解せずに皮肉るほうを好んだ。その晩、音楽家は、前衛的なイベントならどんなものにでも夢中になるローマの裕福な好事家の誘いで、公式の宴に出席することにした。集まったのは彼の賞賛者かすでに関係のできた友人たちだけ、つまりほとんどが音楽家の、おそらくは男性としての彼の支持者ばかりだった。十七世紀の宮殿のような、厳格なまでに豪奢な装飾のなかで開かれた即席の夜会のせいで、大きなちがいはあるものの、ジャンヌはサンクト・ペテルブルクでの狂乱の一夜を思い出した。その夜の宴には、いかなる官能性も解き放たれていなかった。少なくとも、表面的にはそうでなかった。しかし感情面では、なにかしら同質なものが支配していたのである。ひそかに、念入りに準備された侮辱、讃辞と讃辞のあいだに折り込まれた耳障りな言葉を怖れる気持ちは、最後までふたりの心を離れることはないだろう。しかし彼女も彼も、たがいにそれを口にすることはない。無限に分割されたシャンデリアの灯りのもとで、彼女はいつものエゴンの上機嫌と飾り気のなさを、そして彼の人生のパスポートでもあるあの輝かしいまでの微笑みをふたたび見出す。

眠りに就く前、ジャンヌはまた少し、片付けと出発の準備をした。エゴンは眠っていなかった。向こう側の寝室を行ったり来たりしている足音が聞こえていた。真夜中に、彼はそっとドアを叩いた。どうぞ、と彼女は応えた。彼は裸だった。ふたりのときは、こうして裸でいるのがならわしだった。その顔には、彼女がずっと前から知っている若い頃の無垢な表情が戻っていたが、前々日の侮辱的な暴言を詫びることはなかった。発言を絶対に撤回しなかった。ジャンヌには、彼が自分の最も深いところで荒廃しているように見えた。

「眠れないんだ。朝まで、隣で過ごさせてくれないか」

彼女は場所を空けた。涙で緊張のほぐれたエゴンが、彼女の肩で声をあげずに泣いているのが感じられた。触れあう脚のおかげで、いくらかやさしい気持ちになった。エゴンの首に両腕を回すと、ずっと下の、肩胛骨の辺りの皮膚の下に斑状出血の痕が感じられた。もう古いものだが、まだ一部癒えてないところがある。エゴンは夜のあいだ、手もとに弱い灯りを付けたままにしておくのを好む。それをジャンヌは知っていたので、ランプはひとつしか消さなかった。上腕も打ち傷に覆われていたが、その色は紫がかった色から黄色っぽく変化して、完全に消えていた。

「打たれるままにすることがあるんだ」と彼は力なく言った。

痛がらせないように彼女は腕をほどく。なにが起ころうとも、この身体とこの精神には、病気か大事故の跡みたいに、例の情事の余波が、そしてたぶん、踏み迷い、突然棄てられた連れ合いの不在の痕跡が残されるだろう。ジャンヌは思い出す。化膿した片方の脚や、小間使いたちでさえすぐには空けてくれないバケツの汚臭を吸っても、エゴンが嫌な顔ひとつ見せなかった日々を。突然のことにとまどうジャンヌを、みずから浴室の桶のなかで洗い、新しい下着を取りに行ってくれた日のことを。この人は、歪んだ自分の肩とおなじように、転んで形の変わったわたしの顔に口づけしてくれたのだ。わたしを受け入れてくれていたのだ。どんな人間にとっても、それは思っている以上にむずかしいことだった。自分が示した官能的な振る舞いにエゴンが興奮していたのか、関心も抱かずにいたのか、それとも苦しんでいたのか、彼女は知ることとさえなかった。とにかく契約に背かないよう、エゴンはなにも言わなかった。彼女のために樺の木の皮の裏に刻んでくれた音符が、記憶のなかを漂っていた。勝負は、引き分けだった。

パリに戻ると、ジャンヌはテーブルの上にミシェルからの分厚い手紙の束を見出した。ローマの住所を、彼はあえて尋ねなかったのだ。新聞の束も残されていた。大半は部数ばかり多いつまらない週刊紙で、快活な紙面づくりを心がけている風ではあったが、彼女に言わせれば愚かしいものだった。現地で一部もみ消されていた醜聞は、逆に距離の離れたところに響いていた。嘲弄気味の記事もいくつかあった。音楽家がまちがいなく属している、あのいかがわしい外国人たちを見下すような目で扱った記事もある。エゴンにはなにも見せずに、ジャンヌはぜんぶ焼き捨てた。コンサート初日の翌日でさえ、反響を気にして記事をめくったりする習慣はどちらにもなかったから、わけないことだった。

彼女がパリに戻ったことを知ると、ミシェルはすぐに電話をしてきた。セルニュッシ通りに来てもらうのは論外だったし、彼女もミシェルのところには出向きたくなかった。ルーヴル美術館のヴィーナスの部屋で、午前十時に落ち合うことで話がまとまった。あの展示室は低いところにあるので、六月初旬の暑さのなかでも肌寒いくらいにひんやりしていて、壁沿いに置かれた大理石のベンチはちょうどいい温度だろう、と。その時間に古代の部を訪れていたのは、何人かのイギリス人とドイツ人学生だけだった。

ミシェルは上半身裸の大きな女性像の前を行ったり来たりしながら彼女を待っていた。最初の一瞥で、彼は胸をなで下ろした。両眼の下の隈がずっと濃くなってはいるものの、彼女が以前と変わっていないことがわかったからだ。あいかわらず、とても美しく見えた。十年も会っていなかったかのように、そのことに彼は驚かされた。ミシェルの服装は、わずかな点を除けば、ジャンヌがヴィラ・アドリアーナで見たと思ったときのものに似ていた。自分のために抱えてくれた不安の跡をその顔に認めて、彼女は心を打たれた。

「やっと来て下さいましたね」と彼は言った。「来て下さった以上は、万事うまくいきます」

彼女は応えなかった。しかし彼も応えを期待していなかった。口頭弁論のような台詞をすっかり頭に入れて、まずはそこに飛び込もうとしたはずなのに、彼はいま即興で話していた。セルニュッシ通りには戻らないで欲しい、すべてこの私の導きに委ねて、もう私から離れないで欲しい。離婚なんて、むずかしいことじゃないでしょう、別れれば自由になれるんです、というより、もうあなたは自由なんだ、それどころか、家を飛び出したって誰も驚きはしませんよ、フェルナンドの話をしていたとき、私たちが身軽にヨーロッパを周っていたと知って、何度か羨ましいとおっしゃっていましたね、もうお忘れですか？　あなたと私でそれをやり直しましょう、イタリアは除いてね（そのくらいのことはわかります）、もちろんロシアにも行きません、あなたがまだご存知ない国々を周りましょう、フェルナンドには臆病なところがあって、危険を冒して遠くへ出かけたいなんて言うことは一度もありませんでした、でもマデイラ諸島がある、マルタ島や聖地もある、エジプトもある、エジプトではナイル河をゆっくり遡る船旅をしたいと夢見ているのですが、これまで夢は夢のままになっていました、その旅にも行きましょう、もっと遠くがよければ、行けども尽きぬと言われるインドもあります、太平洋の島々だってある、島では何か月もの時がわずか数日であるかのように過ぎていきます。

「わたしにはふたりの子があることを、お忘れです」

「三人になりますよ。お子さんをふたり取り上げたって、あの男は反対しないでしょう。取り返そうとしても（そんな勇気はないでしょうがね、とても考えられないことです）、私たちの居場所など見当も付かないでしょう。そもそもあの忌まわしい情事がけっして知られることのない国に、あなたの名を汚すようなものなどなにもない国にいるわけですからね。おまけに、あなたは私の名を名乗ることになる。ヨットも買いましょう」

「そんなことをなさったら、破産です……」

「かまいはしません。ヨットはもう買ってあるのです」

感謝の念と共感とやさしい疑念をもって、彼女は耳を傾けていた。五十六歳にもなる男が、子どもみたいに見える。これがティボリで、わたしを助けに来てくれると、なんだかよくわからないものからこのわたしを護ってくれると、一瞬でも想像していた男なのだろうか？ モンテ＝カルロの賭博場が、少し震える手で球が回るのを見ているミシェルが、クルピエたちが掻き集めたり彼のほうに押しやったりしていた金貨が思い出される。エゴンの肉欲にまつわる強迫観念は、非難されるべきものだ。しかし、少なくとも、肉体の底に潜む本能によって説明しうるものではある。あんなふうに偶然に身を任すのは、それに比べても、はるかに破滅的だと思える。彼女の知らないミシェルの息子もマルグリットも、おそらく父方の財産をなにひとつ相続しないだろう。さしあたって、彼はふたりの子どもの存在を忘れている。そして《女性》に対する果てしないこの強迫観念は、二年前からジャンヌに集中していた。にもかかわらず、自身がその愛人であり友人でもあったジャンヌという女性のことを、彼はあまり理解していないように見えた。彼女は愛されているというより、偶像みたいに崇拝されている。そんな気がしていた。

最近、夫から子どもをふたりだまし取って、自分のヨットに何か月も匿いながら、まんまと世界周遊に成功したイギリスの《御婦人》の例を、ミシェルは挙げてみせる。

「あの人のもとを去って、子どもまで取り上げたら、ただがなり立てて悪口を言うしか能のないような方々と同列になってしまいます。わたしにそんなことをして欲しいなんて、これっぽっちもお考えじゃないでしょう」

「そうなったとしても、あの男が悪いんです」

彼女はミシェルの袖に手を置く。

「彼が悪い、彼女が悪いって言われずに済むような人が、この世にいるでしょうか」

「要するにあなたは、ハンセン病患者たちの島に残ったほうがいいとおっしゃるんですね？」

彼女はもう手を引いていた。

「わたしがまちがっているのかもしれません」。我を忘れたエゴンの、怒りに満ちた非難を思い出しながら彼女は言った。「でも、なにかあの人の役に立っているような気がするんです。不幸のなかでさえ心穏やかに暮らすことができる島は、きっとあるはずです」

「むしろそういうものを好むようになったとおっしゃったらどうです。あの男の世界をあなたは気に入って、刺激をもらい、慰めを見出してるんでしょう。フランツもあなたの愛人じゃなかったと、誰が証明してくれるんです？」

「そんな……」

彼女は立ち上がる。フランツに必要なお金をエゴンが求めても、すべてを投げ捨ててほしいとミシェルが頼んできても、それを聞き入れさえしなければ、すぐにもふたりの男に否認され、怖れられる女になれる。ミシェルがすべてを犠牲にし、すべてを与えるつもりでいることはよくわかっている。でも彼はわたしに、自分自身の人格も、自分を自分たらしめている数かぎりない、ごくささいなこともぜんぶ消し去って欲しいと思っているのだ。少なくともエゴンには、たとえ途方に暮れたとしても、不変不動の北極星として自身の音楽がある。エゴンの怒りの発作がどうあれ、その怒りはもうわたしにとっては消えたに等しい。わたしたちがなにをしようと、一生のあいだ、絹糸の網のようにひとつにまとめてくれるささやかな日々のつながりや共通の考えが、まだまだたくさんあるのだ。ところがミシェルは瞬間のなかにしか生きていない。この人にとっては、未来でさえも、想像上の現在でしかない。空想のヨットには、羅針盤も航海日誌もない。

「あなたは、あの人よりずっと退廃的です」

信じられないことだが、彼女が目の前に立っているというのに、ミシェルはすぐに立ち上がりもしなかった。彼女の耳には、エゴンと自分自身に対して、ミシェルが小声で、下卑た罵りの言葉を、実際には偽善的な婉曲話法とおなじくらい事実とかけ離れた下層階級の言葉を叫び、吐き出しているのが（何人かのドイツ人観光客が振り向く）聞こえている。ジャンヌはフランツのことを憎々しく思わないように、軽蔑したりしないようにと、必死で努力してきた。時間を置いたいまでは、哀れみさえ感じている。ジャンヌの心が掻き乱されているのは、フランツと自分のあいだに官能的な黙約があるとミシェルが信じていること、もしくは信じたがっていることではなく、その高飛車な口調のせいである。この男にとっては——もちろん彼自身がその享受者でなければの話だが——、官能の高まりはなべて女性を堕落させ、性的な特性はどんなものであれ男の名誉を汚すのだ。たちまち、自分だけはそういうものとはちがうと思い込んでいた偏見が、ミシェルの口に、苦い胆汁のように上ってくる。数年後、このときとまったくおなじように、あるイスラエル人医師のかなり怪しげな未亡人——堕胎に関わっているのではないかと、彼はそれなりの根拠をもって疑っていた——と偶然出会ったとき、日頃反ユダヤ主義に憤慨しているはずのこの男は、《この薄汚いユダヤ野郎！》と叫ぶことになるだろう。

ジャンヌは手を差し伸べない。これでは彼女の手を握ることも、そこにキスすることもできない。おたがい親しい間柄だと信じていたふたりの人物には、もうなにも掛け合う言葉がない。作者不詳の塑像でほぼ埋め尽くされた展示室を抜けて行く彼女の姿を、彼はまず眼で、それから頭のなかで追う。彼女はもう昨年の事故の跡などない、持ち前の力強く軽やかな足取りでさっさと歩を進めていく。この六月の晴れた朝に、彼女は白い服を着ている。婦人帽のヴェールが首筋のあたりではためいている。長い上着と長いスカートから、ミシェルは、彼女の周りにある大理石の彫像の自在なドレープを連想する。同時に、それらに覆われ、もう自分が眼にすることもない、あの肉体を思い浮かべる。ヴィーナスの女神、勝利の女神。麻痺の発作から回復したかのように彼は立ち上がる。許しを乞おう、またエゴンのもとを訪ねよう、いずれにせよ、かつては友人だったのだから。いま彼女は、蛮族の囚人たちが立つ玄関広間を横切って、空っぽの石棺が両側に並んでいる大きな回廊に入っていく。急げばまだ追いつける。ようやく彼がたどり着いたとき、彼女はパヴィヨン・ダリュから、辻馬車が待つ薄暗い広場への階段に通じている扉に手を掛ける。無蓋の馬車に乗り込み、御者に行き先を告げ、それから走り出す彼女の姿が目に入る。彼は次の馬車に乗り込み、前のやつを追ってくれと御者に命じる。わざわざクロークに取りに行った日傘を、彼女はいま開く。その白いドームのせいで、ミシェルには彼女の顔も肩も見えない。ジャンヌの御者はリヴォリ通りに入った。二台の車は、右手にアーケード、左手に公園の鉄柵があるこの巨大な野外回廊みたいな道に沿って走っていく。引き馬はついにロワイヤル通りを回る。まちがいない、彼女はセルニュッシ通りに戻るのだ。ミシェルは我に返って、そこで自分はどうするつもりなのだろうと自問する。彼は御者に、大きな声で、投宿先のホテルの住所を告げる。

幼年時代のかけら

長いあいだ、子どもの頃の記憶はほぼないに等しいと考えていた。七歳以前の記憶ということである。しかし私はまちがっていた。それらに現在の自分がいるところまでやって来る機会を、ほとんど与えていなかったのだと思う。モン＝ノワールで過ごした最後の数年間をあらためて検証してみると、少なくともいくつかの記憶が徐々にはっきりしてくる。ずっと足を踏み入れる勇気のなかった鎧戸の閉じられている寝室の小物が、だんだん見えてくるのとおなじように。

とくに思い出されるのは植物や動物のことだ。それより頻度は低いものの、玩具や遊び、まわりで行われていたさまざまな習わしがつづき、さらに漠然と、まるで後景にいるような仕方で人々の顔が浮かんでくる。モン＝ノワールのテラスまでの急な坂道を、私は丈高い草地を横切りながらのぼっていく。雑草はまだ刈られていなかった。そこには矢車菊、ひなげし、マーガレットが咲きほこり、小間使いたちは花々を見て三色旗を連想するというのだが、私にはそれが気に入らない。自分の花はただ花であって欲しいからである。五、六年ののち、これら《モン・ド・フランドルの罌粟《けし》》が華々しい追悼の場に飾られることになるなんて、もちろん私たちは知るよしもなかった。本物の罌粟の花が、この地で殺された何千人もの若い英国人たちの眠りに手向けられたのである。私たちの時代にはまだ、色鮮やかな薄葉紙で作られたその模造品が、アングロ・サクソン系のいくつかの慈善事業のために売られていたものだ。土手で摘んだプラムやグーズベリーを満載した小さな荷車を私は引きずっていたのだが、草原の坂道はとても険しくていつも中身をひっくり返してしまい、実は草のなかを転げ落ちていった。菩提樹の花が咲く頃には、摘み取りが何日もつづいた。それから天井裏の床に花を広げた。おかげでそこには、ひと夏中、よい香りが漂っていた。

私は山羊を一頭飼っていた。神話のなんたるかを知る以前に親しむ神話的な動物だ。ミシェルは自分の手で、角に飾りをつけてくれた。真っ白い大きな羊も飼っていて、毎週土曜日、洗濯場の洗い桶で、石鹸を使ってきれいにしてやった。外に出ると、羊は湿った草の上に転がったものだが、前年の秋から天井裏に積み上げられていたシーツや枕カバー、テーブルクロスやふきんを草原に広げる春の大洗濯の折には、息を切らし、大声をあげる洗濯女たちに追いまわされることになった。(冬、色あせた下着類でいっぱいになる天井裏は、菩提樹の花が咲く夏ほどよい匂いはしなかったが、たぶん凍てついた大気で悪臭が抑えられていたのだろう。あちこちにラベンダーの茎が詰め込まれていたためでもある)。美しい夕焼け時になると、ミシェルは森のなかに、おびただしい数の、緑がかった常夜灯を付けてまわった。それが蛍のように見えた。この力強い手に引かれた子どもには、魔法の国に入って行くかと思われたほどだ。兎たちが眠れなくなるのではないかと不安がる私を、兎ならもう自分の巣穴で眠っているよと、ミシェルは安心させてくれた。

兎たちは夜明けとともに起き出し、一日中、大きな樅の木の下を跳ねまわっていた。私は毎日、窓辺で、腰まで垂れた髪を梳いてもらったり、ブラッシングをしてもらったりして過ごしていたので、兎たちの姿を眺めるのがよい気晴らしになっていた。バルブは前髪をふたつの長い捻り編みにして青いリボンを巻いてくれた。サテンの結び目はあっという間に滑り落ちて、耐えがたい引きつりから解放してくれた。脅かされた神々としては、山羊の他に鹿がいる。彼らとおなじように、動きまわる兎たちは、臀部に小さくて白くて心打つ尻尾を誇らしげにつけていた。塩を撒いておけば寄ってきますから、そこを捕まえて、あたたかくてやわらかいお腹を抱きしめることができますよと毎朝のように勧められても、私は従おうとはしなかった。もうわかっていたのだ、神々は兎の遊びを邪魔しない私たちに感謝しているのだと。

　記憶のなかの最初の玩具は、これもまた動物で、ブリキか鉄板でできた牝牛だった。聖杯にして魔法の道具でもある。本物の牝牛の皮ですっかり覆われ、「モー」と泣きながら頭部が右から左へと動いた。この頭の部分のねじをはずして金属製のお腹に少しミルクを注いでやると、バラ色の皮膚の乳房の、眼に見えないほどの穴から少しずつ垂れ出てくるのだった。まだ離乳食の時分から、私は肉食をいっさい拒否していた。父はその拒絶を尊重してくれた。食べものはしっかり与えてもらったが、肉は除外されていた。十歳の頃、《みなとおなじようにするために》肉を食べることを学んだのだが、野生動物や鳥類の死骸はすべて拒み通していた。その後は疲れ果てて、家禽か魚ならば受け入れることにした。四十年経って私は動物たちの殺戮に抗い、子ども時代に追っていた道をふたたび選び取ったのである。

　牝の驢馬《ろば》も一頭飼っていた。たいていの牝驢馬がそうであるように彼女もマルティーヌという名前で、プランタンという渾名のついた仔もいっしょだった。プランタンは母のすぐわきを小走りに駆けていた。記憶にあるのは、彼らに乗ったことよりも、母と仔に毎日キスをしていたことのほうだ。しかし驢馬に関して言えば、ずっと小さかった頃、ブリュッセルにいる身体の不自由な伯母の家へ何日か連れて行かれたとき、カンブルの森の池にある中の島で、仔を散歩させていた一頭の灰色の驢馬に、タイターニア風〔シェイクスピアの〕の愛を捧げたことがある。その驢馬のことが好きになりすぎて、島に三日滞在したあといよいよお別れというとき、私はむせび泣いた。ミシェルは持ち主に彼女を買い取りたいと申し出たのだが、驢馬引きは商売道具を手放そうとしなかった。どうやらその驢馬には、子どもたちに気に入られるというすばらしい才能があったらしいのである。はじめての失恋に打ちひしがれたまま、私はモン＝ノワールに帰った。草原で草を食んでいる牛や馬にしてやれたのは、せいぜい有刺鉄線越しに手を伸ばして、ひと握りの草かりんごをひとつあげるくらいのことだった。「いいかね」とミシェルは言ったものだ。「なにごとも根気とコツが大切だ。牝牛は馬より頭が悪いと思われている。そうかもしれない。しかし、たまたま有刺鉄線に頭を突っ込んでしまったような場合、牝牛は首を一方に回し、それから反対方向に回しながらそっと引き抜く。農場にいる馬も時々うまく切り抜ける。ところがサラブレッドは、自分を傷つけてしまうんだ」。ミシェル自身も、サラブレッドに属する人だった。

　両眼をくるくる回したり、まぶたを閉じたり、脇腹に隠れた鍵を回すと数歩あるいて《パパ、ママ》と喋ったりする《美しい人形たち》は、私にはくだらないものに思われた。たいていはモン＝ノワールに立ち寄った客たちの手土産だったが、幸いにもその種の人形は衣装たんすの上の箱のなかで眠っていて、小間使いたちもそう頻繁には下ろさなかった。冬のあいだはずっと、手足の動く赤ん坊、セルロイドでできたわずか一〇スーの人形が、私に母性なるものを教えてくれた。偶然なのか予兆なのか、私はその子をアンドレと呼んだ。私にとって大切な存在となるふたりの男がまとった名前である〔ひとりはフランスの作家アンドレ・フレニョー。いまひとりはギリシアの作家、精神科医、アンドレ・エンビリコス〕。といっても、そのふたりに抱いていた感情に母性的なものはこれっぽっちもなかったのだが。一枚の写真に、十八世紀の人形を階段で引きずって、はじけるような笑顔を見せた私が写っている。誰か祖母にあたる人の形見だと言われているその人形にいくらかとまどったのは、金褐色の大きなスカートを頭部のあたりまでめくり返すと、顔、両腕、やわらかいパルプで編まれた胴着を着た上半身が、べつの顔、べつの腕、まったくおなじ胴着を着たべつの上半身に早変わりしたからだ。ヤヌス人形。しかし両脚がないことに私はずっと困惑したままだった。それがついに、兄の友人が日本に旅した折、漆みたいにつるつる輝いている本物のまつ毛を持ち、正真正銘の髪をシニョンに編んでかんざしで留めてある、人形というよりほとんど偶像と言っていいような、明治時代の御婦人を持ち帰ってくれたのだ。かんざしは私が怪我をしないよう外されてしまった。人形は大きすぎたので、アプリコット色をした両頬にそっとキスをしたり、肘掛け椅子の背もたれに背筋をまっすぐ伸ばして座っている姿を、ひざまずいてじっと見つめたりすることしかできなかった。彼女は私に、ひとつの世界を開いてくれた。

おなじ頃に撮られ、たびたび焼き増しされてきた一枚の写真が、この時代の典型的な少女の姿を提供してくれる。いい子にしようとするあまり人を惑わせるような表情を浮かべ、シュミーズの上に広がった髪の下のほうに、ぽってりした胸と若々しい滑らかな横腹が見え隠れしている。もう消えてしまったこの《私》は、小さな手を合わせ、祭壇の一角らしきところでお祈りをしているのだが、深い考えごとでもしているのかそうでないのかはっきりしない、大きな澄んだ眼の丸い顔を、まっすぐこちらに向けている。こうした簡素な身なりと人の心を打つ姿勢は、撮影者の指示によるものだと思う。この人は親族だが、少女好きで、ちょっとボヘミアン的なところがあった。モン＝ノワールには礼拝堂がなかった。二階の大きな踊り場にある一種のアルコーヴがなんとなくその役割を担っていて、そこにはレースのテーブルクロスのようなもので覆われた小さな円卓と、星形の王冠を戴く樫の木の芯でできた聖母マリア像があり、そのケープのひだのなかに、抱かれた子どもの姿があった。母親や聖母というより女王然とした美しいオブジェで、祝日になると花束が飾られていたが、私はその前で一度も祈りを捧げたことがなかった。数年のあいだ、夜に唱えた覚えのある唯一の《アヴェ・マリア》は、ベッドサイドに敷いたマットの上か、寒い夜には羽毛の掛け布団の下で行ったものだ。このお祈りを一語一語覚えているのは、もう少しで眠りに陥り、夢を見そうになっている例の状態のおかげだろう。いまでも時間を計るとき、機械的にこの祈りを唱えることがある。ちょうど当時我が家にいた年老いた使用人たちがドアをノックするとき、最初に反応がなくて、もう一度ノックするまでの間合いを計るためにやっていたように。また、心を穏やかにするために、そしてほとんど恩寵とも言える状態に身を置くために、暗記した美しい詩行のように口にすることもある。一篇の詩であるこの祈りを、以来私は、たくさんの言語で、また、その祈りが向けられている象徴的な存在の名を時々変えながら、繰り返し唱えてきた。「めでたし、恩寵に充ち満ち、生きとし生けるものたちの、流れる涙に耳傾けたまう観音様」、「めでたし、神々しき善意なるシェキナ様」、「めでたし神々の、そして男どもの悦びたるアフロディーテ様」。たいていの宗教は、マリアのような女性か、観音様のような両性具有の姿形を選んできた。形がどうであれ、また目には見えない仕方であれ、最期のときに、やさしさや憐れみがともに来たらんと望むのは、美しいことである。

日曜日の盛儀ミサのために、祖母は馬を繋がせていた。お供をするのは私だけだった。ミサはいつも長くつづいた。そのあいだ、美しい黒毛の馬が二頭、繋駕《けいが》を解かれて、教会の隣の旅籠屋の厩舎に入れられていた。ノエミと私は、またふたりきりになって、《聴取の長椅子》に腰を下ろしていた（そこから主への呼びかけは聞こえなかった）。やや斜めの方向に祭壇が見えていた。教区の人々の八割方がそうであるように、私もミサの供犠のことをほとんど知らず、とくに司祭がひざまずくたびに、レースのスータンから飛び出している、鋲を打った大きな編み上げ靴から目を離せずにいた。強いお香のにおいは好きだったが、聖杯を回して、それがあまさず飲み干され、きちんと濯がれていることを確認する司祭の、よそよそしいしぐさは好きになれなかった。大衆酒場の入口にたむろする酒飲みたちの振る舞いを思い出させたからだ。聖体奉挙の際には、みなとおなじように聖体を目にして頓死する危険に身をさらさないよう、必ず頭を下げるようにしていた。最前列の椅子に座って、少しわきのほうから村の御婦人たちの姿をじっと見つめていると、リボンを結んだ帽子の下からこの日のためにしっかり磨きあげた赤い顔をのぞかせている彼女たちは、みなそっくりに見えた。司祭はフランス語で説教していた。信者たちの一部は彼の言っていることをあまり理解しておらず、フラマン語に忠実な老人たちはなにひとつわかっていなかった。ノエミは《女城主様》（この単語がやさしい気持ちで口にされることは、ほとんどなかった）、私は黒髪の、白いドレスに青いベルトを締めたお嬢様だった（母は七年間、聖母に私の庇護を委ねていたのである）。およそ六十五年後、幼少時を過ごした村にはじめて帰ったとき、私に敬意を表すべく、黒髪に青い眼の、五歳の少女が連れて来られたのだが、その子も青いリボンを付け、白い服を着せられていた。子どもらしく、感じのいい女の子だった。ただ、花を捧げる役に怖じ気づいていた。かつての私だったら、やはりおなじようにびくびくしていただろう。

　あと数週間で七歳になるという頃だった。当時は初聖体拝領が早めに執り行われていた。サン＝ジャン＝カペル自由学校の修道女たちからそこそこの教育を受けてはいたものの、司祭の簡潔な公教要理を聞いたところで、私がそれに大したことを付け加えられるわけではなかった。とくに気をつけるように言われたのは、ハレの日の朝は歯を磨かないこと。もちろん、なにか口にしたり飲んだりするのは論外だった。ところが私は、枕元のテーブルに、四分の一に切られたりんごを見つけて、つい齧ってしまったのだ。ある日それを司祭に喋ったのがまちがいだった。おかげで司祭は病気になるところだった。その朝、聖体拝領を受けるのは私ひとりだった。一枚の青白い写真に、白いドレスに白いヴェールをまとった私が写っている。バルブはよく、それは花嫁がつけるヴェールだと言ったものだ。はじめのうち私は笑っていたのだが、やがて泣き出した。馬鹿にされているような気がしたからだ。いくらかぼやけたこの思い出は、城館の近隣に住んでいる人々を招いた、ある昼食会の思い出と切り離すことができない。私はそこではじめて、シャンパンに浸したフィンガービスケットを半分もらった。上流階級ならではの儀式のようなものだ。翌年（あるいは同年のことだったか）、それとは対照的に、賞の授与が行われる祝典会場で、学校の先生から、金色の紙でできたローリエの冠と、著名な聖人たちの生涯が綴られている、赤と金の厚表紙で製本された大型本を受け取った。辛い思い出である。私にはどんな学校にも足を踏み入れたことがないとの確信があったし、そもそも学校に行きたいと考えたこともなかった。けれど、まやかしや不正行為を忌み嫌う気持ちは、漠然と萌しはじめていた。幸い、六歳から七歳の子どもには、そうした主題について議論するだけの語彙はない。ただ、それに傷つくことはあるのだ。たぶん六十歳の男性よりも、また女性よりもずっと本能的に。

特定の事実に対してはこのように徹底的に無関心で、べつの状況においてはひどく感情的で熱っぽい反応を示すこと。これは人が思うほど特別な話ではない。子どもには、居残りの罰を受けておとなしくなったり、流行りものに心奪われて馬鹿になったりする前からもう、一種の大人の人格と、すでに個としての意識を持つ謎めいた存在が潜んでいる。それを認めさえすればいいのだ。私はいま、自分のなかから出てきた思い出しか呼び起こさないようにしているのだが、そればかりではなく、ときに偽りのやさしさをまとい、歯の痛みのように不愉快なイメージを、またときにはやさしくかつ尊大な幼児期特有の甘ったるいイメージをすべて回避しようとして、ここでほとんど絶望的に闘っている。子どもというのは、本能的に、大人とコミュニケーションを取らないものだ。大人の言うことなど嘘っぽい、あるいは少なくともたいして重要でないと、ごく早い時期から理解している。幼い頃から聞かされてきた大文字の「神」は、私にはただの神様にしか見えなかった。村の暮らしのなかのわくわくするような出来事を耳ざとく仕入れていたバルブのおかげで、老女たちが毛布の下で咳き込んでいるのを聞いたし、一度などは、小さな箱のような棺に収まった、全身真っ白な子どもを見たこともある。墓地に埋葬するため、これから釘を打つところだった。路上では普及しはじめたばかりの自動車に轢き殺された動物たちを目のあたりにしていた。動物たちにとって神は善き人ではなかった。また、人間にとっても、必ずしも善ではなかった。神はその気になったときだけ、善き人になったのである。私はまた、子どもたちを見張り、罰し、従順にしていれば見返りを与える、あの髭面の疑い深い老人を信用していなかった。しかたなくサンタクロースを信じるふりをしている人がいるのとおなじで、私もほんの少し神を信じるふりをしていたのだ。庇護し、罰しもするひとりの創造主に信仰を捧げている者と、万物のなかに、そして自分自身のなかに《神々しい》と名付けうるなにかがあることを認めている人とのあいだには、千里の径庭がある。それはごく早い段階ではっきり現れる。シッダールタ王子が病人を、身体の不自由な人々を、死骸を目にしたのが三十歳のときだなんて、ありえない話である。それはごく幼い頃からの体験であって、おそらくそのくらいの年齢になるまで彼は口を噤んでいたのだろう。神が自分にとって唯一のものである人たち、一なるものとは全と無のあいだの、ありふれた示現にすぎないとする人たちの区別も、早い時期に出来あがっている。モン＝ノワールの子どもは、その名を知る必要すらない八百万《やおよろず》の《カミ》に囲まれた日本人の女の子や、おなじ土地に住んでいた、森や泉の名も無き力に敏感なガロ・ロマン時代の子どもたちと大差なかった。

無味乾燥な教条主義や、避けようのないほど偏狭な教育を受けているにもかかわらず、子どもの想像力にとってよかった点は、それがいまなお生きている神話のただなかで開花したことだ。トラピスト修道士たちの住むモン=デ=カは聖なる土地で、バルブも太っちょのマドレーヌもちびのマドレーヌも、この山に登る際は畏敬の念を忘れなかった。参道わきに聖アポロニア〔生年不詳―二四九。アレクサンドリアで殉教〕の井戸があり、その水は歯の痛みに効果があった。掌のくぼみに受けて飲んだ水滴と、井戸の側面に貼られているローマの処刑人の手で歯を抜かれた女性殉教者の宗教画を、私は覚えている。歯茎のところにクローヴが一本刺さっていた。この奇蹟の場所はベルギー領だった。小間使いたちにとっては、ちょっとした密輸入によって、また私にとっては、聖なる井戸の正面の通りにある安いお菓子で知られた食料品店での、一スーのチョコレートという授かりものによって、この遠出はいっそう魅力的なものになっていた。聖ヨハネの日、モン=ノワールの小径沿いには、ばらけたような行列が出来ていた。籠を持った天使たちが、地面に花びらを撒いていた。私は天使が好きだったから、あいかわらず鳥を愛しつつも、その存在を信じていた。なぜか知らないけれど、私はハンガリーの聖女エルジェーベト〔一二〇七―一二三一〕に扮していた。たぶんこの聖女の石膏像が教会に飾られていたのだろう。彩色ガラスの王冠、ピンクの絹で裏打ちされた、おなじくピンクのビロードのマントを思い出す。その上に本物の薔薇がひと房縫い付けられていたのは、私が手に持とうとしてもまちがいなく落としてしまうと思われていたからだ。胸をはだけ、羊の皮で覆われた小さな聖ヨハネはとても美しく見えた。サン=ジャン=カペルにはめったに行かなかった。しかし行けばきまって見かけたのは、おそらくあのクロケット氏〔モン=ノワールにいた農夫のひとり。ユルスナールは一九八〇年にこの地を再訪して、彼に会っている〕か、村の老人たちの誰かだと思う。私のために南仏で過ごすクリスマスの、ヴィラ・デ・パルムのすぐ隣に設けられた生誕群像には、くぼみのある皿が飾られていて、水に浸した種粒がいっぱい入っていた。その種はやがて、雑草の生えた野原になっていった。以来、ヴィーナスの若き愛人に敬意を表して、同様のやり方で恭しく種を発芽させていた古代の《アドニスの庭》の描写を読みながら、私は幾度も南仏の庭のことを考えた。蠟でできた小さなイエスは、セルロイド製のわがアンドレほど現実味がないように思われたが、他方、後景に置かれている牛と驢馬、クリスマスの夜になるとすぐ、羊飼いたちとともに運び入れられた仔羊たちは、毎冬、包装紙で作られるこの洞窟のなかで、生きものの存在感をみごとに示していた。毎年一月六日、このスペクタクルは待望久しい、飾り付けられた三頭の駱駝の到着によって充実したものになった。彼らは主人である東方の三博士よりも、ずっと美しかった。

聖週間はまた別物だった。あるときは南仏で、あるときはパリで、モン=ノーワルでも一度行われた。父はモン=ノワールのすぐ近くのブリュージュまで、教会の彫像や絵画を見に連れて行ってくれた。ブリュッセルでも一度開かれたことがあって、そのあいだに身体の不自由な伯母を訪ねた。伯母とは、それが最後になった。ジャンヌとも会っているのだが、こちらはのちに一度しか会えなかっただけに、忘れがたいものになった。どこに出かけても、わが小間使いたちは儀式のように七つの教会めぐり〔ローマの七つの教会をめぐる儀式。十六世紀からあるもの〕をしていた。サン=ジャン=カペルのようにひとつしかない場合は、おなじ門から七度出入りを繰り返した。南仏の編み込まれたナツメヤシの枝、北仏の柘植の木、紫色の屍衣にすっかり覆われて美しく見える彫像たち、聖木曜教会の薄闇での、椅子を動かしたせいだとはとても信じられなかった大音響、ローマへ飛んでいった鐘の音の沈黙——一年間美しくありますようにと、顔に水をかけながら鐘の音が騒々しく返ってくるのを祝うのだ——は、どれもこれも復活祭に向けた道の途上にあるものだった。しかしフランドルの教会のあちこちで見かける、硬直し、真っ白な、ほとんど裸の状態の、たったひとり悲劇的な死を遂げて横たわっているイエスの肖像の前では、すべてが失せてしまうのだった。中世の彫刻家の比類なき作品であろうと、サン・シュルピス広場の変に色づけされた趣味の悪い祭具であろうと、私には

どうでもよかった。そうとは意識されていない官能性、慈悲、そして聖なるものの意味が混じり合う状態
をはじめて感じとったのは、まさしくこうした絵画を前にしてのことだったと思う。十五年後、ナポリで
の聖週間のあいだ、サンタンナ・デイ・ロンバルディ教会で見た、死せるキリストへのアンナの口づけと
涙、聖木曜日の夜から聖金曜日にかけて示されるイエスの熱い愛は、まだ死のなんたるかも、愛のなんた
るかも知らない子どもに、さまざまな感情を芽ばえさせることになった。
モン＝ノワールの庭園には、十九世紀末の所有者たちが好んで掘らせたたぐいの洞窟がひとつある。ロンドンでの流行に影響されたものだが、彼らの祖先がピラネージ風の廃墟を造らせたのといくらか似ていた。入口の前に鉄柵があったとはいえ、いつも大きく開かれたままの私たちの洞窟は、小石を、つまりモン・ド・フランドルの古代の海底の礫をセメントで固め、コテで均したものだった。地面と壁と穹窿《きゆうりゆう》はこれとおなじ砕石で造られ、湿気の多い日には、おそらく鉄分を含んでいるからだろう、そこから赤みがかった水が滲み出してきた。英国北部で、ローマ兵に掘られたミトラ教の――地元の考古学者が発見しても、貴重なものがなにも見つからなければすぐ埋め直されてしまうこともある――あの小さな地下神殿の内壁からこうした水が滲みだしてくるのを見たことがあるのだが、それと似たようなものだった。軍の兵士たちが、岩から生まれた神に祈りを捧げにやって来た。私たちの洞窟には、おなじ素材でできた祭壇がひとつだけあった。せいぜい（年に一度のミサのときは除いて）、縁日で買ったドライフラワーをいっぱい差した小さな花瓶がふたつ飾られているくらいだった。その下にがらんとした横長の空間がくり抜かれていて、十字架から降りたイエスを安置する仕組みになっていた。けれど、実際に置こうと考えた者はひとりもいなかった。私は重々しく告げた。キリストを置いてもらうために、毎週、教会へ寄付金を集めに行くことにすると。鼻で笑われた。そんなことより中国での布教のために寄付金を募ったほうがいいと忠告ま

でしてくれた。しかし中国の布教になど、私にはなんの興味もなかったのである。

第三共和政〔一八七〇―一九四〇〕のそこここに見られる反教権主義のなかに、まだ魔術の残滓が紛れ込んでいた。司祭が忌み嫌われていたわけではない。ただ司祭に向けられた敵意と信頼は、せいぜい田舎の郵便配達夫に向けられたのと同程度のものでしかなかった。村の女たちは、道すがら司祭の姿に気づくと、《女っ気なしで済ませているから》去勢されているようでもあり、《女の恰好をしているから》両性具有的なところもある《善良なる神の手先》からどんな不吉な影響をこうむるというのか、身を守るべくスカートの中で片足を上げ、こっそり唾を吐いたものである。秋の夜になると、木に釘で打ち付けられた、死者の顔のような中をくり抜かれた甜菜や、眼窩の穴を透かして輝いている蠟燭が私を怖がらせた。ところがバルブにとっては、その火がすぐに消えてしまうと喪の先触れになるのだった。よく反キリストの話題になった。キリスト教の共同体では、いつの時代でもその話題が出たことだろう。私たちの時代には、「終末」について考えさせられる理由がたくさんある。他の時代でもそうなのだが、当時のモン＝ノワールの小さな世界におけるこの強迫観念は、それ以上に強かったらしい。バルブの話を信ずるなら、四人の天使が世界の四隅でトランペットを吹き鳴らし、最後の夜明けを告げることになるというのだ。地球が円いことを知っているつもりでいた私は、世界の四隅なんていう言い方にいささか驚かされた。私を説得するために、バルブは天使の代わりに四本の棘の刺さった木製のビー玉を見せてくれた。この世の終わりの日付はわかっていた。すべてのユダヤ人がパレスチナに帰ることになる日だった。シオニズム、バルフォア宣言〔一九一七年、英国外務大臣アーサー・バルフォアがロスチャイルド卿に宛てた、シオニズム支持表明〕、ポグロムと死体焼却場からの生き残りたちの大移動よりずっと前に、《ユダヤ人の話》を聞かされて爆笑したり、もっと卑俗な言葉でドリュモン〔エドゥアール＝アドルフ・ドリュモン。一八四四―一九一七。フランスの政治家。反ユダヤ主義者〕張りの罵倒が繰り返されるのを耳にするのがせいぜいだったはずの村人たちの家に、こうした考え方が広がっていたのだ。実際、今日でもなお、ユダヤ人全員がパレスチナに戻っているわけではない。それでも、イスラエルという国家が、国家なる単語に含まれた公的かつ柔軟でないものすべてを抱えて、いま存在している。ユダヤ人とは、私にとってもちろん旧約聖書のなかの人々である。当時の私には、エルサレムがどこに位置するのかさえよくわかっていなかっただろう。

一九一四年に戦争が勃発する前のこうした日々において、村の祖国愛は七月十四日の三色旗の提灯に象徴されているように見えた。ミシェルは民衆的な祭りを大いに賞賛していたから、国家の祝日としては、上下の刃で切断して干し草のなかに落とした頭部を見せつけるような記念日でない日が望ましいと思っていただろう。一八七〇年〔普仏戦争〕は遠い昔のことだ。北仏のこの地方は、ランボーのソネットにあるような、草地に血を流して横たわった《谷間に眠る男》に匹敵するものを一度も持つことがなかった。アルザス・ロレーヌ地方もおなじく遠かった。ドイツの連中《ボッシュ》が現れるのはまだ先の話で、排外主義につきものの、忌み嫌われるか馬鹿にされるか、いずれかに属する集団といえば、ベルシュ人〔ベルギー人〕（訛りのせいでこんなふうに発音された）だった。小柄なベルシュ人（大半の人は背が高かった）は、逆にフランス語を話す《フランキヨン》連中を軽蔑していた。私は愛着の度からしてフランス人だった。ほとんど言及されなかったが、母がベルギー人であったことは問題ではなかった。彼女はそもそもフラマン語を知らなかったし、ミシェルに賞賛されたそのよきフランス語とドイツ語好きのおかげで、あらぬ嫌疑をかけられずに済んだからである。ベルギーで徴兵の抽選が行われた日〔一九〇九年まで、ベルギーでは徴兵のための抽選が行われていた〕、国境を越えようとしているフランス人たちがいた。国境はところどころでモン＝ノワールに接していたから、よい番号〔兵役期間の短い番号〕を引き当てて歓声をあげる逞しい男たちのおかげですっかり陽気になったベルギーの村の雰囲気を間近で楽しむことになった。ベルギーの男たちはたがいに腕を組んで練り歩き、右に左によろけながら通りを掃くように進み、そのあとから不運な男どもがすごすご付いて行くのだったが、彼らは酒をあおって気を紛らわしていた。運に恵まれた男たちは、儀礼となっている歌の文句を繰り返しがなり立てていた。最初の詩行にはいくらか古風なところがなくはなかった。もっとも、誰もそんなことに気づいていなかったし、二行目はフラマン語の言いまわしで美化されていた。

　兵士たち！　兵士たち！　兵士たちよ！（つわものどもよ）
　俺たち兵士を捕まえるのは、ポポール〔レオポルド〕の野郎じゃあるまいて！

　まさしく、この青年たちが身を捧げようとしているのは、コンゴにおける植民地事業が功を奏して国際銀行から高い評価を得たレオポルド二世に対してではなかった。とはいえこれから二、三年のうちに、どれだけの者が国王の駒となってイゼール県の泥濘のなかで腐り果てていくことか。あきらめの境地に達していた国王が欲するその平和を、他の軍隊の最高司令部にいる連中は望んでいなかったのだ。いま私が語っている夏の時点では、隣国はまだ《わが英雄的なベルギーの同盟国》ではなかったのである。

　徐々にわかってくる。いまだ流通している紋切り型にならった《お金持ちの女の子》や《お城のお嬢様》は、今日のパリ十六区の、ブルジョワ的と言われるアパルトマンの令嬢がかつてそうであったほど、あるいはいまもそうであるほど《民衆》と隔っていないのだ。この《民衆》なる美しい単語も、他の多くのフランス語の単語とおなじように廃れてしまった。私はモン＝ノワールという、もう消えてしまったあの凡庸な建物の部屋のひとつひとつを思い描くことができるのだが、その中心にあったのは、祖父がイタリアから持ち帰ったルイーニ〔ベルナルディーノ・ルイーニ。一四八〇／一四八二―一五三二。イタリア画家。女性像で有名〕風の、《悪と徳》みたいな絵画――そもそもその絵はノエミが自分の部屋に招いてくれる日にちらりと目にするだけで、ほとんど見ることはなかった――で飾られた客間ではなかったし、かつてアマチュア演劇に使われていた楕円形の小さなサロンでもなく、醜悪なビリヤード室でも祖母が会計監査（私はこの才能をこれっぽっちも受け継がなかった！）をしていた、十字架像や振り子付きの掛け時計があってごちゃごちゃしている二間続きの部屋でもなく、ラ・フォンテーヌの『寓話』をあしらったエナメルのストーヴをそのきわみとする――『寓話』がという以上に、そこに描かれている動物たちが人間に似すぎていて好きになれなかった――私のいた小塔の、窓が六つある寝室でもなく、私が寝ている部屋に通じた回廊に置かれている後期ロマン派のエッチングでもなかった。もっともそのエッチングには、音楽家の演奏を聴きながら人々が夢見心地になっている、もしくは深く心を動かされている場面が描かれていて、私はのちにその前でアレクシス〔『アレクシスあるいは空しい戦いについて』の主人公〕を夢見心地にさせることになったのだが、この中心部とはすなわち、冷え切った生乳置き場とキャセロールや銅製の炭火あんかが並ぶ厨房のあいだの、それより低い階にある《使用人たちの間》Salle des Gens《サル・デ・ジャン》にほかならなかった。これもあの使用人 domestiques というもうひとつの言葉と同様、私たちが乱用してきた美しい言葉だ。にもかかわらず、これらはどちらも女性形の《gens《ゲンス》》、つまり古代ローマ時代の親族集団であり、私たちのほとんどもう誰も所有していない《家《ドムス》》の住人たちを呼び覚ます。この《使用人たちの間》の常連のひとりひとりは、本の二冊や三冊ではとても語り尽くせない個としての人間であり、骨格であり筋肉であり性であって、多かれ少なかれうまく機能していた脳髄なのだが、それは《もはや存在しない》。昼頃になると、私はおごそかに手を洗ってもらった。お年を召した御婦人が、いつものやわらかな、けれど変わらぬすばやい足取りで降りて来て、食堂の大きな円テーブルに腰を落ち着ける。私はなにかと厭味を言うその御婦人の真正面に腰を下ろすのだが、ダマスク風のテーブルクロスの円周と、七十年という年齢差に隔てられていた。ただ、彼女も私も年齢差についてはまったく意識していなかった。昔日の美術愛好家たちの空間のように、壁には一枚一枚額装された絵画が飾られていたのだが、そこにはほとんどみなおなじものが描かれていた。老若と美醜とにかかわらず、古い衣装を身に着けた男女がいる。男たちの多くは、片手を、ときには両手をポケットに入れていた。こうすると画家に払う謝礼が少なくて済んだらしい。大半は、さしたる栄誉もない、地元のよき芸術家たちの作品だった（有名な作品もあったのだが、ずいぶん前からあちこちの美術館に流出していた）。その他は愚にもつかない作品ばかりで、とくに父方のふたりの祖父の絵などはそうだったから、この点で彼らが杓子定規のもったいぶった人たちであるとはとても想像できなかった。私は言葉で言い表せないくらい不器用だった。フォークで突いたはずのインゲン豆は皿のまわりに小さな木立を作っていた。チョコレートクリームは白いドレスに垂れ落ちた。デザートまでつつがなく進むと、このクリームは期待通りの効果をあげたものだ。「この子を連れて行きなさい！」すると、控え目だが満足そうな様子で、縞模様のチョッキを着たジョゼフが私といっしょに《使用人たちの間》へとつづく螺旋階段を下りてくれるのだった。

そこでは人生そのもののように、すべてが意のままだった。ほとんど手つかずで上から下りてきた料理を、みな楽しんで食べていた。肉屋の請求書はゆうに大きなレストラン一軒分の仕入れをまかなうほどだったろう。屑肉は犬たちの餌にまわされることになっていた。私は積みあげられた古い辞書の上に、誇らしげに座らせてもらった。青や白の陶製の大皿とスープやカフェオレがたっぷり入ったお揃いのボルのわきに、ちょうどいいバランスで大きなバター付きパンが添えられていて、時々丸い歯形が付いていたりするそのパンが、少しずつ、ぞっとするほどの量の飲み物やソースに浸されていく。太っちょのマドレーヌは、蠟挽きされたクロスの一部を片付け、そこに肘を突いて、新しく教えてもらったシャンソンの歌詞の一部を鉛筆で書き写していた。おそらく他のどこにでもあるような古い流行り歌だったのだろう。御者のアルシードは、いい年をしてまだ女性に気に入られようとこの部屋にやって来て、堅物の《ちびのマドレーヌ》で運試しをしようとしていた。若くて美男の運転手セザールは、バルブへの恋心を隠そうとしなかった。ジョゼフは古い新聞をぱらぱら読みながら、主人のロシア製シガレットをくゆらせていた。淡い黄色の顔をした料理女のオルタンスは、少しだけ開けたドアから顔を出し、叫ぶような調子はずれの声で、陽気でスカトロジックな歌のリフレーンや、愛国的な、もしくは敬虔な讃美歌の一部を歌っている他の女たちに和し、その声をより力強いものにしていたのだが、私にとっては十把一絡げで、要するにこの人たちは単に歌が下手なのだと思われた。

……あの娘を揺れるベッドに投げあげて……
……おいらの槍を二度三度突き刺してやったのさ……
……あたいはうんちの娘っ子、あたいはおしっこの娘っ子……
あたいは大尉の娘っ子
……サディ・カルノー、仏国大統領……
……俺たちゃ身内に「神さま」が欲しいのさ……

食事が終わると、ノエミは食器棚の脇の吹き出し口からのぼってくる温風が当たるところに腰を下ろして、この種の戯れ言や探り役のメラニーに対する罵詈雑言をひと言も聞き逃すまいとするのだったが、ノエミが例のごとくそこに陣取っているのをみな承知のうえで、おおっぴらに悪口を言うのだった。ところがそのあいだずっと、やわらかい、それでいてはっきりした物音が絶え間なく聞こえていた。生乳置き場で、大樽の穴に差し込まれた大きな木の栓がシュウシュウ音を立てていたのである。その樽のなかで、脂っぽい液体が少しずつバターに変化していくのだ。小さなマリーがちょっと咳き込みながら、いつもなまあたたかい両の手を時々攪拌装置に沈め、そこから酸味のある乳清を最後の一滴まで搾り取って、バターを美しい黄色いパン状に丸め、木の葉で包もうとしているのだ。塩をたっぷり含んだ余りの分は、これから煮たり茹でたりするときのために、炻器《せっき》の大きな壺いっぱいに入れておくことになるだろう。なにかが吸われたり剥がれたりする音は、いつもの黒いショールに身を包んだ小さなマリーが村への一本道を帰っていく夜更けまで止むことがなかった。上の階で読書に没頭していたミシェルにも聞こえていたのではないかと思う。それは少し不快で、少しほっとさせてくれるような——当時の私はそんなふうに表現できなかったろうけれど——、ものごとを攪拌する音そのものだった。

バルブはずいぶん前に、イギリスの看護婦が身に付けるブルーマリンの制服を、もうこりごりだと言って脱ぎ捨てていた。まだいくらか英国愛の残っているミシェルが着させていたものだ。休日の良家の小間使いと、そうと気づかれずに過ごしたい上流階級の女性のあいだを取るようなバルブの服のセンスは、とてもよかった。私は彼女のことがとても好きだった。話によると、私に産湯を使わせたのはバルブだったらしい。ともあれ、彼女は毎日私の身体を洗い、拭い、タルカムパウダーをはたき、ドレスに手足を通させ、散歩に連れて行ってくれた。それをずっとつづけていた。まだごく幼かった頃は、町に出ると、私が離れないよう、小犬みたいに片腕に紐を結んでいた。この外出はただの散歩にとどまらず、予定を変更して百貨店に立ち寄ったり、バルブがいつも偶然のようにして出会う、かねて懇意の殿方のお宅を訪ねることになったりした。午前はどこかのパティスリーであがりとなった。バルブは幼少時代の私に、ずっと、多くの女性たちがいとけない子どもに感じる、そうと意識はしていないあの官能的な情熱を抱いていた。二歳か三歳の頃、小さな折りたたみベッドから抱き上げられたときのことを覚えている。全身を熱いキスで覆われ、そのキスが自身も知らない身体の輪郭を描き出し、いわばこの私にひとつの形を与えてくれた。幼年期に性欲が内在することを疑ってはいないけれど、触れ合うだけに留まっていたあのときの感覚には、まだエロチシズムが欠けていた。私の官能は芽を出してもいなければ、葉を付けてもいなかった。この種の昂揚感はのちに感じなくなってしまったとはいえ、バルブと愛情に溢れたキスをするのは珍しいことではなかった。そこにいないことも多かったジャンヌのキスや、フランス人の父親が、つまりミシェルが、就寝前のお休みを言うためかがみ込んで娘にしてくれる、まことにやさしい、でもかなり習慣化したものを除くと、愛情のこもったキスと言えばバルブとのものしかない。ミシェルは身分差のある恋愛を毛嫌いしていた。しかしバルブには魅力がなくはなかったから、やもめ暮らしになって間もない頃の、孤独な日々がつづいているあいだは、ふたりになんらかの肉体的な関係があった可能性はある。いずれにせよ、愛人の役を夢見るには、彼女はあまりに良識がありすぎた。とはいえバルブは男好きだったし、給料はたっぷり貰っていたものの、そこにもう少しつけ加えたいと、売春宿に通うことを思いついた。冬にはリエージュで、季節ごとに滞在するパリで、ときにはブリュッセルで。映画館が増えつつある時代だった。ある晴れた午後、まわりがみな散歩に出ているとばかり思っているあいだに、バルブは映画館の一階後部座席の、私の隣の席に腰を下ろし、照明が落とされるとすぐ、静かにじっとしてなさいね、出口のところに迎えに行くからと言い聞かせて私を置き去りにした。子どもはまったく動じない。少し擦り切れたピアノの音が彼女の頭上から楽音を浴びせかけている。それがずっとおなじ調子に聞こえて、とても早く弾かれる音だけが聴き分けられた。一頭の馬がギャロップで駆けている場面だったからだ。つづいて重々しい和音と、ひどく甘やかな楽音。それはこれからなにか悲しいことが起こるというお告げだった。その証拠に、スクリーンには必ず、月の光が現れるよう細工されていた。私はうとうとして、ベッドの上に積まれた花束の香りで息が詰まりそうになっている、人気女優だったマドモアゼル・ロマンの真っ白な顔と、エリザベス朝の衣装を着ているサラ・ベルナール夫人の顔を時折見分けられるだけだった（アンリ＝デフォンティーヌ、ルイ・メルカントン監督、『エリザベス女王の恋』、一九一二年）。サラ・ベルナールの顔はあまりに恐かったので、私はひと晩中、寝室の常夜灯を付けっぱなしにしておかなければならなかった。しかしバルブはいつも約束の時間に戻って来た。帰り道、もし父があれこれ詮索するようなことがあったら、どんなふうに過ごしたのか、その説明の仕方を細かく教えてくれた。時々わけがわからなくなってくると、私はバルブを見あげて、言われたことをちゃんと話しているかどうかを確かめた。もの問いたげな、びくびくしたこの眼差しを見て、ミシェルはなにか隠し事があるのではないかと疑いを抱いた。バルブが私を虐待しているか、少なくとも脅すような真似をして、本当のことを言わせまいとしているのではないかと考えたのである。これは彼の思いちがいだったのだが、じつのところ、私はほぼ生涯を通じて、なにかためらいが生じたとき、連れのほうに眼で問いかけ、賛同してくれているかどうか確かめる習慣を失わなかった。ともあれ、あの時のいくらかおびえながら信を問うた一瞥が、それ以上の疑惑を招くことはなかった。

けれど、映画を盾にする戦略は確実なものではなかった。案内嬢（たぶん、バルブはこの案内嬢とぐるだったのだろう）か思いやりのある観客の誰かが、ひとり残されたこの少女にほろりと心を動かされ、犯罪小説でおなじみの今風の人物である、あの変質的な幼児誘拐犯など絶対に近づかせまいとするような展閉も、ありえなくはなかったろう。しかしバルブはもっと簡単な方法を選択した。女性専用の曖昧宿に私を連れて行ったのである。私はサロンで待機させられた。じつに居心地がよかった。鎖に安っぽい飾りのある懐中時計を手にした大柄な男たちや、しばしば中がはだけて見えるバスローブ姿の御婦人たちは〔衣装はずっと軽薄だったにもかかわらず〕、私にとって《使用人たちの間》にいる大人たちとさほどちがいがあるようには見えなかった。そこにいる殿方や御婦人方は、私のなかに子どもらしい無垢の象徴を見出して、心を和ませていたらしい。その証拠に、ある日、私はテーブルに載せられ、なにか歌うか暗誦してくれと頼まれさえした。歌うことはできなかったが、詩の端々は暗記していた。ミシェルが私のために、大きなノートに書き写しはじめていたものだ。「ランプを持って歩く人のように……」〔ヴィクトル・ユゴー「オリンピオの悲しみ」〕、「長旅に飽きたペリカンが……」〔アルフレッド・ミュッセ「五月の夜」〕、「あまりに澄んでいるので、ため息が神の御もとにのぼってゆく／この地上にある／他のいかなる場所よりも自由に……」〔アルフレッド・ミュッセ「イタリアから戻ってくる弟に」〕わが聴衆は、おそらくそんなものを一度も聞いたことがなかっただろう。もっとも、こちらの不明瞭な暗誦が理解できなかったとも考えられる。バルブは帽子をかぶり、手袋をしてふたたび姿を現すと、一同に挨拶をして私を連れ帰った。「女の館」に足を向けたのはせいぜい二、三度だったと思う。しかし密告者、とくに女の密告者はいくらでもいる。

　ミシェルはモン＝ノワールで、匿名の手紙を受け取った。ノエミが亡くなってから、この土地は以前とおなじではなくなっていた。ミシェルはその週、当時の愛人をモン＝ノワールに迎え入れていた。すでに代役を演じるのを見てきた、例のリアーヌである。私の異母兄が彼女に結婚を申し入れた。ミシェルはその結びつきに反対しなかった。この厄介者からようやく解放されると思ったからだ。兄の婚約者となった女性には、少々冗談好きな母親や私の知らない人たちがいつも付き添っていて、ややうっとうしかったのだが、彼らが口を揃えて、バルブはお払い箱にするべきだと忠言したのである。淫売宿に通ったことをミシェルは悲劇的にとらえてはいなかった。とはいえ、それは子どもの世話係として推奨できるような習慣でもなかった。おそらくこの勇気ある心やさしい男の内で共存しなくもない意気地のなさによって、おそらくはまた、べつの場所ですでに詳しく検討した、あの心の底にある不思議な無関心によって、ミシェルは招待客たちがちょっとした策を弄するのをそのままに流した。かくて私は、翌日、朝早い時間から小旅行に出かけると告げられた。二台の車に乗れるだけ乗り込んだ。バルブが同乗しないことに驚きはしたものの、すぐに合流すると聞かされた。

その日がどのように過ぎていったのか覚えていない。玄関の扉を開けるや否や、私はバルブの名を呼び、小塔の階段を駆け上がった。私のベッドの近くにある彼女のベッドは、きれいに直されていた。持ち物はどこにも見当たらなかった。私は駆け出し、そこまでの足取りをもう一度たどって、あの陰鬱なエッチングで飾られた、L字型に曲がっている廊下で頭をぶつけたりしたあげく、とうとうノエミの部屋に入った。ミシェルがそこに腰を落ち着けたばかりだったのだ。彼は私の手を取って、バルブは実家に呼び戻されたんだろう、たぶん数か月ほどね、ハッセルトとマエストリヒトのあいだに家があるんだよと説明し、そんなに大きな声で泣いてはいけないと言った。それから何日ものあいだ、私は綴り字など無視した絵はがきを何枚もバルブに送って、戻って来てほしいと懇願した。長い間を置いて、ようやく彼女は愛情に満ちた小さな手紙を返してくれた。そこには、ハッセルトの農夫と結婚したことが記されていた。

バルブの不在には慣れていった。しかし途方もなく重いものに私は押しつぶされそうになっていた。まわりが嘘をついていた、ということに。以後、私はもう誰も、ミシェルでさえも完全には信用しなかった。ずっと後になってミシェルが教えてくれたところによると、バルブの好みは少しずつ、気取りのないあけすけなものになっていったし、声の調子も下品になることがあったから、もう大きくなっていた私がそんなところを取り入れたり真似たりしないか心配していたのだという。さらに後になって、バルブとセザールが恋仲になっていたので、小塔にいる私の眼の前でエロチックな場面が繰り広げられたりしないか怖れていたのだとも打ち明けてくれた。こういう気の遣い方には、冒険好きなあの美青年に対する若干の嫉妬が滲んでいるように思われた。実際、バルブと小塔で過ごした夜は、それ以外の生活のなかで彼女が見せる振る舞いや顔つきとは無関係に、どこか荘厳な印象を私に残したのである。湯につかって、化粧室から裸で出てくると、彼女はバスローブを手に、白い壁に巨人のように映っている影を従えて大きな部屋を横切り、ストーヴの前で腰を下ろす。身体を拭き、両脚を軽石で磨くためだ。こちらには胼胝《たこ》が、あちらには魚の目があって、爪の並びも悪い両脚は美しいものではなかった。しかし豊かな胸の、少々お腹の垂れているその黒々とした明瞭な影は、威厳に満ちて美しかった。

老犬トリーアは、バルブが出て行く少し前に死んだ。十二歳だったから自慢してもおかしくない年齢だったが、大切にされた犬としては必ずしも天寿を全うしたとは言えない。だが彼は本当に大切にされていたのだろうか？　トリーアは、フェルナンドとミシェルに連れられて、三年間ヨーロッパ中を放浪して過ごし、そのあと私の犬になった。揺りかごをねたましげに見張り、モン＝ノワールの小径では私のうしろを小走りに付いてまわり、モンテ＝カルロでは飛び交う鳩のあまりの多さに、パリではブーローニュの森のアヒルに騒々しく異を唱え、私といっしょに海辺のたまりに入ってみたりした。スヘフェニンゲンまでトリーアが付いてきたかどうか、どうしても思い出せない。クレマンとアクセルの犬たちに厚遇されていなかったのか、それとも反対に、仲よくやっていたのか？　しかしモン＝ノワールでは、曲がった脚で床板が汚れるのを怖れたノエミから、家のなかに入ることを禁じられていた。トリーアは老いはじめていた。

数年後には、毎朝厩舎に連れて行ってもらうだけで、私は我慢しなければならなかった。トリーアはそこでアルシードと寝起きしていたのである。私はトリーアにお菓子を持って行って、しばらくいっしょに過ごしていた。付き添いの小間使いたちにはそれがいつも長すぎると感じられていたようで、少し撫でてやっただけで連れ戻された。私が聞きわけのいい子であることは、みなわかっていたからだ。最期のあたりはとくに痛々しかった。ドイツのバセット犬がブリーダーに選ばれるのは、ほとんどグロテスクなほど引き伸ばされたそのボディラインのおかげだが、そのバセット犬の多くがそうであるように、トリーアは背中の痛みに苦しんでいた。階段を上がるのを諦めなければならなかった。しかしそれは大したことではなかった。下の藁のなかで寝ていたからである。厩舎の外にいる私に向かってトリーアは喜んではうめき、何度も飛び跳ねながら、やっとの思いで近づいてきた。麻痺している後ろ脚は中庭の軽石で皮が剝けて、背後に血の跡を残した。私を見たときの喜びようには、深く心を打つものがあった。たいていの場合、ほとんどなにも与えてくれないのに、自分にとっては人間のなかの太陽に当たるような存在に向けられた、動物の愛。もう少し年が上だったら、昼も夜も彼を近くにいさせて欲しいと頼み込んだことだろう。愛する者の存在が、瀕死の人間や犬たちにもたらすあのやさしさを、少しでも与えてやろうと努めただろう。しかし子どもなんていい気なものだ。ある朝、アルシードがトリーアの耳の中に銃を撃ち込んだとき、その音で眼を覚ましさえしなかったのだから。家で飼っている動物の苦しみがあまりに長くつづくようなとき、今日では注射で事を済ませるのだが、それ以前は銃殺がいちばんふつうのやり方だった。「愛する伯母さま、とても悲しい気持ちでいることをお話しようと思って書いています。可哀想なトリーアが死んでしまったのです」。偶然私の手に返された、身体の不自由な伯母に宛てた唯一の手紙は、こんなふうにはじまっている。つまるところ、これが私の最初の文学的作文だ。そこで満足しておくこともできただろうに、そうはしなかったわけである。

多かれ少なかれまとまりを欠いた思い出をいくつも吐き出してきたいま、私はここで、徐々に形をなしてくる、ひとつのありふれた奇蹟の思い出を書き留めておきたい。実際に起こってからでしか理解できない奇蹟、つまり読書の発見である。アルファベットの二十六個だかの記号が、理解不能な、美しくさえない、白地に並ぶ勝手気ままに集められた線ではなくなり、やがてそれぞれがひとつの入口の扉となった日。この日は、他の世紀、他の国々、現実の生活ではけっして出会うことのないほど多くの存在に、私たちの考えを変えてしまうこともある考えに、私たちをいまよりはましに、少なくとも昨日ほど無知ではなくしてくれるような概念に通じている。子ども向けの本は一度も所有したことがなかった。ピンク色の表紙に金の箔押しがあるセギュール夫人のシリーズは、愚かな言動と卑俗さに満ちているように思われた。子どもたちをあしざまに言い愚鈍にする、大人向けに語られた物語ということだ。ジュール・ヴェルヌは退屈だった。たぶん男の子にしか好かれない人だったのだろう。『白雪姫』『眠れる森の美女』『マッチ売りの少女』には魅了されたものの、読むことを覚える前にもう暗記してしまっていた。これらの物語は、しっかりした男性の声、あるいは若い女性の重々しく甘やかな声と切り離すことができない。父のおかげで、私はやがて数多くの《古典文学》を知った。七歳から八歳までに、すべてのフランス文学と、少なくとも英文学の一部に触れようとしていた。また、もっと時代を遡るために、ラテン語とギリシア語も学ぼうとしていた。疑り深い人々は、早すぎる読書など役に立たない、子どもは、少なくとも幼年時代には、理解しないまま読んでいるからだ、と言うだろう。私は逆に、はっきり述べておきたい。子どもだってなにがしかは理解している。他のことはあとからわかってくるのだし、そんなふうに受けた教えは忘れないことを、ぼんやりと知っているのだと。

しかし私にとって最初の大人の本となったのは、ミシェルがとある書店で、他にも気をそそる新刊書がいくらでもあるなか、なんとも奇妙な縁で手に入れたばかりの一冊だった。それは、レイネス・モンロール夫人〔マリー＝レイネス・モンロール。一八八六―一九四〇。フランスの小説家〕（その名を正確に記憶しているならばの話だが）なる、カトリックなのかプロテスタントなのかも知らない人の、理想主義的かつキリスト教的な小説だった。この小説家が語っていたのは、一世紀の中頃にエジプトに逃れたイエスの弟子たちの話である。私の見るところ（『九時間後に』というタイトルだった）、この作品は今日、すっかり忘れられている。秋の家に移る日の朝、この本をモン＝ノワールのミシェルの枕元で見つけた。小間使いたちは自分の服と私の服を荷造りしていたのだが、私があんまりうろちょろするので耐えられなくなり、父のもとに追いやったのである。ミシェルは自分の鞄を詰めていた。十月の天気は寒くて、彼はカーテン付きのベッドの、緑色の羽毛布団に入っているよう勧めてくれた。その本を手に取って、適当にページを開いてみた。話や記述の大半はむずかしすぎたけれど、そこで私は、ナイル河の岸に腰を下ろした人々が、緋色の（緋色がどんな色だかわかっていたのだろうか？）帆掛け船が風に押され、棕櫚の林の緑と、赤茶色がかった砂漠を背に、沈みゆく夕陽に見守られながら進んで行くのを眺めている、という数行に出会った。夕陽がこの景色に輝きをもたらすのを私は感じていた。登場人物の名前などどうでもよかった。彼らは《船が去りゆく》のを眺めていたのだ。私は驚きというほかない感情に襲われ、それがあまりに強烈だったので、本を閉じてしまったほどである。小船は、意識するとしないとにかかわらず、四十年のあいだ記憶のなかで大河を遡りつづけた。棕櫚の林、もしくは崖の上に沈もうとする赤い太陽。北に向かって流れるナイル河。いつの日か、私は見に行くことになる。この橋の上で泣いている、灰色の髪の男の姿を。

愛のかけら

ジャンヌと決別しても、ミシェルがパリを嫌いになることはなかった。冬場になると、短期間ながら南仏に滞在することがあったが、私は付いて行かなかった。足もとでいまにも壊れそうになっている新たな《システム》を試すためにどうしても必要な旅だったからである。しかし賭け事のウイルスはモンテ＝カルロにしか棲息していない。ミシェルにとってパリの魅力のひとつに、両替商、株価、当座貸越や手形割引率という謎があった。ノエミの死後、さらにはっきりしてきた財産の亀裂を修復しようと夢見て、彼はこの街で《事業に関わっている》つもりなのだ。また、これは当事者たる彼自身、一度も考えたことのないだろう密かな推測だが、じつはまだジャンヌのことを愛していて――それを裏付けてくれる手がかりは、他にいくつも出てくる――、パリにいればあまり遠く離れていなくてもよいし、その気になればブルヴァール・マレルブとセルニュッシ通りの家を分かつ、あの金色の鉄柵を開けることもできると思っているのかもしれない。とはいえ、ミシェルがあの家を再訪するなど、まずありえないことだ。

ミシェルは、ダンタン大通りの建物の二階にある広壮なアパルトマンを借りていた。歴史の気まぐれによって、この通りはのちにヴィクトール・エマニュエル三世大通りとなり、ついでフランクリン・ルーズヴェルト大通りと改名されるのだが、この通りに存在した建物は、今日ではもう取り壊されている。ヴォールト天井の通路を抜けて行く私たちの棟は、ふたつある中庭の手前のほうに面していて、そこには百合の花の形に短く刈られた柘植の植え込みがあったのだが、おそらく所有者の政治的立場が反映されていたのだろう。ひとつづきに連なっている四つの寝室からは、季節の移り変わりに無感覚なこの植物の絨毯が見えた。他に五つ、あまり丁寧に板張りされていない部屋があり、いずれも物置きが並んでいるふたつ目の中庭に面していた。物置はのち、徐々に車庫へと姿を変えていった。使い慣れた快適さというものを軽蔑しているミシェルは、あきらかに居間として造られた中央の部屋を選んで、天蓋付きの大きなベッドと机を、暖炉の前には革の肘掛け椅子を二脚置き、数百冊の本を並べていた。

私の寝室はそこから窓三つぶん離れていたが、おなじ中庭に面していた。私たちが到着する前々日に、アパルトマンの正面にある、イタリアでは「高貴な階《ピアノ・ノビーレ》」と呼ばれる二階で不幸があった。ふたりの小間使いと窓のある壁の近くに立ったまま、私は怖れを感じながら家長の棺に釘を打ち込む金槌の音を聞いていた。「大柄でハンサムなお方だったそうよ」と料理女が言った。大柄でハンサムな人だったという、まさにそのことによって、事態はさらに怖ろしいものになっていた。その紳士が棺のなかに横たえられていると想像するだけで、ぞっとしたものだ。夜遅くに聞こえて来た、一度も顔を見る機会のなかったその息子――十三歳の少年――のすすり泣き、いやむしろ叫び声のせいで、私はずっと眠れなかった。一家はほどなく引っ越して行った。はじめのうち、闇のなかで私は泣きじゃくっていた。それから突然、堪えきれずに笑い出し、恥ずかしくなって止めた。私は冷淡だったのだろうか？　あのときの反応に、いまも驚きを隠せない。

私にとって、オテル・ド・パレの少し田舎っぽいパリも、クール・ラ・レーヌやガブリエル大通りの散策も、クレマンかアクセルといっしょにジャンヌの家で食べるおやつも、そのあと遊んだジョンシェという、弱々しい茎みたいな象牙の棒を動かさないよう息を詰めていたゲームも、罪のないすごろくも過去のものになっていた（最後に遊びに行ったときは、やはり息を詰めて、銀の盥の上で花冠が踊るように動くのを眺めていた）。いまや私には、ブルターニュ出身の家庭教師がついていた。生真面目で無愛想なこの女性は、自分のキャリアはマク・マオン元帥の子どもたちに読み書きを教えることから始まったと自慢げに話してくれたが、そのためには七十歳を超えている事実を明かさねばならなかった。これは辛いことだった。それからまた二十年、彼女はやはりブルターニュ出身の、脊髄の病に冒されていた若い子爵夫人のお付きの侍女をつとめ、女主人の弟に慎ましい恋心を抱いていたのだが、それを口には出さなかった。相手も彼女に対して、まったくおなじ気持ちを抱いていた。ときどき私をパティスリーに連れて行き、元気づけにシャンパンを一杯注文して、目の前に座っている少女に過去の色恋沙汰を控えめに語ったり、ハンカチをくしゃくしゃにして涙を拭ったりした。泣いたところでどうなるというものでもなかった。私はこの関節炎で硬化した老体が、子どもっぽい活力に足並みを合わせるのに難儀しているのを理解していなかったからだ。またそれ以上に、この老女のなかにかつてロマネスクな若い女性の心が住み着いていたことを想像できなかったのである。

彼女は計算以外、なにも教えてくれなかった。教え方もひどいもので、あとから勉強し直さなければならないほどだったのだが、フランス語の文法、英語、読書については、ミシェル自ら教育係を買って出てくれた。文法はとにかく慣用を学ぶようにと言い、英語の代わりに時々フランス語を教え、読書を通じてどこまでも心を豊かにさせようと努めた。ミシェルが家にいるとき、私たちは毎晩本を読んでいた。ラシーヌ、サン・シモン、シャトーブリアン、フローベールは、ミシェルの声を通して入って来た。『神々は渇く』のアナトール・フランスのつぎにシェイクスピアを挟み、『アンコール詣で』のピエール・ロチを読んだ。

大胆な一節が出てくると、ミシェルはしばしばためらった。そんな場合は該当箇所を適宜飛ばしてしまうのだが、たいして問題にはならなかった。終わりまで読めるようにと、あとから本そのものをくれたからだ。古式ゆかしいマドモワゼルは、パリの名所や歴史的建造物を私に見せるよう命じられていた。サント・シャペル、ローマ時代の冷たい共同浴場のあるクリュニー美術館――入口の前で、わが家庭教師はいつもの紫色のニットのセーターにくるまるようにして私を待っていた――、無垢なる人々の泉、贖罪礼拝堂は散歩の目的地になったが、ナポレオン軍で戦っていた王党派の祖先を持つマドモワゼルにとっての聖地《アンヴァリード》の、皇帝の墓が忘れられることはけっしてなかった。週に二度、彼女は私をルーヴル美術館に連れて行くことになっていた。少しも飽きることがなかった。九歳から十歳にかけての私は、なにかしら抽象的で、神々しくて、しかも官能的なものに感化されていた。色彩とフォルムに対する趣味、ギリシアの裸体、生きる悦びと栄光。ニコラ・プッサンの大きな樹木やクロード・ロランの木立ちが私の中に根を下ろしていた。ダ・ヴィンチ描くところの、洞窟の入口にいる聖ヨハネとバッカスが立てた指は、なにやら光のようなものを指し示していて、私は知らぬ間にそちらへ向かって行こうとしていた。パルテノン神殿のフリーズから取り外された小さな頭像が、思わずキスしたくなるほど好きだった。

当時の有名な俳優たちの幾人かは、もちろん古典的名作や流行りの芝居で観ている。『レグロン』〔エドモン・ロスタンの戯曲。一九〇〇年作〕のサラ・ベルナールは覚えていない。レジャーヌ〔ガブリエル・レジャーヌ。一八五六―一九二〇〕は一度ならず観た。『シャントクレール』〔エドモン・ロスタンの戯曲。一九一〇年作〕は馬鹿げていると思った。『ポリュクト』〔コルネイユの戯曲。一六四一年〕のムネ・シュリー〔ジャン＝シュリー・ムネ。一八四一―一九一六。『マクベス』の上演は一九一五年五月〕は、地中から掘り出されたばかりの彫像のように完全無欠で、とりわけ、ふたりの子どもに導かれている姿は本当に盲いているようだった。また、『マクベス』のダンカン王を演じるムネ・シュリーも忘れられない。ダンカン王は、燕たちが飛びまわる澄んだ空気について語り、自分を殺すことになる人々に敬意を表しにやって来るのだが、彼らの姿を目にすることはない。パリという都市をそんなふうに眺めたおかげで、子どもは時代を超えて溶け合うさまざまな世紀と分け隔てなく向き合う。コンコルド広場はラムセス二世のみならず、大革命とも同時代になる。パリには宗派の異なる教会がいくつもあった。サン＝ジュリアン＝ル＝ポーヴル教会と古代シリア語の典礼、ギリシア教会と正統派ローマ教会、アルメニア教会で使う木鐸、一筋の火薬で結ばれ、復活祭の光の儀式のあいだすべていちどきに燃えあがる大蠟燭の列（「人間にも火を放つようなことになったりしたら……」ともの思わしげにミシェルはつぶやく）、そしてとりわけ、スラヴ文語の歌に魅了されたプロテスタントであるジャンヌとエゴンが、以前ミシェルを連れて行ったダリュ通りのロシア教会。これらの教会のおかげで、パリはまた、フランス以外の国々に通じている。それぞれに異なる仕方で祈り、歌っているこの国々を、私はやがて自分の目で見ることになる。父はモンテ＝カルロで、巨大な砂糖漬け菓子みたいになめらかでピンクの肌をしたラ・ベル・オテロ〔カロリーナ・オテロ。一八六八―一九六五年。スペインのダンサー〕の公演を、彼女が有名な理由についてあまりはっきり口にしないまま見せてくれたが、同様にここパリでは、歴史の操り人形をいくつか、余計な説明の労を省きながら教えてくれた。ジャケットを着て、片手に淡黄色の手袋をした外交官イズヴォリスキー〔アレクサンドル＝ペトローヴィチ・イズヴォリスキー。一八五六―一九一九。帝政ロシアの外交官〕がシルクハットをとって挨拶しているのは、毛皮のボネをかぶって新しいリムジン馬車に腰を下ろしているモンテネグロの老王と、ふたりのモンテネグロ王女――さまざまな謀略を練る恐ろしい女たちであることがほどなく明らかになっていくのだが――、そして王太子の義母メクレンブルク＝シュトレーリッツ〔一八五七―一九三三。メクレンブルク＝シュトレーリッツ大公アドルフ・フリードリヒ五世の妃で、モンテネグロ王太子ダニーロの妃ユッタの母〕大公妃である。大公妃の前では、ダイヤモンドとトルコ石の指輪をしたご婦人方が敬意を表してなかばひざまずいている。その巨大な宝石が邪魔にならないように、彼女たちの手袋の指の背に切れ目が入っていた。一九一五年に長いイギリス滞在から帰国したとき、私は風に身を震わせながら、この亡霊たちの幾人かをふたたび見出すことになる。

ある日ミシェルは、少しずつ動いていく人波のほんの数歩先に、エゴンの姿を認める。ふたりの男はいくらかぎこちない会釈で挨拶を交わす。認めはしないけれど、ミシェルはジャンヌを大切に想うあまり、エゴンに対して友情らしきものを抱きながら、苦々しさも感じていた。スキャンダルの影響があったのかなかったのか、エゴンはスヘフェニンゲンの道でミシェルが長々と語りかけた時とほとんど変わっていない。

「ここへはよくいらっしゃるんですか？」

「この教会の音楽は、ぼくの書きたいものの対極にあるんです。それでも、満足させられるんですよ。この声の波が……」

このとき、聖歌隊の力強い低音が彼らの頭上に降ってくる。

「ド・ルヴァル夫人はお元気ですか？」

「ジャンヌは、あいかわらずです」

それぞれの好みのイコンの前で蠟燭に火を灯そうと進んで行く信者たちの列のせいで、彼らは離ればなれになった。人だかりのなかで迷子にならないよう、ミシェルは私の手を取りながら教会のステップを下りた。こんなふうにエゴンと再会したことをミシェルは悔いている。オランダにいたときすでにエゴンは、ぼくの前ではジャンヌを下の名で呼ばないんですねとミシェルの偽善ぶりを難じていた。ミシェルはそのことを忘れていない。ステップの下で、私たちはミシェルの義弟のパ伯爵〔ポール・ド・サシーのこと〕と落ち合う。伯爵はミシェルに従ってダリュ通りから、私たちの家のあるダンタン大通りまで散歩する。昼食をともにすることになっていたのだ（この良好な関係もじきに終わる）。しかし伯爵は、こんな分離教会に足を踏み入れるくらいなら、雷に打たれたほうがましだとでも思ったことだろう。

ミシェルは自らの過ちを認めている。ローマでスキャンダルが起きてまず感じたのは、嫌悪であり苦しみだった。しかしそれが収まったあと、自分のなかに一種の希望が膨らんで行ったことも否定はしない。信用を失った夫をジャンヌはきっと見棄てるだろうと、彼女の不幸に由来する喜びを勝手に想い描いていたのだ。けれど、それまでこの若い女性が示して来た振る舞いからすれば、話がまったく逆であることは火を見るよりも明らかだった。あの日に発した忌まわしい言葉（それこそ、彼自身が「愚かな振る舞いをする」と呼ぶものだ）の影響を、ミシェルは二度と消すことができないだろう。ところが、はっきり拒まれたことを悟ると、逆にこの若きジャンヌに対して、あらたな憎しみの発作が起きたのである。彼女は言下に、きっぱりと否を突きつけたのだ。せめてほんの一瞬でもためらってくれていたら、と彼は思った。まさに災厄の前夜、ヴィラ・アドリアーナのフェデ伯爵の並木道で幻影らしきものにとらわれたジャンヌが、救いを求めるようにミシェルの姿を探していたことを知っていたら、おそらくそうは考えなかったろう。とはいえ、彼はその事実を知らずに死ぬだろう。ローマで日々を過ごしていたジャンヌから人形が郵送されて来たときも、彼女がフェルナンドの子どもにあげる玩具を選ぶためにわざわざ時間を割いてくれたことに、心を動かされもしなかった。そんなものは門番の娘にでもあげてしまいなさいと、彼は有無を言わさぬ口調で私に命じたのである。以後、ミシェルは疲れすぎて、狂おしい恋愛などできなくなる。にもかかわらず、狂おしい愛こそが唯一の愛なのだということを、彼ははっきり感じている。残念なことに、女性は他に何人もいる。ミシェルはかつてないほど、その選択を偶然に任せた。ことはすべて、変質しない金貨を光輝く一束の藁と交換しているみたいに運んでいく。

ひとりの人間の生の軌跡は、銀河のイメージとおなじくらい複雑である。よく近づいて見ると、はじめのうちはたがいに関係などないと思われていた出来事や出会いが、細かすぎて肉眼ではなかなか追えないようないくつもの行で結ばれていることに気づかされるだろう。それらの行は、どこかに通じているように見える。あるいは、ページの彼方へと延びていく。場所についても同様のことが言える。それは、望んだわけでもないのに舞い戻ってしまう黒い染み、定点なのだ。たとえその場所に、私たちに気に入られるようなところなどまったくないとしてもである。ミシェルにとってオステンデは、無自覚なままなかば呪われていながら、あらかじめ運命付けられてもいる土地のひとつだ。ミシェルがまだ幼かった頃、私の祖父の数少ない愛の逃避行の共犯者としてそっと寄り添ったのはオステンデでのことだったし、十五歳のときはじめて娼婦と寝たのもオステンデである。二度におよぶ逃亡とイギリスに亡命していた数年は、このオステンデを寄港地にし、大きな危険を冒すことなくリールまで出て家族に再会することになるだろう。めまいに襲われたベルトを、見知らぬ老婦人に頼んでしばらく籐椅子で休ませてもらったのは、当時砂丘のどこかにぽつんと建っていた別荘でのことだ。この心優しき上流階級の老婦人こそ、のちにフェルナンド以外の誰にも打ち明けなかった、ジャンヌその人もおそらく知らなかったであろう忌まわしい悲劇、しかしまるで水に沈んだ小舟の漂流物みたいに、隙あらばいつでも水面に上ってくる悲劇の証人だった。さらに、喪に服すミシェルを慰めようと、復活祭の一週間、この老婦人が招いてくれたのもオステンデだった。ミシェルはそこでフェルナンドに出会い、フェルナンドが彼をジャンヌへと導いたのである。

しかし今回はもう、やさしい老婦人の姿はない。あの家はベルギー側の海岸沿いの土地を探していたオランダ人の一家に買い取られた。ベルギー側のほうが、彼らの住んでいるところより税が安かったのである。そのフォルジェール男爵夫人（この人との新しいつながりの糸は、先の老婦人よりも太いようでいて、そういうわけでもない）はファン・T夫人の遠縁の従妹にあたるのだが、ファン・T夫人は生活習慣が軽薄だと思われているこの親族とほとんど付き合いがなかった。コルネリア・フォルジェールは、新規改築されたこのヴィラに、持ち前の度量と騒々しいほどの陽気さ、あらゆるものから距離を置いている無口な夫、そして三人の娘たちの魅力と美貌を持ち込んだ。年の頃三十くらいのこのオデットは、人生を好きなように生きてきた。出自も経済力も最高レベルではないベルギー人の夫と早々に別れた彼女は、二重の意味で軽やかである。また、すばらしく美しい。ミシェルはパリでオデットと知り合った。彼女は十六区に小さな別宅を構えていたのだが、夏に親族のもとで数週間過ごすときは、オステンデの近くまで彼女に付いて行ったり、その途中にモン＝ノワールに立ち寄って、旅行鞄や帽子の箱をにぎやかに開けてみないかと口説いたりする。彼女には半ダースほどの愛人がいて、ミシェルもそのうちのひとりだという中傷もあったが、「パリ生活」誌のページから抜け出てきたようなこの小柄な女性は、他のどんな連中の位をも無きものにしてしまうほど上流の階級に属し、L侯爵と長い恋愛関係にある。侯爵は才気煥発な計算高いフランス人だが、海外事業の成功で財を立て直し、一種の名声を獲得した。オデットのイメージは、この恋愛関係のおかげでまぎれもないパリジェンヌになっている。昼は侯爵のジョッキー・クラブで、夜はトゥール・ダルジャンで食事をする。年の大半は侯爵に付き添って、旅がまだ冒険に等しいような地域に出かけて行く。ときどき男装することもある。つねに流行に先んじ、侯爵が開いてくれた信用口座の限度を超える額を、パリの有名な仕立て屋でこっそり付けにしている。ミシェルは、そんな借金など簡単に精算できると考えている。快活で、ころころと甲高い声で笑い、いつなにが起きても準備万端の彼女は、たとえて言うなら小型エンジンつきのカヌーみたいなもので、眠れぬ夜にはシャンソンを聞かせるカフェに出没し、礼讃者から贈られた薔薇の花さながら色あせていくたいていの女性たちとちがって、これ以上ないほど生き生きしているうえ化粧でさらに表情を引き立たせて出てくるのだが、ミシェルは彼女が化粧をしているなんて思いもしなかった。時々嗄れるその声で、夜歩きの頻度が高すぎるとわかるだけだった。

なにごとにも形式を重んじる侯爵は、夏になるとベリー地方の奥にある一族の家で、妻や四人の子どもたちといっしょに過ごす。完全に公認された愛人というわけでも、お妾というわけでもない若きF男爵夫人（オデットはこの呼称をふたたび名乗るようになっていた）は、偉大な実業家の人生においてかなりの地位を占めていた。しかし彼のほうは、オデットが古くから付き合いのある、おなじ上流階級の賛美者たちに付き添われて、何か月か、あるいは何シーズンかを過ごしても、好ましからぬことだとは思いもしない。ミシェルはすぐに受け入れられる。じつのところ彼女は、五時のお茶と夕食のために「着替え」をするあいだ、自分を磨くようなことはほとんどなにもしていない。ミシェルにしてみれば、たいして気遣うことも、まめまめしく接してやる価値もない相手なのだ。彼女はほとんどなにも読んでいなかった。想像するに、Ｇｙｐ〔本書二十三頁参照〕の小説に、ひとつかふたつ目を通したことがある程度だ。ホンジュラスだのスーダンだのへ出かけても、彼女がそこから持ち帰るのは滑稽な旅のエピソードのみで、ほかにはなにもなかった。けれども、当人の言いまわしを借りるなら、ほとんどなんにでも通じているミシェルという文人肌の男に《入れ込んで》いた。そして彼が天才か、書くことを軽蔑している詩人だと思いなして、その《すばらしい》手紙を大切に保管していた。とはいえ、社交の場を盛り上げるためだけのものにすぎないあの大袈裟な物言いからすると、彼女にとってはすべてが《すばらしい》か《快い》かのどちらかである。ミシェルは、肉欲の面でも彼女はそれほど蓮っ葉ではないと踏んでいる。

彼女は音楽好きだが、真の才能は踊りにある。エキゾチックなタンゴ、《ブエノス・アイレスのスラム街からやって来たこのスキャンダラスな新しさ》が、ミュージック・ホールの、やがてはサロンの舞台を席巻しはじめた時代である。彼女はミシェルにダンスをする気にさせた最初の女性のひとりだ。夜、なかばひと気の絶えたカジノのホールで、ミシェルは彼女が《社交ダンサー》の腕に抱かれているのを眺める。このダンサーにはあとで対価として一ルイが支払われる。彼女は滑るように前進し、脚をたわませ、身体を揺すり、身をあずける。あるいは熱の入ったふりをしながら、みごと機転を利かせて、やりすぎになる手前でぴたりと止める。シャンソニエたちの卑猥な歌に怖じ気づいているわけではないけれど、その唇が下品な単語を発するのを拒むとおなじように。腰のあたりから踝にかけて流れる、気づくか気づかないかという程度にくねった斜めの線を見ていると、ミシェルはタラゴナ人形の曲線を連想する。当時誰もがそうであったように、ミシェルもこの人形に夢中になっていた。それともまた、ハーグでワルツを踊っているときのジャンヌの姿を想像しているのだろうか。ダンスに夢中になるあまり、神のもとへ舞いあがらんばかりの愉悦を感じて、薄く口を開いていたあのジャンヌの姿を。ここでは神など問題にはならない。とはいえこの美しい女性との一夜は、ル・プレ・カトラン〔ブーローニュの森にある有名な三つ星レストラン〕にちょっと立ち寄った夏の夜とおなじくらい心地よい。

さらに重々しい音が鳴り響く。ミシェルは、もう若くないひとりの女性（彼女は五十歳前後、彼は五十八歳だ）、美人というのでもなく、長きにわたって醜聞に取り巻かれてきた女性にすっかり参っている。しかも重い病に冒されているのは一目瞭然で、なんとしても生きたいという彼女の切なる思いがミシェルの心を深く動かしているのはまちがいない。少なくともはじめのうちは、腐った酸っぱい果実のような、ほとんど病的な魅力のあるこの肉体に対する、官能的な情熱でしかなかった。しかし、肉欲が――そういうものがあったとすれば――ミシェルのなかの最良の部分を、つまり生きた存在に対する好奇心と本能的な善意を覚醒させ、よみがえらせたのだ。他人を嫌悪するがゆえに通うようになったいかがわしい社交界で、ミシェルはじつに堂々としたこの女性に出会った。彼女はストラスブールの銀行家の娘で、結婚と田舎暮らしに嫌気がさし、夫であるド・マルシニィ司令官をヴォージュ地方の駐屯地でさっさと捨て去ると、あとはもっぱらこの世界で生きてきた。彼女に恋している夫は、闘うことなく折れた。ナイトテーブルに結婚指輪を置き、もう流行遅れと判断した装身具は小間使いたちに残して、彼女はほとんど荷物も持たずに出て行った。どこまでもやさしい司令官は、空っぽに近いトランクふたつに、幾束も花を詰めて彼女に送ってきた。不幸なことに、ロマネスクな行いは必ずしも望み通りの結果を生まない。花はたしかに届いたが、種類によっては枯れたり腐ったりして、トランクの裏地に黒っぽい染みを残した。夫は以後、妻の借金にもその行状にも責任を負っていない。にもかかわらず、彼女は引きつづき夫の名を名乗って、正真正銘の伯爵の冠を載せた大紋章のある指輪を付けている。むろん、たいていの人はそれがまがいものの王冠で、一種の源氏名みたいなものだと思っている。ミシェルはもっと事情に通じている。司令官はシャルルヴィル〔北仏アンデンヌ県の、現シャルルヴィル・メジエール。詩人ランボーの生地〕のあたりに土地を有しているのだが、その隣にフェルナンドの地所が接しているため、司令官の再婚相手ジュリエット・ド・マルシニィは、私の母親の子ども時代を知っていたのだ。

ミシェルがある細密画家に注文して描かせた肖像画のことを、私はあれこれ考えている。この画家には、いつもモデルにおもねるところがあるのだが、彼女に関しては、なにかしら奇妙なところが透けて見えるように描いている。長く細い鼻孔が真っ黒なふたつの穴のように見え、それが心ならずも死者の顔を連想させる。わずかに皺の寄った瞼の下で、少し傾いた灰色の目が煌々と輝いている。薄い唇が閉じられているのは、おそらく不完全な歯並びを隠すためだろう。頬骨の張り切った皮膚の下にこけた頬がのぞき、白髪まじりのたっぷりした髪は十八世紀の侯爵夫人のように髪粉をかけられて王冠の形に持ち上げられ、ダイヤモンドがちりばめられたふたつの花飾りで留められている。アーミンの毛皮のストールが痩せた肩を覆い、ぴんととがった鎖骨の上のくぼみの、わずかに下のところにあるパルマスミレの花束が、レースに包まれた襟ぐりの下の貧相な胸を覆い隠している。ミシェルは時々、迷信にとらわれでもしたように、彼女の内に吸血鬼に似たものが、快楽に対する絶望的なまでの渇きがあると思う。彼女自身が快楽と呼んでいるものとは、たとえば高級レストランで開かれる夜の大宴会、芝居の初演、展覧会の初日（絵画になど興味はないのだが）、定評ある音楽会（そのうち音楽にいらだつとしても）、そしてたぶん、あまり苦しんでいないときの肉体の快楽である。それは、自分を裏切るこの肉体がいまだ人に気に入られもし、悦びを感じられることの証なのだ。しかし彼女は日々痩せ衰えていく。階段を数段のぼると、二階のサロンの肘掛け椅子のひとつに、倒れ込むように腰を下ろす。父から引き継いでいる大邸宅と、そのために必要な大人数の使用人たちの維持費は彼女の財力を超えているのだが、この戦場でも徹底的に闘う。医者に会うのとおなじくらいの頻度で交渉人に会っている。従僕はものをくすね、料理女は腕が悪すぎる。ミシェルは彼女の家に行く前に、ラリュ〔マドレーヌ広場にあった高級レストラン〕の店でポタージュかオムレツを口に入れておくのを習いとしていた。客を迎える日はあるけれど、やって来るのはいかがわしい者たちばかりで、そうでない人々は彼らに追い払われてしまうし、馬鹿な女たちはプチフールを囓りながら、馴れ馴れしい口調で彼女に話しかける。彼女はそれに、丁寧だが居丈高な言葉を返す。息子はイエズス会の寄宿舎で育てられ、なにかしているふりをするため、どこかの学部に科目登録をして、この広すぎる屋敷の一角で暮らしていた。彼女は家具やら壁掛けやらを絶えず取り替えていた。だから室内装飾業者と家具職人は、いつも近くにいる。ある晩、ミシェルがこの母子と夕食をともにしていると、音楽好きな若きド・マルシニィが演奏会のプログラムを回して寄こす。そこには前夜、プレイエル・ホールで一曲演奏したエゴン・ド・ルヴァルのサインが入っていた。

「雨が降るなか、まさか出待ちをしていたわけじゃないでしょうね」

「それはないですよ。ただ、少し面識があるんです」

ミシェルには親しみのあるしぐさで、ジュリエットはその角張った肩を上げてみせる。著名人と付き合いがあるふりをするのは、授業に出もしない学生にありがちなやり方だ。ミシェルはなにも言わない。ド・マルシニィ青年は美男である。

著名な外科医のX教授は、診察のあと、よく残ってポルト酒を飲む。彼はミシェルに打ち明ける。

「申しあげるまでもありませんが、長くは持たないでしょう。上腹部にはっきりした転移が見られます。十二指腸の一部を切除せざるをえません……。手術は危険を伴います。同僚の大半は、あえて切ろうとはしないでしょう。とはいえ、なんとしても生きたいと望んでいる女性を前にしますとね……」

「先日、脇の下にまた大きなしこりができたと教えてくれました」

「あのくらいの年になりますと、リンパの流れが滞ってできるその手のしこりは、ゆっくり大きくなるのです。しかし私の言うオペは、少なくとも余命を一年延ばしたければ、やらざるをえない」

「先生に執刀をお願いするとなると、謝礼はいかほどになりますでしょうか」

「これだけリスクを伴う手術ですからね、二万五千フランほどになろうかと」

ミシェルは青ざめた。当時の金で二万五千フランといえば大金である。そして彼にとってその額はじつに重い。モン=ノワールの農地のひとつを抵当に入れなければならないだろう。となれば、一刻も早く手放したい領地の売却が簡単には運ばなくなる。

「私にお任せください」

手術は行われた。その前夜、ジュリエットはまたしてもお抱えの出入り業者と議論をしていた——彼らは女主人の留守を利用して寝室と小サロンの絵を新しくしようと画策しているのだ。クリニックで数週間過ごして、彼女は回復したように見える。そして家に戻りたいという気持ちになる。もうベッドから離れることはない。しかし彼女の部屋着は夜の身だしなみとおなじくらい入念に手入れされる。まだふさがっていない傷口からいつのまにか漂ってくるらしい匂いが気になって、オー・ド・トワレを浴びるようにかける。ミシェルはオー・ド・ゲランをリットル単位で彼女に買い与える。すみれの花束があらゆる家具の上に散らばっている。食べものはほとんど口にしない。昼と夜の食事はシャンパンをかけたキャビアと牡蠣である。モルヒネのおかげで、彼女はほとんど苦しみのない最期を迎えた。

ユニヴェルシテ通りの挿話はこれでおしまいだ。夫は妻の形見分けを拒む。ミシェルはラクローシュ〔L侯爵〕に、彼女が好きだったブリリアントカットのダイヤを嵌め込んだサファイアの指輪を引き取ってほしいと頼むのを躊躇し、若きド・マルシニィに与える。彼ならまちがいなく公営質屋に持って行くだろうと思って。実際、若者はそれを質入れする。

ミシェルはほとんど悲しみもしない。理性的に考えれば、この女性のために期待されていた以上のことをやったのだ。ミシェルが彼女の話をすることは、もうほとんどないだろう。

ともあれ、陰鬱なこの一月末のあいだ、オデットは彼女の侯爵とソマリアにいる。ミシェルはずっと前から知っているオデットの妹のベアータの傍らでなんらかの慰めを見出そうとしている。それまで、彼女にはほとんど注意を払っていなかった。よく笑う小柄なその女性のおかげで、もの憂げでやさしい若い女性の影が薄れた。ベアータの結婚相手は、さまざまな肩書きを並べるあのフラマン人の血を引いている。のちにカール五世となる、若きシャルル・カンにお供してスペインに赴いた人々だ。アルブレヒト・ド・

サン・ファン・スコット・ファン・デル・ベルク。彼はその姓のなかに、新世界の黄金に手を出そうとし――そういう者たちは他にもたくさんいたが――、かの地でイギリスの探鉱者の一族と縁組みしてスペイン化した、一族の歴史を宿している。アルブレヒトはスペイン人からじつに特徴的な顔立ちを、つまりちょっとわざとらしい、屈託のなさと若々しいアンダルシア風の生気が入り交じった顔立ちをもらい受けていて、誰からも好かれ、誰をも楽しませてくれる。人目を奪うこともやった。ある晩など、なにかの歓迎会に出るために、親から受け継いだエルサレムの騎士の衣装を着て私の前にあらわれた。これはまちがいなく仮装舞踏会だと思ったものだ。彼は南米のとある共和国の外交使節の第二秘書官で、パリに住めるこのポストをありがたく思っている。バーナード・ショウのウォレン夫人〔売春問題を扱ったバーナード・ショーの戯曲『ウォレン夫人の職業』（一九二〇）の主人公〕がイギリスの人々に国際的な高級娼婦館の存在を知らしめた時代からあまり日が経っていない頃、アルブレヒトは自身の名誉にかけて、この娼婦館の制度のすべてを知ろうとする。駆け出しの娼婦の名簿と料金、出入金、そしてパリからウィーンへ移送した場合、美女ひとりになにが加わり、なにが奪い取られるのかを。

「いいかね」と彼はミシェルに言う。「私にはきみが理解できないんだ。ダンタン大通り十九番地、きみの家の目と鼻の先に、パリ中で最もすばらしく、最も密やかな娼館のひとつがあるんだよ。そこには、一瞥をくれるだけじゃ惜しいような女の子たちがいるんだ」

「その手の気晴らしは好かない」

「きみはまちがってる。ボニータだろ、ラ・クレマンチーナだろ」。彼は、あのじつにスペイン人らしいしぐさで二本の指にキスをしながら唇を前に突き出すようにしてつけ加える。

そんな夫だから、面倒なところはほとんどない。四人の子をもうけたあと、アルブレヒトはいくらか妻にうんざりしていたが、それでもふたりは、傍から見れば完璧な夫婦である。ブロンドの髪に内装がよく合っているウジェーヌ・ドラクロワ通りの、あたたかくどんす張りされたいつものサロンで一日のうち何時間かを過ごすことが、ベアータのいちばんのお気に入りだ。彼女は情熱に身を任せることも、気まぐれを起こすこともない。そのごくわずかな愛の印は、欲望から生まれるのとおなじくらい、親密さから生まれるのだ。ミシェルには、毎日ベアータの寝椅子の隅かランプの下に座ってもよいという特権があった。本を何冊か持って行くと、ベアータは数ページ読んで、それらの本についてみごとに語ってみせる。だがその先はたぶん読まないだろう。ミシェルが贈ってくれるこまごましたプレゼントを彼女は拒まない。準宝石、あるいは十八世紀の針差しは、彼女の美しい両手のなかで何度も弄ばれることによって、価格以上の価値を与えられる。しかし彼女がとりわけ好んでいるのは、芳香を放つ花々、とくに園芸家たちがどれほど巧みに交配を重ねてもその香りを奪うことができなかったバラである。バラの香りを嗅ごうと彼女が顔を埋めるときのしぐさは、愛のしぐさに似ている。とはいえ、ミシェルがもっと好きなのは、彼女の歌だ。自身で魅力的に伴奏をつける、少しくぐもったような声は、メーテルランクの『シャンソン』〔『十五のシャンソン』は一八九六年。うち六つに、ツエムリンスキーによって曲がつけられた〕を演奏するとき最も感動的なものとなる。これは当時非常に流行った歌で、その簡潔さと柔軟さはじつに深いところに達している。

「あの人がいつか戻ってきたら、
なんて言うべきかしら?」
「待っている人がいたと言っておあげなさい……」

ミシェルは無意識のうちに、ランプシェードのピンク色の環の向こうにある、寝室の闇に視線を投げる。そう、誰も私のことなど待ってはいないのだ。帰ったところで、私にかける言葉などなにもないだろう、とミシェルは思う。

弱々しいやさしさというものがあるとするなら、この三人の女性たちの私に対するやさしさは、大いなる無関心によって表現される。パリ風の言葉遣いをしたいと思っているオデットにとって、私はただの《オチビちゃん》か《やさしい女の子》にすぎなかった。ド・マルシニィ夫人は子どもを愛していなかった。子どもはこの病人を疲れさせた。彼女の家に、一度だけ行ったことがある。広いサロンは薄明かりに沈んでいた。いつもそうなのだろう。私が近くに行くと、彼女は起き上がって戸棚のほうに歩き、なにやら探そうとする。見つからない。いらいらしてベルを鳴らし、小間使いを呼ぶと、望みの品を見つけ出してくれた。バラ色のリボンが結ばれている、薄葉紙でできた大きな楕円形の包み。言われたとおり、私はそれを開けた。両手で持てるか持てないかくらいの、巨大な卵形のチョコレートだった。内側にはさらに小さな卵がいっぱい入っていて、そのなかにまた、もっと小さな卵が入っていた。私は夫人にお礼を言いに行った。そこで、べつの部屋に連れ出された。

ベアータはもっと愛情深かった。私が父とやって来ると、お菓子をくれたり髪を撫でてくれたりした。しかしすぐに、物置みたいな三階の遊び部屋に連れて行かれた。三人姉妹のいちばん下になるルイーズが、五人の子どもの世話をしていた。そのうちのひとりは、孤児同然に放っておかれているアルブレヒトの甥っ子だった。ルイーズは容貌にやや恵まれず、少なくともふたりの姉のような美しさには欠けているけれど、持ち前の陽気さと愛想のよさで私たちに好かれていた。面白おかしい小話、なぞなぞ、支離滅裂な言葉遊び、かなり粗野なところのある伝統的な悪ふざけもたくさん知っていて、それも私たちのお気に入りだったのだが、おそらくオランダ人の子どもたちはこうした遊びによって、人生というもののままならなさと愚かさに慣れてきたのだろう。私たちは遊びのなかで国王や女王に昇進したが、王冠を逆さまにかぶるという条件がついていた。足下に転がった二脚の椅子のあいだの、古い敷物が玉座の代わりだった。灯りもない小さな物置みたいな部屋へ探しものに行かされて、右往左往したものだ。ルイーズは隣の寝室から怯えきった顔で戻って来た。クローゼットに黒猫が隠れていて、爪を見せながら彼女に飛びかかって来たのである。彼女が「雨が降っている」と報せてくるときには、「よい天気だ」と解釈しなければならなかった。反意語ゲームは、ほとんど秘密の言語になっていた。生きる喜びのために生まれてきたようなこの女性版ティル・オイゲンシュピーゲル〔十四世紀の北ドイツの実在したというトリックスター。各地を放浪して、いたずらの限りを尽くす〕は、胸の奥で、演劇への密かな、そして報われない愛を育んでいた。とりわけメロドラマと古典演劇の舞台への愛である。望んだとしても、その道に進むことを親たちはけっして許さなかったろう。それに、自分には才能がないと彼女は判断していた。にもかかわらず、芝居に使うさまざまな小道具を買い求めていた。私たちがとくに讃嘆していたのは、胸もとに押し当てると偽の刃が柄のなかに引っ込むようになっている短剣だった。彼女が自分にそれを突き刺したり、枕の上に倒れたりするのを見て、私は目を輝かせていたものだ。

　奇妙なことに、彼女はあれほど真似ていたのとまったくおなじ死に方をした。リンブルフのとても評判のいい行政官と晩い結婚をして幸せな数年を過ごしていたのだが、そのあと一種の鬱血状態に陥って身体が麻痺し、言語能力も失い、うめく力だけ残された状態でベッドに寝たきりになった。数か月後、妻を深く愛していた夫は精神に異常をきたし、ナイフで彼女を刺し殺して、マエストリヒトにある彼らの家の、窓の下を流れるマース河に降りて身を投げた。誰からも尊敬されていたこの男が犯した殺人と自殺はスキャンダルを巻き起こした。人々は彼が司法家の職にありながら国の信頼を揺るがしたとでも言わんばかりに腹を立てた。その日の行動こそ、これまでで最も気丈なものだったことに思い到りもしないで。

カルロスは十歳だった。大柄で、私は彼のことが好きではなかった。従兄のセルジュは十三歳だった。痩せ型で金髪の彼が、両手を器用に使って複雑なブロックを組んだり崩したりするのを眺めていると、どきどきすることがあった。けれどセルジュは、意地悪に見えた。私たちの人形の股間に木炭で下手くそな性器の印をつけ、時々裂け目を入れる彼のやり方が好きではなかった。じつのところ、カルロスは思春期の末端で居心地悪そうにしている子どもにすぎなかった。ヨランドはベアータの上の娘で十五歳だったが、こちらはもうほとんど一人前の女性だった。私の愛は、二番目の娘で十二歳になる、つまり二歳年上のファニーに向けられていた。彼女への憧れを口にする勇気は、ついに持ち得なかっただろう。ずっとあとになって、私はこの緑色の眼と、波打つ髪と、気の強そうな顔立ちを、スペインの聖母像のなかに見出した。

しかし私がべったりくっついて離れなかったのは、同い年のベアトリクスだった。私たちはウージェーヌ・ドラクロワ通りの小さな公園の草の上をいっしょに転がって遊び、その年の夏には、父がまだ短期間滞在していたオステンデの近くの、砂丘の別荘のまわりにある高い砂の丘をさまよい歩き、触れた手が切れるのも怖れず、くすぐりあって遊ぶための草を引き抜いたりしたものだが、私たちの肌にはしばしば血の滴の跡が残った。ある日、ルイーズの笑劇に想を得て、私たちは膝や腕に赤いペンキで大きな傷を描いた。ベアータは卒倒しそうになったが、ルイーズのほがらかな笑いで気を取り戻した。他方、耳元で他愛のないことを語り合っているとき、いつもぴたりと身体を寄せてくるベアトリクスと私の親密な関係に周囲は不安を抱いた。ふたりは静かに引き離された。幼年期特有の天与の無邪気さを理解し損ねたとしか言いようがない。モン＝ノワールへ何日か過ごしにやって来る味気ない従姉妹たちの代わりに、同年代で背丈もおなじくらいの仲間ができたのは、それがはじめてのことだった。記憶をもっと遡れば、サン＝ジャン＝カペルの男の子の友だちが何人かいて、草の生えた斜面をいっしょに転がり落ちたり、たまたま鉄柵が半開きになっていて敷地内に入れたときには、土手に生えていた緑のりんごを私と食べたりしていたものだ。男女の別がどうあれ、また好きになれるか嫌いになれるか、とっくみあいの喧嘩ができるか抱擁し合えるかはべつにして、ほぼ同年代の人間がどういうものかを私は知りはじめていた。クレマンとアクセルは、私にとってもう、ひどく幼い子どもにすぎなかった（「ほらね、あの当時、ぼくがもうどれほど礼儀をわきまえていたことか」。クレマンがいま、昔の写真を見せながら言う。「もう手にキスしているんだからね」）。といって、私自身もごく幼い娘でしかなかったのだが、いよいよ幼年期と青年期のあいだの、ダンスホールに入ったらもう出てこないような混沌とした一帯に近づきつつあったのである。

この時代に撮られたと覚しき父のスナップ写真が一枚、手もとにある。アフリカ旅行から戻って来たオデットのお供をして、シャンゼリゼを横切っているところだ。背が高く、背筋もぴんと伸び、ロンドンで仕立てた服に身を包んだミシェルはすばらしい。ただ、年齢とともにどこか無遠慮な感じが出てきて、それが以前よりほんの少し目につくようになった。彼の早くて大きな歩幅は、裾の狭いホブルスカートを履いてちょこちょこ歩くオデットのそれとなかなか調子が合わない。その春流行した大きな帽子が、ミシェルの肩に触れている。ふたりはいっしょにいるのがとても嬉しいのだ。上流階級の流儀にモデルさながらの洗練さを加味したこの若い女性を連れまわして、ミシェルは誇らしげである。オデットのほうは、彼女ならいかにも言いそうだが、《血筋がよく》、いっしょにいるのを見られても、L侯爵でさえ彼女に不釣り合いだと言えないような友人に付き添ってもらってご満悦である。数か月後、青天の霹靂に似た出来事で締めくくられることになるこの比較的短い期間に、私のなかのミシェルに対する態度にひとつの変化が生じている。遊び友だちを選別し、彼らの良し悪しを判断することを教えてくれた人物にとってふさわしい変化でもある。ベアトリクスにいくら激しいキスをしても無駄だと私は知っている。遊びの最中にもう彼女のことなど忘れて、べつの、もっと楽しい相手を思い浮かべたりするからだ。ヨランドがその御婦人然とした態度で、どんなに強い印象を与えようとも、彼女が私たちに対して、また犬に対しても意地悪なことを知っているし、セルジュはハンサムだけれどちょっと怖いところがあることも知っている。こんなふうに、なにかを見抜く力があらたに付いてきたのは、有益なことかもしれない。しかし、目の前のものごとがまだ茫漠とした印象にとどまっていた幼少時代に比べると、失われたものもまちがいなく大きい。ミシェルもまた判決を下されている。あるいは、しかと観察されている。彼はもう田舎の領主様の恰好をして、毎朝、娘と羊を連れて公園をひとまわりしてくれた父ではない。その羊に歩みを止めて草を食べる時間が長くなりすぎたら引っ張ってやるための綱をつけてくれた父ではない。私はそれを理解している。また、毎晩、夕食の約束の一時間前に家に帰って来て、ギリシア語のアルファベットを私に朗誦させ、ラテン語の語尾変化の練習問題を添削してくれたあとでまた出掛けて行った父でもない。さらに(とはいえこの思い出だけはいくらか特別なものだが)、ある夏の夜(私は五歳くらいだった)、モン＝ノワールの、たまたま開いていた大広間で、少々熱のある私を膝の上に寝かせ、神々の長ヴォータンが炎に囲まれたブリュンヒルデを魔法で眠りにつかせる場面でワグナーが歌わせたあの子守唄「——眠れ、眠れ、子どもよ……」の助けを借りて眠らせようとしていた、あの少し不安げな男でもない。しかし、いくらかしわがれた声で小さく低く歌をうたう男はワグナーの愛好家でもなかったから、無意識に口をついて出たなんてことがあるはずもなかった。結局のところ、私は少しずつ、ある種の羞恥とともに気づいていくのである。ミシェルの周囲をひらひら飛びまわっている女性たちは、彼を崇拝しているだけでなく、おもねってもいるということを。

ミシェルの冗談に人は笑い、微笑を浮かべて気の利いた言葉を待ち受ける。たしかに彼の受け答えは才気煥発である。パリでは、ひとりではまず行かないようなフーケや、ベルトやガブリエルがいた時代のような小劇場に出かけるとき、ミシェルはみなに頼りにされる。砂丘の別荘ではジェスチャー・ゲームに参加することを受け入れる。陽気なフォルジェール男爵夫人は、そのゲームのためにショールやビロードの仕切り幕を使って、招待客たちに変な恰好をさせるのだが、自分も仮装に加わるなどとミシェルがのたまうものだから、みないっそうやる気になる。カジノに引っ張られて朝のポルト酒を飲み、晩にはオペレッタを観て、そのあとシャンパン付きの軽い食事をとる。ミシェルはもう単なる上流階級の男でしかない。私には彼が以前より読書をしなくなったように思われる。読んだとしてもせいぜいパリから取り寄せている新聞くらいのものだ。その帯封を、彼は気ぜわしげに取り払う。不安げな顔で追っているのが株価の動きだということを、私は理解していない。

正午近くになると、若いニンフたちと男友だちの一団が、当時の許容範囲ぎりぎりの大胆な、つまり現代からすれば、あらわになる肌の分量はまだ控え目な水着姿で砂浜に横になる。ある日、オデットはあえて白い水着を身につける。おかげで女神かプラクシテレスのフリュネ〔高級娼婦〕のような趣だ。しかし濡れた水着はますます身体に張り付き、隠されているものを透かし見せてしまう。海水浴客や通行人の顰蹙を買うのを怖れたミシェルは波打ち際まで近寄り、バスローブを礼儀正しく彼女に差し出してやる。

私が最初のふたつの悪事に手を染めたのも、この少し前のことだ。ひとつ目は盗みである。カードゲームに興味を抱いたことは一度もなかったのだが、カルロスが見せてくれた、細密画のほどこされているカードはすばらしいと思っていた。彼が誕生日のプレゼントにもらったものだ。それを、盗んだ。ウジェーヌ・ドラクロワ通りからダンタン大通りまでのタクシーの道すがら、五十二枚のこのごく小さなカードは、女の子用の鞄のなかでどんどん重量を増していくように思われた。アパルトマンのある建物の階段を、はじめの何段か上がったところで私は泣き崩れた。小間使いが怯えたように走り寄ってドアを開け、ほとんど抱きかかえるように入れてくれた。すすり泣きは止まらなかった。ミシェルが現れると、私は盗んだ品を見せた。「さあ、落ち着いて」とミシェルは言った。「明日の朝、返しに行けばいいんだ」。言われた通りにした。従兄弟たちは電気仕掛けの鉄道の設置にすっかり夢中になっていた。三等までの列車と赤青の信号、張り子の遮断機、そしてトンネルが完備されていた。なにやらわけのわからないことを口ごもるように話すと、カルロスは問題の品を取り上げてテーブルの隅に置いた。盗んだのか誤って持ち帰ってしまったのかを、訊ねもしないで。

ふたつ目の悪事は、嘘をついたことである。自分に虚言癖があったなんて一度も考えたことはない。にもかかわらず、口から出てきたのは作り話だった。ある晩私は小間使いとかっと目を見開いているような料理女に、さっきミシェルが、ド・サン・ファン夫人に全部黄金でできた大きなバラの花束を贈ったと語って聞かせたのである。もちろんそれは硫黄色のバラの花束にすぎなかった。いくらか憤慨しつつも、ふたりは驚かなかった。旦那様がすぐ人に贈りものをするのは周知の事実だったからである。この話がミシェルの耳に入った。予期しておくべきことだった。いつものように愛情のこもった口調で、彼は私に言った。「ジャンヌ・ド・ルヴァルだったら、そんな嘘は絶対に吐かないよ（ジャンヌ・ド・ルヴァルのことは、覚えているね?）。おまえは生花であることを知っていた。なのに、どうして金でできているなんて言い張ったのかね?」

「そのほうがきれいだから」。私は少しうつむきながら答える。

「ただ真実のみが美しいということを、ジャンヌは知っていた」と彼は言った。「それを忘れないようにしなさい」

口答えすることもできたろう。彼の話では、また手もとに残っている写真や漠然とした記憶によれば、ジャンヌは美しい人で、リボンの付け方が悪くても、それを気にしなくていいのだと。一点非の打ち所のないそんな女性をお手本に示されたら憎らしく思ってもいいはずなのに、私の心は逆に昂ぶった。ミシェルが私に説教をしたことは一度もなかった。生まれのよい人間は悪事を働かない、あるいは、仮にそういう道にはまってもすぐに抜け出すものだと彼は信じていた。ある狭い領域内での話なら、彼は正しかった。けれど私には、どこからわいて来たのかわからないけれど、知識を深めたいというだけでなく、自分をよりよくしていきたいという内なる要求があった。昨日よりも少しよくなっていたいと毎日気にかける情熱のようなものだ。大人の男の声で心ならずも伝えられたこのジャンヌの言葉のいくつかが、私に進むべき道を示してくれた。他にもいくつかの言葉が、また、他のどんな忠告よりも感動的なジャンヌの手本が伝えられたが、それはずっとあとになってからのことにすぎない。遠くにいるジャンヌの教えがなかったら、私はおそらくいまの自分とずいぶんちがった人間になっていただろう。

以上のことから、若い女性に拒まれたことで傷つけられたミシェルの自尊心、さらには彼女に抱きつづけていた愛が被った傷口は、少しずつふさがっていたと結論できるかもしれない。のちに判明するとおり、それはとんでもない誤りだった。実際には、怨恨と熱愛とのあいだで、一種の分裂が生じていたらしい。おそらく後者が前者を悪化させていたのだろう。まるで低く垂れ込めた雲と怒りと嫌悪そのものの煤けた背景から、愛されている女性の姿が、夏の嵐の晩の月みたいに、より高くより鮮やかに上がっていくかのように思われた。

ジャンヌに再会したのはその頃のことである。私たちは砂丘の別荘からの眺めをさえぎっている新しいホテルで二週間を過ごしていたのだが、かつてはオステンデと曖昧につながっている場所でしかなかったその海辺のひと気のない静けさはしだいに失われ、狭くて醜い高級ビーチに成り果てていた。ミシェルは、ブリュッセルにいる身体の不自由な伯母が四十三歳の誕生日を祝うというので、そこで一日過ごしてくるようにと、小間使いをひとり監視役に付けて私を汽車で送り出した。伯母はその後、少なくとも十年以上生きることになるのだが、私が訪ねたのはそれが最後になった。ミシェルがド・ルヴァル夫妻と仲たがいしたことでオランダが閉ざされてしまったように、モン＝ノワールの売却によって私たちはノール県から決定的に遠ざかり、つづけて起こった戦争によってベルギーはまるで最初から存在しなかったかのごとく消し去られてしまった。私がハーグとブリュッセルを再訪したのは、ようやく十六年後のことだ。伯母は誕生日を祝いに来てくれた御婦人方にお茶を供していた。ベランダに置かれたテーブルが、この身体の不自由な人のお気に入りの場所で、ほとんど離れようとしなかったのだが、そこに掛けられたテーブルクロスや刺繍のほどこされたナプキン、そしておいしい菓子類が盛られた、大切な日だけ使う陶器が目を楽しませてくれていた。私は《晴れ着》に着替えるため、二階に上がらされた。招待客の大半は三十歳から三十五歳くらいの女性だった。年を取った女性もいた。この家の女主人の親族や、古参の友人たちだ。伯母は不自由な身体のせいで、二十歳も老け込んで見えた。飾り紐の付いたドレス、テーラードスーツやレース襟など、いかめしい訪問着で身を固めた招待客たちはみな、いくらか時代遅れに映った。そこにジャンヌがいた。ハーグの母親の家に滞在したあと、私の伯母に挨拶するためブリュッセルに立ち寄っていたのである。妻の実家に、もうエゴンは付いて来なかった。ジャンヌは変わっていなかった。駝鳥の羽だけでなく、死んだ鳥を置いても埋まらないくらい大きな帽子をかぶった彼女の顔は、まったくおなじだった。当時、世の礼節をよくわきまえている女性になしえた唯一のしぐさは、両膝をそろえるかきつく締めるように閉じ、手袋を途中まではずしておく程度のものだった。ジャンヌは慣習に反して手袋を取ってテーブルに置き、脚を組んでいた。それが彼女の姿勢に、驚くほど穏やかな自由さを与えているように見えた。シルバーグレーの絹のスカートが腰から膝のあたりまでなめらかによじれ、先のほうからストッキングが数センチほど、そしてまだ大半の女性が履いていたボタンブーツではなく踵の低い靴があらわになっていた。彼女は私に両手を差し伸べ、私は喜んでその腕に飛び込んだ。その日までの四年におよぶ空白は、私の年齢にとってほぼ人生の半分に当たっていたにもかかわらず、全身全霊、魂と身体のどちらも込めたキスが、すぐにかつての親しみを私に返してくれた。めったにないことだが、あの若い男性について、あっというまに波にさらわれてしまう砂の城を作るのを時々手伝ってくれたその夫について話したいという気もしたけれど、ジャンヌがそこにいてくれるだけで満足だった。通りの呼び鈴が鳴っていた。べつの御婦人方が到着したのだ。私はよその部屋にやられた。悲しくさえなかった。彼女が美しく、じつにやさしいことがわかっただけで、もう十分だった。

揺れ動く大地——一九一四—一九一五

そんなパリの春は、七月になってようやく死を迎えた。かつて大都市の雰囲気がこれほど陽気で、これほど軽薄だったためしは一度もなかったように思われる。いま私が描こうとしてもできないほどみごとにそれを表現した作家が、当時はほかにいくらもいた。劇場のマチネやロシア・バレエは途切れることなくつづいていた。流行を夢中になって追うには若すぎたし、ダンサーたちの名前さえ知らなかったが、それだけに感嘆のほどは大きかった。あの頃のギメ美術館は東洋の市場《スーク》みたいで、今日の彫刻展示室が醸し出している学校教育的な美しさはなかった。しかしその過剰さに私の子どもっぽい欲求は満たされたのである。アンティノポリスからガイエ〔アルベール・ガイエ。一八五六―一九一六。エジプト学者〕が持ち帰り、のちに紛失したらしい古代エジプト末期王朝のミイラたちが、一粒の砂から浮き出てくるように思われた。私が自分の足でその砂を踏むまでには、まだ何十年もかかることになるだろう。仏像たちは私がいつか訪ねることになるインドのほうを向いていた。日本の屏風が一隻あった。以来一度も見ていないのだが、それはこれまでの人生を通じて花開いている。音楽好きとはとてもいえないミシェルが、義務のように連れて行ってくれたクラシックのコンサートとグリュックの歌曲のいくつかに、私は純粋な音楽というものの存在を教えられた。ミシェルは娘を小さな同伴者にするため、女友だちを持つことをいったん諦めたようだった。少々早熟な十歳の子どもの眼と鼻とで、私はこんなふうに《戦前の最後の良き日々》を見、その香りを嗅いだ。

ミシェルはあいかわらず《事業に関わって》いた。攻撃的なほど目立つ服を着た、ひどく醜悪に見える男がふたり、我が家でミシェルと何度も密談をかわしていた。七月の半ば、ミシェルはいくつもの銀行に繰り返し足を運んでいたが、夕食を取っているとき、彼は金貨をあまり見かけなくなっていることにはたと気づいた。まるで所有者たちが貯め込んでいるかのように。

モン＝ノワールの売却は、ほとんど人知れず行われていた。母親が亡くなるずっと前に、自分には悪い思い出しかない領地など《売り飛ばして》しまおうとミシェルは胸に誓っていたのだ。地元の公証人は難色を示しつつ売却を急いだ。しかし遺産相続の手続きがはじまるだいぶ前に、いくつかの農地を担保にしてミシェルが得ていた貸付金のせいで、事は複雑になった。大半が高利だったからである。そんな折、不動産を探していたとある実業家が買い取り額を提示してきた。すべてを勘定に入れても、なおかなりの数字だった。ミシェルは一瞥もくれずにサインをした。私にとってモン＝ノワールは、もはや、長くはない人生の、ずっと奥に退いてしまっていた。金色の角のある山羊、羊、驢馬とその母親――いまでもよく覚えている――も、一時的に忘れられていた。ところがこの売却沙汰のせいで村は大騒ぎになったのである。田舎の人々は変化をあまり好まない。さあ持って行きなさいとばかり草の上に広げられた古物のたぐいなど、なおのこと評価しなかった。擦り切れたカシミア、時代遅れの灯油ランプ、骨の部分が壊れたノエミのコルセット、価値なしと判断されたものの、今日そのいくつかがコレクションアイテムとなっている小道具、それから私の玩具。幸いにも記憶から出てきた、あの裕福で敬虔な従姉妹からの贈りものである、電気仕掛けで内側が光るルルドの洞窟もあった。こういう露店みたいな売り方を決めたのはミシェルではない。細かいことは、すべて息子に任せていたからである。

逆に、《美しい》家具、本物の、あるいは偽物のルイ十五世様式の安楽椅子、銀食器、東洋の絨毯、時代遅れと見なされたクリスタルガラスのシャンデリア、五世代にわたって溜め込まれた使用可能なリネン類の山、真贋のほどがわからない祖先の肖像画などはすべて、ミシェルが全権委任していた（「こんな古くさいガラクタを、私にどうしろというんだね？」）、おなじ息子、つまりミシェル・ジョゼフによって家具倉庫にしまい込まれた。十五年以上のち、新築した彼の家で、ミシェルが二度と見ることのなかったこれらの遺物と私は再会した。ミシェル・ジョゼフは新居のすばらしい家具類を、満足げに見せてくれた。遺産の相続に関しては、彼はまだサリカ法〔女性の相続を認めない、フランク王国サリ族の慣習法〕と長子相続法にとらわれていた。おそらく彼は、何年も前から自分の財産がどうなっているのかを把握していなかったミシェルが、一度も返せと言われなかったこの家具類に相当する額を、私に金フラン〔一八七三年以後、フランスは完全金本位制を維持していた。第一次世界大戦の勃発によって廃止された〕で遺したと思っていたのだろう。

放蕩者の手からどれほどの金が流れ落ちているかを知ったミシェル・ジョゼフは、モン＝ノワールが売却されるとすぐ、少なくともそれで得た資金の一部を、彼の表現を借りれば《掘り出し物》の購入に充てるべきだと主張した。かつて父親が案内してくれた砂丘の別荘の近くに、最近建てられたアール・ヌーヴォー様式の一戸建てを買えと言うのである。ミシェル・ジョゼフの話を信じるなら、これはじつにすばらしい投資だった。上流階級の集うあの小さな避暑地の相場は急騰しているし、シーズン前後は、妻や幼い子どもたち、義理の両親、たくさんいる義理の兄弟——少なくともそのうちひとりは外交官だ——と滞在できる保養地にもなる。この第二の祖国で、自動車を売りさばくだけでは手に入れられなかった社会的信用も得られよう。ミシェルはガレージをひとつと使用人用の寝室を数部屋加えるため、小切手にサインしさえした。いわばそれは彼なりの餞別だったのだ。スノビスムで汚されたベルギーの海岸にミシェルは激怒していたし、パリでオデットやベアータと始終会うようになってからはもう砂丘の別荘に関心を失くしていて、その年は開けることもなかったのである。おまけにこのふたりの若い女性に対するミシェルの熱も、いくらか冷めたように見えた。

そうこうするうち、私は旅を愛するようになっていた。ベアータと彼女のふたりの娘は、お気に入りだったデンマークのムーン島でヴァカンスを過ごしていた。アルブレヒトがしばらくコペンハーゲン公使館の秘書を務めていたからだ。かつてノール県の島々をベルトやガブリエルと散歩したときのことを思い出させてくれそうなこの短い旅行に、ミシェルは賛意を表した。彼がまず夢見たのは、ジャンヌとスヘフェニンゲンで過ごした最後のシーズンに買い求めた最新のヨット、ドローム号（プチブル的な船名だが、ミシェルはまだ改名しようとはしなかった）で旅することだった。この場ちがいなドロームとは、オランダ語で《夢》の意味だが、いまはオステンデの埠頭につながれていて、オデットとのごく短い遠出や、沿岸から少し離れた沖合で海の喜びや船酔いを私に教えるのに用立てられるだけだった。船は捨て犬みたいに苦しんでいた。ミシェルはそれを、愛する女性とどこかで気分転換したいという夢に応えてくれそうな、もっと豪華な建物と交換しようと考えていたこともある。しかしその夢がついえると、ヨットで遠出したいという気持ちも同程度に縮んでしまった。ちょうどふたりの配偶者が亡くなったあと乗馬熱が冷めてしまったように。ある種の生活様式に対する私たちの情熱の背後には、それぞれに、ひとりないし複数の人の存在がある。誰もいない場所では、ひとりで長いこと馬を走らせたりしないものだし、ひとりしかいない海で長時間タッキングを繰り返すこともない。今回、私たちはドイツ経由で直接ムーン島に赴くだろう。ベルギーの海岸に立ち寄るとしても、あの不幸なドローム号を売り払い、あらたな《不動産》をざっと見てまわるのに必要な時間だけで済まされるだろう。一九一四年七月の段階ではまだ、そういう建物も馬鹿げているようには見えなかったのだ。しかし、緑色の壁に黄金のひまわりが飾られているこの鼻持ちならない建物については、すでに語りすぎた。わずか二週間後、そこは単なる瓦礫の山と化すだろう。

幾晩かを過ごすために、私たちはその建物を開けてもらった。ミシェルにはワンフロアを占める大きな寝室、私には部屋の長手方向に沿って設けられた一種のアルコーヴが与えられ、アルコーヴは小さなバルコニーを介して海に面していた。一日中、息が詰まるほどの暑さだった。夜の風は激しく、なまあたたかかった。薄い砂地の向こうで、海はとても高く、とても近く、固そうに見える大波で持ち上げられた黒い塊というか、夜のなかの、密度の高いブロックのようだった。雲は低く乱れ、以前『マクベス』に登場する魔女たちの国で見た雲にそっくりだったが、それとは比べものにならないほど美しかった。尽きることなく、どこにもない場所からやって来てどこにもない場所へ向かって行くその雲に、月が見え隠れしていた。突然、フランス窓が開いて風が寝室に流れ込む。私はバルコニーに出た。風に沸き立つシュミーズのなかで、自分が砂の上の藻くずみたいに持ち上げられる気がした。やっとのことで、風が隣の寝室に流れ込まないよう窓を閉めた。激しい騒ぎが鎮まり、暖炉から聞こえるホウホウという程度の音になった。私はふたたび、箱のなかの人形みたいに閉じ込められ、怖ろしくもあり愛想よくもある夜の世界から引き離されてひとりきりになっていた。背後の新しい壁の向こう側では、電信線を伝ってニュースが流れ、ぱちぱち音を立てていた。人間の世界が根底から揺れ動いていた。オーストリアの皇子――ずっとのち、ボヘミアにあるこの皇子の城館でおびただしい狩猟のトロフィーを目にして、私は嫌悪感を覚えた――が、サラエボで、今度は自分がいつもの獲物みたいに、つまり狩り出しで追われたへラジカか熊同然に殺されたところだった。ヨーロッパではほとんど誰ひとり原因を理解していなかったこの死が、いずれ九百万もの断末魔を引き起こすことになる。けれど私はそんなことを知らなかったし、まわりで眠っている人たちも大半が気づいてはいなかった。《わたしは異郷の空の雲を渡って走る月を静かにながめたものだ》〔『ハドリアヌス帝の回想』「ゆるぎなき大地」多田智満子訳〕。ハドリアヌスのものとされるこの詩句を私はのちに書くことになる。だが、それがどんな場所で書かれたとしても、発想されたのはこの場所でのことだった。漠然とではあれ、こうしたさまざまな要素からなる無秩序は、物事の秩序の一部であると私は感じていた。とはいえ、サラエボでの一撃の結果も秩序のうちだとは、いまだ信じるに到っていない。

以後、すべてが混乱を来す。何分、そして何時間あっても、これほど多くの出来事を伝え尽くすには足りない気がする。

フランス側のフランドルからベルギー側のフランデレンにかけて拡がっていくあの警鐘を、まるで音を伴う疫病みたいに耳にしたのは、その朝だったか、それとも翌朝だったか。破局の前夜の恐怖と無気力からなる巨大なマグマが、すべてを凌駕している。人々はコーヒーカップ片手に、朝刊に身を傾けてこれらのニュースを貪るように読んでいた。ちょうど今日のメディアが垂れ流している、いつかそれが原因で死ぬことになる原子爆弾や汚染に関する情報に浸っているのとおなじように。観察眼にすぐれた者たちは、大きなホテルや月貸しの別荘のなかからドイツ人の姿が消えたことに気づいていた。最初に夫や父親らの家長が出て行った。彼らの頬には、当時まだ流行していた学生同士の決闘でつけた切り傷があった。ほぼ間をおかずに、妻や子どもたち、そして荷物がつづいた。貪欲な帝国はまず最初に、海水浴客に扮していた上等兵以上の兵士たちを呼び戻したのだ。これこそさらなる罪状の証だった。ところが、翌日、外交官夫人のロールは、いや、第一次大戦前の小国はまだ外交官の肩書きを乱用していなかったからペルシアのベルギー公使夫人と呼ぶべきか、ともかくロールが軍隊で膨れあがったロシアの列車で、五日間の旅から戻って来たのである。もうどうでもよいことだった。賽は投げられていたのだ。ほぼ半世紀のあいだ、法務省はヨーロッパ中を、そして植民地を通じて世界中を覆う網の目を編んでいたのである。シーク教徒、スリランカ（セイロン）人、セネガル人、安南人たちは、灰白色の肌をした人間どものつば競り合いのために滅びようとしていた。フランスの銀行家たちはロシアの借款に飛びついた。ほぼ到るところで工場はフル稼働し、名もなき肉体の奥深くに入り込むことになる鋼鉄のストックを積み上げていた。なにか出来事が起こるたびに、新聞は偽りの報道をした。悪夢の小さな核は、すでに形作られていたのである。おそらくはどこにもいないスパイを探し求めて、カラビン銃を掲げた暴徒が堤防沿いを練り歩いていた。小間使いたちはまるで一八七〇年代のうるわしき日々のように、少女らに綿撒糸《めんさつし》を作らせていた。ひとつの事実が、みなの心の支えになっていた。八月の霧のなか、岸辺から平泳ぎで幾かきかすれば届くほどの距離に、鋼鉄の巨大な怪物がいくつもその姿を浮かび上がらせていたのだ。これで救われた、英国が監視についてくれたのだと人々は思った。ドイツの最前衛部隊が到着したら海岸全体がふたつの戦火に包まれてしまうことなど、誰ひとり考えなかった。

いちばん早く目を覚ましたのはミシェルだった。避難するためである。しかしリール行きの、またパリ行きの道路は断ち切られていた。鉄道はもう機能していなかった。自動車なら通過できたかもしれないのだが、ミシェルは車を持っていなかった。そもそも、どんなポンコツ車も手に入れようがなかった。ダンケルク、あるいはベチューヌのほうでは、土手の斜面をかき分けるように歩いて進んで行く避難民でごった返しており、そんな車が路上で故障したらどういうことになるかは目に見えていた。やがてこの土手に沿って、損壊した軍用運搬車や死んだ馬が並ぶことになるだろう。

オステンデまで歩いて行くため手持ちの旅行鞄は数個にとどめ、残りは捨て置くことになった。あの実直な路面電車さえ動いていなかったからだ。夜明けの最初の光が射す頃には港に着けるよう、真夜中に出発した。空は黒く澄み切っていた。空っぽの別荘が月光のもとで白く映えていた。この雑多で小さな集団の構成員は以下の通りである。ミシェル、その息子の嫁、私、幼いふたりの子ども、ブリュージュのイギリス人の御夫人たちのもとで勉強を終え、家族と落ち合う時間のなかったヨランド。彼女は短靴が小さすぎて、足の具合を悪くしていた。そのあと、私の世話をするためにと身体の不自由な伯母が父のもとに寄こしてくれた、赤毛でからかい好きな小間使いカミーユがやって来た。さらに私の若き甥っ子ふたりの世話をしている生気のないイギリス人女性と太っちょの料理女ドロテ、従兄のX。いささかぼんやりしたこのXは、子供時代の私の写真を撮ってくれた人だが、故郷のリール周辺に戻る手だてがまったくなっていた。ミシェル・ジョゼフは数日前から所属の戦闘部隊に合流すべく出発していたが、その部隊を見つけることができなかった。あるいは、ほぼすぐに見失ってしまった。彼はイギリスで私たちと一緒になった。

共に行動した人たちがみなどんな感情を抱いていたのか、私はなにも知らない。当時の年齢では、戦争の顔が冒険の顔と混同されてしまっていた。あの敗走の記憶は、私には、夜の散歩のように刻まれている。

ドローム号に乗船できないことは、ひと目で確認された。乗組員を集める時間がなかったし、仮に集められても、まちがいなく老人だけで構成されただろう。しかも港からの出入りの操縦に必要な補助エンジンはすっかり錆び付いていて、それを完全に落とさないかぎり使いものにならなかった。

私たちは出港間際の、最後の客船に乗り込んだ。ドローム号は平底船に先導されて、あとからドーヴァーに向かうだろう。私にとって、それがはじめての船旅だった。また、戦争の惨めな後遺症との、怖れおののくというより茫然とするような(怖れおののくという形容は、まだ深みを欠き、洗練されていなかった当時の私の感情を表すには強烈すぎる)、はじめての出会いだった。ドイツ侵攻によって間近のオランダから切り離されたヴィゼ、リエージュ、ベルギー側のルクセンブルクの人々は、時々トラックに乗せてもらったり、いちばん近い四つ辻で下ろしてもらったりしながら、ぼんやりと海のほうへ歩いて行った。彼らの多くは市と村のあいだくらいの規模の、ごく小さな集落の出身だった。こうした小集落のおかげで、ベルギーにはこぢんまりした雰囲気のある土地が散見されるのだ。残りは土の匂いのする農民たちだった。大半は橋の上で横になっていた。とくに数が多かったのは妊婦である。驚くほどだった。自然は命を増やす女たちにおもねりはしない。悲劇的というよりグロテスクな様を呈しているこれら不幸な女たちの膨らんだお腹は、急ぐあまりぞんざいな履き方をした古いスカートのなかで揺れ動いていたが、むくんで黄ばんだ顔はフィシュ〔レースなどでできた、三角形のスカーフ〕やエプロンで陽射しから守られていた。荷の包みが枕代わりになっていた。モンスの天使〔一九一四年八月二十三日、白い霊的な弓兵があらわれ、前線で孤立した英軍を、ドイツ軍から守ったという話〕や、手首から下を切断された子どもたちの話でもちきりだった。天使なんて疑わしい。それどころか、人間の本性に変化がない以上、残虐な行いがあったことはまちがいないのだ。恐怖やプロパガンダを欲する新聞雑誌によって、それがたちまちありふれたものにされてしまったのである。おかげで人々はもうなにかを信じることができなくなった。しかし、おそらくそれは正しくない。その証拠に、突然、海岸からたっぷり離れた沖合にイルカの群が現れ、航路を斜めに横切って行ったからである。

　つやつやと輝く、楽しげで偉大なその一ダースほどの被造物は、哀れな人間の箱舟に積み込まれた敗走者たちのことなどなにも知らない。すでに何百万年歳にもなっていた世界が、いまだ自分が新しく、神々で溢れていると感じていたあの太古の日々にそうであったように、彼らは自由そのものだ。陸地でしか動けない他の被造物たちより才能に恵まれ、うねる波のなかでも身体をしならせ、居心地よさそうにしている高貴な種族。たしかにギリシアの短い田園恋愛詩では、イルカと人間の子孫はたがいに助け合い、愛し合ったと思われる。だがそれ以後、この跳ねまわる海の神々に私たちが犯した罪を、これまで以上に犯しつつある罪のすべてを私は知っている。そして、すでに自然を破壊した私たちにすれば、人間を破壊したところでなんらおかしくはない。私はそれを知っている。そして、いまだからわかる。あの時代にイルカたちがこの世に現れたことは、すばらしい、曇りなきエピファニーだったのだ。

私たちはドーヴァーに上陸した。船の上から、イギリス税関の職員と大勢の人々の、同情に満ちた顔が見えた。彼らにとって、《かわいそうな避難民たち》は、まだ新奇なものだった。私たちについて言えば、感動は長くつづかなかった。不幸なことに、すぐあとに到着したドローム号は、舫綱が切れて、港の入口で海に沈んだ。「金を払わねば、払わねば、払わねばならぬ」と、ジャン・コクトーの小話の登場人物がどこかで口にしていた〔『円卓の騎士』第三十二節、セグラモールの台詞〕。ミシェルは漂流物を引き上げるために、金を払わねばならなかった。

ロンドン行きの列車のなかで供された紅茶とビスケットが、私を大いに喜ばせた。一行は揃ってチャーリング・クロスのホテルに駈け込んだ。イギリスの首都のことなどほとんど知らないフランス人でさえ、何十年も前から馴染みのあるところだ。途方もなく広い回廊と、埃っぽい赤いカーテンがあったことを覚えている。

紐の結びの悪い小荷物と、蓋が口を開けている旅行鞄が雑然と広げられるなか、私はあいかわらず年下の女の子を蔑むようなヨランドといっしょに、小さな部屋に連れて行かれた。ここでひとつ、ささやかなエピソードに触れておきたい。猥褻だと思われかねない話を敢えてするつもりはないのだが、この先の出来事は、私たちの未来の暴君たる官能の目覚めという、例のまことに議論の多い主題に関する現在の私の見解を、あらかじめ裏付けてくれるものなのだ。その晩、ヨランドの狭いベッドで、というのも私たちに使えるのはそれしかなかったからだが、そのベッドのなかで、のちに生涯を通じて感じ、満たされることになる性欲、間歇的に襲ってくる性欲の予感らしきものが、ほんの一瞬よぎった。おかげで私は、愛し合うふたりの女性に必要な姿勢と動きを、いきなり発見したのである。プルーストは心の間歇について語った〔『失われた時を求めて』第四篇、『ソドムとゴモラ』参照。語り手はここで祖母を失った悲しみに襲われる〕。しかし官能の間歇については誰が語ってくれるだろう？ことに純粋無垢な人が、人間の本性にもとっていて、いつも不自然なかたちでしか得られないと考えているような性欲、あるいは逆に、永久になくならない不吉な宿命として肉体に刻まれていると思い込んでいるような欲望について。真の意味で私の性欲が目覚めるのは、何年もあとになってからのことだ。それはまた、何年ものあいだなりを潜め、忘れられているだろう。多少きついところのあるあのヨランドが、私をやさしく諭した。

「こんなことをするのは、いけないって言われたわ」

「ほんとに？」と私は応えた。

文句も言わず私は身体を離し、まっすぐになって、ベッドの端のほうで眠った。

さらにもう少し語りにくいエピソードがつづく。ある不動産屋の助けを借りて、ミシェルはパットニーの《共有地》の近くに建ち並ぶ郊外型の家々のなかに、他と比較するとまだしもみすぼらしくない庭付きの一軒家を見つけ出した。この家には「いわれ」があった。最後に住んでいたのはとある姉妹で、ふたりは深い絆で結ばれていた。妹は身体が麻痺していた。結局、姉がその身障者の妹にとどめの一撃を与えることになった。数年後、マエストリヒトで、ルイーズ・フォルジェールの心寛き夫が同様の選択をするだろう。愛情深い殺人者は、慎ましい精神病院でその生涯を終えた。おそらくその頃まだ、彼女は入院していただろう。ミシェルがこの家を格安で借りることができたのは、小声でしか口にされないような、いわくつきの物件だったからかもしれない。もっとも、その年の厳しい経済状況に見合う家賃はそこしかなかったのである。とはいえ、ミシェルと私は、ほとんどその家で過ごさなかった。ふた夏つづけて、天気のいい日は朝から晩まで、近隣の大きく開かれた空間の探索に費やされたからだ。百ヘクタールもの薗や羊歯に覆われた《共有地》。古びた樫の木、牡鹿、ほとんどその親族と言ってもいいノロの群がいるリッチモンド公園。夜は夜で、ミシェルはパットニーの家の、とげとげしたヴィクトリア朝風の食卓につくよりも、どこか郊外にある旅籠でたっぷりしたお茶を飲んだり、もっと大衆的に、街なかで、ライオンズ・コーナーかどこかのポーチド・エッグをふたつ食べたりするほうを好んでいた。

亡命者たちの生活は、どうにかこうにかつづいていた。軍隊から戻ったミシェル・ジョゼフは、ロンドンにあるベルギーの検閲機関事務所に職を得た。細部を徹底的に調べあげるその仕事が気に入っているようだった。料理女のドロテは、自慢の腕を発揮する材料がほとんどないことに苦しんでいたが、ボトルよりも品がいいと判断して、ティーポットに入れたスタウトを飲んで気を紛らわしていた。短気なカミーユは、ミシェル・ジョゼフにワックスを塗って磨いておくよう命じられていた靴を、あなたに仕えているわけではないと言って窓から放り投げた。陰気なイギリス人の世話係は女主人の手ひどい仕打ちと恋人がいないことに苦しんでいた。無愛想な顔だから、もてなかったのだ。海のなかの戦闘の危険がまだそれほど高くなかった頃、ヨランドはオランダに戻って親族に合流した。従兄のXはどこか写真館のようなところに就職先を探していた。

Xはブライトンの堤防沿いに建ち並ぶ同族会社の、写真の専門家のところにポストを見つけて、翌日には発つことになっていた。私が暮らしていたのは、小間使いたちからあまり離れていない三階の小さな部屋だった。二階には父と兄がいて、私が授業を受けていた書棚付きの机も置かれていた。ふたつのフロアのあいだに設けられた中二階みたいな空間には、浴室と従兄のXの寝室があった。十時頃、私はまだ窓辺に立って夜の庭を眺めていた。従兄が抜き足差し足で入って来た。タオル地のバスローブをきつく締め付けるように着て、いつものようにおどけた、ちょっとミステリアスな雰囲気を漂わせていた。彼は音もなくドアを閉めると私に近づいて髪を撫で、襟元をボタンで止める、袖のついたまだ子どもっぽい私の夜着を床までずり下ろした。そして鏡の前に引っ張って行き、きみはきれいだよと言って安心させながら口と手で愛撫した。タオル地の上から、彼は男性の身体の地形がわかるよう、そっと指でなぞらせた。しばしの時が過ぎた。彼は立ち上がり（ひざまずいていたのである）、先ほどとおなじグロテスクな注意を払いながら出て行った。彼のなかでなにかが起きたことを、私は漠然と感じていた。しかし怯えてはいなかったし、気を悪くしたわけでもなかった。乱暴されたり、傷つけられたりしたわけでもなかった。黙っていようと思えばこれほどたやすいこともない逸話をここに書き留めるのには理由がある。今日では思春期に入るか入らないかの子どもが大人と接すると、どんなに軽微なものでもヒステリックな反応を引き起こす。それに異議を申し立てたいのである。暴力、サディスム（性欲とただちに、あからさまな形で結びつくわけではないのだが）、無防備な存在に対して行使される激しい肉の欲望は残酷なものだ。ひとつの人生を狂わせ、あるいは抑圧するばかりか、何度も濡れ衣を着せられた大人の人生を滅茶苦茶にしてしまう。他方、官能的な戯れのいくつかの局面に通じる通過儀礼が、つねに忌まわしいかどうかは定かではない。なぜなら、それは心奪われた者の時間だからである。私はきれいだと言われたことを喜び、胸部の薄っぺらい突起がすでに胸と呼ばれていることに感動し、男のなんたるかを以前より少しはよく知っていることに満足して眠りについた。私の痺れた感覚が反応しなかったのは、またはほとんど反応しなかったのは、たぶんまだぼんやりとしか考えていなかった肉欲というものが、自分にとってすでに美の観念と分かちがたく結びついていたからだろう。その観念は、ギリシア彫刻の滑らかな上半身や、ダヴィンチのバッカスの黄金に輝く肌や、捨てられた肩掛けの上に横たわるロシアの若いダンサーと切り離すことができない。ここで真実を打ち明けておこう。従兄のXは、美男ではなかったのである。

　さて、窓をイギリスのほうにもっと大きく開けてみよう。その後イギリスには頻繁に帰ったが、これまで最も長かったのは、十五か月におよぶこのときの滞在であり、しかも望んだものではなかった。戻って来るたびに、私は祖国を見出したような気がした。本能的に自分がいちばん楽にしていられる国のひとつを、ということだ。経済状況は厳しかったが、こういう貧しさは新鮮だったし、私にとっては、ほとんど離れずにいたこの大都市への、もしくは最寄りの周辺区域に対する親しみを増していくための手段でもあった。夏の朝になればグリニッジ、花壇をじっくり眺めるにはウィンザー、美しい庭園と首を切られた女王たちのいるハンプトン・コート宮殿〔ヘンリー八世の六人の妻のうち二人が処刑されている〕。

　その後とても好きになったイギリスの田舎に分け入って行くには資金が不足していたけれど、バス停に並ぶのはひとつの楽しみだったし、美術館は雨や寒さをしのぐ逃げ場のようなものだった。大英博物館のエルギン・マーブルは静かな同伴者だった。テートギャラリーのターナーの絵は、知らないうちに私の世界観を変えてしまっていた。釣り合いのとれた力の代わりに、溶け合い、対峙し合うターナーの絵の要素は、のちに私が吸収しようと努めることになる、変化というものの仏教的な考え方を準備してくれた。ウエストミンスター寺院は、いくつもの世紀が種の異なる木々のように混じり合う、ひとつの森に見えた。横臥像たちは、死者というより、彼らが消えても他の似たり寄ったりの歩兵《ポーン》でつづいていくチェスの駒のようだった。フランスの歴史はいくつもの紛争をくぐり抜け、それによってずたずたにされたように見える。ところがクロムウェルは、私たちの宗教戦争に負けず劣らず、破壊のかぎりを尽くした。マリー&エリザベス・チェダーは、おそらくさらに多くの人を殺しただろう。もっとも、そうしたイギリスの切り傷は、フランスよりもずっとみごとに苔で覆われたのだ。シャルル十世の時代は、ティエール〔ルイ＝アドルフ・ティエール。一七九七―一八七七。フランス第三共和政初代大統領〕やミッテランの時代となんの関わりもないように見える。ところが、ロンドンの街路さながらのあの無秩序は、広大で、かつ複雑すぎて気づかれることのない秩序が存在する証であるかに思われた。度しがたいほど買いもの好きなミシェルは、私のためにイギリス硬貨のコレクションをはじめた。もったいぶった顔で窮屈そうに収まっている、歴代ジョージたちの重い青銅貨。プランタジネット朝の亡霊が刻まれている、爪のように薄い銀貨。もう流通していないこれらの硬貨は、私の手のなかでまとめると「六ペンス」に達していた。ロンドンはパリとおなじくらい世界に開かれていた。メストロヴィッチ〔イワン・メストロヴィッチ。一八八三―一九六二。クロアチアの彫刻家、建築家〕の展覧会は私をスラヴのバラードに熱中させたし、何十年かのちには、『東方綺譚』の二篇に想を与えてくれた。男性的な力のイメージと言えば、岩の男マルコ・クラリエヴィッチである。死んだ夫のために泣いているコソボの未亡人たちは、喪というのは、肉欲のひとつの形でもあると小声で話してくれた。外出できなくなった頃には、二階にあった小ぶりだが充実した図書室から本を抜き出すことができた。戦争が勃発し、亡命を余儀なくされても、ミシェルが辛抱強くなることはなかった。ある日、彼はローブ古典叢書のマルクス・アウレリウスを窓から放り投げた。私はまだギリシア語を正確に訳せなかったし、英語を正確に発音できなかったのだ。この家に住んでいた不幸な姉妹は、埃っぽい書棚のガラス扉の向こうに、何冊もの名作を無秩序に積み重ねていた。シェイクスピアの全作品、十七世紀の形而上学的詩人、英国ヴィクトリア朝の重厚な歴史家とその時代の熱烈なロマン主義者たちは言うにおよばず、ユゴー、バルザック、ミュッセの戯曲集もあった。この充実ぶりには満足していたが、異母兄は両腕に本を抱えて部屋に戻ってくる私を小馬鹿にするような眼で見て、おまえは針仕事に時間を割いていないと嘆いた。ごく幼かった頃、人形で遊ぶ代わりにひたすら海を見つめている私を腹立たしげに眺めていたときのように。家族で食卓につくたび、父と息子は激しくののしりあった。殴り合いになったことも一度ある。このときの喧嘩は女たちの嘆願によって収まったが、つかみ合いをした当人たちは床に転がっていた。ミシェル・ジョゼフは涙で眼を赤くして謝罪した。父親に殴りかかることは、彼がよしとする道徳律では禁じられていたからだ。とはいえ、それは和解ではなかった。

私はすでにべつの場所で、この父子がなぜ愛し合えないのかを説明した。いま話を蒸し返すのは、読者がわざわざ前の本〔『北の古文書』〕に当たらなくてもいいようにするためだ。私の個人的な趣味趣向にかかわらず、理性と正義は、一方の側のものでしかないことを示すためでもある。ミシェル・ジョゼフは、ともに抑えのきかない父母に育てられて大きくなった。ミシェルは——怒りにまかせてよくこき下ろしていたが——実の母親が悲劇的な死を遂げたというのに、心をそちらに向けようとしない粗野な息子を恨んでいた。あの出来事は、十五歳の少年にとって理解不能なばかりでなく、容認しがたいものだったはずだが、そういうことに思い到りもしなかったのである。もっとも、ミシェル・ジョゼフが、私が生まれたせいで自分の遺産が《真っ二つ》にされたと嘆いたことを難じたのは、母の死を前にした態度云々という理屈よりもずっと正しかった。傲慢な十九歳にとっては、赤ん坊特有の、ごぼごぼと音を立てたり、唇の隅に空気と唾液の泡をこしらえたりするだらしなさ――老年になってそれはまた現れることがある――のすべてが、嫌で嫌でしかたなかったのだろう。ミシェルは、二十一歳になった息子が、どこか中立国を祖国に選ぼうとして、ベルギーを選択したことに怒っていた。とはいえ自分だって、二度つづけて軍隊を脱走したために、ベルトが子を生むというとき国境の反対側でじっとしているほかなかったわけだから、いくら許しがたくてもそういう選択肢もありうるとの反論は成り立つ。しかし、反論すれば彼の自尊心は傷ついただろう。その後、ベルギーでほぼ滞りなく行われたミシェル・ジョゼフの結婚式は、当人が想像していたほどきらびやかなものではなかったらしい。その点に関してだけは、ふたりの男の感想は一致していた。ミシェルがついに知らずにいたのは、この結婚式が、ド・マルシニィ夫人のところに出入りしていた社交好きの司祭の企みによるものだったということだ。ド・マルシニィ夫人は、二十四歳になるこの青年がパリの自分のサロンでいつまでもぐだぐだしているのが我慢ならなかったのである。ミシェルは自由に生きていたが、自由とはなにかを理論的に考えることはなかった。息子のほうは、カトリック修道会、大人数の家庭、一見しただけではその表面にひび割れのないような社会、そして十一時のミサになるとあらわになるカトリシズムに賛同する立場を、これ見よがしに示していた。パットニーの食卓では、この息子だけが断食に従っていた。自分のために用意された麺の皿を前にした渋面に、イギリス国教徒の小間使いは吹き出していたものだ。ミシェルが乱暴なところで息子は辛辣、一方の怒りはすぐに収まり、他方の恨み辛みは変わることさえなかった。ともに上背があって姿勢がよく、父子であることは一目瞭然だったが、顔つきがちがう。一方がすべての本を読み尽くしているのに対して、他方は無教養。一方が静かにおのれを信じているのに対して、他方は横柄というこの男たちは、材料はおなじなのに彫られ方が異なっているのだった。

ミシェルはじっと我慢をしている。みなとおなじように、戦争がつづくのは四か月、悪くとも半年と考えていたからだ。ところがいまや戦争は塹壕のなかに居座り、大衆的な隠語といかにも戦争らしい版画とともに、恰好の新聞ネタになっている。二月になるとすぐ、彼はフランスに戻る手はずを整えようとした。しかしパリはまだ軍の占領地域の内側か、少なくともその近くにあった。いくら空のアパルトマンが待ち受けてくれているとはいえ、すでに老いの兆しのある男とごく平凡な少女の帰国に便宜を図ってくれる者などいなかった。海上での行き来は、軍隊（カーキの服を着た兵士で満員の列車が、ほぼ毎日、何本もドーヴァーの海岸に向けて出発している）と軍の命を帯びた将校たちに関わるもの以外、稀になっていた。しかし私は、十三か月におよぶこの足踏み状態の説明として、あらためて大使館や領事館に出向くことに対する億劫さや、無関心からなる無気力――そのせいでミシェルは何度も厄介な状況に陥り、あるいはそういう状況に不当にも留まることになってしまったのだが――を挙げるだけでは不十分だと考えている。あれほどイギリス贔屓でありながら、ミシェルにはイギリスに友人がいない。ある国で情熱的な愛の一時期を過ごした者がみなそうであるように、この国ではふたりだけで過ごしていたのだ。それにロルフとモードは遙か遠くにいる。愚かな、もしくは暴君的な意味における父親という言葉にほとんど合致しないこの男が、十二歳の娘をわきに置いた生活で満足していたと信じるほどの幻想を私は抱いてはいない。二度のやもめ暮らし以来はじめて、ミシェルは女性なしで過ごしている。恋愛沙汰はもう以前ほど彼の興味を引かない。とはいえ、ひとりの御婦人がロンドンの《地下鉄》から出て地上にあがり、私たちに合流する日が幾日かある。むかしド・マルシニィ夫人に仕えていた女性だ。四十歳、かつては細かったが、いまはぽっちゃりした体型である。彼女はフランスで戦死した義兄の喪に服している。オックスフォード・ストリートで購入した、ほぼ流行にかなった新しい衣装は、理想の女性像たるマリー女王を思わせる、少々しかつめらしい威厳を彼女に与えていた。祖母はダンケルクの出身だが、彼女はイギリス人で、この国の中流階級に属する《異教徒》だったし、上流階級の洗練さを真似ようと気を遣ってきたこともあって、ダンケルク臭はずいぶん前から消えていた。ド・マルシニィ夫人は、《馬鹿なイギリス女》と名付けているこの女性をなんとか垢抜けさせようとしたのだが、クリスティーナ〔のちにミシェルの三番目の妻となるクリスティーン。ただしユルスナールはこの巻でクリスティーナと表記している〕――それが彼女のファーストネームだ――は時計が夜の十二時を打つ前にあくびをするし、熱気溢れる劇場の桟敷席では塗り方の悪い白粉が溶けて染みになってしまう。ジュリエットの死後、好奇心に駆られたのか、おそらくは哀れを催したのだろうけれど、ミシェルは彼女を三日間、パリのオテル・ド・ラ・トレモワーユに招待した。おそらく彼女がその人生で性の快楽を味わったのは、ミシェルとだけだったろう。ロンシャンに連れて行ってもらったとき、彼女は持病のひどい偏頭痛に見舞われ、イギリスで治療するようにとの忠告に従ってまっすぐ帰国した。広大なロンドン郊外にある、インフィールド地区で、彼女は夫を亡くした姉の家を管理する。義兄は一介の兵士だったが、《前線》で戦死した遠征部隊の、最初期の兵のひとりだった。それがこの《清潔》という名の、ドライクリーニングを含むクリーニング会社の経営者たる小柄で器用な男の得た、唯一の勲章だった。クリスティーナは石鹸と染み抜きの匂いのするこちょっとした財産を、恥ずかしく思っている。彼女には細密画家としての才能があり、なかなか魅力的だったので、女性と子ども専門の肖像画家としてしばらくもてはやされたのだが、結局イギリス人社会で見出した地位は、どちらかと言えば下級のものでしかなかった。のちにド・C氏とド・マルシニィ氏は、彼女を大陸に呼び寄せて注文をこなさせたが、その折の扱いも、姉の近くにいるときや、かつて伯爵夫人のもとにいたときと大差なかった。クリスティーナはこの仕事を辞めた。細密画を描くのはひどく疲れるのだ。彼女の読書は、清純かつ情熱的な恋愛冒険譚か、王族についての恭しい記事に割かれた女性誌で成り立っている。ミシェルは差し向かいの会話にうんざりしながらも誠実さを失わず、冬はロンドンへ、夏は河のほとりのリッチモンドへお茶に招いた。自分のことで言えば、私は彼女から甘いものをいくらかと、こちらの年齢にしては幼すぎる玩具、あるいはインフィールド地区の料理女に作らせたお菓子を受け取っているのだが、こうした贈り物の背後には、なにかしら私に対する反感があったようだ。ミシェルが自分とふたりきりで会いたくないから娘を近くに置いているのだ、と彼女は感じていたのだろう。偏頭痛を理由に彼女はだんだん来なくなる。いずれ時が来たら、また彼女の話をすることになるだろう。

一九一五年九月十一日、ミシェルは望んでいた紙切れをとうとう手に入れる。彼自身と十二歳の娘のための、パリ行きの通行許可証だ。なんといっても、ミシェルの住居はパリにある。証書には、ほとんど黄ばみのない二枚のインスタント写真が貼られている。ミシェルは襟を立て、入念に髪を剃りあげて海賊もどきの口髭をはやしているが、人のよさそうな眼と釣り合っていない。私のほうは、小さくなりすぎた前の夏のドレスを窮屈そうに着ている。髪は手入れされていないように見えるのだが、あいかわらずこめかみのところでゆるく結ばれている。思春期の冴えない顔のなかで、ふたつの眼は毅然として勇ましい。気づかないうちに、私はそういう年齢に達したところだった。小間使いたちは、どんな女の人も、毎月こうなるのですよと言いながら、丁寧に縫った厚いリネンの布を大量にくれた。これ以上の説明は求めなかった。すばやく荷造りがなされた。そして短い別れの挨拶。ミシェルは息子にもその家族にも、二度と会うことがないだろう。どうしても会いたいなどと、彼は思いもしない。カミーユがいっしょに連れて行かれた。席が手に入る最初の船は、翌々日、九月十三日に出航した。つつがなくディエップに到着した。私はカミーユと船尾にいた。荷物もいっしょだった。ミシェルは船首のほうで自由な空気を吸っていた。

イギリスを見ることも、ミシェルにはもう二度とないだろう。この国に遺していくのは、長きにわたったひとつの愛の古びた思い出だけだが、彼はそんなことを考えもしていない。未来には現在の影が写らない。写っていれば、私は自分がこの国にまた戻って、忘れがたい時を過ごすことになるとわかっているはずだ。しかし眼に浮かぶのは、畑と牧草地を分けるあの柵のひとつに腰掛けた、巫女のような顔つきの若い女性の姿である。私たちはヴィラ・アドリアーナの大きな壁の下にいる。彼女の髪は丘の頂からの風に波打っている。まるでそこに広がる空と大気の化身のようだ。私はまた、おなじ女性がラドロー〔イギリス中西部、シュロップシャーの町。毎夏、シェイクスピア・フェスティバルが開かれる〕のうらぶれた古い家の天蓋付きベッドで、役者たちと稽古中の――そのように想像しているのだ――シェイクスピアについて話をしているところを、あるいは自分もそこにいるかのようにシェイクスピアに話しかけている姿を思い浮かべる。白いフードのついた白いプルオーバーらしきものを着た若い男が、しっかりした足取りで、有史以前のダートモアの森の、《トー》と呼ばれる先の尖った岩のピラミッドのひとつから降りてくる。服はどんな時代にも属していない。ある秋の寒い日のことだ。数日前、おなじ高さから落ちて死んだ雌羊の死骸が、よじれた恰好で地面に横たわっている。おなじ男がおなじ服を着て、私と白鳥の保護区を訪ねる。おなじ男がまた、イギリスの田舎にある旅籠の狭い踊り場で、灰色の綿でできた着物を着て素足のまま立ち、きつく抱き合って私たちの腕をひとつにからませる。なにものもその抱擁を解くことはできないように見える。にもかかわらず、それは解けてしまったのだ。

しかし、こうしたことがすべて夢物語に終わることもありえた。その何か月かのあいだに、海面下の戦争がふたたび勢いを増してきていた。私たちの平穏な航海のほんの数日前、もしくは数日後に、おなじ航路をたどった商船が魚雷で沈められたらしい。長いあいだ私は、広大な大西洋を渡ってきたばかりのエンリケ・グラナドスとその妻が命を落としたのはその船だと思い込んでいた。だがまちがいだった。伝記辞典によれば、グラナドスの没年は一九一六年とされている。このあまりに明白なずれが証しているのは、私たちの記憶がどれほど事実を遠ざけたり近づけたりしているか、またべつの場合には、どれほど豊かにしたり貧しくしたりしているか、そしてそれらを生かすためにどれほど形を歪曲させているかということだ。記憶とは、なんだかわからないこの私たちの奥深くに委託され、きれいに整理されている資料のコレクションではない。記憶は生きていて、変化するのだ。木っ端を近づけ、それでまた火を熾す。思い出で作られた本だからこそ、私はこの自明の理についてどこかで語っておかねばならなかった。だからいまここで、口にしたのである。

実際、私はディエップで下船したときのことをなにひとつ覚えていない。記憶にあるのは、ルーアンでの《乗り換え》の長い待ち時間のことだけだ。パリでは管理人のジャンとその妻が、歓喜の涙を浮かべて私たちを迎えてくれた。建物には他に五組の間借り人たちがいたが、うち四組は寒くて不安定な戦時のパリより、リヴィエラの平穏さと温暖さのほうを好んだ。事実、私たちが帰国したその年は、早くから寒波がやって来たように思う。ともあれ、霜焼けの記憶は、この冬を通して最も頭に残っているもののひとつだ。ジャンはセントラル・ヒーティングに火を入れるのを最低限にするよう、またできるだけその時期を遅くするよう命じられていたのである。

揺れ動く大地——一九一六—一九一八

それで、戦争は？　これまで私は戦争についてほとんど語って来なかった。ただ小さな集団が被ったどうでもいいといえばどうでもいい余波を示そうとしたにすぎない。しかし視点として、これはほとんどすべての場合において正しいものだと思う。たしかに、親族や親しい友人のなかに、軍隊にいる者はいなかった。父には甥っ子がひとりいた。マリーの息子〔エルネスト〕で、思春期の頃に会ったきりほとんど顔を合わせていなかった。鈍いところはあるけれど、礼儀正しく用心深い少年だった。それがいま、ソンム河で闘っている部隊の中尉なのである。どの部隊かはわからない。短期休暇が与えられたとき、父は一度、彼を夕食に招いた。焼けるように熱いコーヒーを一気に飲み干すとすぐ、ムーラン・ルージュ〔六九頁ではフォリー・ベルジェールとなっている〕に行くと言って暇を乞うた。「ぼくはまだ若いんですよ、伯父さん。休暇は短いんです」。彼はその功績にふさわしい勲章に飾られ、無傷のまま戦争を終えた。私たちはこの甥っ子より、フェルナンのほうとよく顔を合わせた。ミシェルの最初の結婚相手であるベルトとの姻戚関係で生じた義弟〔ベルトの父、ロイス・ド・L男爵の次男にあたる。『北の古文書』「宿命」参照〕で、軍艦ボルダ号ではぱっとせず、また商船隊に戻されていた。戦争によって戦争に返されたのである。彼の商船は通常、ボルドーとブエノス・アイレスを結ぶ航路にあてがわれているのだが、マルセイユとダーダネルス海峡のあいだで兵員輸送を担うことになった。小さな島々が多数点在するこの海に不慣れなフェルナンは、毎晩監視に立った。「あの島々のあいだを抜けるのは、死の女神の乳房を刺激するようなものですよ」。パリでは、長い休暇を利用して、以前罹った梅毒が原因でこじらせたマラリアの治療をし、時折夕食を食べにやって来ていた。私たちはこうして、塹壕の恐怖より先にガリポリの戦いの怖ろしさを知った。当時のテッサロニキの、満艦飾のイメージは、私を夢見心地にもした。リールの出身で、セルビア軍との連絡将校をつとめたばかりの男が、私たちに何枚か写真を見せてくれた。疲れ切っていながらも決然とした兵士たち、雪にふさがれて驢馬の背中のようになっている橋、もはや道路とも言えないところに打ち棄てられた騎兵と、彼らの移動手段となった動物たち。それが近東への、私の最初の入口だった。

といって、それだけがマルコ・クラリエヴィッチの国を想起させるものだったわけではない。ダンタン大通りの目と鼻の先にあるプチ・パレの近くの木々のもとで、セルビアの移動衛生部隊が軽傷の兵士や大怪我をした者たちを集めていた。夏のはじめ、カミーユはそんな木陰にいる負傷兵たちのもとへ出かけてぐずぐずと時を過ごし、たまにキスなど交わしたりしたものだが、私はまだ若すぎて気に入られるまでには到らなかったし、ひどいフランス語できれぎれに語られる血なまぐさい話に、すっかり動転していた。

毎晩、大通り沿いで、背の高い老人がしばし足を止め、傷痍軍人に声を掛けていた。老人は黒い服を着て、おなじく黒ずくめの若い娘たちを五人引き連れていた。娘たちは十二歳から十八歳まで年齢順に並んでいた。ぺたんとした短靴のなかの靴下も黒だった。下の三人は髪を編んでいて、上のふたりはシニョンにまとめていた。彼女たちは、老人に対しても、自分たちのあいだでも、けっして口をきかなかった。一行はすぐにまた寡黙な行進をはじめた。それ以上のことを私はまったく知らなかった。老人は自分の娘か義理の娘を、さらに、義理の息子か実の息子を戦争で亡くして、孫たちと残されてしまったのではないか。私たちはそんなふうに推測していた。老人は罪なき吸血鬼のようだった。二年のあいだ毎日見かけたこの六人の人物は（丁寧にアイロン掛けされた服は、少しずつ時代遅れになり、徐々に擦り切れていった）、私にとって喪の象徴そのものでありつづけた。

背後に道が伸びていけばいくほど、私はますます気づかされるようになる。すべての悪のうち最たるものは、人を騙すことだと。まやかしが横行していた。仮にそれが善意にもとづき、よかれと思ってなされたものであったとしよう。しかし、いやというほど聞かされ、さらにうんざりするくらいそれを繰り返されたら、嘘であっても最後には信じてしまうものだ。あらゆる紋切り型はたがいに支え合っている。公式発表を材料にしながら抜け目なく組み立てられた情報、あらかじめ決められた地点で撤退する部隊、X地点を越えられなかった敵の兵士の数（それはX地点での敗北を意味している）、かの有名な《東部戦線異状なし》〔東部とはドイツの東側、東欧、バルト諸国を示す〕というドイツの婉曲話法が表しているのは、せいぜい東部戦線では前日ほど多くの死者が出なかったというだけのことで、それは大病を得ている人の枕元で医師が口にするオブラートで包んだような話に似ている。物事の本質が見えている者は、とうにそれを見破っていた。しかし見者はごく少数だった。新聞雑誌はここぞとばかりに声高な論調になる。正真正銘の、少しばかり誇張されることもある軍功は、勇気を出せと万人に迫る脅しになった。偉大な死者をたたえる仰々しい説教が戦争を称揚する。人々の利益に、もっと悪いことには名誉に関わる喧嘩を解決する手段は戦争しかないと、なんの検討もせずに決めつけて。黄色人種、黒人、弱々しい安南人、昔の流儀で死んだ敵の首を切り落として自慢しているセネガル人が、ボスニアやアルザス・ロレーヌ地方をめぐる紛争で命を落とすのは当たり前のことだと思われている〔第一次大戦時、セネガル兵はじめ、ブラックアフリカ出身兵や植民地兵が徴用され、前線に投入された〕。そんな見かけ倒しの言葉に、あえぎや叫びは覆い隠されてしまったのだ。この戦争はいままで重ねられてきた戦争の最後に位置づけられるだろう、つまりそこで切り刻まれた遺体は正しい平和の台座として役立つのであり、あとにつづく子孫はこの地球でかつてとおなじように栄えていくのだと、そんなことがはじめて言われだしたのである。人間に対する人間の根深い憎しみが、いきなり正当化され、殺すことが死ぬことによって許されたのだ。新聞は戦死者名簿を漏れなく公にしていた。その名簿が象徴している臓物のかたまりや血の海や煙と消えた魂を理解した読者が、そう多くいるとは思わない。一九一六年七月一日、バポーム、つまり叔母のマリーが暮らしていた家の直ぐ近くの、私たちの家のあった土地からさほど離れていないあのバポームで、六万人のイギリス人兵士がわずか一日で殲滅されたことを、私たちはまったく知らなかった。戦いが明け方から夜にかけて行われたとするなら、一時間につき五千人である。さらに、一九一五年五月、アラスの北数キロの地点の奪還が、ペタン指揮下にあったおよそ四十万人の男たちの命と引き換えだったことも、四か月前後つづいたソンム河の戦いでは、十キロメートル奥へ侵攻するあいだに双方あわせて約百万人の死者が出たことも知らずにいた。人生さながら騒々しく危険に満ちた高速道路の両側に広がる死んだように静かな、これら《戦場となった地域》を横切るたびに私はそのことを考える。森が木々を隠すように、死は死者たちを隠していた。こんなふうに語っているのはもちろん現在の私であって、十五歳の思春期の子どもは、世の不幸に対してなかば無感覚に成長するのを許してくれる、慈悲深い繭のなかにとらわれたままだ。ミシェルは私に、ほとんど戦争の話をしなかった。考えすぎないようにさせるためだが、人には不安や疲労のために、話をする余力のない時もある。とはいえその頃、ミシェルは枕頭の書にしていた『戦いを超えて』〔一九一四年に発表された、ロマン・ロランによる反戦の書〕という薄っぺらい冊子を貸してくれた。ロランの本を読ませてくれたことを私は心から感謝している。ミシェルにこれほど感謝の念を抱いたことはない。ただ、それ以後、読み返していない。この本で示された判断ひとつひとつにいまも賛同できるのか、読み返したら、ボシュエからマルローにいたる、フランス語のみごとな書き言葉をしばしば膨らませるような弁論の波のあちこちでうんざりすることになるのか、私にはわからない。そんなことは、どうでもよかった。とにかくひとつの声が立ち上がろうとしていたからである。しかも、たったひとりの男の声が。そんなふうに、いつも同時代の文学から距離を置いた本というものがあって、しかるべき時に現れて人々の心を打ち、部分的ではあれその方向性を決定づけることがあるのだ。三十年後、私はおなじように、ガンジーの自伝に影響を受けることになるだろう。

パリ郊外に避難していた我が家の公証人から、モン＝ノワールの写真を何枚か受け取ったのもこの頃だった。高い丘の上に建つ館はイギリス大本営の監視哨として用立てられていたため、何度も爆撃に見舞われた。ルイ十三世様式の小塔のある建物は臓腑をえぐられ、はじめて一種の歴史的建造物の様相を呈するに到った。ただし悲劇的なまでに、群を抜いて美しかったのは、梢を断ち切られ、枝を落とされた大きな樅の木々だった。かつて私が兎たちに混じって遊ぼうとしたとき、大きな影を落としてくれていた木々である。あの兎たちも、もうまちがいなく生きてはいない。筒のような葉のない枝を一、二本伸ばして立っている樅の木は、殉教者にも、また彼ら自身の十字架にも見えた。しかしこうした鮮烈なイメージは、ただの見せかけにすぎなかった。数年後、私はマデイラ島で、モンタギューという大佐と親しくなった。大佐は若き陸軍下士官《ノン・コミッションド・オフィサー》だった頃、すでに破損していたモン＝ノワールで暮らし、その終焉に立ち会っている。私は彼の話を通して、人間の災厄を、日々生き直すことができた。その災厄は植物が被った惨事によって、いっそうひどいものになっていた。動物と鳥は姿を消していた。黄金の角を持つ山羊は、すでに遠い神話の中の存在になっていた。小さな驢馬のプランタンと母親のマルチーヌはどこに行ったのか？草はふたたび生え出していたが、ずっと以前から草地に彩りを添えてきた花々の数は減っていた。萌芽林や森林特有の木々がいくつか芽吹いているとはいえ、かつては樹齢百年をこえる大木が珍しくなかったこの地方で、小学生の一団を引率している人が畏敬の念をこめて七十五歳の古木を教えているのを見て、私はまた心を動かされている。

では塹壕の惨禍のほうはもっとよく感知されていたかと言えば、微妙である。軍歌になった《ラ・マドロン》〔一九一四年三月、パリのカフェ・コンセールで歌手のバックが休暇中の兵士たちの前で歌ったうた〕、誰かを殺した砲弾に彫金細工をほどこした指輪、戦時代母のやさしさ、黒いヴェールに白いひだ飾りをつけて蠱惑的な未亡人の姿に変装した、ガブリエル大通りの木陰に出没する娼婦にいたるまで、すべてが恐怖を美しく飾り立てることに寄与していた。ぬかるみ、ねばねばした土に浮かび上がる人間の死骸、どんな勇敢な仲間も越えられなかった有刺鉄線の向こうで呻いている負傷者、鼠、虱、銃剣で表からも裏からも串刺しにされて立ったまま死んでいる兵士たち。みな、休戦後、映画のなかで飽きるほど目にすることばかりだ。語りすぎれば不謹慎だと思われかねない。ただし、私たちは銃後の情報を得ていた。著名なデザイナーたちが盛んに勧めていた、あのどこか軍隊風のファッションに身を包み、かつてないほど若々しく美しかったオデットにもたらされたものだ。例の侯爵兼大佐との恋愛が、再燃していたのである。オデットはしばしば、ラトゥール・モブール大通りにある小さなアパルトマンを離れて《前線》に向かったが、いつも、なんの支障もなくそこに潜り込むことができた。生真面目で、たぶん女嫌いの下士官に呼び止められることがあっても、話の通じそうなもっと位の高い人間を必ず見つけ出した。その大胆さは、爆撃の危険から免れているわけではないこうした野営地で喜ばれた。「お友だちのL大佐に会いに来たんですの」という彼女のひと言は抗しがたいものだった。首尾よく行かない場合には、エドモン・ロスタンのロクサーヌの台詞を真似て、「愛人に会いに行くの」〔『シラノ・ド・ベルジュラック』第四幕第四場〕と言うこともあったが、これはさらに抗いようのない告白となった。しかしオデットが持ち帰ったのは、塹壕の悪臭ではなく、流行の香水と愛の香りだった。

何日か休暇を得てパリにやって来た一兵卒たちが、出回っている版画のイメージを裏切ることはなかった。色落ちし、褪色しているものの、丁寧にブラシをかけたホライゾンブルーの軍服を着て、おとなしくベンチに腰を下ろし、休暇軍人はみなそうだったが、彼らはお金がなくてもこの猶予のひと時をほぼ満足そうに受け入れていた。甘やかな空気を吸い、自分たちのために来てくれたわけではない綺麗な娘が通り過ぎるのを眺め（父は時々、ミュージックホールにでも行きなさいと言って彼らに二〇フラン硬貨を握らせていた）、美しい店のショーウインドーや花で飾られたカフェテラスに見とれていた。「戦争じゃないみたいだな」と彼らは呟いた。それは時に驚きから、ほとんど満足感から発するもので、怒りや羨みから出てきたものではけっしてなかった。こうした二面性のあるパリを描くことのできた作家はプルーストだけで、彼もおなじことを語っている。しかしシャルリュス氏という、祖先がドイツ人であるため評判が悪く、中傷されさえする登場人物の口から、戦争についての、良識ある男だけがなしうる見解を述べさせるには、その意見の理論的な出力を大きくしなければならなかった。つまり、戦争においては、毎朝宣戦布告を繰り返しているかのようにすべてが進行していくというのである。プルーストは逆に、世間一般と考えをおなじくしないことの危険性について敏感で、すでに認められた反応しか表明していない。驚くのは、人間の行動を知り尽くしているこの男が、戦争で夫を失った義理の姪の応援に駆けつけた元カフェの経営者夫婦を、熱烈な愛国者として私たちに紹介していることだ。息子たちが戦争において担っていた役の代わりを務めるのではなく、後を継いでくれていたその商売上の役割を、いま一度自分が引き受けてカウンターに立つこと。そこに喜びを見出すのも無意味ではないと言うかのように。サン＝ルーはほかのところで、《ポワリュ》〔兵士〕という俗語がホメロスの主人公の名のごとく輝かしいものとして後世に残るかのごとく語っている〔『見出された時』参照〕。いまなら、サン＝ルーはひどく驚くだろう。
プルーストはこのサン＝ルーを、良識ある教育の受けすぎだとなかば難じているのだが、一方でそのサン＝ルーがボッシュという単語を口にしたり、ドイツ皇帝を《ギヨーム》〔ヴィルヘルム二世〕と呼んだりするのを、誰も聞いたことがない。それはまた、ミシェルが慎んでいることでもあった。侮辱的な呼び方をしたり、野卑なくらい馴れ馴れしい言い方をしたところで、勝利を一歩前に進められるわけではないという、おそらくはサン＝ルーとおなじ思いに駆り立てられて。

　しかし戦時下のパリでの二年間を、ただ暗い光のもとだけで眺めるとしたら、私は誤っていることになろう。ミシェルは以前ほど勉強を見てくれなくなっていた。中学校から家庭教師がひとり雇われて、いっしょにクセノポンの『アナバシス』の仏訳に励んでいたのだが、これは戦時の公式発表とおなじくらい退屈だった。私が熱心に読んでいたのはプラトンである。もちろん、原文対訳の助けを借りてのことだ。原型、神話、不死をめぐる大議論はちんぷんかんぷんだったが、セフィーズ川のほとりのソクラテスとパイドロス、カルミデスと頬を紅潮させているリュシス〔カルミデス、リュシスともそれぞれ同題の初期対話篇に登場する少年〕が足繁く通った闘技場など、アテネの生活に関する、慎重に選ばれた――いまの私にはそれがわかる――息抜きのようなくだりには飽きることがなかった。カミーユと買いものをしたり、彼女より上手に作りたいと思いながら料理をしたりすることが、いちばん手軽な娯楽になっていた。料理はたいていがっかりする出来だった。とはいえ、父娘の不器用さは、いい勝負だった。時々、河岸沿いをふたりで歩きまわった。遊覧船に乗りたいという気持ちに負けそうになることもあった。ミシェルと私はチュイルリー宮殿の彫像の前で立ち止まり、ユリウス・カエサルやスパルタクスについて感想を言い合った。プラトンを読んだおかげで、私は数学の授業を受けることになったのだが（「幾何学を知らざる者、この門を叩くべからず」〔アカデメイアの門の入口に掲げられていたという言葉〕）、これはのちに努力して勉強し直さねばならなかった。ミシェルは不眠症に苦しんでいて、小さな薪と『時間論』から破り取ったページで熾したかぼそい火が消えるとすぐ横になっていた。ところが私たちのもとには、彼が時々回廊をうろつき、厨房の前の階段で立ち止まって、あまり大きな声で笑わないでくれないかと叫ぶのが聞こえて来た。実際、よく笑っていたのである。かつて紡績工場で働いていた小柄な女性が住み込みの小間使いになっていて、私とおなじようにモリエール好きだったのだ。ジュールダン氏〔『町人貴族』の主人公。一六七〇年の作〕とプルソニャック氏〔同題のコメディ・バレエの主人公。一六六九年の作〕が、まずい夕食や（ミシェルはなにも言わずに自分の皿を押し戻していた）、寒さや戦争を耐える支えになっていた。

クレマンソーのジャコバン派的な独裁制が、ミシェルを完全に打ちのめす結果となった。カイヨー〔ジョゼフ・マリー・オーギュスト・カイヨー。一八六三―一九四四。クレマンソー時代の蔵相で、一九一一年に首相となる〕はインテリではあったが、友人としてふさわしいとは思えないようだった。ミシェルはマタ・ハリにも会ったことがある。もっとも、彼にとってマタ・ハリとは、踊り子として食べていくには才能がなさすぎ、といってわざわざヴァンセンヌの城壁で処刑するまでもない、ひとりのオランダ人女性にすぎなかった〔マタ・ハリこと、マルガレータ・ヘールトロイダ・ツェレは、一九一七年十月十五日、敵との通牒の罪で銃殺された〕。ミシェルには、怪しげな連中と自分とを、不可解なくらい重ね合わせて見ていた節がある。ところが、ある午後、どうしても彼らに対する不快感に耐えられなくなった。最初の妻ベルトの母親である怖ろしい男爵夫人、ベルトの妹で身体の不自由なクローディーヌ、そしてあの一家の面々は、ノール県からみなで避難して来てからずっと、サン＝ヴァレリーの小さな宿で窮屈な暮らしを送っていた。ミシェルは例の、片時も失ったことのない人の良さを発揮して彼らをパリに招いていたのだが、フェルナンといっしょにオランピア劇場のマチネに行きたいというので、いっしょに出かけることにしたのだ。「いいじゃないか。これだけたくさんの人が行くんだ。午後はいい気晴らしになる。たまには人とおなじようにしてみることも必要さ」。私も参加することになった。土曜日でホールは満員だった。私たちが見たのは定番とおぼしき出しものである。道化師が自転車に乗って登場し、その自転車をだんだん分解していき、車輪ひとつになったところで、ひとまず乗ってみる。声の出ない女性歌手が不平を言っているように呻き、陽気な歌をハミングする《我らが小さな兵士》〔一九一一年に発表された行進歌〕らしきメロディーが役に立った)。最後に登場したのは、評判のスターである。青白い化粧をして、パリっ子風の歌をうたう、戦時のパイロットに扮した男性歌手。彼は銃剣を振り回しながら敵のパイロットを《撃ち落とす》冷酷無比な英雄の役を演じた。ナンジェッセ〔シャルル・ナンジェッセ、第一次世界大戦時のパイロットで、撃墜王と呼ばれる〕対リヒトホーフェンといったところだろう。

降りて来い！　お呼びだぞ！
パン！　これで一巻の終わりだ。

人々は笑い、喝采した。ミシェルはだしぬけに立ち上がり、フェルナンの肩に手を置いてなにやら釈明すると、声をあげて笑っている五、六人の客たちに礼儀正しく詫びを入れながら出て行った。私もあとから付いて行った。外では灰色っぽい雪が降りはじめていた。雪はすぐに解けてぬかるみに変わった。大通りに出ると、寒さに凍えたミシェルは、流しの辻馬車を呼び止めようとした。しかし御者はもう一日のノルマは終わったと見なして、家に帰ることしか考えていなかった。馬もおなじだったと思う。ミシェルは馬の手綱をつかみ、運賃は倍払うと御者に叫んだ。たぶん聞こえなかったのだろう、御者は馬に鞭を入れた。私たちは徒歩で帰路についた。おそらくふたりとも、もう近づけなくなっているベルリンのどこかで、つまらないごろつきがドイツの飛行家に扮し、さっきと似たような馬鹿げた冗談を飛ばしていると考えていたのだろう。けれど、こんなふうにいくら考えても慰めにならない日がある。ミシェルの手をとって私は小声で言った。

「ひどかったね」

「ひどかった」と彼は答えた。

戦争がはじまるかはじまらないかの頃、お抱えの仲買人の助言がどうも期待外れな気がしたミシェルは、モン＝ノワールの売却で得た金の大半を、自分の手で投資しようと心に決めていた。ド・マルシニィ夫人の家で、彼はふたりの実業家に会っていた。見た目があまりに粗野だから、まさか頭のなかにいかがわしい企みがあろうとは思いもしなかった。ところが、そのまさかだったのである。どちらも背が低く、太鼓腹で、仕立ての悪い派手な服を着て、いかにも田舎っぽいずんぐりした姿をパリの街にさらしている。デュガストにシャリュメというこのふたりのガスコーニュ人〔フランス南西部の地方名。ガスコーニュ人には、ほら吹きの意味もある〕は、たがいに支えあっていた。ジュリエットは彼らを仲買人として使っていたが、いつどこで雇い入れたのかはもうはっきりしない。自身はもう客を迎えていないけれど、誰でも入ることのできる夜会にふたりは顔を出していた。ミシェルにはこの手の怪しげな男たちにころりとやられてしまうところがあって、物言いがあまりに臆面もなくて冗談としか思えないようなときでも、「心の底では正直」な人たちだとつい考えてしまうのだ。山師のごとき男どもが胸を張って語る輝かしい投機話に興味を抱いたミシェルは、見せられた著名人たちの手紙も、その著名人たちの財布を管理しているという話もつゆ疑っていない。パリを離れる前、彼はあまりに漠然としていて大したことがないように見える委任状にサインをし、二つ、三つの確実だという資金運用に同意する。イギリスではその配当金を受け取っていない。戦争だからと言っておけば、たいていの事柄に説明がつくのだ。パリでは、何通かの銀行取引明細書によって、ふたりの代理人が彼にいくらかの利益をもたらしたことが証明されている。しかし、すぐに利益など出なくなってくる。かつて高値の付いていた株がいくつも急落する。「ともあれ」とデュガストは冷ややかな笑みを浮かべ、平静を保って言う。「ご自身でおやりになったロシア資本への投資ほどひどいものじゃありません。ドーヴィルのホテルにかけたのは第二抵当にすぎませんし、ホテル事業主、これはイタリア人ですが、彼は第一抵当の未納分を支払うことができずに、ひっそり国に帰りました。そこで軍隊に取られたという話です」「これほど大きな損失を誰が予知できたでしょう！」シャリュメが苦しげに叫ぶ。彼も被害を受けたのだ。新しく設立された、南西部パリ銀行なるものを通じて、しばらくのあいだは配当金が支払われる。ミシェルは他の債権者にまじって、レターヘッドに自分の名を記したままにしておく。公営質屋での取引の専門家を自称するろくでなしたちは、ダイヤモンドの買い取りでカモの目をごまかす。こんな不安定な御時世には、よい投機になるのだ。ダンタン大通りのマホガニーのデスクには、ちょっとした数の宝石が輝いている。保証書付きだ。鑑定は、とある有名な宝石商の手でなされた。彼らは大いに親切心を発揮し、犠牲者に純分検証印の押された銀の秤、ピンセット、いちばん重いもので二カラットの分銅が入っている魅力的なケースを進呈しさえした（私はまだこの小物を所有している）。ふたりの相棒は、ミシェルが指先でピンセットをそっと持ち上げ、秤皿の均衡を取ろうとしているのを見て、控えめに肘で身体をつつき合ったにちがいない。ゲームはほとんどつづかない。当時私のためにクレディ・リヨネの貸金庫に預けてあったフェルナンドのダイヤモンドと、もう見知らぬ誰かの手に渡ってしまったジュリエットの宝石の輝きがいまだ目に焼き付いているミシェルは、高価な宝石に執着するあまり判断を誤ったのだと悟る。一族お抱えの宝石商にあらためて鑑定を頼みに行くのは恥ずべきことだ。しかし彼は実行に移す。その結果、ダイヤモンドは本物だが（ごろつきどもは、文字どおりの嘘をついたわけではなかった）、細工師が宝石と見なすのを頑として拒み、カットと研磨は機械任せにするたぐいの品だった。詐欺師たちがミシェルのために買い取った価格も相当低いものだったが、その価値さえない。つまりなんの価値もない。「まあ、まちがえることもありますよ」。ミシェルは、アラゴー大通りの建物の六階にある、ほとんど家具のない彼らの事務所にどなり込む。ふたりは椅子にふんぞりかえり、チョッキの袖ぐりに両手をかけて、ミシェルの怒声を穏やかに受け入れる。私たちは茶番を演じているのだ。たとえ被った損失が甚大なものであっても。やがてこの滑稽劇は、暗澹たる出来事によって悪化するのだが、それについて私はなにも知らない。ゲームは接戦である。仲買人らとその犠牲者は腹を探り合う。このならず者たちは、ミシェルを《引っ掛けている》のだろうか？誰か彼の生活を詳しく知っている者から内々に話を聞いて（その役目をかつてジュリエットが果たしていたのか？）。私はそう思っていない。ミシェルの過去の行状がどれほどゆゆしきものであれ、それで人からゆすられるほどではない。まして、好き放題やっていてゆすりのタネをまくことさえできないような男に対してをやである。とはいえ彼らは、四年も法学を修めながら法の罠を避ける術を学びもしなかったこの男を少しずつ丸め込んでいった。操られているのが自分ひとりではなく、犠牲になっているのも自分だけではないとはっきり感じたミシェルは、もっとよく事情を知るため、やむをえず彼らのところに足を向ける。関係修復を図るため、ふたりはミシェルを昼食に招く。ミゴーという彼らの従兄が同席している。大蔵省の代行人にして、連中の言葉を信じるならば秘書でもあるこのすらりとして冷笑的な男は、大のワイン好きで、上機嫌で馬鹿話をする。他のふたりはすぐさま笑い声でそれに応える。昼食会は、《豚の面》という名のレストランで開かれた。おそらく客たちの顔に敬意を表しての命名だろう。耳元から掛けられたナプキンのせいで、豚そっくりに見えるのだ。ミゴーは、今夜は女の子の家に行くと言う。シャリュメは小用を足すために立ち上がり、長椅子の隣に座っていた女性に激しくぶつかる。帰宅するなり、ミシェルはソファーに倒れ込む。「ちんぴらだってことは、よくわかっていた。でも、食事の仕方を見て、下の下だと悟ったよ」。しかし彼は粘ついた沼にはまり込む。デュガストの素っ気ないひと言で、彼は南西部パリ銀行の破産を知らされる。ごくわずかな資産しか預けていなかったことをミシェルはとりあえず喜ぶ。山師のような実業家は、大袈裟に言えば憎しみでしか説明できないほど皮肉を込めて（しかしなぜデュガストがミシェルを憎むのか?）、真っ黒な爪でレターヘッドを強調してみせる。そこには「有限責任」という、少しも安心できない言葉が記載されている。株主たちが訴訟を起こせば、侯爵殿（伯爵と呼ばれていたミシェルは、しばらくのうちに侯爵になっていた。ちょうど最初の頃、ただのムッシューから伯爵殿になったように）のへそくりは、ぜんぶそれに当てられることになります、私たちふたりの金とおなじように ね、しかし、予審判事のところでまたお会いできるでしょう。今度は恐怖がミシェルを麻痺させる。破産したということか？　そんなことになったらあの子はどうなる、まだほんの子どもじゃないか？　一種のサディスム的な当意即妙さを発揮して、もしものときは、お子さまに警備の人間をお付けになるべきですとペテン師たちは助言する。ミシェルがこの戦時下の街路の真っ暗闇に不満を漏らすと、こんな答えが返って来る。「たしかに、もう若くもない男がこんな闇夜を歩くのは危険ですな。災いは、あっというまにやって来るものです」。他の人々が自殺の誘惑に駆られているのとおなじように、ミシェルは殺されはしないかという恐怖にとらわれている。ある晩、彼は私に告げる。イギリスからクリスティーナを呼び寄せて家事の面倒を見てもらうことにする。あいかわらず人がよくてやる気のなさそうなクリスティーナがやって来る。ミシェルは彼女に、厄介ごとを抱えていて、それで怖い思いをしているのだと説明する。

見張って欲しいのは、つまり自分のことなのだった。はじめての家に入るときは、向かいのカフェのテラス席に彼女を座らせる。ドアの前にタクシーか辻馬車を止めて奥に隠れ、メーターを回しっぱなしにして（戦時中だから、タクシーなんてめったに捕まらないのだ）自分を待たせる。カミーユが最善を尽くして守ってくれているアパルトマンに私を置いていかずに、連れて出ることもしばしばある。苦悩は、ただの妄想になる。

商談を兼ねた例の昼食会の席の、途中で断ち切られた話のなかでミシェルが覚えているのは、ペテン師どもが、いまはもう有効期限の切れている委任状を使って、ある未成年に相当な額の金を高利で貸したということだ。国際金融の大立て者である父親、小間使いの女に手を出す趣味を強く非難されている母親、そしてパパ・ママのすねを齧るだけの馬鹿息子。みなこの三人をあざわらう。ミシェルは最初、ひとが思っていたほど腹を立てていなかった。自分自身、そういう手段を使いながら、四十年にわたってがめつい母親から生活の資を巻きあげて来たからである。しかし、こんな男たちのせいで自分が高利貸しの一味になってしまったとの思いに、まだ残っていた自分自身に対する信頼は、層に沿って割られた石みたいに、粉々に砕けた。なぜなら、その未成年者モーリスは金を貸した人物の名前を知っているからだ。ミシェルに対するいっさいの責任を放棄するつもりだったのか、厄介なことになった場合には、貸し主がおなじ上流社会に属する出資者だとわかったほうが若者も安心できると考えたのか、ともかく連中が名を明かしてしまったのである。モーリスが社交界にデビューした頃に、ミシェルはその姿を何度か見かけている。S男爵にも二、三度会ったことがある。ミシェルは、自分のすぐ下の階級に降格したような気がしている。S自身で《忌まわしい話》と名付けたこの事件のおかげで、ミシェルはいきなりS男爵夫人の来訪を受けることになる。

ヒルダ・Sの世評がスキャンダラスなことを、ミシェルはむしろ好意的に見ている。というのも、男女を問わず、見かけを変えないためにあれこれ画策する偽善者たちを、彼は憎んでいたからだ。しかし、この巨漢といっていい女性の体つきが、彼に嫌悪の念を催させる。有名デザイナーが体型にあわせて型を取ったらしいドレスが、彼女を鎧のようにぴたりと包み込んでいる。著名な職人の手がけた動物の毛皮が、この冬の日の彼女に、まるで熊のような相貌を与えている。大きな男性用のフェルト帽は、その顔を意図的に隠しているように見える。そこまでたどって来たところでようやく、美しく繊細な手とスペインの公爵夫人みたいな小さな足に気づかされるのだが、その小さな足が運んでいく巨大な肉の塊が、時折地にめり込んだりしているにもかかわらず、尾行されていないことを確かめるために、伝説的な十九番地のアーチ形天井の下で彼女は後ろを振り返る。しかしその日、彼女のなかで昂ぶっているのは、母親としての心である。「うちの子はいま、詐欺師まがいのお方のなかで暮らしているようでございますが、これまで以上に深入りする手助けをなさっているのは、あなた様でいらっしゃいますね？　あの子は若い娘のために、はした金をくすねたのです。だからといって、その娘に金を返せなどとは仰いませんでしょう？　あの子はひととおり世の事情に通じたあと、二十五歳で結婚する手はずになっているのでございます。他の殿方と比べて価値が劣るわけでもありませんしね。洗練された男の方にふさわしくないことについても、あなた様よりずっとよくわきまえているはずです。愚かな振る舞いをなさいました。ご自分のお金を高利貸しに預けることしかできないなら、三パーセントの戦時貸し付けにとどめておいたほうがよろしかったでしょうに」。その高利の貸し付けをしたのは、あなたもご存知の、いかがわしいふたりの実業家どもの仕業ですよ、とミシェルは責任を転嫁する。

「マダム、息子さんは私に出資金も利息も負うてはおられません。今朝方、この小さな覚え書きを記しました。すべてこれで免除されています。お返しになれるだけの額を、いつかお返しくだされればよいのです」

「わたくしが生きているあいだにはないことでしょうね」

「あなたは人生をあまりに愛していらっしゃる。長く生きないでいただきたいとは、とても申し上げられません」

「どうして銀行にこんな贈りものをなさるのです?」

《楽しむためです》と彼は答えたい。しかしそんな受け答えは芝居がかっている。立ち上がりながら、ヒルダ・Sは、注意深く読んだ紙切れを小さなハンドバッグに滑り込ませる。曖昧な笑みが、たるんだ頬に消えて行く。

「ともあれ、わたくし、ファン・T夫人のお宅で、何度かあなたをお見かけいたしましたわ」

砂の上で巻き乗りをしている、若い、身体のがっしりした馬の調教師の顔をミシェルは思い出す。十五年のあいだ、彼女は、やすやすと欲望を満たし、どんなに軽蔑されてもそれを乗り越えて、いま亡霊のように姿を現したのだ。

だが、玄関の敷居まで来ても、彼女は彼に手を差し出さない。ミシェルはほっとする。コールド・クリームを塗り込んだ手を握ることも、そこに接吻することも望んでいなかったからだ。外に出ると、彼女はよくそうしていたように、私たちの建物の門のあたりに運転手を置き去りにして、いつもの快楽の巣窟に出掛けて行く。丁々発止のやりとりをしたあと、かつてないほど身体がうずいていたのである。

銀行のほうもまた、贈りものをしてくれたわけではなかった。四年ほど前、モーリスに与えた前金を差し引いた、元金分の小切手が手元に返ってきただけのことだ。この小切手は銀行に送り返そう。つぎに利用することになるのはモーリスではない。金に困っている自分のために取っておくのだ。

ミシェルは友人たちに当たってみた。何年も前から、彼は社交界に出入りしていなかった。そんなものは戦争で雲散していたのだ。おまけに身のまわりの連中と来たら！ フェルナンは最低の男だった。マリーに先立たれたポールとは絶交状態にあった。彼の後妻は私の読む本にけちをつけていたくせに、サン＝フィリップ＝デュ＝ルールにいる連れ子の娘たちが私と仲よくしてしているところを見たいなどと、さかんに言ってくるようになっていた。オデットは《軍隊に》いた。ミシェルは物思わしげにセルニュッシ通りを歩きまわる。二階の窓からのぞいているのは、見慣れない新顔だ。状況はそれでもう察せられる。しかし彼は踵を返して守衛と向き合う。「旦那様と奥様は、二年以上前にここをお出になりました。ドイツ語圏スイスにいらっしゃるとお聞きしております」。この疑い深い管理人は、ドイツ語圏スイスとドイツそのものを混同しているように見える。

ミシェルの脳裏に、とうとうひとつの名前がひらめく。戦友とまではいかないけれど、少なくとも波乱に富んだ数年のあいだは援助したことのあるひとりの友人の名を。ルミール神父〔ジュール＝オギュスト・ルミール。一八五三―一九二八〕だ。ヴュー＝ベルカンの生まれで、外見はフラマン人だが、ノール県のあの田舎の住人たちがみなそうであるように、話すときはフランス語を使う（彼がフラマン語を学んだのは、ずっとのち、選挙を戦っていた時代のことだ）。神父は十七世紀人の明晰さを備えた人で、その明晰さは、へんに飾り立てた信仰心は率先して無視する厳格な姿勢によっても、すでにレオン十三世の治世ではないヴァチカン、そして地方の熱烈な信者が聖人と言うべきこの法王を執拗に攻撃しても無反応なあのヴァチカンとのいざこざによっても、議会や政治の場で用いるような紋切り型を、半生を通して可能なかぎり口にすまいとしてきたその信念によっても損なわれることがなかった。そして有権者たちにこう言い放って驚かす。「あなたがたは民主主義に生きているのではない、官僚主義のなかで生きているのだ」。一九一八年には、「現在の戦争の残虐行為に異議を唱えないのは、キリスト教にとって、自らの存在意義を放棄し、それを失うことに等しい」と述べるだろう。そう言ったうえで、神父は旧敵ドイツに課された制裁の重さは分別を欠いていると遺憾の意を示した。先駆的なエキュメニズム〔世界教会運動〕推進者であり、ノール県の英米遠征軍に同行したプロテスタントの司祭たちとも本能的に心を通わせたこの農家の息子は、大地を耕してきた人々特有の頑固なまでのゆるやかさで自分の畝をこしらえる。彼が唱えた《労働者の菜園》は、雇用者側から毛嫌いされたが、都会で働いてお金を稼いでいる人たちにいくらかでも澄んだ空気を与え、生活費の高さを食料面から支援することだけを目的としていたのではない。土に触れることによる一種のリハビリをも目指していたのである。急進左派政党に籍を置いているこの反逆者は、カンブレの大神学校で長きにわたって静かにラテン語を教えていた。ミシェルがいまアズブルック市の代議士兼市長〔ルミール神父は、一九一四年にこの市の長に選出されている〕を訪ねて握手を求めれば、市のお歴々も、政治のごたごたからいっとき逃れ、ヴェルギリウスの「牧歌」を思わせる空気を吸いに出てくるだろう。ある日、モン＝ノワールで、ノエミの使用人メラニーがわざわざお坊ちゃまの部屋に朝食を持ってきた。自分のもたらす報せがどんな影響をおよぼすのか、しかと見届けたかったからである。「今度こそ、はっきりしましたですよ！　ルミール神父が売春婦とパリに駆け落ちしたんです！」ミシェルは老小間使いに、もう二度と私の部屋に足を踏み入れるなと命ずるにとどめた。ミシェルと神父には、もう何年も顔を合わせる機会がなかった。しかしミシェルはつい先頃、神父がベネディクトゥス十五世〔在位一九一四―一九二二〕による和平案に賛意を表したことを知らないわけではない。神父は、ドイツが完全に滅びるようなことはありえず、アルザス・ロレーヌ地方は、役立つどころかいずれ危険なものになりそうな、どこか遠方の植民地との交換という形でフランスの手に戻ることが望ましいと、適切な判断を下したのである。またドレフュス事件の折にも、神父はミシェル同様、反ユダヤ主義者ではなかった。

約束の日が決まって、私たちは神父に会いに行った。彼はローモン通りに住んでいた。ここにいると、彼は田舎に帰った気がするのだ。古い街灯が灰色の壁に影を落としている通りの雰囲気を、私は覚えている。ミシェルは長いあいだ話しつづけた。途中でさえぎられることもなかった。神父はおそらく、私たちのすべての失態にはしかるべき理由があり、それが心の底に潜んでいると考えていたのだろう。神父はミシェルに、本件の解決のために、三週間の猶予をいただきたいと言った。

指定された日に、私たちはふたたび神父のもとに出かけた。クリスティーナは、下の辻馬車のなかで待っている。ミシェルはなにか罠を怖れたのではない。その界隈の通りはがらんとしていて、荒涼とした感じに見えたのである。私はほとんど本棚でしかない小さな部屋の、ガラス張りのドアの外にいた。手に取ってページをめくってみたくなるような、ラテン文学の古典が並んでいた。私は神父の話のすべてを、あるいは一部を、理解しようともせずに聞いている。金銭に関するこんな複雑な話が面白いはずもない。以下につづく話はすべて、のちにミシェルから聞かされたことである。

「そのとおり！　うすうすお感じになっておられたでしょうが、あなたが巻き込まれたことはすべて、隠蔽工作にすぎません。あの人たちは嘘で生きているのです。高くついたとはいえ、ダイヤモンドの一件は冗談みたいなもので、あなたがどの程度まで騙されるかを見極めるための試験でもありました。未成年者への貸し付け、それも高利という条件での貸し付けについては、たとえその未成年者がフランスで最も裕福な一族の者であるとしても、まちがいなく犯罪です。あなたとその若者は、犠牲者なのです。どうやら連中は、なんとしてもあなたを巻き込もうとしていたようですね。損はなさいましたが、あなたはみごとに窮地を脱した。破産した銀行なるものは、紙の上にしか存在しませんでした。S夫人もご自分の側から調査させましたが、結果はおなじです。デュガストと名乗る男は、軍への物資調達に関わる事件で詐欺罪に問われ、いま監獄に入っています。相方のほうは保護観察処分中です。信じがたいほど幸運なことに、あなたの資産の三分の二は、あの男が偽名で銀行の貸金庫に預けていました。いかがわしい取引にまた利用しようと目論んでいたわけです。その取引なるものについては、ひとまず目をつぶっておきましょう。あなたの資産は、私自身の手で《クレディ・デュ・ノール》に移しておきました。そこで取り戻すことができるでしょう」

ミシェルは動転し、感謝の言葉を述べ、ご尽力くださった御礼として少なくとも取り戻した金の一部を差しあげたいと申し出る。神父は笑みを浮かべる。

「そのお金は取っておかれなさい。いずれ必要になるでしょう。そして、今後はもっと慎重におやりなさい」

ミシェルは私を呼び寄せ、御礼を述べ、お別れの挨拶をしなさいと言った。間近で観察してみて、私は神父の姿に心を打たれた。蒼白い顔、ゆったりしたしぐさ、大きな身体に羽織っている擦り切れた法衣。それはまちがいなく、自分が他人に与えた影響など少しも気にかけたことのない人物だった。生涯を通じて、私は一点非の打ち所のない印象を与える男性に、三人会ったことがある。ルミール神父については、いま述べたことで十分だろう。二人目はベルギー王アルベール一世だった。ほんのわずか交錯したにすぎないのだが、あれは一九三〇年か一九三一年、すでに記した遺産相続をめぐる厄介ごとのため、ブリュッセルに数日滞在していたときのことだった。良い悪いはべつとして、ピランデッロの戯曲を上演しているコメディー・フランセーズのマチネに私は出かけていた。観客は、ほとんどいなかった。私はたったひとり、ロイヤルボックスの隣の桟敷席にいた。幕間に長い回廊でゆっくりしすぎた。つぎの幕のベルはもう鳴り終わっていた。ふと、私は国王が副官と話をしているのに気づいた。国王は意図せず私の行く手を塞いでいた。彼はさっと離れて二歩下がり、壁にぴたりと身を寄せると、両腕を軽く開いてわずかに頭を下げ、見知らぬ若い女性に会釈をして道を通し《レッセ・パッセ》た。それだけのことである。しかしこの控えめなしぐさは、それまでの生涯を通じて当たり前のように繰り返してきたものだった。伝統に則った、礼儀正しい黒の三つ揃いに身を包んでいるこの男性には、苦々しく耐えてきた災厄や遅すぎる勝利——本当は勝利ではなかったのだが——をやり過ごす《レッセ・パッセ》力が、勇気が、あるいは叡智が備わっている。それが感じられないとしたら、よほどの鈍感だろう。謙虚さを身にまとった顔、とダンテは言った〔『新生』第二六章〕。しかし謙虚さとは、思慮深い男なら誰しも、おのれの人生と向き合うとき採り入れる姿勢であり、衣服以上のものなのである。

　三つ目の体験も、ほぼおなじくらい短いものだった。北米、冬の夜の吹雪、森のなかの小さな駅に停まった小さな列車、白い山とくぼみで凸凹しているプラットホーム、風で吹き込み、空っぽの車両の内部にまで積もっている雪。灰白色の景色のなか、後部デッキで膝まで黒々と雪に埋もれたアフリカ人の車掌が、重い旅行鞄といくつも包みを抱えたふたりの女性をここまで引っ張りあげるのは無理だと譲らない。「私が荷物をあげましょう」と誰かが短く言った。夜のその時間、風に鞭打たれたホームに私たちといっしょにいた、唯一の旅行者だった。海軍将校を思い出させるような陰気なレインコートを着て、頭にはなにもかぶらず、ほっそりした、わりあい小柄に見えるその人のしぐさは、静かにくつろいだものに見えた。二個の重い旅行鞄とずんぐりした包みを客車の片隅の安全な場所に置くと、自分は反対側の隅に身を引き、ゆったりした上着から懐中電灯を取り出して座席の背につり下げ、本を手にして読みはじめた。ひと言も発せられなかった。礼を述べなければと私は思った。彼は完璧な礼儀正しさでそれに応え、読書をつづけた。私が目にしていたのは、四か月のあいだ、たったひとりで南極の夜と冬に対峙していた男だった。よくわからないのだが、ある日、風速計かなにかを確かめるため、例外的に危険をおかして地下の隠れ家から外に出ると、出入口のあげ板が背後で閉まり、すぐさま凍り付いて地面から動かせなくなった。彼はそれを、怪我をしている利き腕でこじ開けた。やはりひとりのときに起きた事故で傷つけていたのである。冬のあいだはずっと、そこで過ごすほかなかった。音信がないことに、あるいはあってもごく短いものであることに不安を感じて（無線電話機のハンドルを動かすにも苦痛を感じるほどだったのだ）、いちばん近い隣人たち、つまりそこから三百マイルほどのところに駐留している一行と犬たちが、ただでさえ踏破するのがむずかしい氷原をたどってなんとか彼のところまでやって来た。そして南極測量も、絶対と無限を見極めるという計画も断念させ、連れ戻そうとした。とにかくすべてを乗り越え、生き延びたあとでしか、そんな光景も現れないだろうから。海軍大将リチャード・バード〔一八八八―一九五七。アメリカの軍人、探検家。一九二六年、航空機による初の北極点到達を達成〕が、その孤独な日々の行動を克明に記録した異色の書『アローン』（一九三八）。この本は、ほとんどすべての人間が耳を貸そうとしないあの大いなる沈黙の音を、いよいよ私たちに届かせる直前で、それを放棄している。バードは専門用語を使うのが心地悪くて、不明瞭な呟きに終始しているが、ほとんど驚くに値しない。マイスター・エックハルト〔一二六〇―一三二八。中世ドイツの神秘主義者〕でさえ表現しきれなかっただろう。バードの南極日記には、逆に、なにか氷の薄暗い透明さと、雪のような無個性がある。この男にとっては、成功、キャリア、いかにもアメリカらしい覇権など目的ではなかった。それを望んだ時期があったとしても、ごく短かった。まぎれもない自分であることによって、人から嫌われるタイプだった。のちにバードが亡くなったあと、彼の仲間が、悪口に飢えたジャーナリストを前に、その回想録を熱く擁護するのを私は目にした。出会った当時、彼はマウント・デザート島の、人里離れた場所にあった自宅を捨ててべつの家に移ったばかりだったが、この家もまた、小うるさい連中にはさらに近づきにくいところにあった。私はT・E・ロレンスの謦咳に接する幸福を一度も得られなかったけれど、彼が生きているあいだにクラウズ・ヒル〔下記ボヴィントン基地に着任したロレンスが一九二三年から借りていたコテージ。二九年に購入して彼の家となった〕に足を踏み入れていたら、たぶん、この警戒心の強い男がボヴィントン基地の同僚といつもの冗談を交わし、風変わりな女性がいることにいらだちながらも、航空機のエンジンの長所短所を議論するのを耳にしたことだろう。私はしばしば思ったものだ。バードは、自分が南極を探検し、苦行者のようにそこに引きこもったことが、結局のところ、ほとんど汚れのなかったひとつの世界を服従させ、汚染することにつながっている事実を、一度でも理解していただろうかと。おなじくロレンスは、彼の時代にはすでに引き裂かれていた中東が、自身も参加した戦闘によって、一方では原油の帝国となり、他方では殺された人間と死に絶えた自由の山となって行くことを、愛する存在の喪失をめぐる彼の詩〔『知恵の七柱』の序文として掲げられた詩。彼が愛したといわれるアラビア人の少年のために書かれた〕のなかの、衝撃的な肉体とおなじくらい破壊された山となって行くことを、予見し得ていただろうか。おそらく、していなかっただろう。ともあれメイン州の、あの吹雪の夜のおかげで、私はこうした沈黙の男たちのひとりに出会う機会を得たのである。

しかしルミール神父に話を戻そう。なんのことだかよくわからないままに、私は彼に礼を述べた。神父は私の額に片方の親指を当て、十字架の印を描いた。彼にとって、私はなんだったのか？　金銭の罠にはまってひとりで抜け出せなくなっていた心やさしき男の娘？　聖女のごときマリー・ド・Sの、しかしすべてのカトリック右派にとって単なる分離教会派の一司祭にすぎない男を、たぶん毛嫌いしていたにちがいないあのマリー・ド・Sの姪っ子？　それはまさしく、アンギャンの森で、見知らぬ紳士淑女が、私をマリーの娘と勘違いした年のことだった。だが私はマリーの娘ではなかった。フェルナンドの娘でもなかった。フェルナンドはあまりに遠く、あまりに不確かで、もはやあとかたもなく忘れられていた。私はそれ以上にジャンヌの、生まれたばかりの私を見守ると約束してくれた女性の、いっさいの恨み辛みを度外視し、ひとりの女性の完璧なイメージとしてミシェルが私に示しつづけたあのジャンヌの娘だった。けれども、最後に会ってから五年の時が流れていた。顔を見たら、わかってくれるだろうか？　たぶん、私のことなども頭になかっただろう。彼女には、ふたりの息子がいたからである。

神父は足を引きずりながら（彼は関節症に苦しんでいた）、どうしても辻馬車まで私たちを送ると言い張った。ミシェルは残された資産を手にして家に帰ったら、ただちにパリを去るつもりでいた。ふたりの友は十年ほどのち、一年の間を置いて死んだ。再会することはついになかった。手紙のやりとりをしたことがあったとも私は思っていない。

錯綜した小径

開戦直後の数か月、まだ先の見えなかったこの戦争が塹壕戦と化して膠着状態に陥る前は、混乱は見られたものの、個々の活動は生き生きとしていた。エゴンとジャンヌは、これまでどおり困窮している人や病人のために少なくない時間を割いていた。彼らは不幸な人々を次から次へと見つけ出してくるのだ。ジャンヌはサンリスの近くの、あるルター派の慈善団体が支援している移動野戦病院で働いていた。かつての気まぐれな行動とすっかり縁を切ったエゴンは、重病人をパリに運んだこともあったが、途中で息絶える者もいた。こうした活動のおかげでふたりは、わずかではあれ現実との接触を失わずにいられるような気がしていたのである。

エゴンはごく早い段階で、このままでは自分も、フランスで編成されているロシアの部隊に配属されかねないことに気づいた。一週間前、召集兵の第一陣が、遠い郊外地区の兵舎に集められていた。学生、社会主義者、ロシア帝国と国境を接する地方共同体の出身者。皇帝《ツァー》のために戦う気のないことにかけて、彼らはエゴン自身と大差なかった。その一部が逃亡を試みた。作戦を担うロシアの下士官たちが彼らに発砲し、かなりの死者が出た。新聞はこの事件を報道しなかった。

エゴンとジャンヌはパリを離れ、スイスに向かった。オランダは中立国だったが、ドイツと占領下のベルギーに三方を囲まれてたどり着くのも容易ではなく、ほとんど監獄のような状態になっていた。この点、スイスは大気もずっと澄んでいるように思えたし、新聞雑誌の叫びやまやかしは、フランスのものであれドイツのものであれ、和らげられた形でしか伝わって来なかった。経済的には問題があった。モルジュ〔スイス、ヴォー州の州都。レマン湖畔に位置する〕、そしてローザンヌに短期間滞在したのち、ド・ルヴァル夫妻は、あるスイス人の友人の申し出を受け入れた。芸術品の収集家であり、音楽愛好家であり、産業界に籍を置く著名な芸術の庇護者でもあるこのオットー・ワイナーという友人が、ヴィンタートゥール〔チューリヒ州の北東にある基礎自治区〕の豪邸の隣の小さな家を貸してくれたのだ。とはいえ、ひと冬過ごしただけで彼らはうんざりしてしまった。ワイナーの取り巻きの芸術家や作家がひっきりなしに出入りすることにも、絵画、音楽、そして戦争をめぐる際限のない議論にも、やれスイスが侵略される、やれ明後日には和平が結ばれるといった、つねに正確さを欠くものの見方にも。しかし、オットー・ワイナーはエゴンのためにずいぶん力を尽くしてくれた。ピアノとコラールが相半ばするエゴンの処女作《石のざわめき》は、開戦前夜にパリで演奏され、毀誉褒貶《きよほうへん》あったにせよ、この曲によってエゴンはごく少数の重要な芸術革新者のひとりに位置づけられたのである。ワイナーはそれをバーゼルで上演させることに成功し、「芸術文化学院」に音楽解釈学のポストまで見つけてくれた。週に二時間だけ教えればよかった。エゴンは人前に出ることに対する神経症的な不安を克服し、スイス国内の大小さまざまな都市でコンサートを開いた。パリに残してきた資産はやはりワイナーの厚意でなんとか手元に届けられ、ジャンヌの父方の遺産の残りであるフローリン通貨もおなじように少しずつ戻って来た。ふたりはこの地方に、借りものではない自分たちの家を探し、最終的にゾロトゥルンの近くで、十八世紀のうらぶれた小さな一戸建てを購入した。

ゾロトゥルンはスイス諸州に赴任していたフランス大使たちの公式な居住地で、啓蒙時代の輝きがわずかに残されていた。質素な柱廊とルイ十五世様式の板張りのあるその小さな一戸建てにはいまだフランス的な優雅さが保たれ、荒れ果てた庭には公園のような雰囲気が漂っていた。アンゲルス・シレジウスやノヴァーリスの翻訳は雀の涙ほどしか売れなかった。ジャンヌはもっと生活費を稼ぐために、このふたりの男の生涯のさまざまな局面を一篇の小説に溶かし込もうと試みた。しかし才能がなかった。凡作だとして、彼女はそれを火にくべた。代わりに、グルックの陰鬱な伝記と、もうひとつシューベルトの伝記を書き上げた。音楽用語は、エゴンの助けを仰いだ。ドイツに関わることはなべて不評であったにもかかわらず、前回とおなじパリの出版社が受け入れてくれた。彼女は笑みを浮かべながら、あの二作は《いくらかお金になった》と話したものだ。とはいえ、啓蒙時代とロマン主義時代のおかげで、何ページかは現在のドイツ帝国を頭から追い払うことができた。それでもう十分だった。当時ミシェルが夢中になっていたあの寛容な『戦いを超えて』の作者ロマン・ロランから届いた手紙に、ジャンヌは大いに励まされた。

大戦の数年間、エゴンは沈黙した。それでも、ピアノ曲の習作を一揃い書き上げた。自分自身との、ときにジャンヌとの、ときに弱音器を付けたように小声で自己表現する他者の声との短い対話のようなものだったが、他者の声とは、つまるところエゴン自身の声にほかならなかった。ふたりの子どもたちは立派な学校に入れられていたが、エゴンの言葉を信じるならみごとにスイス化していて、その様子を見るかぎり、黄金色に輝く果樹園の静けさ、湿った草のなかにいつのまにか立ちこめる茸の匂い、あるいは苔の下に見つかる最後の漿果《しょうか》の饐《す》えた香りに、彼らは旺盛で快活な食欲をもって応えていた。エゴンのお気に入りだった衛兵隊最年少の弟は、ペテルブルクで起きた最初の暴動のひとつで命を落とした。その死は、大きな悲しみではなく、もうすっかり変わってしまったこの都市で過ごした美しい冬の思い出でエゴンの心を満たした。ジャンヌとふたりの息子は、ペテルブルクの劇場の祝典や、ともに過ごす日々の催しを心から楽しんでいたのだ。その頃上演されたエゴンの最初のバレエ音楽《湖畔の白馬》の軽快なギャロップは、死ではなく、説明のつかない、逆るような不死のなかに消えて行った。これらの作品は謎めいていて、しばしば矛盾もあるとはいえ、数年後には楽譜が出版されているので、将来の伝記作者にとってはひとつの鍵として役立つだろう。ただし、そうした鍵は、たいてい道を誤らせるものである。コメニウスに想を得た《世界の迷路》のほうは、いつの話になるかわからない、先の長い計画になっていた。

教師のポストは、当時まだ目新しいものだった。エゴンが教え子たちに抱く興味関心は、はじめて耳にする楽器――よいものであれ、凡庸なものであれ、悪いものであれ――に向けるのとたいして変わりなかった。バーゼルでは週に二晩過ごしていたが、そのうちひと晩を割いて、荒々しく流れるライン河のほとりをぶらつくことがあった。かつてドレスデンでエルベ河のほとりを歩いたり、パリでノートル・ダム大聖堂の隣の公園を歩いたりしたように。ときに満足のゆく出会いが、彼の心を豊かに、あるいは穏やかにした。ひとつの顔、ひとつの身体。その姿を胸にとどめながらも、とりたてて再会を望んだりはしなかった。また、どうしてもその時の自分に戻りたいと思うこともなかった。

ドイツ語圏スイスで、エゴンとジャンヌは例の慈善活動を再開し、できるかぎりのつとめを果たしていたが、以前とはその形がちがっていた。かつてジュネーヴでそうだったように、バーゼルでも行方不明者、死者、あるいは捕虜に関する情報の収集に携わっていたのは赤十字だった。語学にたけたエゴンとジャンヌは、こうした調査に一役買っていたのである。とくにジャンヌは時間をより自由に使える身だったので、一日のいくらかを費やして名簿を解読し、返事を書いていた。ある朝、彼女はオーストリア方面の名簿のなかに、フランツの名を見出した。イゾンツォ川での四度目の会戦のあと、彼は行方不明になっていた。イタリアが参戦するほんの少し前に釈放されていたフランツの身柄がオーストリア当局に委ねられていたことを、ふたりは知っていた（たがいに内緒で、ローマの捕虜収容所の所長に問い合わせていたのである）。ほぼその直後に召集されたにちがいない。今回は、名前、年齢、おそらくは偽りの家族――というのもフランツが家庭を持っていたかどうか定かではなかったからだが――の住所や部隊番号が同様に記載されていた。ジャンヌはそのリストをエゴンに見せた。胸を締めつけられるような想いを感じなくもなかった。あまりにたくさんの思い出を掻き立てはしないかと不安だったのだ。

「行方不明か……戦死か……あるいは、殺されたイタリア兵の軍服を着て、うまく隠れているか」

「フランツを貶めるようなこと、おっしゃらないで」と彼女は言った。「きっと勇敢に戦って亡くなったんだわ」

「それもありうる。その反対もね。ぼくらにとっては、どちらもおなじさ。行方不明者はほとんど死者と変わらない。少なくとも、食い意地の張った幽霊みたいに戻って来て、ドアを叩いたりしないでもらいたいね」

「わたしが心にとどめておきたいのは」と彼女は言った。「子どもたちに花のバレエを見せてくれた、あの若者の姿よ」

「ありがとう」。彼は名簿を返しながら言った。

ジャンヌはいつも、とうてい許しがたいというようなことに対しても、やさしい気持ちを見せる。この「ありがとう」は、そんな彼女への感謝の気持ちなのだと感じられた。エゴンは自分の寝室に戻ると、苦しんでいる姿を見られないよう鍵を掛けて閉じこもった。いくつもの思い出が、せめぎ合うようによみがえってくる。忘れようとしていたそのひとつを、彼はふたたび見出した。ふたりではじめてスペインに行って、自由気ままに遊び呆けたあの幸福な時代に遡る思い出を。人っ子ひとりいないアリカンテ近くの浜辺でフランツは、その言葉を信ずるなら、ひとつまみのコカインで手なずけた若いロマたちと、裸で泳いでいた。フランツがコカインを使っていることをエゴンが知ったのは、その時である。警備のために海岸沿いを行き来している監視人たちが、脱ぎ捨てられていた服を探っていた。彼らは少なくとも白い粉には精通していたのである。いざ行動を起こす段になるといつもそうだが、フランツは愚かにも、泳いで逃げようとした。突き出した岩場の、いちばん水位の低いところで捕らえられた。ロマたちはトカゲのように崖のくぼみに滑り込んで身を隠していた。エゴンがその一部始終を知ったのは、《被告人の書類》を手に入れるよう命じられた憲兵が宿にやって来たからである。派出所の奥の間のような、前夜の食事の残飯に蝿のたかっている小さな部屋でエゴンはフランツに再会した。手首を縛られ、吊されたまま殴られたフランツには、斑状の出血痕がいたるところにできていた。エゴンが周りにペセタを握らせているあいだに、彼はやっとのことで服を着直した。エゴンの質問に、ぶつぶつとぼやくような声で、肩をすくめて応えていたが、そういう受け答えの仕方が、やがて彼の習いになっていった。フランツのなかに、なにか横柄で、人間離れした巨大なかたまりが顔を出している。エゴンははじめてそう感じていた。しかしまた、人とは呼べないほど下等な神々、不潔だが聖なる者、アイギパーン〔山羊と人間の合いの子〕もいたのである。そして、嚙みついては嘗めるアヌビス〔古代エジプトの死者やミイラの神。頭はジャッカルまたは犬、体は人間で表される〕のような神も。

　この時まで、何度も落ち込んだり辛い時間を過ごしたりすることもあったとはいえ、とくにエゴンにとって、官能の喜びとは、穏やかな海の上を、あるいは心地よく揺れている海の上を漂っているに等しかった。ところが実際には、フランツと出会ってからというもの、彼は底知れぬ淵に沿って歩いていたのである。精神に深淵があるのと同様に、肉体にも深淵がある。そこで感じられるめまいと快楽と苦痛は、あえて身を沈めた者にしかわからない。エゴンがなおも快楽と呼んでいるものとそれらのあいだには、隔たりが生じていたのだ。それは夢想と錯乱、チェンバロの楽曲とゴングの嵐のあいだの隔たりとおなじくらい大きい。エゴンはスパダ伯爵の打ち明け話によって、フランツの性的な粗暴さや、隠しようのない窃盗癖と虚言癖が、昨日今日にはじまったものではないことを知った。吐き気のような身体的嫌悪感に、かくも下劣な選択をしてしまったことに対する激しい不快の念が加わる。それにしても、どこでこんな道を選んでしまったのか？　いま感じている嫌悪は、憎しみと区別のつかないことがある。これもまた、偽善と言ってもいいのではないか？　あのおぞましい友が戻って来たら、欲望より魔法に似た力にとらわれて、飛びかかったりはしないだろうか？　ひどい怪我をして、歩けないほど無残な姿で戻って来たとしたら？　わからない。あの背の高い、痩せぎすの、少し柔らかな筋肉の青年、しかし突然の怒りと熱情にとらわれて、女性のような睫の下の惑いに満ちた目をこちらに向けてくる青年を、本当に愛したのかどうかさえわからない。フランツは死んで、跡形もなくなったのだ。そう考えてはみるものの、あの薄暗い炎が永遠に消えてしまったなんて、どうしても納得できない。その晩エゴンは、庭の呼び鈴が響いても、鉄柵を開けに下へ降りて行くのをためらった――かつて自分を苦しめた男が、友人が来たのかもしれないと、まだ怖れているかのように。

　しかし、時代の不安の前では、すべてがかすんでしまう。そもそもバルト地方はさまざまな国の傘下にあったから、戦争によって引き裂かれることにはならなかった。とはいえ、タンネンベルクの戦い〔一九一四年八月十七日―九月二日〕におけるロシアの潰走は、遠縁の親族や、ジャンヌと滞在しているあいだに現地で再会した若い頃の友人知人たちを、あっという間にエゴンから奪い去った。ロシアは崩壊寸前である。上層の人間たちの無気力と腐敗ぶりは、もはや嘆くことさえできない。二年後、《フェリクス》〔フェリクス・ユスポス公。「裂け目」一六二頁参照〕がラスプーチンを殺害することになろうとも、彼にはどうでもいいことだろう。すでに見たとおり、弟を失ったのは、例外的な出来事にすぎなかった。思春期の危機のさなかで離れた家族、音楽という天職を挫こうとした家族にエゴンがつよく心を動かされたことは一度もなかったし、ジャンヌというあの自由な精神の持ち主を冷遇した彼らを、のちには憎むようにさえなっていた。しかし、西側とバルト地方との連絡が稀になるにつれ、親族たちもまた地図からほぼ消し去られ、行方不明同然になっていた。休戦後、ドイツの旅団がボルシェヴィキからヨーロッパを衛るべく、また西側で失った政治的勢力圏を東側で取り戻すべくロシアに侵攻して以来、ばちばちと雨の降る古い映画の場面さながら、すべてが混乱を来していた。地方の人々は地主である有力者たちに反旗を翻した。そのあとに起こりうる変革を怖れて態度を保留する者もいたが、数はずっと少なかった。リガでは金銭に毒されたゲルマン人の裕福な商人たちに対する民衆の憎しみが爆発し、熱に浮かされたような状態に陥ることもあった。だが、フォン・ヴィルツの義勇軍とともに、食糧の備蓄を完全に切らして腹を空かせた共産圏の前衛部隊がやって来ると、町は恐怖にかられた。この状況のなかで、どのように旅程を組むかについての情報は、ベルンの部隊にいるスウェーデン人やイギリス人の友人たちが、可能なかぎりエゴンに伝えてくれた。休戦後は、危険なバルト海を経由して興奮のるつぼと化した地域に近づくことも、以前よりは楽になっていた。ただし、彼の地ではいっさいの合法性が無化され、身の安全も保証されない。冒険が許されるのは、極秘の任務を負う人々だけだった。ときに二重スパイの役を演じ、実際にその命を負った実業家、慈善家、司祭、ジャーナリスト、そしてジャーナリストとして通っている人々だけだった。エゴンは首尾よく、ロンドンおよびスカンディナビアの国々でいくつか演奏会を開く手はずを整え、自分名義の、音楽家という肩書きを明記したスイスのパスポート（ジャンヌと彼はスイス国籍を取得したばかりだった）を含む、ありとあらゆる通行許可証とヴィザを備えて出発した。もうひとつ、偽の身分証があった。それによれば、彼は一介の、スイス人のリネン仲買人ということになっていた。赤十字の通行許可証は、場合によって役立つこともあれば妨げになることもありえた。最近、その赤十字のボランティアたちがスパイ活動を疑われ、モスクワで拘留されていたからである。ジャンヌは心配そうな顔をしていたが、驚きはしなかった。たぶん当人以上によく理解していたのだろう。エゴンは世紀の大事件の外側に留まっていることに苦しんでいた。大事件とは、彼をいつも怖がらせていた戦争のことではない。リスクを冒すこと。危険という特権を得ていること。団結心を、ときに仲間内の友愛を感じること。そのような、人間的な触れあいにもとづく一種の男性的社会を意味していた。エゴンはかろうじていらだちを抑えていた。親族に会いに、少なくとも情報を集めに行くというこの常軌を逸した計画に、ジャンヌは異を唱えなかった。しかし彼女は、たとえ死が待ち構えていても、人生の意味を考えさせるような試みにはすべて賛同しただろう。ふたりは最後の夜を、むつまじく身体を寄せ合い、涙にくれながら過ごした。ちょうど結婚の約束をする前のドレスデンでのように。ふたりの仲を危うく壊すところだった、あの醜聞のあとのローマでのように。長いひとり寝がつづいていることに、ジャンヌの官能はいまだ苦しんでいた。にもかかわらず、自尊心はもうそれにさいなまれてはいなかった。ごくふつうの、お似合いだとされる夫婦のうち、二十年共に暮らしたあとでもまだおなじベッドで寝ている夫婦が、いったいどれだけいるだろう?

「きみたち三人を残していくのはつらい。でも、万が一――」

彼女はふたりの口のあいだに指を置いた。

「あなたがいなくて、子どもたちは寂しい思いをするでしょう。でも、あの子たちにはあの子たちの人生があります。これからも自分で生きていきます。わたしは、こうしてあなたと過ごした部屋にいさえすれば、絶対ひとりだなんて気にはなりません」

こういう場面ではどんな女性でも口にするように、戻ってらしてね、とジャンヌは繰り返した。エゴンは夜明け前に出発した。何度もさよならを言わなくて済むよう、彼女はもう眠ったということにして（本当は眠っていなかった）。別れを繰り返せば、どちらも打ちひしがれてしまっただろう。とはいえ、たいていの場合、発つ者は残る者よりも活力に溢れ、希望に満ちてさえいるものだ。

数年におよぶ戦争を経て、ロンドン、コペンハーゲン、ストックホルムに再会したエゴンは、これでもう一度人生がはじまったという気がした。しかも彼の音楽は、以前よりずっとよく理解されているように思われた。自身に対する信頼感も増していた。アラン島までの船旅は長く、カレリア地方〔フィンランド南東部からロシアの北西部にかけて広がる地域〕沿岸部のポイントまでは楽観できない状態がつづいた。そのポイントから、地元の人々の厚意でこっそり船に乗り込む段取りだった。それまで疑り深そうにしていた乗客たちが親しくなり、夜は揺れるランプの灯のもとで、少なくともうわべは気楽そうにおしゃべりをしていた。島々のあいだを抜けた先に広がる海には、流氷といっしょに流されてきた機雷があちこちに浮いていた。しかし、ともに吹っ飛ぶ運命にあるからといって、誰もが誠実になるわけでもなかった。いたるところで自慢話が繰り広げられ、紋切り型がのさばっていた。それだけに黙っている者は興味を引いたが、その無言のうちに空虚が、理想に満ちた、あるいは不吉な計画が隠されているかどうかは定かではなかった。エゴンのテーブルの隣に、彼と同様リネン業界で働いているイギリス人がいて、国境を越えるための有益なアドバイスをしてくれた。しつこすぎるくらいだった。下船して泥炭層の泥に足を踏み入れると、エゴンは緑がかった春の宵闇に紛れてなんとかこの親切な助言者をまいた。はるか遠く、立ち並ぶ樹々の幹を透かして、古い農家と思われる建物の、なかば消えかかっている灯がちらりと見えた。深い闇のように危険な場所？　ならばいっそ飛び込んでしまったほうがいい。しかし扉を開けてくれたのは、何人かの年老いた女性と、すでに老いの兆しの見えるふたりの男性だった。エゴンが使った土地の方言に安堵してはくれたものの、ロシアに好意的な人々ではない。見も知らぬ男に宿を貸す気など、ほとんど持ち合わせていなかった。しかしその思いやりは、バルト人ならではのものだった。驚いたことに、敵に二度略奪され、塹壕をめぐらした防御陣地としてドイツの旅団に徴用されていた城のひとつを、――この言葉がまだ適切ならば――、ド・ルヴァル家の従兄弟のひとりが所有しているとエゴンは教えられた。いまいる場所は、国境からわずか一五キロほどしか離れていない。国境には絶えまない往来があり、食糧を補給するため、ドイツ人もしばしばこの農地にやって来る。翌朝、夜の明ける頃、エゴンはひとりの農夫にぴたりと付いて行く。ふたりは部隊に供給するパンの袋を担いでいる。食糧が詰まったこの袋には、通行許可証とおなじ価値があるのだ。農夫は口に四本の指を突っ込み、人の声など届きそうにないほど遠くに向かって、鋭い鳥の鳴き声のような音を出す。歩哨とのやりとりだった。誰だかわからない者が砲塔から一撃を発した。危うく難を逃れたあと、エゴンはコンラートに再会した。二十歳ほど年下の従弟である。もう青年といっていい年だが、生真面目で思慮深そうな子どもの顔をしている。エゴンにできるかぎりの食べものを振る舞いながら、コンラートはフランスの前衛音楽（エゴンの名声は彼のもとにまで届いていた）や文学の話ができる機会を得て陶然となっている。だが届いた報せは芳しいものではない。英国とフランスがいっさいの援護を拒んだ場合、フォン・ヴィルツ将軍のゲリラ部隊は、クールラント〔ラトヴィア西部の旧名〕から撤退するだろうというのである。リガ周辺の局地戦はまだつづいていた。コンラートはこの報告書を、学習済みの課題のように暗唱する。エゴンはすでに理解している。この青年が戦争など愛しておらず、祖国を救うなどとは夢にも思っていないことを。（だいいち、救うべき祖国がまだあるというのか？）彼が戦場にいるのは、もうひとりの実の従弟、エリックのためだった。エリックはコンラートの戦友であり、模範であり、神であり、人里離れた場所に動員されたバルト人とドイツ人合わせて三百人の男たちを率いていた。縁もゆかりもない土地に飛び込んだとばかり思っていたのに、結局は身内を訪ねていたというわけなのか？　エリックが入ってくる。コンラートやエゴンとおなじく、彼もまた金髪に青い眼の種族に属しているのだが、緊張感のあるその面立ちの眉根には、すでに有無を言わせぬ細い縦皺が一本刻まれている。横柄な口調は、命令を出すことに慣れた男のものだ。

「ここへなにをしに来た？」

「身内を助けにね。生きていればの話だが」

「というより、一か八かの賭けに出て、危ない橋を渡ろうってところだな。身内を助けるには、来るのが遅すぎたよ。きみの父親とふたりの兄貴は、使用人だった農夫たちに殺された。連中を煽っていたのは、熱狂的な赤軍派の男だ。頭は悪くない。いまはタリンで党をまとめている。きみの村の連中は、他より少し早く土地を分け合ったというわけさ」

「確かかい？」

「このいまいましい国で、なにかが確かだと言える程度にはね」

しかし会話はくつろいだものになる。どこかのサロンの入口でお決まりの挨拶が止むように、大袈裟な物言いが影をひそめる。

「ヴォイロノヴォは？」

「炎に包まれたって話だ」

エゴンはコンラートから目を逸らす。誰がこの若者を見つめても、エリックが不安に駆られるように感じられたからだ。コンラートには姉がひとりいて、家族で行き来していた頃、まだ少女だった彼女の姿を見た覚えがある。「彼女はもうここにいない」とコンラートが短く答える。食事を済ませたエリックが、そこで席を外す。エゴンは少しあとになって、その若い娘が敵方に走ったことを配下の者の口から教えられるだろう。

クラトヴィツェからの撤退は、その週のうちに遂行される。「いいかい、きみは囲い地に向かって進むんだ。フォン・ヴィルツはドルパット〔エストニアの都市タルトゥのドイツ語名〕で足止めされている自軍の残兵を救うよう指令を出した。そして、可能ならポーランド戦線を突破してドイツに戻るようにとね。この戦線が、ロシアのあらたな攻撃からワルシャワを護ろうとしている。時が経てばわかる」

出発の準備はすべて整っている。冬の寒さと餓えに苦しめられながらも、三百人の兵士たちの表情は満足げだ。環境の変化そのものがもたらす表情だった。コンラートとエリックは、最後の最後に、前世代を代表する最後のひとり、プラスコヴィ叔母と彼女の小間使い――ともにロシア生まれで、豪奢だが色あせたそれぞれの部屋に何か月もの長きにわたって幽閉され、十字を切り、祈りを捧げて過ごしていた――をその場に残して行かなければならなかった。エゴンをクラトヴィツェに連れて行ってくれた農夫が、そうせざるをえない状況になったら、年とった二羽の兎みたいに空の袋の底に隠して、おれの家に連れて行ってやると約束してくれた。出発の日の明け方、窓の開く音が聞こえた。エゴンが振り向くと、物音で目覚めたのだろう、シャツ姿の老婆がひとり、部隊が出発するのをぼんやりと眺めていた。

三日後、ムルナウ（エリックとコンラートは、まだ通り名や村の名を使っていた）のあたりにやって来ると、一行は増水した川に行き当たった。固い土地がぬかるみになっていた。

「いっしょに残るにしても、このままひとりで瓦礫の山を経めぐるにしても、危険なことにはほぼ変わりない」とエリックは言った。「ぼくらにとっては……賽は投げられたと思ってるから、もういい。でもきみは……これからソナタの一曲、オラトリオの一曲でも生み出せそうなら、道中撃たれたりするな」「神の御心のままに」エゴンはそう言ったが、ルター派の信仰心などとうに捨ててしまったことを突然思い出して、念のため付け加えた。「神がいるとしての話だけれどね」

エゴンは若い下士官に小さな馬を貸してもらっていた。代わりに歩いてくれた下士官に返すとき、エゴンはその馬をそっとひと撫でしてやった。コンラートとエリックが地に降りてエゴンを抱擁した。三人が三人とも驚いたことに、涙が頬を伝っていた。あるいは、少なくとも涙で目が潤んでいた。まるでホメロスの英雄たちの涙のように。エゴンは立ち去った。

時々、木々の根に寄りかかりながら、なかば水に沈んだ地面の上を彼は長いこと歩いた。午近く、膝まで水に浸かった草原で、ふたりの農夫に手を貸してくれと頼まれた。雌牛が泥にはまって動けなくなっているので、助けたいというのだ。手伝ってやると、礼を言われた。しかし彼が何者でどこから来たのかはどちらからも訊かれなかった。泥で汚れた、そんなちぐはぐな取り合わせの服を着ていては、どこの誰とも区別はつかなかっただろう。ひと気のない城館の片隅で拾った長靴は、足を痛めつけるばかりか水を吸っていたので、靴に入っていた身分証明書の残りといっしょに結局川に捨ててしまった。手もとに残したのはすでに水で色のあせた薄っぺらな通行証だけだ。彼はベルトに吊しておいた樹皮製の靴に喜んで履き替えた。暑かった。四月の夕暮れがゆっくり近づきつつあった。雲が蒼白い空を覆っていた。夜になる少し前、木々の列で道路から隔てられた盛り土の上で横になることにした。遠く、東のほうで、空砲が聞こえたように思った。しかし確信はなかった。すでに眠りに落ちていた。

目が覚めたとき、湿気で身体が強ばっていた。歩き出すと元気になったが、次の夜のために、もっといい場所を見つけて身を守ろうと考えた。毛皮を狙う猟師のものでも、森のなかに隠れている森林管理人のものでも、どんな掘っ立て小屋でもいい。大粒の雨が降りはじめていた。孤独、浸水した川岸をぱちぱちと叩く雨音、沈黙、敵がいないからこそ感じられる恐ろしい不安。一日が、そのなかでゆっくり過ぎていった。エゴンの羅針盤は、四分の三は霧に溺れている太陽だった。道に迷い、水に浸され、絡み合うように茂る樹々のあいだで、いちいち時間を浪費した。

下草がとても密になっているその場所にたどり着いたときには、まだ日があった。二本の古い木のあいだに寄りかかるようにして、森林管理人の小屋らしきものが建っていた。長いあいだ耳を澄ませていた。ノックしたものの返事がないので、ドアを押し開けてみた。むき出しの、薄暗くみすぼらしいその家のなかは、人間が腐敗するときの、むっとするような臭いに満ちていた。しかし幅の狭いふたつの屋根窓に照らし出された光景に、暴力の痕跡はなにもなかった。内戦による死者ではなかった。藁布団を敷いた長椅子に、年老いた男がひとり静かに横たわっていて、とても安らかな様子に見えた。貧相な毛布の上には老女がいた。なかば身体を折って、片方の脚を地面に引きずるみたいな格好をしていた。まるで、もう一度横になろうとしているうち、息絶えてしまったかのように。おそらく死の間際に、ほんの一瞬でもいいから、老いた夫になにか尽くしたいと思ったのだろう。餓死だろうか？　チフスだろうか？　やせ衰えた首の上で浮腫《むく》んだ顔には、なんの表情も浮かんでいなかった。エゴンが見つめているあいだに、大きな鼠（あるいは猫か、彼には確信がなかった）が老婆の裾から飛び出して、穴から逃げた。ドアをそっと後ろ手に閉めて外に出た。しかし、臭いはなおつきまとった。エゴンはかろうじて踵を返し、壁に取り付けられた網棚をさっと調べて、そこに残されていた、たったひとつの食べものを手に取った。ひとかけらの黒パンだった。死者たちとおなじ臭いがした。しかしクラトヴィツェから持って来ていた布の鞄のなかは空っぽだった。彼はふたたび外に出てドアを閉め、一本の木の幹に生えていた苔に、もう雨で洗われているこのパンを長いことこすりつけた。夜が来ていた。それでも寝る場所を見つけなければならなかった。家の裏手に、荒れ果てた小さな差し掛け小屋があった。藁葺きの屋根がまだ残っていて、屋根の一部は、寄りかかっているバラックの、斜めに傾いたもっと大きな屋根に覆われていた。エゴンは勢いよくそこに飛び込んだ。雨粒が頭上から滴り落ち、それが湿った藁でできたカーテンのように見えた。まだしも乾いている隅のほうで、エゴンは身体を丸めた。

真夜中近くになって、ざわめきが聞こえてきた。彼には途方もなく大きな音に思われた。近づいてくるのは、どこかの部隊の、規則正しい足音だった。兵の数を数えてみた。この狭い路を、七、八人横に広がって歩いている。計算しているうち頭が混乱してきたが、無秩序な騎兵隊を一隊加えて、総勢およそ六百人という数字に達した。機関銃手の何人かが、ぬかるみに深くはまった。彼らは足踏みした。待つのがとても怖かった。命令はロシア語でなされていたからである。また進み出した。遠ざかって行く足音が、波のざわめきのようになっていった。エリックの話によると、ロシアの師団のひとつが北上しているとのことだったが、この男たちもまたヴィルナへ通じる道に合流しようとしているらしかった。日が昇るのを待って、エゴンはふたたび出発した。

出来事は、突然起こった。部隊が立ち去った方向から、ひとりの男が、つまり赤軍の古い軍服を着たラトヴィア人兵士が、小さな馬に乗って現れたのである。馬は疲れ切って、なみ足で進んでいた。男はまちがいなく酔っていた。鞍のあたりまで身を傾けているので、いまにも落馬しそうな気がした。見知らぬ人影に気づくと、男は発砲した。最初の一発は逸れた。二発目は右の脇腹をかすめた。「酔っぱらいにしては、なかなか腕がいい」。だがそんなことを考えている暇はない。エゴンは酩酊した騎兵に飛びかかり、手首のあたりを掴んで腕を捻ると、武器を奪い取った。酔いどれ騎兵は馬から落ちて、急流の岸にある切り株に頭をぶつけた。とうにぐらついていた身体は、水のなかをのろのろと流れた。エゴンは男の顔を泥に押しつけ、身体をもっと沈めてやった。リボルバーは高く茂る雑草の下に投げ捨てた。落伍兵、あるいは脱走兵だろうか？　なにも思いつかなかった。人をひとり殺すなど造作もなく、殺されるのもまた然りであったろうということ以外には。

彼は汗をびっしょりかいている馬の手綱を取った。その道から離れるためもう少し下流に行き、流れが弱まる辺りで浅瀬を渡らせた。彼らはいま、高い木々の聳える林と、叢林のつづく風景のなかにいた。この風景はもう知っている、と彼は思った。時々、そこに隙間を空けるように草むらが広がっていた。荷車の通った痕が二本、遠くまで延びていた。いつもの重い騎兵から解放されて、馬はひと息ついていた。脚を取られないよう手綱をハーネスに取り付け、掌で前に押してやった。たちまち自由の身になった動物は、ギャロップで駆け出した。一瞬ためらったのち、迷信でも信じているかのように、エゴンはおなじ道をたどった。

記憶が徐々に確かなものになっていく。とはいえそれは、豊かな公園の周囲に、大きく円を描くように木々が植えられているヴォイロノヴォ、憎みもし、愛してもいた、幼少時の風景としてのヴォイロノヴォではなかった。ここでは気持ちがやすらぐ。すべてが心地いい。この場所を去ってあまりに長い時が経ってしまったせいか、いつ出て行って、どのくらい留守にしていたのかなど、もうどうでもよくなっていた。かつては白く塗られていた小さな木の家が、林間の空き地の奥に身をかがめるように建っていて、二輪馬車がやっと通れるくらいの小径で世界と結ばれていた。四輪馬車の事故のあと、一族の格式張った冷ややかな応対に苦しまなくてもいいように、彼はここにジャンヌを連れて来たのだ。いくらか不安定な敷居の石段に脚をかけた瞬間、彼はもう確信していた。水場がひとつあって、そこから蛙の飛び込む音を聞くのがジャンヌは好きだった。記憶を裏づけてくれたのはその水場である。落ち着いて間もない頃、天気のよい日に彼女がベンチに腰を下ろしたのもそこだった。ベンチはいまも残されていた。若い医師と熱っぽく政治を論じ合ったことを思い出す。自分はいま生きているのか、それとも夢を見ているのか。ここで恐怖を感じるなんて、ありえないことのように思える。冥界か天国にでもいるような気分なのだ。掛け金で閉じられている扉を彼は開けた。なかはかなり明るい部屋で、ほとんどなにも置かれていなかった。しかし、暖炉がどこにあるのか、言われなくてももうわかっていた。そこに古い肘掛け椅子を認めた。白髪の混じった長髪とまばらな髭に半分顔を隠された男がひとり、テーブルに肘をついて坐っていた。男は飛びあがった。

「エゴン！　エゴンじゃないか！」

男はエゴンを抱擁した。幼年時代の親友のひとり、オドンだった。森のなかの家にジャンヌが滞在したとき、夜、一家全員でカードゲームに興じたものだが、これはどうしても参加せざるをえない催しだったので、オドンはしばしば城までエゴンに付き添い、それからまたエゴンをジャンヌのもとへ連れ帰った。オドンとふたりのときは過去の愚行のあれこれを語り合ったが、村の他の少年たちが送ってくれることもあって、そういうときエゴンは、ほとんど緑のない森のなかでいっしょに昔の歌をうたい、冗談を言い、鼻息の荒かった頃の思い出をよみがえらせたものだった。とくに帰りなどは、寒さばかりでなくアルコールが頬を赤く染めることもあったが、凍てついた空気で酔いはすぐに醒めてしまった。少年たちは敷居のところでエゴンと別れた。しかし若い婦人の声に飼い慣らされたかのように、たいていはその手から余りもののお菓子やウオトカを、おずおずと受け取った。いま会ったら、ジャンヌはオドンだと認識できるだろうか？　エゴン自身、熊のようにきつく友好的な抱擁を交わすまでは、この男がオドンだとわからなかった。歳を重ね、何度も危ない橋を渡って出来あがった顔である。座り直した男は、来客のほうに白木のスツールを押し出した。しわがれた音が彼の胸から漏れ出ていた。泣いているのだとエゴンは理解した。

「ここはきみなんかのいるところじゃないだろう、馬鹿なやつだな……まあ、おかげで再会できたんだが……なにか探しに来たのか？」

彼はテーブルの、なにも載っていない表面をさっと手で撫でるようなしぐさをした。

「もうなにもないよ。みんなの頭にいちばん血がのぼっている頃、あっという間に事は起きた……きみの兄弟は好かれてなかった……きみも彼らのことが好きじゃなかったしね……お父さんのほうは、いつもベッドに寝たきりだったのに、息子たちを助けようと杖をついて出てきた……あの人は一目置かれていた、でもあとにはなにも残らない……ぼくも少しはなぐったりした。そうひどいやり方じゃなかったけれどね！　感じないくらいだったと思う……気づいたら、地面に人が倒れてた……原則として、ぼくはひとりでは動いてなかった……でなかったら、いま頃は死んでたよ」

「義姉たちは？」

「心配無用さ。女たちはなんとかやってる。リガでね。あるいはたぶん、ヘルシンキででも。城館は、明日、残骸を見せてやろう」

泥炭の火が燃えていた。オドンは片手鍋を取って、そこに牛乳を注いだ。鳴き声が聞こえていたので、どこかに雌牛がいることはもうわかっていた。彼は粥状になったものを火にかけた。準備できると、三つの小鉢を満たした。

「オルガ！」

七歳くらいの少女が、アルコーヴのようなところから出てきた。そこに階段があったから、エゴンの記憶にも残っていた。あまりに急で、ジャンヌには上ることができなかったのだ。少女は醜く、無愛想だった。オドンはこの夏に結婚したはずだと、エゴンは思い出した。

「奥さんは？」

「触れないでほしいな」

そろって食事をした。少女は大きな音を立ててむさぼるように食べ終えると、小鉢に突っ伏して眠ってしまった。オドンは彼女をまたクローゼットみたいな部屋に連れて行った。

「ここにいるより、あったかいだろうからね」

壁に立てかけられたむき出しの大きなベッドをエゴンが眺めているのを見てオドンは言った。「そう、きみたちのベッドさ。彼女が脚に包帯を巻いて、一日中横になっていたやつだよ。もう脚は引きずっていないって？　そりゃよかった。でもマットレスが盗まれてるし、下のストラップも大半は使いものにならない。だから地面に寝てる」

彼は毛布を何枚か広げた。まだ腹が満たされていないことを、エゴンは正直に打ち明けられなかった。オドンはボロ切れで包まれたボトルを一本手に取って、差し出した。エゴンは断った。

「もう飲まないのか？」

「音楽家だからね。飲むとうまく演奏できない」

「今夜演奏するわけでもなかろう。そうだ」と彼は額を叩きながら言った。「お母さんのことは、まだ聞いてないか？」

「他の人たちといっしょに殺されたんじゃないか」

「いや。村にいる。明日会える」

オドンはふたり分飲んだ。

「娘も城に連れて行こう。そのほうが家族みたいな気がしていい。釣竿も持って行かせれば、怪しまれずに済む」

「あの辺りに、危ない連中はいないのか?」

「そう頻繁には出ないよ。だって、もうなにも残ってないから」

翌朝、彼らは夜明けの霧のなかで起き出したが、森のはずれでボートを離れたとき、太陽はもう高くのぼっていた。

「オドン、きみの昔の小屋はどこだ?」

「燃やされた。ほかもみんなそうさ。きみの家に身を落ち着けたのは、ここに人が必要だったからだ。現場にというか、だいたいこの近辺にいて、蕪や馬鈴薯の世話をする者がね。土地の管理人みたいなものだな。村のための仕事だ」

以前は芝生が生えていたところを彼らは歩いていた。少女は片脚ずつ交互に飛び跳ねていた。十五分後、オドンが立ち止まった。

「あの辺だ」

「どこに埋めた?」

「そこだ」。彼は地面に脚を押しつけながら繰り返した。「ご想像のとおり、そう遠くまで引きずって行く手間はかけられていない。もちろん、身ぐるみ剝いだあとにはってことだがね」

エゴンは無意識に、案内人に目をやった。かなり立派な腕時計を巻いていたのだ。オドンは彼の視線に気づいていないようだった。

「で、あれがきみの城の残骸だ」と彼は言った。「かなりでかい石もいくつか残ってる」

なぜ風景が変わってしまったように見えたのか、エゴンは理解した。かつては城館のあった一区画が風景を二分していたのである。城館はバロック時代の、かなり重々しい、王族が住むような豪奢な建物で、ヨーロッパ北東部でよく見かけるように中間がなめらかに張り出している長い直方体だった。十八世紀には、バロック様式の丸みを帯びたバルコニーと高い窓が、古い城砦の軍事施設の代わりになっていた。おそらくそれがあらたな安全性を保証するものだったのだろう。エゴンは想い浮かべていた。台所から漂い出してくる白鳥やサギのローストの煙を、豪華な絹紋織の胴着を着ている男の太鼓腹に収まった雌鹿やノロを、きついコルセットの上で胸を破裂せんばかりに膨らませている女たちを、これらの人々が鼾をかき愛を営んでいたベッドを、尽きることのない欲望の対象を――その頃欲望の対象と言えば、侍女や召使いや近習たちを指していた――、招待客たちの衣装の競い合いを、夕食を告げる甲高いトランペットの音を、溲瓶《しびん》や簡易便所を。幾人かの、逸話を知っている祖先たちをエゴンは呼び覚ます。たとえば大叔母ドロテ・ド・ルヴァル。彼女は外交官夫人で、肌が透けて見えるようなチュニックの着こなしとダンスの腕前においてタリアン夫人〔テレーズ・カバリュス・タリアン。一七七三―一八三五〕と競い合い、神秘主義者のサークルを主催していた。国王や王子たちもそのメンバーで、夫人は彼らに影響を与えたとさえ言われている。総裁政府時代〔一七九五―一七九九〕に彼女自身の手によってフランス語で書かれた、『パンセ』という小さな本を読んだことも覚えている。「ほとんど栄光に近いもの、ほとんど愛に近いもの、そしてほとんど幸福に近いものを手にした人々がいる」。《ほとんど栄光に近いもの》？　たぶんそれがわが運命となるだろう。自分の才能を深めることも展げることもできずに死ぬとしたらなおさらだ。《ほとんど愛に近いもの》とは？　他者に対する愛ということだろうか？　自分に対する他者の愛。受け入れたすべての愛、与えられたすべての愛。最悪の場合、あるべき形をまちがえた愛しかないことになるだろう。おなじように、いまの世の粗暴さ、不潔さ、下劣さは、心のうちに幸福を存続させてはくれないだろう。残るのは喜びだ。すべてにあらがう得体の知れない喜び。たぶんドロテは、ダンスにおいて、（ジャンヌとおなじように）神秘主義において、そしてしばしば愛においてこの喜びを知っていたにちがいない。しかし思いはもっと遠く、プラハのフラッチャニの地下室で黒魔術を仕切っていたルドルフ二世〔一五五二―一六一二。神聖ローマ皇帝〕の側近のひとりにまで遡っていく。暗黒の魂、それとも炎に燃える魂？　自分の魂がどんなものか、彼は知っていただろうか。それからもっと昔の、大聖堂で寝ていた十二世紀マクデブルクのあの司教〔聖ノルヴェルト・フォン・クサンテン。一〇八〇―一一三四〕にまで……彼はひとりの聖人だった……しかしながら、この聖人は、少年十字軍を認めたのだ。神が子どもたちを守るか、天使たちの列に加えられるであろうと固く信じて……。

「あの大いなる日、つまり不幸の起きた日に、きみの母親をここまで連れて来たのは妻とぼくだ。彼女は手足をばたつかせてた、まるでみんなが自分に対して敬意を欠いているとでも言いたげにね。いま、ふたりの女性に介抱されている。ひとりはぼくの妻さ。時々、夜も自由にさせてくれる。だから、外の女と遊ぶこともある。もうひとりは、小柄な赤毛の女性でね、元気をくれる人だ」

大きいどころかむしろ小さなその家は、人でいっぱいだった。年老いた男爵夫人は、ここではミンナと呼ばれていて、不治の病におかされた二、三人の病人、そして出産したばかりの女性といっしょに中二階の床の上に寝かされていた。ミンナの長い白髪は美しかった。骨と皮だけになり、入れ歯も無くなっていたせいで、顔つきが少し変わっていた。十年も見ていなかった顔だ。

彼女はぼんやりと両眼を開けて彼を見た。そして言った。

「カール……」

兄の名だった。音楽家だからねと口にしたとき、なぜオドンが母親のことを思い出したのか、エゴンは理解した。何年も前からもう、彼女は横柄な態度で、エゴンを《音楽家》としか呼んでいなかったのだ。シーツが吐瀉物ですっかり汚れていることを若い女性に指摘すると、彼女はそれをくるくる丸めて、もう少しきれいなものを持って来た。

「ここでは布類が足りないんです。洗濯も楽ではありません」

母親はもうかつてのエゴンを思い出せないように見えた。ところが、藁布団にひざまずいている彼によく押しつけられた身体のほうは、それがエゴンだと認識しているように思われた。

「とにかく、身体を洗って、少しいい気持ちにさせてやるくらいのことはできる」

若い女性は顎でうなずき、ぬるま湯の入った盥と下着を一枚持って来た。彼はミンナがずっと着つづけている、ほつれたレースの古いブラウスのボタンをはずした。下半身に巻かれているのは、タオル一枚だけだった。その上にシーツの切れ端が掛かっていた。痩せた黄色い乳房が、まるで子どもに乳を与えて萎れてしまったみたいに垂れている。しかしミンナが乳房をふくませたことは一度もなかった。それは乳母たちに与えられた役割なのである。ざらついたこの皮膚の皺ひとつひとつを、彼はできるかぎり湿らせ、乾かしてやった。ちらりと視線を投げると、自分がそこから出てきた赤茶色の裂け目がのぞいていた。少し調子の悪い古びたハサミの助けを借りて、彼は手の爪と、すでに肉に食い込んでいる足の爪を切ってやった。小さく不満の声をあげたあと（たぶん痛がらせたのだ）、彼女はまどろみ、半睡状態でまた長男の名を繰り返す。クリスティン（そう、彼女の名はクリスティンだ。どうして思い出せなかったのだろう）が美しい白髪に櫛を入れてくれる。オドンが回廊の奥から叫ぶ。

「出発の時間だ」

ふたりは立ち上がる。二十年前、クリスティンは、一時間だけエゴンに身を任せた。苦しんでいる自分を救ってくれたことに対するお返しを、いまあらためてとでも言うかのように突然エゴンの首に両腕をまわし、愛人さながらの激しい口づけをする。今回の旅のあらゆる出来事のなかで、この熱い唇と舌ほど、エゴンをしっかり過去に結び直してくれたものはない。彼は思い出す。共に冒した危険の数々を、粗野な父親を、疑い深い（少なくとも、彼らはそう信じていた）警察を、小さな町の陋屋《ろうおく》で過ごした狂おしい夜を。彼はそこで、堕胎施術師の女が彼女を返してくれるのを待っていたのだ。まだ出血の怖れがあるとはいえ、男に孕まされたものから解放され、真っ青な顔をしている彼女を、もしくは死んでしまった彼女のどちらかを。抱き合っているのは彼らではなく、彼らの若い日々である。

「一刻も早く逃げるんだ。きみは大勢の人に見られすぎた。それに、きみが誰なのか知っている者が多すぎる。さあ」とオドンは彼に言った。

あばら屋のすぐ近くでオドンは立ち止まり、畳んだまま腕に持っていたぼろ着をエゴンに手渡す。その薄汚れた、彼自身のジャケットよりも破れの目立つぼろ着は、赤軍の軍服の上着だった。もしくは上着だったものだ。

「明日、これに袖を通すんだ。みんなとおなじ恰好にしなければならない……幸いこいつはかなり大きめのサイズだ。今度は途中で男たちの姿を見かけるだろう。軽傷兵、恢復期の病人、畑で働くためにうまいこと戻って来た連中、そしてぐうたらな兵士たち。やつらとおなじように、きみはぼろをまとった男になるってわけさ」

ふたりは黙って横になった。真夜中、オドンが肘をついて身を起こした。

「眠ってるかい？　言っておかなくちゃならないことがあるんだ。きみの母親は、ブラウスの下に宝石の類が入った小さな袋を隠し持っていた。言うなれば、その宝石をぼくに預けたのさ……それから、数週間前、立派な銀食器を安全な場所に置いた。きみの曾祖父の兄弟が持っていた食器だ、当時の皇后も気に入っていたとかいうね……ここがもっと平和になって、きみが戻って来たら分け合おう。明日発つときは、金メッキのスプーンを持って行ってくれ……」

エゴンは夢を見ているような気持ちで礼を述べた。預けた……安全な場所に置いた……彼はふたたび、地に倒れた老人と、仲間の眼を気にして暴力をふるっているもう一方の男を想い浮かべた。彼の母親は運ばれたというより、引きずられて来たのだ。そんなことは、なにも考えないほうがよかった。

翌朝、まだ早いうちにエゴンの準備は整った。ふたりは再会したときよりいくらか熱意を欠く抱擁をした。出発を見届けるだけで十分なはずなのに、オドンは友人のために危険を冒してくれていた。このよきサマリア人も、以前は必ずしもよき人ではなかった。とはいえ、幼い頃のオドンのままだった。共に森で遊び、伐採された木の幹に乗って川の真ん中を漂い、暑いときには小さな服を木々の枝に吊して、草の生えた斜面を裸で転がったり、蚊を散らすために盗んできた煙草をふかしたりした少年のままだった。森林管理人たるオドンに、ひとつのアイデアが浮かんだ。彼は言った。

「待ってくれ」

そして壁から、明らかにそこで作られたバラライカを取り外した。

「みんなとおなじように、南へ向かうんだ。話しかけられたら、なにか演奏してやるといい。下手に喋るよりずっと安全だ」

「弾き方がわからない」。農民たちの楽器を指差しながら、エゴンは言った。

「音楽家だろ、なんとかなるさ。ここから十五ヴェルスタ〔約十六キロ〕行ったところに、クワスを売ってる酒場と、水を飲むだけの金しかない連中のための井戸がある。そこで休む。安全な場所だ。とにかく急がないように。南のほうでは大変なことになるぞ。むしろ何日かのあいだは姿を隠せ。身分証明書の提示を求められたら、酔っぱらって失くしたと言うんだ」

エゴンはもう、草に覆われた田舎道をたどっていた。ところどころに泥濘があり、水たまりができていた。彼は後ろに付いてくるグループからも、先んじているグループからも相手にされていなかった。将校たちが二度、馬に乗って通り過ぎたが、彼らは周囲を見渡すこともなく、仲間たちに聞こえるように、話すというより大声で叫んでいた。空気は重かった。十五ヴェルスタ進むのに丸一日かかった。オドンがじつに細かく指示してくれていた掘っ立て小屋からさほど離れていない土手の上に、エゴンは腰を下ろした。これは有益な忠告なのか、それとも罠なのか？　草の上で何人かの男たちが休んでいた。そのうちの誰かが、不意に声を掛けてきた。応える代わりに、彼は例のバラライカを掻き鳴らした。ためらいながらも、彼の指は子どもの頃に聞いた村の歌をいくつか探り当てた。時々、そのリフレーンに、周りの連中が口を閉じたままハミングのような声で和してくれた。音楽には踊りがつきものだ。踊っている者もいた。突然、声がした。

「なにか党のための曲はないのか？」

エゴンは《インターナショナル》の曲を知っていたが、歌詞を知らなかった。いくらか引きずるようなメロディーが長くつづいた。

「旧い友人のことも、もうわからなくなったのか？」

背後から肩を叩く者があった。エゴンは喜びの声をあげた。エリー・グレコフだった。赤軍将校の軍服を立派に着こなしている。彼はジャンヌの治療をしてくれた若い医師で、夫婦ともに親しくなったのだ。

ふたりは吐き気がするくらい濃厚に、また、この世に自分たちしかいないかのようにくつろいだ気分で、ロシア風のキスを交わした。エゴンが話そうとするのをエリーが制した。

「昨日、クリスティンの家でオドンに会って、ことの次第を聞かされた。片付けておかなければならない用事があって、出られたのはようやく一時間前さ。きみはなんとしてもここを抜け出すんだ。ぼくが最後まで付き添う」

彼は土手からオートバイを下ろさせた。走り出した。エゴンは、友人の胸を両腕できつく締め付けるようにしがみついていた。道路の凸凹に抗うためではあったが、その身体から力が発せられていたためでもあった。

「乗り換え駅で、南部行きの列車に乗る。我々の部隊はワルシャワを包囲するのを諦めて、ヴィリニュス〔リトアニアの首都。一九二〇年、ポーランド軍に侵攻された〕を離れた。さし当たって攻勢に出たのは、フランス軍とポーランド軍だ。知ってたかい？　報せはすぐに伝わるからね」

「知ってる。しかし農民たちはとても口が固い」

「ぼくは上司の命でリガへ派遣されて、ある計画の交渉をしていたんだが、うまくいかなかった。しかし、奪ったり奪い返したりが、ああまで頻繁に繰り返されるのを見てると、リガはまだどこかの誰かに属している都市なのかと思うくらいさ」

「赤軍の勝利を信じてるのか？」

「あるいは彼らの敗北をね。それが聖なるロシアであれ赤いロシアであれ、大したことじゃない。ただ、ぼくはロシア人だ。リトアニア人でもエストニア人でもクールラント人でも、バルト地方の男爵でもない。それに、軍服を着ていても医者の仕事をつづけているかぎりは……。ところで、ジャンヌは元気かい？」

「元気だ。ぼくの過ちのせいで、いま頃、不安のあまり病気になってるだろうけれどね」

「それはぼくらが生きてる、この時代の過ちのせいさ。いまも彼女は美しいかい？　そうだろ？　まだ愛してるのか？」

「愛してる……ただ……」

「わかった……察するよ。苦しまないことだ。人は愛せるようにしか、そして愛せるかぎりにおいてしか愛せない。あのあと、子どもは？」

「こんなご時世なんだ、ふたりで十分だと思わないか？」

「思うね。だからぼくは、結婚しなかった」

ぎりぎりまで道を開けてくれない集団をいくつもかき分けながら、彼らは黙ってバイクを走らせ、恐怖にかられた若鶏のように何度も道路を横切った。

「エリー、昨日の晩、オドンはきみにぼくのことを話した。これは売り渡したってことなのか、厄介ごとから救い出すために、きみを頼ったってことなのか、どちらだと思う？」

「どっちもだね。あいつは、ぼくらから自分の身を守ろうとしたんだ。同時に、きみを救いたくもあった。あまり追い詰めるな。きみがこの国で過ごしたのはせいぜい三週間だろ。三年におよぶ革命がどんなものか、わかっちゃいないんだ。ぼくはリガが失われ、取り戻され、また失われるさまを目の当たりにしてきた。旧秩序に属するのは、大銀行家とドイツ流儀の大金持ちの悪徳商人。これが最も忌まわしい連中だ。九つの通りで戦いを起こしたのは、鼠の穴みたいなねぐらから出てきた虱だらけの悪党ども、万人を裏切る者、そして、こういうごろつきを手中に収めることも殴りかかることもできない、安っぽい理想主義者たちだ。いちばんひどかったのは女たちさ。とくに売春婦はね。なかでもたくましい女たちは、新しいイブニング・ラップでも羽織るみたいに、ぼろの軍服で変装して現れた。わかるかい、それがやつらを、つまりあの腹の膨れた、入れ歯も金で眼鏡も金縁、キュンメル〔キャラウェイから作られたリキュール〕の酒臭い息を吐く連中をげんなりさせたのさ。もう何年も、女たちはそういうものを我慢してきたんだ。それからぼくらの厳しい秩序の出番になる。それについては、もうこれ以上なにも言わない。我らがコサック人の騎兵たちは、骨と皮ばかりの馬の上で飢え死にしそうになって、誰かれかまわず殴った。見せしめに、一ダースの娘たちを銃殺した。ぽってりした小柄な娘がスカートを高くまくり上げて、臍から下を叩かれていたのを覚えてる。まさに殉教者さ。きみのことがとても好きだから、バルト人のお歴々たちを悪く言うのは止めておこう。でも見ただろ、きみのところの農夫たちがシャンパンに酔いしれて、焼き払われた猫の額ほどの土地のために、我が身を剝ぐような……それに、きみたちのよき友人、みなの救い主、西部の塹壕で腕を磨きながら幸運にもずらかったフォン・ヴィルツの旅団をね……でも、どうしろっていうんだ。ポーランド人が攻撃を再開してからっていうもの……まったく、地に突っ伏して泣きたくなるよ……」

　道路が広くなり、果てしない空が顔を出した。多くの木々が伐られていたのだ。乗り換え駅に到着した。その隣に風の吹き込まない屋根付きの倉庫があった。すでに人ではち切れんばかりの列車に、また人が襲いかかっていた。エリーは自分のバイクを年老いた保線員に預けた。老人はすぐそれを、ずらりと並べられた空のドラム缶の裏の、ランプのある一角に鎖でつないだ。

「いい人だよ。ぼくがいないときは、自分が乗る。だから、ただで面倒見てくれる」

　連結された他の車両が、その場でぎしぎし軋みながら動いていた。

「なかにいるやつら、定期市にでも行くみたいだな。肘や膝で押し合いへし合いして」

「市じゃない。ヴィリニュスに行くんだ」

「ヴィリニュスは陥落したよ。ミンスクに行くのさ」

「あるいはキエフにね」

「死に場所がどこになるか、そんなに気になるのかい?」

「乗るんだ、エゴン。戦前の車両をつないだ列車だから、いつだって定員オーバーだ(おい、通してくれ給え!)芋虫の列みたいに、止まってはまた動き出す。車輪が外れ、枕木が折れ、レールが緩み、線路の上にはまるで偶然のように薪が落ちているって段取りだ。修理して再出発するまでのあいだ、男たちは列車を降りてお腹と膀胱を楽にし、ブルーベリーの実を摘むか、生の茸を齧る。ぼくらは後部デッキの端まで行く。きみもおなじようにやるんだ。ランタンの下の、ちょうど真ん中あたりの場所で手すりにしがみつくこと。なにがあっても手を離すんじゃない……ひどく揺れるけれど、風は抜けるから気持ちはいい。偶発的な停車はある。でも、それは勘定に入れるな。三七五キロ地点の、三度目の停車を忘れないように。ぼくといっしょに、速度が落ちるのを待つんだ」

ラトヴィア人兵士らしき男が、エリーにもたれかかって動かない。ロシア語の会話を聴き取ろうとしているようだった。

「あまり身体を押しつけないでくれないか。それから吸いさしは捨ててくれたまえ。健康によくない。ぼくらには、危険な任務なんだ。本当にぶつかるようなことがあっても、こちらに倒れ込まないようにしてもらいたいね」

「堤防をやるのか? 橋か? それとも武器庫か?」詮索好きなその男が、目を輝かせて言う。

「おまえが仕事を請け負っているんじゃない」

列車は木々のあいだを走っていた。予定されていた故障による最初の停車には、時間がかからなかった。

土手の上にしばし散り散りになった男たちは、紫色の手をしてまた乗り込んできた。停止しているあいだ、先頭車両から、叫ぶような大声の会話の断片と、罵り合いと、時々バラライカのようなざわめきが聞こえてきた。エゴンはそれを耳にして、道中で捨ててしまった楽器のことを思い出した。エリーの手が彼の肘を摑んだ。星々がこんなに大きく見えたことはかつてなかった。

「速度が落ちている。つぎの停車で飛び降りよう。でも、そっとだ。他の何人かが地面に降りる。そのあとに飛ぶんだ。あまり急いで逃げるような感じは出さないようにな」

ふたりは飛び降りた。長い停車になりそうだった。落伍兵の集団が丸ごと輸送車両を待っていた。野生の果実の愛好家と、茸をむさぼり食う者たちが土手の上に散っている。エリーとエゴンは慌てずに左側の土手をよじ登った。数歩進むと、もう低木の林が姿を隠してくれた。できるだけ音を立てないように歩いていた。エリーが先に歩き、棘のある藪のなかで手を取ってエゴンを導いた。

「蝮の仲間を刺激しないよう、とくに気を付けてくれ。いまの季節、枝に巻き付いて愛を営んでるからね。狼たちは腹を空かせていないかぎり人を襲わない。熊はめったにいない。猪の巣には警戒が必要だ。雌が子どもを護っている。あまり早く進まないように。疲れ果てるぞ。頭を下げろ。まあ、ぼくらを狙ってくることはないと思うけれどね。いちばん難しいのは、まっすぐ進みつづけることだ」

「きみはもう来たことがあるのか？」

「一度だけね。往復した。ここは隠された国境と呼ばれている。戦時だからこそ大っぴらには話せないことがあるんだ、人が思っている以上にね。あと二十分くらい行ったところに濠がある。ぼくを先に行かせてくれ。棒を一本持つんだ。ぼくも一本持つ。なにかに触れるときは、まずそいつでよく調べる。濠の反対側の斜面の荊のなかに、有刺鉄線が隠されてる。垂れ下がった枝の下に、これまでほとんど使われていない抜け道がある」

問題の二十分は、ふだんとは異なる時の流れのなかで過ぎて行った。ぽかりと口を開けた濠に落ちるのを怖れて、ふたりは足を踏み出す前に地面を手で探りつつ盲人のように前進し、底まで注意深く降りた。それからまた登った。エリーは二本の長い棒を使って抜け道の端を押し開いた。緑がかった闇のなか、先はかろうじて見える程度だった。

「身をかがめてそこを抜けたら、できるだけ遠くに飛ぶ。それからあまり深くない叢林のなかを、たっぷり十五分歩く。遠距離からきみを狙ってくるとは考えられない。殺すくらいなら捕虜にしたいと思うだろうからね。木立のある草原をずっと進んで行くと、あとは下り道だ。柵に囲まれて道路を見下ろすように建つ古い屋敷までつづいている。その屋敷にフランスとポーランドの司令部があって、攻撃の準備中だ。雑木林から出たらすぐこの懐中電灯をつけて、草すれすれに、身を低くして進む。一―三―二（彼はリズムをはっきり刻んだ）。そして、できるだけ早く上の者に伝えたいことがあるとはっきり言う。高飛車な感じでね。それでもうまくいかなかったら……」

彼はエゴンのポケットにカプセル錠をひとつ滑り込ませた。

「あまり早まって飲むなよ。ぼくは戻る。ここから先は、逆に足手まといになりかねない。障害物をうまく越えたら、低く口笛を吹いて知らせてくれ。ぼくの代わりに、ジャンヌにキスを」

ふたりの抱擁は短かった。エゴンは軽業師みたいにひと息に飛んで、斜面を転がった。彼の合図に、エリーの低い口笛が答えた。しばらくじっとして、危険を共にした相手がほとんど音も立てずに去って行くのをエゴンは耳にした。葉っぱを一杯に詰めた彼の樹皮の靴はもっと静かだった。二度立ち止まって、足の裏に刺さったささくれを引き抜いた。雑木林を抜けるとすぐ、言われたとおりの操作をした。エリーは大丈夫と請け合ってくれたが、遠距離から狙われるだろうと覚悟していた。ところが、気がつくと、どこからともなく出てきた十人ほどの男たちの一党に取り囲まれていた。銃を向けられていた。

「誰だ?」

エゴンは偽りなく話すことを選択した。

「クールラントのヴォイロノヴォから来た、エゴン・ド・ルヴァル男爵だ。司令官殿にすぐ御報告しなければならないことがある。W将軍にお目通しいただきたい」。彼はその台詞をフランス語で、お願いするというより命令しているような口調で繰り返した。伍長はもちろん、多少のフランス語を話した。

「身分証明書は?」

「そんなものを持っていたらとうに赤軍に殺されていた。なんの役にも立たなかったろう。私はロシアの輸送列車に身を潜めて来たんだ」

「男爵殿」。かつて銀行員だった伍長は、フランス語の知識を誇らしく思いながら言った。「お名前を伝えて参ります。お声が掛かるまで、しばらく時間を要するでしょう。ここで、この者どもといらっしゃれば、なにも怖れることはありません。とは申せ、わずかでも逃げるような真似をなされば、容赦はいたしません」

「ありがとう、少尉殿」エゴンは彼の階級をあげる気遣いを示しながら言った。「待てと言われるだけ、待たせていただこう」

礼儀正しく一礼をして男は遠ざかった。しかし残りの者たちが理解し、認識できたのは、ロシア赤軍のみすぼらしい上着を着込んだこの男の名前だけだったから、ロシア語か、なかば冗談めいた、なかばサディズム的な自分たちの言葉でエゴンに話しかけずにはいられなかった。そして、放浪者や敵方のスパイにいかなる拷問が待ち受けているかを詳しく説明した。エリーの愛情に満ちた献身と、別れ際に呼び覚ましてくれたジャンヌの思い出のせいで、エゴンの心はずっと昂ぶっていた。そこでは生きることと死ぬことが、ほとんど等しく受け入れられているように思われた。しかし、エリーの献身を無駄にしてはならない。

ずいぶん経ってから、通信係がふたたび現れた。その表情は、秤がよいほうに傾いたことを示していた。敬意が彼を突き動かしていた。ふたりの将軍は密談の最中だった。エゴンがまず会えるのは、せいぜいW将軍の部下のほうだろう。夢から出てきたような古いバロック様式の屋敷の周囲は、どこも木々に覆われていた。エゴンは案内役に従い、自身は他の男たちを従える格好になっていた。少尉は空っぽの部屋に部下を残し、家具や木箱で一杯になっているロココ調の小さなサロンに、自分とエゴンが入ってからドアを閉めた。まちがいなく調律の狂っている古いエラールのピアノが一台置かれていた。エゴンには、それが吉兆に思われた。大佐の軍服を着てテーブルに腰を下ろしている、知的で重々しい顔つきの男が、異郷の者をじっと見つめた。

「男爵殿、お名前はまだ口にしておられませんが、あなたがどなたか、存じあげているように思いますな」

「司令官殿、いや、レリス侯爵殿、ご紹介していただいたことは、一度もないと思われますが」

上流階級特有の優美な笑みが、その公式の顔の上に浮かんだ。

「《石のざわめき》の初日にお姿をお見かけしましたよ。演奏も聴かせていただきました。あなたの最良のパスポートは、その両の手だ」。血が出るほど引っ掻き傷のある長い指を、じっと観察しながら彼は言った。「しかし、いったいここへなにをなさりにいらっしゃったのです？　バルトの国々は保養の地ではありません」

「無謀とは知りながら、親族の跡を探ろうと思ったのです。みな、亡くなっていました。赤軍の将校をしている古い友人が、隠された国境と呼ばれている場所を通してくれたのです。彼は数週間前、交渉申し入れのために、その国境を越えたことがあります」

「エリー・グレコフかね?」手帖を見ながら侯爵は言った。

「名は明かさないと誓っておりますので」

「いいでしょう。御大（私と同い年ですが、我々は彼のことをそう呼んでおりましてね）は今夜、非常に忙しくて、明日の朝にならなければあなたにお会いできない。しかし、お許しいただけるなら、このテーブルの片隅で夕食をごいっしょしましょう」

「このぼろ着では、そのような資格などないのではないかと」

「うっかりしておりました。体裁を気になさるのなら、私の上着があります、赤軍のぼろ服よりはお似合いになるでしょう。田舎者が履くようなものですが、スリッパもあります。どうぞゆっくりなさってください。まだ片付けなければならない報告書がありますのでね」

エゴンが戻ったとき、テーブルには食事のトレーが載っていた。髭を剃り、櫛を入れ、室内用の上着を着たエゴンは、十歳若く見えた。侯爵はすかさずそれを指摘した。

「粗末な食事ですが、ワインがあれば口に入るでしょう」

侯爵はもっと暗い調子でつづけた。

「お悔やみを、まだ申し上げておりませんでしたね。哨兵として応召しておられたあなたの弟さんが、デニーキン〔アントン・デニーキン。一八七二―一九四七。ロシアの軍人〕の軍隊にいてウクライナで戦死されたことはご存じでしたか? 恐ろしい時代です。ゴータ年鑑についてはあまり詳しくないのですが……」

詳しくないどころか、彼はこの紳士録を熟知していた。技師として、相場師としてあまりに著名なこの男の悲しみのひとつは、自身の称号がシャルル十世〔一七五七―一八三六。ブルボン王朝最後のフランス国王〕までしか遡らないことだった。

「それにしても、貴族の崩壊をどうして嘆かずにいられましょう？　ところで、パリでは一階席からしかお姿をお見かけできませんでしたが、光栄にもド・ルヴァル男爵夫人にはお引き合わせをいただいております。わが魅力溢れる女友だちのオデット・Fが主催した、古典音楽演奏会シリーズの初日にご参席くださることを、承諾してくださいましてね。パリで味わった私の最後の喜びのひとつは、あの都市で最も魅力的な女性のうちのおふたりに並んで、敬意を表し得たことでした」

「オデットはジャンヌと遠縁の親戚にあたるのですが、たしかに魅力ある女性です」

「それにド・ルヴァル夫人は美そのものですよ。まさかマリア・ヴァレフスカ〔一七八六―一八一七年。ナポレオン一世の愛人として知られる〕に恋しているこの国に、自分がやって来ることになろうとは！　ポーランドの女性は退屈なのです……ところで、現金はお持ちですか？」

「一ズロチ〔ポーランド通貨〕も、一サンチームもありません」

ド・L氏はポケットからくしゃくしゃに丸まったポーランド紙幣を引っ張り出した。

「明日、我々の連絡将校といっしょに、車でワルシャワにお戻しいたしましょう。必要な通行証はすでに将校が持っております。いや、礼にはおよびません、このポーランド紙幣には、ほとんどなんの価値もないのです……しかし、いずれあなたはドイツを通過しなければならなくなる」

彼は財布からフランス紙幣の厚い束を三つ四つ、丁寧に引き出した。

「パリでお返しください。両替は、ほぼ一度で済ませることです。ドイツマルクは急落していますからね。それだけあれば、少なくともフランクフルトかミュンヘンまでは行けるでしょう。ミュンヘン、もしくはゾルトゥルンで、スイス当局があなたにパスポートを再発行してくれるはずです。そうだ！　ゾルトゥルンといえば、カザノヴァがそこで浮き名を流していましたね。しかしドイツでは、職のない若い復員兵たちをあまり寛容に扱わないでください。粗野な連中です。革命家でこそあれ、敗者でさえないんですから。ああ！　それならいっそベルリンまで出ておくべきでしたね」

「失礼」

ドアをそっと開けたのは、W将軍だった。侯爵は男爵を紹介した。

「必要なものは、みなご用意させていただいておりますか？　パリでまた、お会いしましょう。レリス、私にコーヒーを淹れてくれないかね。片付けるべき事柄がたくさんありますゆえ、男爵殿には、これで失礼させていただきますよ」

「ド・ルヴァル夫人になにとぞよろしくお伝えください」。大尉であり侯爵である男がエゴンに言った。「御大が出て行かれたのですから、未発表の曲を二小節、あるいは四小節でも、聴かせていただけませんか。我々みなの病に効果があるでしょうから」

エゴンは震える両の手を古いピアノの上に置いた。なにも弾くことはできないと思っていたのに、二つ三つの楽音が、叫びが、あるいはむしろ十字架にかけられた歌がほとばしるように出てきた。侯爵はブラヴォと称えながら出て行った。

音楽家はなかなか眠りにつけなかった。パリ。おそらく他のどこよりも人がよくものごとの本質を見抜き、理解する都市。十年近くも前の古い醜聞がそのまま受け入れられ、しかし忘れられることのない都市。

朝、車が走り出しても彼は眼を閉じていた。途中、時々停車したが、今度は戦車を通すためだった。

フランクフルトでは、鉄道員のストライキで二日間足止めされた。二日目の晩、侯爵の助言を無視して、彼は新しく復員してきたばかりの若い兵士と知り合いになった。ポメラニアにいる寡婦の母親のもとに行くより、彼はそこで職を探そうとしていた。母親は農場の仕事を再開するため、息子を頼りにしていたのである。父親は、戦死していた。

若者は食べるというよりがっついていた。廃墟と化した都市に生き残っていた貧相なホテルに、エゴンは一晩のねぐらを提供した。暑かった。ドイツ人は床に服を脱ぎ散らかして、すでに眠っていた。エゴンはベッドの端に腰を下ろし、ブロンドの、傷ひとつない若い身体を眺めていた。五、六か月におよぶ戦争も、失業の後遺症も、その身体には痕跡を残さなかったように見える。ここにいるのは、自問自答もせず苦しみもしなかったひとりの若い人間だ。ところが真夜中になって、ドイツ人は悪夢で眼を覚まし、怒りの発作に襲われ、拳で壁を叩いた。エゴンは彼をなだめたが、すでに隣室から苦情が出ていた。いっしょに外に出て、ペンキを塗り直したばかりの、しかし窓ガラスがまだ茶色い紙のテープで守られているバーへ、まがいもののコーヒーを飲みに行った。若者はそのあと、小さなグラス一杯のブランデーを注文した。このとき、巻き髪のおとなしそうな客がやって来て、小テーブルに腰を下ろした。若者は罵りの言葉を発した。

「どうしたんだ?」

「見なかったのか?」

「あの人は、きみになにもしてない」

「なにもしてないだって……忌まわしいイギリス人め。モーリスだのジュディだの、奴らが……いいかい、奴らがいなければ、ぼくらドイツ人がパリを占領していたんだ、フランス人だけが相手だったらな……あいつらはベルリンを歩く勇気さえなかった……ぼくらは敗者なんかじゃない……ちょっと待ってくれさえしたら……調理人が見つかる。皇帝にオランダでチーズを食わせておいてやれる。若い女に子を産ませられるんだ……馬鹿野郎め、奴らのせいで、ぼくらは腹を空かせて倒れることになるのさ」

エゴンは静かに立ち上がり、酒とコーヒー代を払って外に出た。青年は店のなかでわめきつづけていたが、もう誰の迷惑にもならなかった。数時間後に列車がまた動き出した。前日に送っておいた電報は、帰って来たあとようやく届いた。

註

「錯綜した小径」と題された章を書き終えることができたものの、マルグリット・ユルスナールは、『なにが？ 永遠が』を完成させるまでに到らなかった。とはいえ、もう少しで形にはなっていただろう。この企てに終止符を打つには、あと五十ページほどあれば十分だと彼女は考えていたからである。いずれにせよ、作品はほぼ完成の域に達していると彼女は見なしており、「錯綜した小径」の執筆を始める前に、あらかじめ構想していたところまでたどり着けなかった場合、そこまでの章を出版してもらいたいと考えていた。

マルグリット・ユルスナールによるプランは残されていない。しかし、欠けているページの内容について、いくつか細かい点を補足することは可能である。彼女は自身の意図を、近しい人々に好んで話していたからだ。まず、ジャンヌとミシェルの、それぞれの最期に言及すること。ふたりはほんの数年の間を置いて癌で亡くなっている。ユルスナールにとって、これは重要な出来事である。また、道々望んでいたのは、若い頃の作品、とくに『新エウリュディケ』にけりをつけることだった。結論の代わりに、彼女はむしろ簡略な仕方で、つまり全体を概観するようなと言っても変わらないのだが、父親の死につづく数年と、第二次世界大戦開戦まで、オーストリア、イタリア、そしてギリシアに滞在した折のことを語るつもりでいた。

一九八七年十一月八日、脳梗塞の発作が起きる数日前まで、激しい頭痛に苦しみながらも、ユルナールは『なにが？ 永遠が』の執筆に専心していた。この事実を少しでも知っていたら、『北の古文書』におけるあの前兆とも言える一節をどうしても思い浮かべざるをえないだろう。彼女はそこでこう断言している。「時間と体力が許すなら、私はおそらく一九一四年まで、一九三九年まで、私の手からペンが落ちる時まで書きつづけるであろう」と。

イヴォン・ベルニエ*

* イヴォン・ベルニエはケベック出身で、マルグリット・ユルスナールと親しかった。ユルスナールは遺言のなかで、ハーヴァード大学図書館に一括して寄贈されることになっている、アメリカに遺した文書類の整理を彼に委ねた。

マルグリット・ユルスナール略年譜

一九〇三年

六月八日、マルグリット・アントワネット・ジャンヌ・マリー・ジスレーヌ・クレーヌヴェルク・ド・クレイヤンクール、ブリュッセルのルイーズ大通り一九三番地のアパルトマンで誕生。父ミシェル・クレーヌヴェルク・ド・クレイヤンクール（五十歳）、母フェルナンド・ド・カルチエ・ド・マルシエンヌ（三十一歳）。ミシェルには前妻ベルトとのあいだにすでに一男がいた（ミシェル・フェルナン・マリー・ジョゼフ、十八歳）。母フェルナンドは初婚。

六月十八日、産褥熱によりフェルナンド死去。遅くとも七月のはじめ父ミシェルは赤子を連れて北フランス、バイユールに近い家族の所有地モン＝ノワールに戻る。

一九〇三―一九一一年（〇～八歳）

夏をモン＝ノワールで、冬をリール市内の持ち家で過ごす。フェルナンドの親友ジャンヌ・ド・フィーティングホフ（『なにが？　永遠が』におけるジャンヌ・ド・ルヴァル）から手紙が届き、これにより両家の交流がはじまる。

ジャンヌは旧姓ブリク、一八七五年ブリュッセル生まれ。十一歳のとき寄宿学校でフェルナンドと知り合う。ドレスデンで五歳年上のピアニスト・音楽家コンラート・ド・フィーティングホフ（『なにが？　永遠が』のエゴンにあたる）と出会い、一九〇二年二月に結婚、長男エゴン（一九〇三年生）次男アレクシス（一九〇四年生）がいた。

ミシェルとマルグリットは夏をジャンヌとその家族のいるスヘフェニンゲンで過ごす。一九〇五年もしくは一九〇六年から冬は南仏で過ごす。母方の伯母ジャンヌのいるブリュッセルにもしばしば滞在。一九〇六年、ミシェル、コメニウスの『世界の迷路』を翻訳出版。ジャンヌはこの仕事を助けた。一九〇九年から一九一一年のあいだに、パリに数度滞在。

一九一二—一九一四年（九〜十一歳）

一九〇九年の祖母ノエミの死後、ミシェル、モン＝ノワールの屋敷を売り払う。パリのダンタン大通り（現在のフランクリン・ルーズヴェルト大通り）に居住。マルグリットは家庭教師と父の手で教育される。美術館や劇場のマチネに親しみ、読書を覚える。ミシェルはオステンデに別荘を購入し夏を過ごす。

一九一四年（十一歳）

八月から九月にかけてオステンデに滞在、第一次大戦勃発。父娘はイギリスに渡航。ロンドン近郊で一年間過ごす。大英博物館、ウェストミンスター寺院などに親しむ。大英博物館でハドリアヌス帝の胸像を初めて見る。英語およびラテン語の学習を開始。

一九一五年（十二歳）

九月、戦時下のパリで家庭教師による学習。古典ギリシア語の学習を開始。イタリア語で原詩を読むことが可能になる。

一九一七—一九二二年（十四〜十九歳）

一九一七年十一月、ミシェル、病気、金銭上のトラブルおよび種々の事件に巻き込まれ、パリを去り南仏に向かう。一九一七年から一九二二年九月のあいだに、ミシェルはマントン、モンテ＝カルロ、サン・ロマンを転々とする。マルグリットは入れ替わり立ち替わりする様々な家庭教師のもと学習を継続。南仏を転々とする。父と一緒に古典作家や十九世紀の巨匠たちの作品を読む。一九一九年、ニースでラテン・古典ギリシア語のバカロレアに合格。

十六歳の時、イカロス伝説に想を得た韻文劇を創作。『キマイラの庭』という題で一九二一年ペラン社より自費出版。タゴールより賞賛の手紙を受け取り、インド留学を勧められる。一九二二年、サンソ書店より詩集『神々は死なず』を自費出版。この二冊において、著者名「マルグ・ユルスナール Marg Yourcenar」を用いた。父と考案した筆名ユルスナール Yourcenar は本姓のクレイヤンクール Crayencour の c を一つ省いたアナグラム。

一九二二—一九二六（十九〜二十三歳）

一九二一年から父系の歴史を題材とする長編小説『渦』を構想、執筆。草稿約五百ページのうち大部分は破棄。残った断片は「グレコ風に」「デューラー風に」「レンブラント風に」として一九三四年刊の『死者は馬車を導く』

を構成する三つの短篇となる。「デューラー風に」は後に『黒の過程』（一九六八）に発展する。〈世界の迷路〉最初の二巻にもこの草稿は生かされる。一九二四年ミシェルとヴィラ・アドリアーナを訪れ、『ハドリアヌス帝の回想』を構想。文学学士号を取得する計画を放棄、主としてイタリアで過ごす。この歳月は初めて書いた小説『アンナ・デラ・セルナ』（のちの『姉アンナ…』）にも生かされる。一九二二年にミラノとベローナを訪れた際、ムッソリーニの「ローマ進軍」を目撃。以後、現代史、社会主義および無政府主義、そして十九世紀ドイツおよび十九世紀イギリスの哲学・詩作品を読む。インドおよび極東の文学の翻訳に触れる。この時期刊行されたアーサー・ウェイリー訳『源氏物語』（一九二一―一九三三年刊）を二十代に読み、生涯の愛読書となる。数学の学習をこの時期自らに課す。一九二六年六月ジャンヌ・ド・フィーティングホフ、ローザンヌで死去。

一九二六―一九二九年（二十三〜二十六歳）

父ミシェル、イギリス人女性クリスティーン・ブラウン＝ハーヴェルトと三度目の結婚。数年をスイス・ロマンド地方およびドイツ語圏スイス、ドイツ、パリなどで過ごす。現代文学を読む。伝記作品『ピンダロス』を書く（出版は一九三二年、グラッセ社）。

一九二八年、評論「ヨーロッパ診断」発表。ジャンヌ・ド・フィーティングホフの追悼詩「亡きイゾルデに寄せる七つの詩」を発表（「亡き一女性に寄せる七つの詩」と改題され後年『アルキッポスの慈悲』に収録。一九二九年に発表のエッセー「ディオティマの思い出　ジャンヌ・ド・フィーティングホフ」とともに重要。ジャンヌは『アレクシス』のモニック、『新エウリュディケ』のテレーズ、『なにが？　永遠が』のジャンヌ・ド・ルヴァルなどの登場人物のモデルとなる）。

一九二七年の八月から一九二八年の九月にかけて『アレクシスあるいは空しい戦いについて』を執筆。一九二九年一月十二日、父ミシェル、ローザンヌで死去。十一月『アレクシスあるいは空しい戦いについて』をオ・サン・パレイユ社で出版。著者名はマルグ・ユルスナール。原稿に目を通した父が「これほど澄みきった物語は読んだことがない」という感想を残す。エドモン・ジャルー、ポール・モランが書評で賞賛。ジャルーとは以後交友が続いた。父の書いた草稿にマルグリットが手を加えた「初めての夜」がマルグリットの名前で「フランス評論」に掲載される（一九九三年、短篇集『青の物語』所収）。

一九二九―一九三一年（二十六～二十八歳）

パリ、ベルギー、オランダ、イタリア、中央ヨーロッパ諸国で過ごす。ベルギーにおいて母方の遺産の一部を取り戻そうとつとめる。一九三〇年は小説『新エウリュディケ』の執筆に専念。この頃、戯曲『沼地での対話』を執筆。この当時、能の仏訳（スタイニルベール・オーベルラン、松尾邦之助共訳）を愛読していたと後年想起している。この時期、グラッセ社の原稿審査員を務めていたアンドレ・フレニョーと知り合う。没になっていた原稿『ピンダロス』をフレニョーが拾い上げたことがきっかけだった。『新エウリュディケ』をグラッセ社より一九三一年に出版。「あまりに文学的な書物」で「『アレクシス』の文体の強さも統一感も持ち合わせていない」と自ら判断、以後再版されず。

一九三二―一九三三年（二十九～三十歳）

イタリアを訪れ、『夢の貨幣』執筆。『渦』の草稿から生まれた短編集『死者が馬車を導く』をグラッセ社より刊行。（「グレコ風に」「デューラー風に」「レンブラント風に」の三篇から成る）。ウィーンでしばしば過ごす。シャルル・デュ・ボスおよびオーストリアの作家ルドルフ・カスナーに出会う。カスナーには強い尊敬の念を抱いた。

一九三四―一九三八年（三十一～三十五歳）

ギリシアを中心とした歳月。冬の数か月はイタリアや中央ヨーロッパ、パリで過ごす。パリにおける住居はリヴォリ通りにあるホテル・ワグラム。ギリシアの各地についてのエッセー。一九三四年『夢の貨幣』グラッセ社で刊行（決定稿は一九五九年）。

一九三五年、コンスタンチノープルに滞在、ギリシア人の友人で詩人精神分析医のアンドレ・エンビリコスと黒海へ旅行中『火』に着手。アテネで擱筆。一九三六年『火』グラッセ社刊。「過剰なまでの表現主義」との自作評。この書物を構成する九つ短編の前後に配されたアフォリズム的短文は、当時の内面の日記から抜粋されたもの。この年、リルケを追悼する小論（生前未発表）を執筆。

一九三七年（三十四歳）

一九三七年二月、グレース・フリックと出会う。一九〇四年オハイオ州トレド生まれのこのアメリカ人女性は、彼女の生涯のパートナーおよび翻訳者となる。当時グレースはエール大学に提出する博士論文を執筆中だった。二月、シャルル・デュ・ボスに長文の書簡。カトリック入信をすすめるデュ・ボスに反対しつつ自己の思想を披瀝。ロンドンにゆき、ストック社の外国文学叢書のために『波』*The Waves* 翻訳許可をとるため、ヴァージニア・ウルフと会う。ウルフは受諾、この年 *Les Vagues* として刊行。九月、グレースにより、コネティカット州ニューヘイヴンに招かれる。ニューイングランド、アメリカ南部、ヴァージニア州、サウスカロライナ州、ジョージア州などをまわる。ジョージア州で黒人霊歌への関心が芽生える。ケベックでの短い滞在。

一九三八（三十五歳）

四月、アメリカからカプリ島に借りていた別荘ラ・カサレッラに帰る。『とどめの一撃』を構想、執筆。八月、病に倒れ、ソレントに移り、ホテル・シレーナで書き上げる（一説によれば、フェルディナン・ド・ソシュールの息子ジャック・ド・ソシュールがユルスナールの友人であり『とどめの一撃』の舞台となった一九一八年から一九一九年におけるバルト諸国の戦争について知識をあたえたという）。ガリマール社のポール・モラン監修《Renaissance de la nouvelle》叢書から『東方綺譚』出版。同年、実際にみた夢のいくつかを記述し、夢をめぐる省察を加えた書物『夢と運命』をグラッセ社より出版。

十月、パリに戻り、十二月オーストリアに発つ。スイスでの短い滞在を経た後、ウィーンの安宿で過ごす。ナチス統治下のオーストリアとユダヤ人の悲劇を目撃。

一九三九年（三十六歳）

新年をチロルのキッツビュールで迎える。バイエルン、オーストリア、続いてアテネ。ヘンリー・ジェイムズの『メイジーの知ったこと』訳了後（諸々の事情から、四七年出版）、ギリシアの詩人カヴァフィスの翻訳に専念（コンスタンディノス・ディマラスとの共訳）。一九三九年『とどめの一撃』ガリマール社から出版（「『アレクシス』の意志によって統御された調子とほとんど抽象的な文体を、さらに辛辣さを加えて再び用いた」）。

グレース・フリックの招きに応じ冬をアメリカで過ごすことに決める。八月パリに戻る。十月頃、ジュリアン・グラックとパリで会う。十一月ボルドーからアメリカに渡航。半年の滞在のつもりだったが、結果的に十一年間アメリカに留まることになる。

一九四〇年（三十七歳）

六月、社会人類学者マリノフスキーのニューヨークのアパルトマンでパリ陥落を知りともに泣く。グレースの友人たちの助力によりシカゴなどで講演旅行が実現。十月、コネティカット州、ハートフォードに住み、グレースがあらたに赴任した学校で、無償でフランス語、歴史、芸術を教える。その後、一九四二年にサラ・ローレンス大学で非常勤講師の職を得る。この時期より数年間にわたり、フロリダ、ジョージア、ヴァージニアの各州およびカナダを訪れるとともに、ニューヨークもしばしば訪れ、ブルトンやマックス・エルンスト、ジュール・ロマン、ストラヴィンスキー、イヴ・タンギーらと出会う。ロジェ・カイヨワやヴィクトリア・オカンポが編集する雑誌「フランス文学」(ブエノスアイレス刊)にエッセーを寄稿。

一九四二年(三十九歳)

夏、はじめてマウント・デザート島(モン・デゼール島)を訪れる。この時期、戯曲『エレクトラ、あるいは仮面の落下』を執筆。また黒人霊歌およびギリシア古詩の翻訳。

一九四五年(四十二歳)

マウント・デザート島で広島の原爆投下および戦争終結を知る。

一九四七年(四十四歳)

ヘンリー・ジェイムズの長編小説『メイジーの知ったこと』をラフォン社より翻訳出版。

一九四八―一九五〇年(四十五〜四十七歳)

四八年の年末、戦前ローザンヌのホテルに預けてあった数個の木箱がヨーロッパから届く。なかに一九三七年から三八年にかけて断続的に書いた『ハドリアヌス帝の回想』の第三稿が入っていた。これより『ハドリアヌス帝の回想』の執筆を再開、専心。完全に散逸していた資料をアメリカ各地の図書館や大学で再収集する。

一九五〇年(四十七歳)

グレースとマウント・デザート島に家を購入。「プティット・プレザンス」(ささやかな愉しみ)と命名。十二月『ハドリアヌス帝の回想』脱稿。

一九五一年(四十八歳)

五月、ヨーロッパに帰還。パリとスイスに滞在。ルドルフ・カスナーと再会。『ハドリアヌス帝の回想』プロン社より出版。「ほんの数人の読者のために」書いたつもりだったが、批評的にも世間的にも予期しない大成功を収める。翌年にかけてイタリア、スペインで過ごす。

一九五二年(四十九歳)

二月までパリで『ハドリアヌス帝の回想』の成功に伴

う様々な雑事をこなす（プロモーション、レセプション、インタビューなど）。旧友との再会（ロジェ・マルタン・デュガールら）および様々な交流（エルンスト・ユンガー、コレットら）。六月フェミナ・ヴァカレスコ賞受賞。七月、マウント・デザート島に戻る。『ハドリアヌス帝の回想』に対しアカデミー・フランセーズから賞。

一九五三年（五十歳）

夏から冬にかけてイギリスとスカンディナヴィアで過ごす。

一九五四―一九五五年（五十一～五十二歳）

五四年、パリ。ノール県にて『北の古文書』の、ベルギーにて『追悼のしおり』の調査活動。十月末、『エレクトラ、あるいは仮面の落下』をプロン社より出版。同作の上演が行われるが、解釈も配役も意に満たず、劇場主とのあいだに訴訟（のちに、勝訴）。『ハドリアヌス帝の回想』の英訳がアメリカで出版（訳者グレース・フリック）。五四年から五五年にかけて『トーマス・マンのユマニスムと錬金術』（評論）を執筆し発表。マンがこれを読み絶賛。後年『時、この偉大なる彫刻家』にまとめられることになるエッセー群を執筆。

一九五六年（五十三歳）

一九三四年刊行の『死者が馬車を導く』を読み直すうち、「デューラー風に」の改作を決意。後に『黒の過程』となる。またこの年『アルキッポスの慈悲』（詩集）をフリュート・アンシャンテ社より刊行。九月、オランダ滞在。ミュンスターなどを訪れる。オクターヴ・ピルメの住居のあったアコを訪れ、その経験は『追悼のしおり』に生かされる。

一九五七年（五十四歳）

カナダで講演。

一九五八年（五十五歳）

二月から六月イタリア滞在。『コンスタンディノス・カヴァフィスの批評的紹介および全詩集』をガリマール社より刊行。詩はコンスタンディノス・ディマラスとの共訳。この時期、環境問題、核問題、動物保護など現代の社会問題に強い関心を抱くようになり、数多くの運動団体に加盟する。

六月、グレース・フリック、乳癌の手術を受ける。

一九五九年（五十六歳）

前年からこの年にかけ『夢の貨幣』を改作、プロン社より刊行。

一九六〇年（五十七歳）

かつて「カイエ・デュ・シュッド」誌に掲載した「アリアドネと冒険者」をもとに十場の神聖喜劇『誰もが己のミノタウロスをもつ』を執筆。一九五九年冬から一九六〇年春にかけて、ポルトガル、スペインに滞在。

一九六一年（五十八歳）

一月エジプト旅行に向かうが、出発の翌日グレースの再手術の報を受け、中止。アメリカ南部、ヴァージニア州でグレースと過ごす。ミシシッピ河をシンシナティからニューオーリンズまで下り、黒人差別と公民権運動を目の当たりにする。黒人霊歌の翻訳を完了する。戯曲『カエサルのものはカエサルへ』を執筆。『夢の貨幣』を戯曲化したもの。六月、マサチューセッツ州スミス・カレッジより名誉博士号を受ける。

一九六二―一九六五年（五十九～六十二歳）

『検証を条件に』（エッセー集）を出版。これにより同年コンバ賞を受賞。夏、バルト海へ旅行。ソビエト連邦および、アイスランドに数日滞在。一九六四年、黒人霊歌の翻訳『深い河、暗い川』をガリマール社より出版。

三月、ポーランドに滞在。チェコスロバキアに旅行。夏、合衆国に戻り、『黒の過程』に専心。一九六五年八月に完成。

一九六五―一九六九年（六十二～六十六歳）

出版社（プロン社）と折り合いがつかず『黒の過程』の刊行が遅延。ギリシア古詩の韻文訳に従事。

一九六八年（六十五歳）

四月、ブルターニュおよびアンジュを訪れる。パリにて「五月革命」に遭遇。『黒の過程』ガリマール社より出版（以後、ユルスナールの新著はすべてガリマール刊となる）。六月、アメリカに戻る。ボールドウィンカレッジより名誉博士号を受ける。十一月、ノール県およびベルギー滞在。『黒の過程』が審査員全員の票を得てフェミナ賞を受賞。

一九六九年（六十六歳）

冬から春にかけ、南仏滞在。六月には合衆国に戻る。『ホーテンス・フレクスナーの批評的紹介および詩抄』（評論および英仏対訳による詩の翻訳）を出版。アメリカの諸都市で講演。スミスカレッジでアンドレ・ジッド生誕百周年講演。『追悼のしおり』に着手。

一九七〇年（六十七歳）
ベルギー王立フランス語フランス文学アカデミー会員として選出される。

一九七一年（六十八歳）
二月、スペイン滞在。アルヘシラス、マドリッド、ブルゴス。ベルギーでアカデミー入会演説。答辞はカルロ・ブロンヌ。続いてゼノンの故郷ブリュージュに一か月滞在。オランダ、フリースラントのテクセル島への旅行。六月、パリでレジオン・ド・ヌール勲章を授与される。夏、アメリカに戻り『追悼のしおり』を書き進む。この年よりグレース・フリックの病状が悪化し、長期旅行できず。『戯曲集』（全二巻）をガリマール社より出版。

一九七二年（六十九歳）
メイン州のコルビー大学より名誉博士号。モナコ・ピエール大公文学賞受賞。

一九七四年（七十一歳）
『追悼のしおり』刊。国民文化賞受賞。

一九七六年（七十三歳）
十一月、映画『とどめの一撃』（フォルカー・シュレンドルフ監督、フランス・西ドイツ制作）が上映される。ユルスナールはこの映画を評価しなかった。

一九七七年（七十四歳）
病後のグレース・フリックとカナダを横断し、アラスカ、ブリティッシュコロンビアを旅行。七七年『北の古文書』刊。全業績に対しアカデミー・フランセーズ大賞受賞。

一九七八年（七十五歳）
グレース・フリックの病のため、大部分をプティット・プレザンスで過ごす。植物に興味が沸く。日本語の学習に真剣に取り組む。『無名の男』の執筆開始。

一九七九年（七十六歳）
七九年、ギリシア古詩翻訳集『王冠と竪琴』刊。『無名の男』を書き継ぐ。十一月十八日、グレース・フリック死去。

一九八〇年（七十七歳）
二月、新しい旅の伴侶、ジェリー・ウィルソンを伴い、フロリダに向かう。ジェリーがテレビ番組のスタッフとしてマウント・デザート島を訪れたのが出会いであった。マイアミより船出して、カリブ諸島。この船出の数分前、アカデミー・フランセーズの会員に女性としてはじめて選出されたことを知る。夏、アカデミー入会演説の文章を作成するため、彼女がその席を襲うことになったロジェ・カイヨワの全作品を読む。九月、イギリス、十一月、コペンハーゲン。続けてアムステルダム、ハーグ、ブリュッセル。アコ再訪。ブリュージュでアカデミー入会演説の文章を仕上げる。パリへ向かう途上、故郷の町サン＝ジャン＝カペルで祝賀会。十二月パリ着。この年、『目を見開いて』（聞き手マチュー・ガレー）ルサンチュリオン社より刊行。

一九八一年（七十八歳）

一月二十二日、アカデミー・フランセーズ入会式。二月一日、パリ発。マルセイユからアルジェリアに渡り、モロッコに滞在。三月から四月にかけてスペイン、ポルトガル再訪。コルドバ、グラナダ、リスボン、シントラ。四月パリに戻り、ブリュージュ、テクセル島を巡ってから、イギリス、ソールズベリーに滞在。ストーンヘンジを何度も訪れる。五月、合衆国へ戻り、六月、ハーヴァード大学より名誉博士号。夏、プティット・プレザンスで『無名の男』完成。十月『三島あるいは空虚なヴィジョン』を刊行。サウサンプトンに渡りイギリスで過ごす。十月二十一日、パリ着。『美しい朝』を構想。十一月『姉アンナ…』を出版。ブリュージュ、アムステルダムに短い滞在。

一九八二年（七十九歳）

一月から二月、北部イタリアを通過。エジプトを一か月旅行。アレクサンドリアを訪れ、カヴァフィスの足跡を再発見。アンティノエの景勝地を訪問、ナイル河を下流域からアスワンまで遡る。紅海沿岸を巡る。ギリシアに寄り、スニオン岬を再訪。ヴェニスに短期滞在。マジュール湖を経て、黒人作家ジェイムズ・ボールドウィンのサン・ポール・ド・ヴァンスの家に滞在。アメリカ芸術文学アカデミーの会員に選出される。この時期、黒人霊歌やアメリカ南部の黒人にかんする資料を翻訳。パリに戻り、『なにが？　永遠が』を構想。故郷のモン＝ノワールに環境保全のためのささやかな保護区を開設。四月末、イギリス経由でアメリカに戻る。プレイヤード叢書『小説作品集』出版。存命中の作家がこの叢書に収録されるのは異例のことで、それ以前ではアンドレ・マルロー、ジュリアン・グリーンなど、二、三の例しかなかった。

『流れる水のように』（「姉アンナ…」「無名の男」「美しい朝」収録）刊行。夏、ジェイムズ・ボールドウィンの戯曲 *The Amen Cornar* を翻訳。九月、鉄道でカナダ旅行。サンフランシスコから横浜へ渡航。ハワイに碇泊。洋上で *The Amen Cornar* の翻訳を完了。

十月四日、横浜着。八日、大使館主催の歓迎晩餐会。来日直後より観劇に通い、とりわけ歌舞伎を愛好。当初、北海道旅行を計画していたが、中止。十月半ば、最初の国内旅行に出発。「奥の細道」ゆかりの松島、仙台、中尊寺などを巡る。二十日、東京に戻る。十月二十五日、三島由紀夫の未亡人平岡瑤子の招きで三島邸を訪問。その折、ジュン・シラギより『近代能楽集』の翻訳を提案される。十月二十六日、日仏会館で講演「空間の旅・時間の旅」（通訳岩崎力）。十月三十一日、中仙道を通り京都に向かう。十一月二日、伊勢神宮参拝。鳥羽、賢島を訪れる。十一月三日、京都着。四日頃、多田智満子が宿泊先の都ホテルを訪問。奈良を訪れ、桜井の大神神社に平岡瑤子らと参詣。再び東上し、比叡山、宇治、名古屋、浜名湖、三保、箱根、御殿場などを経て、十一月二十一日、東京着。坂東玉三郎演じる「夜叉ヶ池」を観劇。宝生能楽堂や国立劇場で観劇。再度京都へ。広島、宮島、瀬戸内海を巡る。十二月二十二日、大阪着。このとき公演中だった坂東玉三郎の楽屋を訪れる（玉三郎を訪れるのはこれが三回目だったという）。日本滞在中は岩崎力がしばしば旅に同伴しガイドや運転手などを務めた。

一九八三年（八十歳）

元旦タイに発つ。バンコク、パタヤ。バンコク・フランス会館にて講演。一月十五日、ニューデリー。ヒマラヤ麓、ベレナス。ニューデリーのフランス会館で講演。二月十九日、アテネ。流感に罹る。ナウプリオン、ミュケナイ、エピダウロスを再訪。ローマ、ポルト、マウリツィオ、サン・ポール・ド・ヴァンスを再訪、マルセイユ。三月十五日パリに戻る。ボールドウィン *The Amen Cornar* の翻訳をガリマール社より刊行。四月末、プティット・プレザンスに戻る。主に日本旅行を主題とした書物『牢獄巡回』を構想。十五篇の紀行文からなるが、そのうち十一篇が日本滞在記である。『ブルースとゴスペル』を翻訳。『時、この偉大なる彫刻家』刊行。十月五日、エラスムス賞の受賞式のためアムステルダムへ。旧友たちに再会。十一月半ば、パリでジェリー・ウィルソン制作のテレビ番組「サタデーブルース」にコメンテーターとして出演。十一月三十日、ケニアに出発。ナイロビ滞在。ツリートップとサンブルの保護区およびケニア山、ナイバシャ湖、ナクル湖を歴訪。十二月十四日、ナイロビのフランス会館で講演。同日夜、自分の乗った警察の車が運転手の不注意により交通事故、重傷を負う。五週間をナイロビの病院で過ごす。残りの冬をケニアで過ごす。ジェリー・ウィルソンとケニア人の看護士とともにツァボ公園、アンボセリ、モンバサにゆく。ナイバシャ湖、ナクル湖再訪。

一九八四年（八十一歳）

三月末、ナイロビを発ち、マルセイユでしばし過ごしたのち、ロンドン。翻訳『五つの近代能』（三島由紀夫『近代能楽集』より「卒塔婆小町」「弱法師」「綾の鼓」「葵上」「班女」。ジュン・シラギと共訳）を刊行。四月末、プティット・プレザンスに帰還。『牢獄巡回』の執筆。自作の英訳とイタリア語訳を点検。ジェリー・ウィルソンのマウント・デザート島を題材にしたドキュメント番組『幸福な島』がユルスナールの協力でこの夏に撮影。八月末から九月、重いインフルエンザにかかり、執筆の中断を余儀なくされる。十一月十一日、パリ。十一月十七日、エラスムス研究所より招待を受けアムステルダムへ。ブリュージュにもわずかに滞在。『牢獄巡回』を書き継ぐ。十一月二十五日から十二月十八日、パリ滞在。詩集『アルキッポスの慈悲』刊行。若年より書いてきた詩作品のうち残したいものを収録した。『ブルースとゴスペル』刊行。ユルスナールが編んだテキストにジェリー・ウィルソンの写真をあしらった書物。インドのお伽噺集『白い頭の黒い馬』を計画。十二月十八日、アムステルダムでクリスマスを迎える。

一九八五年（八十二歳）

元旦から五月六日までインド旅行。ボンベイ、ニューデリー。タール砂漠、ジョドプール、ビカネール、ジャイサルメールの街々。アグラとファテープル・シークリーを再訪。グワーリヤル。ジャイプール再訪、ここで八十二年以来放擲していた『なにが？　永遠が』に再着手。ゴアに滞在し、それからデリー。ジェリー・ウィルソンがマラリアに罹り、次いで結核を発症。実際はエイズの最初の兆候であった。ネパール行きを取りやめ、合衆国へ帰る。夏、『なにが？　永遠が』を継続、および自作の英訳、伊訳の点検。九月六日、アルカンザスで療養していたジェリー・ウィルソンが小康状態となりプティット・プレザンスに何日か戻る。のち新たな治療を受けるためパリに出立。九月十八日、ユルスナール、度重なる心臓疾患によりマウント・デザート島の病院に入院。九月二十一日、ジェリー・ウィルソンが戻る。十月二日から十月七日にかけてメイン州東部医療センター、マサチューセッツ総合病院と転院する。十月九日、冠動脈五本をバイパスする開胸手術。十月十九日、マウント・デザート島の病院に戻る。十月二十日、ジェリー・ウィルソンが再びパリに出発。十月二十八日、プティット・プレザンスにおいて徐々に癒える。『なにが？ 永遠が』を継続、医師の諫止によりフランス旅行断念。十月末『白い頭の黒い馬』刊。

一九八六年（八十三歳）

二月八日、ジェリー・ウィルソン、エイズによりパリのラエンネック病院で死亡。二月二十四日から二十八日、レジオン・ド・ヌール第三等勲章の授与式のためニューヨークに滞在。このとき同時にアメリカ芸術クラブより金メダルを受ける。四月二十日から六月十一日にかけて、オランダ、ベルギー旅行。アムステルダム。『黒の過程』の映画化を計画するアンドレ・デルヴォーに会うためブリュッセルに寄る。ブリュージュ。モン＝ノワールの自然保護区を訪れる。パリで三週間過ごし、二週間ほどザルツブルグ、インスブルック、メラーノ。パランツァでパオロ・ザッチェラに再会。ジュネーヴに立寄り、ボルヘスと会う。パリでボルヘスの訃報を聞く。面会日の六日後であった。アメリカに戻る。夏のあいだプティット・プレザンスで『なにが？ 永遠が』を書き進む。十一月九日から二十二日、アムステルダムのエラスムス協会。友人であり編集者であったジョアン・ポラックに会う。アムステル川の古いユダヤ人墓地を訪れる。これ以降、オランダ人の看護士ジャネット・ハートリーフが付き添う。十一月二十三日、ドイツ経由でチューリッヒ。幼少期の友人に会う。十二月二日、パリに出発、ガリマール社でヤニック・ギユーと仕事をする。『なにが？ 永遠が』の前半をギユーに託す。『物の声』を準備。古今の詩や宗教書からの抜粋にジェリー・ウィルソンの写真を配した書物。アンドレ・デルヴォーと一緒に作業し、映画『黒の過程』の脚本を受諾。インド・ネパール旅行を計画していたがやめ、十二月二十七日、この冬はモロッコに赴く。

一九八七年（八十四歳）

一月、フェズで過ごす。この旅でもジャネット・ハートリーフが同伴。マラケシュで半月を過ごし、友人のジャン＝マリー・グルニエも合流。アトラス山脈と南部を訪問。ワルザザート、ザゴラ、アグデズ、アイット＝ベン・ハドゥトゥルエ。タムグルートのコーラン学校の図書館を訪れる。グルニエと別れ、ジャネットとタルーダントで十一日過ごす。砂漠の中を散歩。『なにが？ 永遠が』の「愛のかけら」の章を仕上げる。二月十一日、アガディールに出発。エッサウィラで五日間過ごす。エル・ジェリバ、ブロンシット。ラバで病気になり、回復まで三週間を過ごす。三月八日、パリ。四月五日、イギリスへ出発。ロンドン。ソールズベリー再訪。四月二十七日、プティット・プレザンスに戻る。ジャネット・ハートリーフが去る。夏、ハーヴァード大学で秋に行なう講演のためボルヘスの著作を読む。八月末、五月半ばから中断していた『なにが？ 永遠が』の執筆を再開。九月二十九日から十月二日、環境問題を議題とする第五回国際憲法会議の開会演説のため、ケベックを訪れる。九月から、ケベックと周辺の自然をイヴォン・ベルニエと巡る。十月、イタリアで『黒の過程』の撮影が開始（上映は八八年）。十月、ボストンで数日過ごした後、十月十四日ハーヴァード大学で講演「ボルヘスあるいは幻視者」。帰宅後『なにが？ 永遠が』の最終章「錯綜した小径」を書き継ぐ。さらに、インドおよびネパール旅行の準備を進め、出発は十一月十五日で決定していた。この旅行の目的の一つはダライ・ラマに会うことだったという。十一月はじめ、頭痛と仙腸骨痛のため起き上がれなくなる。そうした中で「錯綜した小径」を書き急ぐ。十一月八日正午前、脳梗塞が起こり、バーハーバーの病院に緊急搬送。ヤニック・ギユー、イヴォン・ベルニエが駆けつける。十二月十七日、午後八時少し過ぎ、マルグリット・ユルスナール死去。遺体は荼毘に付され、サムズヴィルの墓地に葬られた。墓石は下二桁の没年を空白にして数年前より準備されていた。墓碑銘として『黒の過程』の「大街道」におけるゼノンの言葉が刻まれている——Plaise à Celui qui Est peut-être de dilater le cœur de l'homme à la mesure de toute la vie.「存在するかもしれぬかのものの御業により、ひとの心が生の続くかぎり広く晴れやかに大きく膨らみますように」

一九八八年

一月十六日、追悼の儀式がノースイースト・ハーバーの教会で行われる。

本年譜は主としてプレイヤード叢書『小説作品集』所収の年譜に拠り、同年譜をもとに作成された岩波文庫版『とどめの一撃』巻末の「マルグリット・ユルスナールの生涯と作品——年譜」（岩崎力氏作成）、およびサヴィニョー、サルド、ゴスラールその他諸氏の研究を参照して適宜項目を補い作成した。日本滞在時（一九八二年）の行程については、岩崎力氏の回想「敬虔な思い出たち」（『ふらんす』二〇〇〇年四月号～二〇〇一年三月号に連載）を主な資料とした。

（作成　森 真太郎）

本書『なにが？ 永遠が』は、マルグリット・ユルスナール晩年の三部作『世界の迷路』第三巻に当たり、彼女の死の翌年、一九八八年に、書き上げたところまでの出版は認めるとの遺言にしたがって刊行された、いわば完成された未完の言葉たちである。邦訳に当たっては、Marguerite Yourcenar, *Essais et mémoires*, Gallimard, 1991所収の *Quoi ? L'Éternité*, Gallimard, 1988 を底本とし、適宜〈フォリオ〉版を参照した。表題はランボーの『錯乱II』の、「また見つかった！／なにが？ 永遠が。太陽にまじった／海が。」から取られているのだが、偶然とはいえ、中断された自伝的散文ほど永遠を思わせるものはない。

母方の家系をたどる『追悼のしおり』、父方に視点を移した『北の古文書』の双方を行き来するさらに自在な時空で言葉が積み重ねられている本巻は、前二巻でほとんど触れられずに終わった《私》と呼ばれる存在のその後の姿に光が当てられている。ただし、ここでもまだそれほど多くのページが費やされてはいない。中心になるのは、あくまで父親であるド・C氏ことミシェル、産褥で亡くなったユルスナールの実母フェルナンドの親友で、のちの作家に多大な影響を与えたジャンヌ、その夫のエゴンである。ひとつひとつのエピソードは、互いに絡みあいながら微妙に異なる文体とトーンで成り立っており、これまでの特徴をすべて備えていると同時に、形式のうえでも完全には重ならない、よい意味で奔放な書法が選択されている。

全編にわたって漂っているのは、さらに濃厚な死の予感である。もう存在しない人々を数多く扱い、いくつかの死は尋常ではない仕方でもたらされているのだから、不穏な空気が流れるのは当然だろう。しかも物語の時間には、人類が直面した新しい大量殺戮が含まれている。自然破壊や動物たちの悲鳴を加えれば、ほとんど救いようのない負の連鎖がつづく。しかし、私が言いたいのは、他者の死ではなく、書き手自身に忍び寄る死の気配のほうだ。三部作完結まで自分の命が持つかどうか、『北の古文書』で予言的に記されていた言葉が、ここで胸の痛みとともに思い出される。一文一文の完成度に対する職人的な執着、ゆったりとした仕事のリズムを考えれば、本巻の執筆を開始した時点ですでに八十歳近くになっていたユルスナールが、未完のまま世を去るという最悪の場合を覚悟をしていたことは十分推測できる。

たとえ資料が残されていても、言葉を用いるかぎりそこに対象との完全な一致はありえず、人物の横顔も記憶も言葉が呼び覚ました創造物にすぎないという事情を、ユルスナールは誰よりも深く理解していた。アメリカ国籍を取得する際、彼女は本名ではなく筆名を法的な名として登録しているのだが、マルグリット・ド・クレイヤンクールではなく、ユルスナールという架空でもあり真実でもある存在が、逆に肉声に近いものを生んだのである。ことに本巻では、語りの《私》との距離を冷静に保てば保つほど、《私のかけら》が浮き彫りになっていく。

読者が最も困惑するのは、断ち切られた最終章だろう。ユルスナールが直接的には一度も口にしていない性的傾向を示す言葉のまわりで、心身ともにおそろしく不安定だったエゴンが、『アレクシスあるいは空しい戦いについて』の主人公のように音楽による贖罪を行うばかりでなく、ひとりの男性として英雄的な帰郷を果たすこの数ページの言葉の響きは、それまでの章とあまりに異なっている。語り手《私》に統御された、落ち着きのある、思索と批評の混じりあう文体が、いわゆる小説に近いものに変貌してしまうこの唐突さと、どう向き合ったらいいのか。

このあと書き足される予定だったミシェル、及びジャンヌの死、そして第二次世界大戦という人類二度目の愚行を前にした考察によって異和感はある程度払拭され、登場人物の名や背景を共有する『とどめの一撃』の部分的な焼き直しとなる作中作に落とし込まれていったかもしれない。そのために、物語世界の前後左右、もしくは言葉の運びそのものの前後にあやうい隙間を残したと考えることも不可能ではないのだが、それは、『なにが？永遠が』が最後まで書き上げられたあと、若干の不首尾と混濁の見られる部分を含めて、徹底的な推敲をほどこすことを前提とするものであったにちがいない。

また本書の内容には、『世界の迷路』全体との関わりだけでなく、執筆時の現在が大きな影を落としている。前段として無視できないのは、四十年ものあいだ共に暮らした伴侶であり、実務担当者であり、英訳者でもあった女性、グレース・フリックの死である。グレースは晩年、癌の治療で長く苦しい戦いを強いられて、ユルスナールは彼女の看病と精神安定のために、北米メイン州マウント・デザート島にあった家《プティット・プレザンス》からほとんど出ることができなかった。希有な旅人でもあったユルスナールにとって、これはほとんど幽閉に近い状態だった。

一九七九年のグレースの死は、彼女の胸に巨大な空白を生むと同時に、最後に残された自由への道を開いた。彼女が亡くなる少し前、一九七八年に、マウント・デザート島のドキュメンタリーを制作するテレビクルーの一員として、ジェリー・ウィルソンという青年が現れたのである。カメラマンでありジャーナリストでもあるジェリーはこのとき二十八歳、対するユルスナールは七十五歳。ユルスナールは彼につよく惹きつけられた。ジェリーはグレース亡きあとの「新しい旅の伴侶」と呼ばれ、長年の憂さを晴らすかのような勢いで敢行される世界各地への旅に同行することになる。乱暴な言い方をすれば、ユルスナールにとってそれは一種の恋に似たものでもあったろう。『なにが？ 永遠が』の構想と執筆は、そのような環境の変化と重なっている。一九八二年には来日し、芭蕉についての講演も行っている。

しかし、ふたりの関係には、やがて大きな「裂け目」が生じる。一九八四年、同性愛者だったジェリーは、パリでダニエルという男性にめぐりあう。ダニエルは悪魔のような存在だった。ジェリーを介して「マダム」から多額の金を毟りとり、旅行にもついてまわり、あげくの果てに麻薬所持で逮捕されるなど、彼らを、とくにユルスナールを翻弄しつづけた（ミシェル・ゴスラール『マルグリット・ユルスナール、自伝』、ラシーヌ社、一九九六年参照）。このときの経験が、長い中断を挟んで一九八五年に再開された本書におけるエゴンとフランツの関係に、そしてそれに耐えていたジャンヌの姿に重なっていることとは、もはや言うまでもない。未完であることとはまたべつの、心が不揃いに粒立つ迫力の源はここにある。

怒りと震えとあきらめのなかで冷静さを保ちながら、ユルスナールは作中人物エゴンの芸術的進展をそのまま自身の仕事に取り込んでいった。『なにが？ 永遠が』を特徴づけるのは、きわめて古典的な文体と前衛の拍を共存させたような言葉の流れである。無調を階調のある言葉で記す矛盾をそのままさらけ出す揺らぎと言い換えてもいい。ユルスナールはこの矛盾から生まれる熱を逃さない。冷たい朝の海に裸で身を沈めてもおさまらない言葉の熱を、彼女は激しい頭痛のなかで最後まで失うまいと闘っていた。

ところで、ジャンヌとエゴンには実在のモデルがいる。彼ら、つまりド・フィーティングホフ夫妻と、ド・クレイヤンクール夫妻は、かなり頻繁に行き来していた。ということは、作中で引用されているフェルナンドの死後にジャンヌから送られて来た手紙の一節にも、創作が含まれていることになる。物語の根幹となる部分に、想像力を多分に働かせた史実の改変があるとすれば、『なにが？ 永遠が』は、真偽にこだわるよりそこからの展開の可能性を重視したフィクションと見なすべきだろう。実母フェルナンドの、どことなくもっさりした旧弊な宗教教育をうけてきた女性とことごとく対照的なジャンヌの姿にも、かなりの理想化がほどこされていると思われる。

いくつもの虚構が錯綜するなかで、ただひとつ揺るぎないものに見えるのは、父親ミシェルに対するユルスナールの思いである。幼少の頃から終始大きな導き手となり、支えとなったひとりの大人の男性に対する娘のまなざし。作家となり、父親の年齢を超えてしまった娘は、この男を冷静に突き放し、時に辛辣な批判の言葉を浴びせかける。それでいながら、いつも、どこかでそっと彼の袖につかまっている気配が感じられるのだ。ユルスナールは、虚構の言葉で捉え直すことによって、ミシェルを、父親を再発見していった。母の愛を得られず、とにかく外に出ようと試み、軍隊にいても僧院の暮らしに憧れても、結局はひとりぼっちだったさみしい男。恋愛に生きながら最も大切な相手には届かず、賭け事に没頭して財産を食いつぶし、ほぼ独学で身につけたギリシア・ラテン文学の富を娘に伝えた男。その言動の、負の側面にどれほど言葉を費やしても、疎ましさよりも愛しさが、情けなさよりも頼もしさが、そして最終的には敬意と感謝がユルスナールの胸を浸す。どの章のどの一文からも、ミシェルのことを語っているのではない箇所からでも、その声が聞こえてくる。『なにが？ 永遠が』は、この父親との共闘の証であると同時に、遅すぎた恋文でもあったのではないだろうか。

＊　＊　＊

本書の翻訳の、遠いきっかけを与えてくださったのは、日本におけるユルスナール紹介に最も力を尽くして来られた岩崎力先生である。学部生時代に岩崎訳の『アレクシスあるいは空しい戦いについて』や『黒の過程』を読んでいなかったら私は仏文科に進んでいなかっただろうし、いまのような仕事についてもいなかっただろう。先生は、二〇〇一年から全六巻で刊行された《ユルスナール・セレクション》の編集と解説を担当されているのだが、それに先立って、雑誌「ふらんす」（二〇〇〇年四月～二〇〇一年三月）に、この作家に対する愛と敬意に満ちあふれた、美しい私信のような回想録「敬虔な思い出たち――マルグリット・ユルスナール」を連載されている。先に述べた来日時の旅の一部に同行された記録は、『なにが？ 永遠が』の誕生に直接つながる貴重な証言でもある。おそらく、本書の訳者として最もふさわしいのは、岩崎先生だっただろう。にもかかわらず、先生は私にその役を当ててくださったのである。

しかし、先生はこの四月に亡くなられた。死を知らされたのは、二カ月後、訳稿がほぼ形をなした六月のことである。どんなに未熟なものであっても、岩崎先生には目を通していただきたかった。期日に間に合わせることができなかったのは、ひとえに私の力不足によるものだ。ここに心からのお詫びを申し上げるとともに、先生の御霊前に本書を捧げたいと思う。

最後になったが、遅れに遅れた仕事を最後まで見守ってくださった白水社の方々、とりわけ元編集部の芝山博さん、現担当の鈴木美登里さん、ご心配をおかけした第二巻の訳者小倉孝誠さん、詳細な年譜を作成してくださった森真太郎さん、それから第三巻を待ちつづけ、無言の励ましを送ってくださった読者の方々に、深く御礼申し上げたい。そしてもちろん、小さかった頃の、マルグリットにも。

二〇一五年七月

堀江敏幸

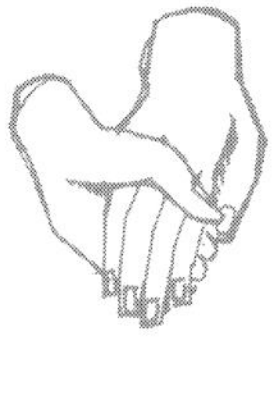

著者　マルグリット・ユルスナール　Marguerite Yourcenar
1903年ベルギーのブリュッセルで、フランス貴族の末裔である父とベルギー名門出身の母との間に生まれる。本名マルグリット・ド・クレイヤンクール。生後まもなく母を失い、博識な父の指導のもと、もっぱら個人教授によって深い古典の素養を身につける。1939年、第二次世界大戦を機にアメリカに渡る。51年にフランスで発表した『ハドリアヌス帝の回想』で、内外の批評家の絶賛をうけ国際的な名声を得た。68年、『黒の過程』でフェミナ賞受賞。80年、女性初のアカデミー・フランセーズ会員となる。晩年の集大成である、母・父・私をめぐる自伝的三部作〈世界の迷路〉——『追悼のしおり』(1974)、『北の古文書』(1977)、本書『なにが？ 永遠が』(1988) ——は、著者のライフワークとなった。主な著書は他に『東方綺譚』(1938)、『三島あるいは空虚のビジョン』(1981) など。87年、アメリカ・メイン州のマウント・デザート島にて死去。

訳者　堀江敏幸（ほりえ・としゆき）
1964年生まれ。作家、フランス文学者。
早稲田大学第一文学部卒。現在、早稲田大学文学学術院教授。
著書に『郊外へ』『おぱらばん』『書かれる手』『熊の敷石』『雪沼とその周辺』『河岸忘日抄』『正弦曲線』『なずな』『仰向けの言葉』など。訳書にエルヴェ・ギベール『赤い帽子の男』『幻のイマージュ』、ミシェル・リオ『踏みはずし』、パトリック・モディアノ『八月の日曜日』、フィリップ・ソレルス『神秘のモーツァルト』、ロベール．ドワノー『不完全なレンズで』など。

装丁　仁木順平

カバー装画
著者による草稿（本書『なにが？ 永遠が』「幼年時代のかけら」の冒頭）とデッサン

世界の迷路 Ⅲ
なにが？ 永遠が

二〇一五年八月一〇日 印刷
二〇一五年八月三〇日 発行

著 者 マルグリット・ユルスナール
訳 者 © 堀 江 敏 幸
発行者 及 川 直 志
印刷所 株式会社 三 秀 舎
発行所 株式会社 白 水 社

東京都千代田区神田小川町三の二四
電話 営業部〇三（三二九一）七八一一
編集部〇三（三二九一）七八二一
振替 〇〇一九〇-五-三三二二八
郵便番号 一〇一-〇〇五二
http://www.hakusuisha.co.jp
乱丁・落丁本は、送料小社負担にてお取り替えいたします。

誠製本株式会社

ISBN978-4-560-08407-6

Printed in Japan

■マルグリット・ユルスナール著

Marguerite Yourcenar

世界の迷路【全三巻】

二〇世紀が誇る孤高の作家の、母・父・私をめぐる自伝的三部作

Ⅰ 追悼のしおり（岩崎 力訳）　Ⅱ 北の古文書（小倉孝誠訳）　Ⅲ なにが？ 永遠が（堀江敏幸訳）

ハドリアヌス帝の回想

（多田智満子訳）旅とギリシア、芸術と美少年を偏愛したローマ五賢帝の一人ハドリアヌス。命の終焉でその稀有な生涯が内側から生きて語られる、「ひとつの夢による肖像」。著者円熟期の最高傑作。巻末エッセイ＝堀江敏幸

黒の過程

（岩崎 力訳）十六世紀フランドル、ルネサンスの陰で宗教改革と弾圧の嵐が吹き荒れる時代。あらゆる知を追究した錬金術師ゼノンと彼をめぐる人々が織りなす、精緻きわまりない一大歴史物語。巻末エッセイ＝堀江敏幸

■須賀敦子著

ユルスナールの靴

ユルスナールというフランスを代表する女性作家の生涯と類いまれな才能をもった日本人作家である著者自身の生の軌跡とが、一冊の本の中で幾重にも交錯し、みごとに織りなされた作品。解説＝川上弘美　〈白水Uブックス〉